무력소년 생존기

無力少年生存記

무력소년 생존기

주원규 장편소설

한겨레출판

뭐가 이렇게 거창하냐고 꾸짖으실지 모르겠지만 나름대로는 하위 장르라는 형식으로 한반도의 근현대사를 그려보고 싶었습니다. 물론 연대기적으로 그려낼 수는 없었기에 근현대사의 흐름이 이야기의 전면에 드러나지는 않습니다. 다만 제자리를 찾지 못한 수백 개의 퍼즐 조각들이 이야기의 이곳저곳에 흩어진 꼴이 되었는데, 하위 장르가 갖는 매력이자 한계가 바로 이러한 뒤죽박죽에 있지 않을까요.

자유분방한 상상력으로 일견 무책임해 보일 만큼 이야기를 한껏 부풀렸다가 어느 순간 한계에 도달한 풍선처럼 자폭해버리는가 하면, 전형적인 장르의 공식을 답습하다가도 종국에 가선 헛웃음을 터트리게 만드는 것이 소위 하위 장르의 정체성일 테니까요.

왜 하필 그런 하위 장르에 근현대사라는 무거운 주제를 담으려 했냐고 물으신다면 저는 오늘날 일그러질 대로 일그러진 우리의 자화상 때문이라고 말하고 싶습니다.

IMF 이후 우리는 역사의 진보, 주체의 변혁, 인식의 변화 같은 이른바 거대 담론과 거리를 두고 그러한 관념들을 거창하기만 할 뿐 전혀 생산적이지 못한 무력한 가치로 매도해버렸습니다. 그러고도 잘 살 수 있다면 얼마나 좋았겠습니까마는 상황은 그리 녹록지 않아, 언제부턴가 우리는 서로에게서 괴물의 모습을 보게 되었습니다.

신자유주의로 인한 무한경쟁은 우리 모두를 자본주의라는 거대한 아수라장 속에 몰아넣고 오직 한 가지 욕망에만 반응하는 괴물로 탈바꿈시키고 말았던 것이지요. 말하자면 맹목적인 인간이 된 셈입니다. 정치는 희망을 잃고 더 이상 대의를 논하지 못하게 되었습니다. 맹목이 대세인 사회라면 꿈과 희망이라는 단어보다 지시와 복종이라는 단어가 더 잘 어울릴 테니까요.

무릇 혁명은 꿈꾸기인바 더 이상 혁명을 논할 수 없다는 것은 더 이상 꿈을 꿀 수 없다는 의미일 터, 그렇다면 우리는 눈과 귀까지 막은 채 어디로 향해 가는 걸까요. 혹시 광기로 뒤덮인 '폐신 집합소' 같은 아수라장에 갇혀 한 층 한 층 상승해가는 걸 꿈을 이루는 것으로 착각하고 있는 건 아닐까요. 그러나 우리를 이 무간지옥에서 해방시킬 수 없다면 그것은 꿈이 아닙니다.

우리의 근현대사야말로 바로 그 꿈을 꾸려는 자들과 꿈을 빼앗으려는 세력 간의 한판 싸움이 아니고 무엇이겠습니까. 그 싸움을 폐신 집합소라는 아수라장에서 무력 소년이 생존해나가는 자못 '거창한 이야기'로 꾸미게 된 것입니다. 그러나 비록 변두리 하위 장르라 하더라도 최소한 우리를 격분케 한 힘의 실체를 일깨워줄 수 있는 일말의 화두는 남겨주지 않을까 하는 것이 이 괴상망측한 작품을 쓴 저의 서글픈 탄식입니다.

오랜 시간 함께해온 문우, 원옥과 소중한 벗 정연, 부족한 아들을 너그럽게 이해해주시는 부모님과 형님, 형수님께 작가의 말을 빌어 고마움을 전합니다.

다른 작품과 마찬가지로 이 소설도 발표하기까지 숱한 우여곡절을 겪었습니다. 끝까지 출간을 포기하지 않고 애써주신 한겨레출판사 관계자 여러분께 머리 숙여 감사드립니다.

2010년 6월
주원규

차례

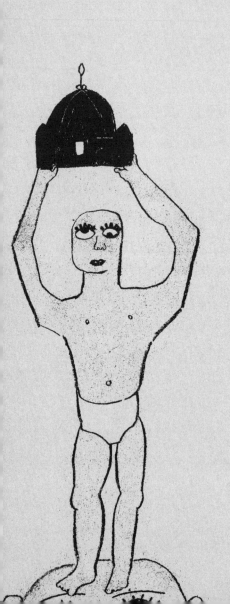

1부

폐신 집합소

廢神 集合所

◉

소년은 거대한 기계 앞에 멈춰 섰다. 소년의 키보다 두 배나 높은 기계는 크렁크렁 쇳소리를 뿜어내며 쉼 없이 공산품을 쏟아냈다.

남루한 작업복의 소년은 기계 하단에 설치된 배출구에서 1초에 하나씩 나오는 주먹 크기만 한 공산품을 골판지 박스에 담는 일을 했다. 그 일은 소년이 태어나면서부터 했다고 봐도 된다. 소년의 어미가 젖먹이 때부터 녀석을 들쳐 업고 그 일을 했으니 소년이 보고 배운 건 공산품을 개수에 맞춰 담아 컨베이어 벨트 위에 올려 보내는 비루한 기술이 전부다. 그건 이곳 42층 공산품 수거·운반 작업실에 틀어박힌 모든 노동자들에게 적용되는 유일한 기술이기도 했다.

◉

42층에서 공산품을 쏟아내는 기계는 총 78대. 기계 앞에 서서 공산품을 박스에 챙겨 넣는 노동자 역시 78명. 컨베이어 벨트 앞에 서서 불량 공산품을 골라내는 검수원 40명. 그들을 관리하는 감시원 5명, 그 감시원의 업무를 총괄하는 작업반장 2명.

42층의 기계는 하루도 쉬는 법이 없다. 1년 365일 계속 가동된다. 때문에 노동자들 역시 항시 기계 옆에 있어야 한다. 물론 휴식 시간도 있고 퇴근 시간도 있다. 심지어 월차라는 것도 있다. 폐신 집합소의 총지도자로 추앙 받는 독재자는 자기가 대단한 휴머니스트라도 되는 줄 안다. 간혹 가다 여성들에게 생리휴가를 부여하는 게 대단한 박애주의라도 되는 것처럼 구는 인물이었다. 독재자라는 인간이 그랬다.

⊙

소년은 어미의 실종 이후 당연한 순리처럼 일을 물려받았다. 아침 9시까지 42층 작업실로 가서 오전 10시 30분까지 공산품을 담고 10분간 휴식을 취한다. 감시원이 건네준 우유 한 통을 마신 다음 10시 40분부터 12시까지 작업은 계속되고 이후 1시간의 점심시간 뒤 오후 1시부터 2시 30분까지 작업, 다시 10분 휴식을 한다. 오후 휴식 때 감시원은 요일마다 다른 메뉴의 간식거리를 노동자들에게 제공한다. 소년을 비롯한 노동자들에겐 가장 기다려지는 시간이다. 독재자는 그런 식으로 노동자들의 초라한 기대를 이용했다. 그렇다고 10분이란 시간 동안 대단한 걸 먹을 수 있는 건 아니다. 기껏해야 하루는 천하장사 소시지, 다른 날은 보름달 빵 등이 제공되는 게 전부다.

여하튼 다양한 레퍼토리로 제공되는 간식을 먹으며 10분 쉰 다음 2시 40분부터 6시까지 작업이 계속된다. 이때가 가장 지루하고 초인적인 인내심이 요구되는 시간이다. 무려 3시간 20분 동안 기계 배출구에서 빠져나오는 공산품을 주워 담아야 한다. 이런 식으로 3시간을 보내면 그야말로 무아의 경지에 도달한다. 정신줄을 놓아버릴 지경에 다다를 때 마침내 오후 6시를 알리는 종소리가 들려온다. 노동자들은 그때서야 무아의 암흑에서 벗어난다. 노동자들은 작업반장의 지시에 따라 일사불란하게 움직여 퇴근 카드에 체크한 후 42층 엘리베이터에 올라탄다. 그렇게 1층부터 8층까지 마련된 각자의 숙소로 돌아감으로써 하루가 마감된다.

⊙

같은 시간에 일을 해도 노동자들마다 작업량의 차이는 있었다. 규칙적으로 공산품이 배출돼도 결국 그것을 50개가 정량인 박스에 담아 컨베이어 벨트에 올려놓는 일은 기계 앞에 배치된 노동자들 개인의 몫이며, 노동자 개인의 생산능률성 또한 거기서 차이가 나는 것이다. 작업반장은 그 결과를 토대로 매월 말일 독재자가 베푸는 회식에 참석할 수 있는 소위 '이 달의 노동자'를 선정한다. 회식 참여 노동자는 고작 두 명이다. 제도 시행 초기만 해도 노동자들은 그 두 명에 속하기 위해 필사적으로 손을 움직였다. 하지만 오래되지 않아 노동자들은 독재자의 아이디어에 시큰둥한 반응을 보였다. 회식에 참석한다 해도 별 볼일 없는 분식뿐이라는 풍문이 돌자 군이 회식 따위에 열을 올릴 게 아니라는 영악한 판단을 한 것이다.

독재자는 당근이 효과가 없자 채찍을 들었다. 월말이면 노동자들을 상·중·하로 분류해서 '하'에 속한 녀석들에게 가혹한 매질을 했다. 그때마다 '상', '중' 레벨에 속한 이들은 만세를 부르며 엘리베이터를 향해 전력 질주했고, '하' 그룹은 42층 중앙 집결소에 남아 작업반장 손에 쥐어진 멍키 스패너로 맞아야만 했다.

소년은 매월 말일이 두려웠다. 이 기가 막힌 제도가 시행된 뒤로 단 한 번도 '하' 그룹에서 벗어나지 못했고 때문에 단 한 번도 멍키 스패너로 맞지 않은 적이 없었기 때문이다.

태어날 때부터 지독한 천식을 앓았던 소년은 사실 공산품을 담는 일조차 버거웠다. 폐쇄된 실내에 역한 땀 냄새와 기계 배출가스까지 뒤섞여서 건강한 사람도 오후가 되면 마스크를 써야 했다.

소년은 금방이라도 피고름을 쏟아낼 것 같은 기침을 뱉어내며 필사적으로 공산품을 주워 담았지만 결과는 매번 최악이었다.

⊙

언제부터인가 소년은 두려움과 동경의 눈빛으로 누군가를 바라보기 시작했다. 매월 말일만 되면 회식 참석자에 빠지지 않고 호명되는 이가 있었으니 바로 칼잡이였다.

칼잡이는 이름 그대로 왼쪽 눈가부터 턱까지 흉측한 칼자국을 훈장처럼 달고 있는 녀석이지만 나이는 소년과 비슷했다. 서로 터놓고 확인한 건 아니지만 소년은 대충 자신과 같은 연배로 짐작했다.

소년이 칼잡이를 경이롭게 바라본 이유는 녀석이 초인적인 생산능률을 발휘해서가 아니라 다른 사람과 별다를 게 없다는 데 있었다.

칼잡이는 대단히 몸을 사리는 인물이었다. 움직임도 굼뜨며, 심지어 작업 시간에 감시원과 음담을 주고받는 능청마저 부리는 녀석이다.

소년의 어눌한 눈빛을 자신에게서 어떤 비법을 전수받고자 하는 갈구로 인지한 걸까. 어느 날 오후 휴식 시간, 칼잡이가 섬뜩한 칼자국으로 도배된 얼굴을 소년에게 들이밀었다.

"알고 싶은 거지?"

"무슨 말이야?"

"네놈 얼굴에 다 써 있어."

"……."

소년은 애써 부정하지 않았다. 칼잡이가 정확히 꿰뚫어본 것이다. 소년으로선 수고를 던 셈이었다. 머뭇거릴 필요 없이 바로 본론으로 들어갔다.

"두 명에 속하는 것까진 바라지도 않아. 제발 맞지만 않게 해줘. 죽을 것 같아."

"내가 비법을 알려주면 넌 나한테 뭘 해줄건데?"

"뭐?"

"가는 게 있으면 오는 게 있어야지."

맞는 말이다. 하지만 소년은 칼잡이에게 딱히 줄 게 없다. 월급을 받는 것도 아니고, 그렇다고 기가 막힌 군것질 거리를 따로 비축해놓은 것도 아니니 뭘 어쩌란 말이냐.

소년이 난감한 표정을 짓자 칼잡이가 시간을 확인하고는 자리에서 벌떡 일어났다. 바로 그때 소년이 칼잡이의 가랑이를 붙잡고 늘어졌다.

"뭐든 시키는 대로 할 테니 가르쳐줘."

"뭐든 시키는 대로 한다고?"

소년은 칼잡이를 올려다보며 절박하게 고개를 끄덕였다. 구차스럽긴 해도 소년에겐 생존이 걸린 문제기에 어쩔 수 없었다. 매달 작업반장 무리수의 멍키 스패너로 맞을 때마다 이러다가 정말 죽을지도 모른다는 생각을 했기 때문이다. 다행인지 불행인지 소년과 칼잡이의 이런 촌극을 관심 있게 지켜보는 이는 아무도 없었다.

주위 눈치를 살피던 칼잡이가 소년을 잽싸게 일으켜 세웠다. 때맞춰 작업반장 무리수의 호루라기 소리가 터져 나왔다. 작업 시작을 알리는 신호다. 기계 앞으로 돌아가야 할 긴박한 찰나 칼잡이가 짧은 몇 마디를 소년에게 남겼다. 그 몇 마디는 마른 사막에 쏟아지는 단비였다.

"오늘 저녁 내 방으로 와."

칼잡이는 교활한 웃음을 지으며 말했고 소년은 힘차게 고개를 끄덕였다.

⊙

칼잡이는 이 모임을 비밀결사모임이라 했다. '비밀결사모임이라…….' 소년은 어딘가 모르게 어색하다고 생각했다. 뭘 하기에 비밀결사모임이라고 부르는 걸까. 하지만 소년은 따져 물을 엄두조차 내지 못했다. 어쨌거나 칼잡이의 꽁무니를 쫓아 4층 녀석의 방까지 따라갔을 때 소년이 품은 결의는 딱 하나였다. 무슨 수를 쓰든 '하' 그룹에서 벗어나는 것, 그 목표뿐이었다.

칼잡이는 소년을 9층 복도 끝에 위치한 복리후생실로 데리고 갔다. 소년은 태어나서 9층에는 처음 올라왔고, 그곳에 복리후생실이 있는지도 몰랐다. 단 한 번도 9층에 올라와볼 엄두를 내지 못했던 것이다. 비단 소년뿐만이 아니다. 대부분의 노동자들 역시 자신에게 배정된 숙소와 작업장만 오갈 뿐 다른 곳엔 관심조차 갖지 않았다. 그러나 칼잡이는 달랐다. 그는 퇴근 시간이 지난 후 하루도 빠짐없이 9층 복리후생실을 찾은 것이다.

9층 복리후생실로 갈 때는 엘리베이터를 이용할 수 없었다. 퇴근 시간이 지나면 엘리베이터는 동작을 멈춰버린다. 그것은 일종의 규칙이다. 도대체 누가 이 거대한 건물의 엘리베이터의 동작 여부를 결정하고 조작하는지 알지 못했다. 한 가지 명백한 건 이 규칙은 소년을 비롯한 모든 노동자들이 준수해야 한다는 사실뿐이다.

비상계단을 이용해 9층 복리후생실에 도착한 소년은 매우 놀랐다. 그곳에 42층의 작업반장 중 한 명인 뱀눈이 있었기 때문이다.

⊙

평소의 작업장 풍경은 지독하게 건조하다. 작업반장은 작업장 중심에서 방사형으로 포진된 기계와 그 앞에 서 있는 노동자, 작업장 출입구 근처에서 시작되고 마감되는 컨베이어 벨트 감시에만 열중할 뿐 노동자와 말을 섞는 일은 거의 없었다. 노동자들 역시 별반 다르지 않았다. 동료들과 시시껄렁한 잡담 몇 마디 건네는 게 고작이었다.

복리후생실에서 만난 칼잡이와 뱀눈은 아주 막역해 보였다. 작업장의 풍경과는 영 딴판이다. 소년은 복리후생실에 모인 오십여 명의 사람들을 주의 깊게 살폈다. 이들 전부가 노동자는 아니었다. 뱀눈처럼 작업반장도 있었고 흰 가운을 걸친 연구원도 보였다. 그리고 42층에선 좀처럼 보기 힘든 여성 노동자의 모습도 간혹 눈에 띄었다. 작업반장, 연구원, 노동자를 구분 짓는 건 작업복 색깔이다. 작업반장과 노동자는 모두 청색 작업복이지만 작업반장은 왼쪽 팔뚝에 '반장'이 새겨진 완장을 착용했다.

모든 것이 생소해서 어리둥절해하고 있는데 마침내 한 사람이 등장했다. 그 사람이 모습을 드러내자 모인 사람들이 일제히 기립했다.

◉

그는 자신을 은자隱者라고 소개했다. 은자가 무슨 뜻인지 소년은 알지 못한다. 하지만 그 남자가 대단히 독특하다는 사실만큼은 인정해야 했다. 은자의 외모는 결코 평범하지 않았다. 족히 10년은 손질하지 않은 것 같은 턱수염과 긴 머리는 그야말로 압권이었다. 42층 노동자들 외에 다른 이들은 만나본 적이 없는 소년에게 은자의 모습은 일종의 문화 충격이었다. 물론 은자도 다른 노동자들처럼 청색 작업복 차림이다. '과연 은자는 몇 층 어느 부서에서 일하는 걸까.' 소년이 다른 사람에게 궁금함을 느낀 건 이번이 처음인지도 모른다. 은자는 어안이 벙벙한 소년에게 일어나라고 손짓했다. 그는 무슨 득도자처럼 밑도 끝도 없이 인자한 낯빛을 띠고 있었다. 이건 비밀결사모임이라기보다 은밀한 종교의식 같은 분위기였다. 칼잡이는 은자의 지시를 받고도 여전히 앉아 있는 소년을 채근했다. 그제야 분위기를 파악한 소년이 자리에서 벌떡 일어났는데, 은자는 그런 소년에게 대뜸 질문을 던졌다.

"처음 오셨는가?"

"예."

"여긴 왜 오셨는가?"

"그건……."

소년은 칼잡이의 눈치를 살폈다. 칼잡이는 손으로 입을 가리는 시늉을 했다. 답하지 말고 가만있으라는 뜻이다. 소년이 꿀 먹은 벙어리가 되자 은자가 흡족한 미소를 지었다. 그는 비로소 이 모임의 성격을 말하기 시작했다.

"당연한 결과입니다. 그대들 역시 처음 이곳에 왔을 땐 모두 이 친구와 같은 처지였죠. 우리가 왜 여기 왔는지, 도대체 내가 왜 이런 일을 하는지 단 한 번도 진지하게 고민해본 적이 없었다는 말입니다."

소년은 다시 한 번 결사모임 멤버들의 표정을 찬찬히 살폈다. 단하나의 공통점이 있다면 칼잡이만 빼고 하나같이 진지하다는 것이다. 은자는 계속 말을 이었다.

"다시 한 번 생각이란 걸 해봅시다. 도대체 우리가 왜 일을 해야 하는지 말입니다."

은자는 어떻게 빼돌렸는지 공산품을 꺼내 들었다. 칼잡이는 앞으로 은자가 할 이야기를 이미 다 알고 있다는 듯 집요하게 코를 파기 시작했다. 칼잡이가 그러건 말건 은자는 본격적으로 열변을 토했다.

"공산품이라고 이름 붙여진 이것을 자세히 한번 보십시오."

"……."

"이게 어째서 공산품인지, 어디에 쓰이는지, 결정적으로 이걸 만들어 도대체 우리에게 어떤 이득이 있는지 전혀 알 길이 없습니다. 그렇지 않습니까?"

지루해서 견딜 수 없는 표정의 칼잡이와는 다르게 소년은 은자의 말을 듣는 순간 적잖은 충격을 받았다. 소년의 머릿속은 순간 아득해졌다. 따지고 보면 은자가 던진 질문은 당연한 건지도 모른다. 소년은 지금까지 은자의 질문에 대해 한 번도 생각해본 적이 없었다. 그 순간 소년의 머릿속에서 새로운 물음이 떠올랐다. 그건 항의에 가까웠다. '왜 난 지금까지 저런 생각을 못했지?'

"어렵겠지만 오늘은 좀더 깊이 생각해봅시다. 왜 우리는 죽어라 일하면서 보름달 빵이나 소시지 말고 노동의 진정한 대가는 받지 못하는 겁니까?"

은자의 말에 결사모임 멤버들이 술렁거리기 시작했다. 그들은 서로의 얼굴을 쳐다보며 하나같이 멍한 표정을 지었다.

"지금 제 말을 이해하지 못할 거라는 거 잘 압니다. 하지만 말이에요. 사람이 어떤 일을 했으면 그에 상응하는 대가를 받는 게 당연한 겁니다."

그러자 양 끝으로 찢어진 예리한 눈매를 가진 42층 작업반장 뱀눈이 손을 들고 질문을 했다.

"휴식 시간마다 간식도 주고 점심, 저녁, 심지어 아침까지 얻어먹지 않습니까? 잠도 재워주고요."

"말씀 잘하셨어요, 작업반장님. 하지만 그건 우리가 인간으로 살아가는 데 필요한 최소한의 욕구 해소에 지나지 않아요. 그것과 우리가 공산품을 생산하고 받는 대가는 다른 겁니다."

"뭐가 다른데요?"

"인간의 권리죠. 분명한 건 우리가 인간이라는 겁니다. 매일 이렇게 똑같은 일만 반복하며 산다는 게 말이 안 되는 거예요."

"그럼 또 무슨 일을 해야 한다는 거죠? 전 도무지 이해를 못하겠어요."

"아, 빌어먹을. 그게 말입니다."

은자도 뭔가 한계에 부닥친 것 같았다. 도발적인 질문을 던진 것까진 좋았는데 그 이후 딱히 명쾌한 답을 도출하진 못했다. 소년은 그런 은자의 속내가 궁금했다. 멤버들이 은자의 말을 이해 못하거나 은자 자신도 답을 모르거나 둘 중 하나겠지만 어쨌든 답은 동일했다. '대체 인간적인 권리란 무엇인가'라는 질문으로 돌아오는 답이었다.

칼잡이는 이 모임에서 깨달음을 얻으려는 게 아니었다. 녀석은 오직 한 사람, 바로 은자 옆에 앉은 소녀를 보기 위해 모임에 참석했다. 소년도 차츰 은자의 열변이 아닌 소녀에게 관심을 쏟기 시작했다.

소녀는 결코 이성을 사로잡을 만한 스타일이 아니었다. 사실 이곳에서 섹스어필을 기대한다는 것 자체가 불가능하다. 작업복 아니면 춘추 잠옷이 옷의 전부인 이곳에서 그 이상의 매력을 기대하는 것 자체가 무리인 것이다.

하지만 소녀는 무언가 색다른 느낌을 주었다. 바로 그녀의 눈빛 때문이었다. 뭔가 말하고 싶어 하는 조급함이 느껴지면서 동시에 금방이라도 잠들 것 같은 몽롱함으로 점철된 눈빛. 그 눈빛은 다른 차원의 정신을 탐닉하는 비현실적인 거리감을 느끼게 했다.

그런데 어느 순간 소녀의 눈빛이 초점을 찾는 것 같더니 한 대상에게 집중되었다. 칼잡이가 가장 놀랐다. 지금까지 소녀가 특정한 대상과 눈을 마주치는 걸 본 적이 없기 때문이다. 소녀는 항상 벽을 보거나 미지의 어떤 곳을 응시했었다. 그런데 지금 소녀가 그 누군가를 바라보고 있다. 바로 소년을 말이다.

⊙

일장 연설을 마무리할 즈음 은자는 소녀를 보며 의미심장한 말을 남겼다.

"지금은 그대들이 이해 못해도 이제 곧 혁명이 일어날 겁니다. 문제는 바로 그때입니다. 혁명의 주체가 되느냐 혁명의 홍수에 떠밀려가는 쓰레기가 되느냐는 그대들의 의식 수준이 결정할 겁니다."

은자의 말이 끝나자 모임은 마무리되었다. 결사모임 멤버들은 기다렸다는 듯 일어나 박수를 쳤다. 은자는 자신에게 경의를 표하는 멤버들에게 화답하며 퇴장했다.

칼잡이가 소년을 작업반장 뱀눈에게 데리고 갔다. 뱀눈은 평소의 거만한 작업반장으로 되돌아온 상태였다. 그런 뱀눈에게 칼잡이가 능청을 떨었다.

"형. 소년이야. 내 옆에서 일하는 약골."

"알지. 만성 천식 환자."

뱀눈은 소년의 유약한 몸을 아래위로 훑으며 그렇게 말했다. 뱀눈을 형이라고 부르며 친근함을 과시한 칼잡이가 바로 본론으로 들어갔다. 충분히 까다로울 수 있는 주제였음에도 칼잡이는 어렵지 않게 이야기를 풀어나갔다.

칼잡이의 로비는 단순하지만 소년에겐 생존이 달린 문제였다. 바로 소년의 생산능률 결과를 조작하는 일이었다. 사실 그건 조작이라 하기에도 민망한 것이었다. 하루 작업을 끝내면 42층 작업반장 무리수와 뱀눈은 노동자를 두 패로 나누어 개별 작업량 수치를 생산능률 노트에 기재한다. 그런데 그 수치라는 게 지극히 주관적이라 대충 눈짐작으로 기록하는 게 고작이었다. 소년은 기가 막혔다. 지금껏 '하' 그룹에 속한 이유는 단지 자신이 약해 보이니까 생산능률도 낮을 거라는 짐작 때문이었다. 소년은 무엇 하나 정확한 것이 없다는 사실이 허탈했지만 칼잡이에게 설득 당하는 뱀눈을 보자 안도할 수 있었다.

"그거야 뭐 어려운 일도 아니지. 사실 무리수는 너무 무식하고 힘만 세. 나라도 녀석한테 맞으면 그 자리에서 혀 깨물고 죽고 싶을 거야."

"잘 생각했어, 형. '하'만 벗어나게 해줘. 그것도 감지덕지할 거야."

"명심해라. 내가 여기 참석하고 있다는 거 행여 밖으로 새나갈라치면……."

뱀눈의 눈빛은 비장하기까지 했다. 칼잡이는 손사래를 치며 그를 안심시켰다.

"걱정 마. 내가 보증 설 테니까."

"야, 천식."

"예. 반장님."

"어찌 됐든 이제 너도 우리 모임에 동참하게 되었으니 혁명의 그날까지 힘써보자."

'혁명의 그날에 대해 당신은 얼마나 알고 있는데요?' 라고 소년은 묻고 싶었지만 비굴한 미소를 지으며 힘껏 고개를 끄덕였다.

⊙

멤버 대부분이 복리후생실을 빠져나갈 무렵 칼잡이는 꼬불쳐놓았던 청량음료를 들고 소녀에게 접근했다. 소녀는 자리를 정리하는 중이었다. 칼잡이는 방금 전 뱀눈을 형이라 불러대며 익살을 부리던 기백은 온데간데 없고 수줍은 변두리 숫총각처럼 떨리는 손으로 소녀에게 청량음료를 건넸다.

"이거 마셔."

하지만 소녀는 칼잡이를 물끄러미 쳐다볼 뿐이다. 그런 소녀의 무심함에 더욱 당황해진 칼잡이는 얼굴이 벌게지더니 소녀의 자리에 음료를 올려놓고는 뒷걸음질 쳤다.

험상궂은 인상에 전혀 어울리지 않는 수줍음이라니…… 그 광경은 참으로 꼴사나웠다. 소년은 칼잡이의 민망한 뒷걸음질을 보다가 소녀를 쳐다봤다. 그 순간 소녀와 눈이 마주쳤고 둘은 한동안 서로를 쳐다봤다. 갑자기 칼잡이가 소년의 손을 낚아채고는 비상계단 쪽으로 향했다. 소녀는 여전히 소년의 뒷모습을 진지하게 바라봤다.

"봤냐?"

"뭐?"

"방금 내 행동 말이야."

소년은 칼잡이를 얼핏 살피며 말끝을 흐렸다.

"뭐, 그럴 수도 있지……."

"네 부탁 들어주면 무슨 일이든 한다고 했지?"

"……?"

"저 계집한테 내 진심을 전달해줘. 그거면 돼."

칼잡이는 생긴 것 같지 않게 순정이 흘러넘쳤다. 사실 소년은 칼잡이가 무리한 요구를 해올 줄 알았다. 매일 아침 자신에게 공양하라든지, 자신의 작업복을 세탁하라든지 하는 물리적인 요구를 예상했는데 그와는 전혀 다른 제안에 소년은 도리어 당혹스러웠다.

⊙

비밀결사모임에 참석한 다음 날은 공교롭게도 월말이었고 생산능률을 결정하는 날이었다.

소년은 어떻게 하루를 보냈는지 모를 정도로 정신없이 지냈다. 어떤 결과가 나올지 두려워 머릿속이 캄캄했기 때문이다.

하지만 소년의 우려와 다르게 칼잡이의 로비는 결코 공수표가 아니었다. 오후 6시, 작업이 끝나고 작업반장 무리수와 뱀눈이 노동자들의 한 달 운명을 결정짓는 살생부를 들고 저승사자처럼 섰다. 여느 때와 다르지 않게 상·중·하 그룹을 결정했는데, 매월 최하 그룹을 벗어나지 못하던 소년의 이름이 호명되는 순간 발표자인 무리수가 뜨악한 표정을 짓는 게 아닌가. 무리수는 본능적으로 뱀눈을 쳐다봤지만 뱀눈은 애써 무리수를 무시했다.

무리수는 소년이 '중' 그룹에 속했음을 발표했다. 순간 노동자들이 소년을 흘겨보며 웅성거렸고, 무리수는 손에 쥔 멍키 스패너를 바닥에 던지며 단박에 술렁거림을 잠재웠다.

소년은 기쁨과 환희에 찬 얼굴로 칼잡이와 뱀눈을 번갈아 살폈다. 소년이 뱀눈에게 구십도 각도로 인사를 했는데, 뱀눈은 행여 자신의 농간이 발각될까 두려워선지 소년을 철저히 무시했다. 소년도 그제야 사태 파악을 하고는 서둘러 엘리베이터를 향해 걸음을 옮겼다. 체벌의 공포에서 벗어나게 된 소년은 기쁘고 흥분된 마음을 억누르지 못했다. 하지만 이것이 앞으로 거대한 비극을 초래할 서막이었음을 깨닫는 데는 그다지 오랜 시간이 필요하지 않았다.

◉

열흘이 지난 어느 날 점심시간. 여느 때처럼 게걸스럽게 급식판을 비운 소년은 42층 작업장 한편에 마련된 방갈로 구조의 노동자 임시휴게소에 들어가 낮잠을 자려 했다. 언제나 해오던 일과 중 하나였다. 방갈로는 몸을 잔뜩 웅크려야 겨우 눈을 붙일 수 있을 정도로 비좁았지만 점심때만 되면 그렇게 새우잠을 자곤 했다.

대충 자리를 잡고 눈을 감은 지 10분 정도 지났을 무렵 누군가 소년의 손을 거칠게 잡아 일으켜 세웠다. 졸린 눈을 비비고 일어난 소년은 가물거리는 대상을 올려다봤다. 칼잡이다. 익숙한 얼굴이지만 칼자국은 언제나 섬뜩하다. 소년은 단잠을 깬 것이 불쾌했지만 칼잡이의 행동을 감히 막지 못했다. 단지 따지듯 몇 마디 묻는 게 저항의 전부였다.

"어디 가?"

"41층."

"어떻게 내려가? 엘리베이터는 모두 통제됐잖아."

"병신. 비상계단은 폼으로 있냐?"

'비상계단도 작업반장이 지키잖아' 라고 따져 물으려다 소년은 입을 다물었다. 비상계단을 지키고 있는 건 무리수가 아닌 뱀눈이었다. 날카롭게 실눈을 뜨고 노동자들을 감시하던 뱀눈에게 칼잡이가 가볍게 인사를 하자 언제나 그래왔다는 듯 옆으로 슬쩍 비켜서며 당부의 말을 잊지 않았다.

"1시 안에 돌아와라. 늦지 말고."

그러나 칼잡이는 대꾸조차 하지 않았다. 소년은 칼잡이의 능청이 그저 놀랍고 부러웠다.

◉

소년은 태어나서 처음으로 41층에 내려왔다.

41층은 42층과는 다른 공정이 진행되는 곳이었다. 기계 대신 원형 컨베이어 벨트와 함께 작업대가 놓여 있었는데 거의 대부분 여성 노동자들로 구성되어 있었다.

소년은 그곳에서 은자를 만났다. 작업복 차림의 그가 여성 노동자들이 가득한 41층에서 무슨 일을 하는지 소년은 알 길이 없다. 하지만 작업반장이 있음에도 작업장 이곳저곳을 활보하는 걸로 봐서 확실히 은자는 암암리에 활동의 자유를 보장받은 인물임에 틀림없었다.

은자가 칼잡이와 소년을 발견했다. 칼잡이는 은자에게 정중히 인사했고, 은자는 다소 차갑게 바라보며 고개만 끄덕였다.

칼잡이는 소년을 다짜고짜 노동자 쉼터인 방갈로로 데리고 갔다. 대충 끼워 맞추듯 짜놓은 파티션 너머로 42층 노동자들과 다를 것 없이 웅크리고 잠을 자거나 수다를 떠는 여성 노동자들이 보였다. 소년은 자신을 이곳에 데려온 속사정을 묻지 않을 수 없었다.

"도대체 날 왜 이곳으로 데리고 온 거야?"

"저 안이야."

"뭐?"

"저기 보이지? 구석에 웅크리고 앉은 계집."

칼잡이는 손가락으로 한 사람을 가리켰다. 꽤 많은 여성 노동자들이 모여 있음에도 유난히 눈에 띄는 몽환적인 눈빛의 여자, 바로 소녀였다.

소녀는 언제나 그래왔던 것처럼 홀로 먼 곳을 응시하고 있었다. 그 눈빛을 9층이 아니라 41층에서 보게 되니 신선한 느낌이었다. 그건 소년 혼자만의 느낌은 아닐 것이다.

역한 입 냄새를 풍기며 칼잡이가 속삭였다.

"소녀에게 말 좀 건네. 가서 좀 친해지란 말이야."

"무슨 수로 저길 들어가?"

"대충 비집고 들어가. 그리고 좀 친해져. 모임 땐 대놓고 친한 척을 못하니까 여기서 시도해보란 말이야."

칼잡이는 자신의 인상이 워낙 험악해서 이성에게 호감을 주기 힘들기 때문에, 나름 미남 축에 드는 소년을 소녀와 친해지게 해서 자연스럽게 자신과의 만남을 성사시키려는 속셈이었다.

칼잡이의 청을 거절할 형편이 못 되는 소년은 어쩔 수 없이 여자들이 득실거리는 방갈로 안으로 들어갔다. 여자들은 신기한 눈빛으로 소년을 바라볼 뿐 말을 건네진 않았다.

소년은 여성 노동자들의 발을 밟으며 소녀에게 다가가는 데 성공했다.

막상 가긴 했지만 딱히 할 말이 생각나진 않았다. 당연한 거 아닌가. 이렇게 많은 사람들이 파리 떼처럼 모여 있는 방갈로에서 무슨 대화가 제대로 되겠는가. 소년의 난처함을 덜어준 건 오히려 소녀였다. 소녀는 자신의 코앞까지 다가온 소년에게 먼저 말을 건넸다. 처음으로 소녀와 소년이 말을 섞은 순간이었다.

⊙

12시 58분. 오후 작업 시작 2분 전 칼잡이와 소년은 각자의 자리로 돌아와 작업을 준비했다. 칼잡이가 잔뜩 흥분된 상태로 소년에게 물었다.

"무슨 말 했어?"

"별말 안 했어. 그냥……."

"자세히 말해."

"별말 아니라니까. 그게 그렇게 중요해?"

"당연하지. 소녀가 말문을 열었다는 게 중요한 거야."

칼잡이가 흥분하는 데는 그럴 만한 이유가 있었다. 소녀는 한 번도 말을 한 적이 없었다. 그런데 오늘 소녀가 먼저 소년에게 말을 건넨 것이다. 소년은 칼잡이의 흥분을 가라앉히기 위해서 방금 전 기억을 떠올리며 몇 마디 했다.

"밥 먹었냐. 어디서 일하냐. 모임엔 계속 나올 거냐. 뭐 그 정도였어."

"넌 뭐라고 했어?"

"칼잡이하고 같이 밥 먹었다. 칼잡이하고 같이 일한다. 그리고 칼잡이가 모임에 빠지지 않는 이상 나도 계속 모임에 나올 거다. 그렇게 대답했어."

칼잡이가 만족스러운 듯 소년의 머리를 야무지게 쓰다듬었다.

"짜식. 잘했어. 제법이야."

마냥 행복해하는 칼잡이를 보니 소년은 마음이 편치 않았다. 칼잡이의 기쁨이 오해일 수도 있기 때문이다. 칼잡이는 소녀가 말문을 연 것이 자신에게 마음을 열었다는 증거로 이해하고 있다. 그런데 그와는 무관할지도 모른다는 우려가 소년의 마음을 짓눌렀다. 소년을 바라보는 소녀의 눈빛이 예사롭지 않았기 때문이다. 혹시 그 눈빛이 자신을 갈구하는 눈빛이 아닌가 하는 생각을 하지 않을 수 없었다.

◉

그 후로도 소년 소녀의 대화는 계속되었고 언제나 소녀가 먼저 말을 건네는 식이었다. 대화의 주제 역시 무미건조했지만 칼잡이에겐 그 모든 것이 신기할 따름이었다.

며칠이 지난 어느 날 작업반장 무리수의 아침 조례 내용을 들은 소년은 가뜩이나 소심한 마음을 더욱 졸여야 했다. 무리수의 경고는 다름 아닌 비밀결사모임에 관한 것이었다.

"최근 우리 폐신 집합소에서 신성한 노동의 결과물인 공산품 생산에 불만을 품고 판을 갈아엎으려는 매우 불순한 모임이 숙주처럼 돋아난다는 제보가 입수됐다. 결코 그럴 리 없겠지만 만에 하나 우리 노동자들 중에서 그 모임에 참석하거나 관심을 보인 녀석이 발각되면 그땐 이 스패너를 볼기짝이 아니라 머리에 찍어줄 테니까 단단히 각오하는 게 좋을 거야."

소년은 단 한 번도 무리수가 비밀결사모임을 언급하는 걸 듣지 못했다. 그런데 자신이 그 모임에 참석하고 소녀와 말을 섞기 시작한 지 며칠이 지나지 않아 경고를 듣게 되니 가슴이 철렁 내려앉았다.

그러나 소년을 황당하게 만든 건 뱀눈과 칼잡이가 보인 태평함이었다. 멍키 스패너를 구국의 깃발처럼 휘두르며 불순한 무리의 발본색원을 부르짖는 무리수의 일갈에도 정작 골수 멤버인 칼잡이와 뱀눈은 태평하기까지 했다. 둘 다 '어디서 개가 짖나' 하는 뚱한 표정으로 딴청을 피우는 게 아닌가. 소년은 끝내 궁금증을 참지 못하고 쉬는 시간에 칼잡이를 화장실로 불러 자초지종을 물었다. 칼잡이는 오히려 소년의 소심함을 나무라며 단순무식한 무리수는 죽었다 깨어나도 결사모임 가담자를 색출할 수 없을 거라고 말했다. 하기야 42층의 행정을 도맡아 하는 건 버럭버럭 소리나 질러대는 무리수가 아니라 깡마른 뱀눈이란 것쯤은 42층 노동자라면 누구나 알고 있는 사실이다. 하지만 근심을 천형처럼 품고 사는 심약한 소년은 아무래도 안심이 되지 않았다.

⊙

소년의 근심이 마냥 기우만이 아님을 입증하는 사건이 41층에서 벌어졌다. 오전 작업 시간에 느닷없이 관리 세력이 들이닥친 것이다.

일방적으로 작업을 중단시킬 수 있는 권한은 연구원급 이상만 가질 수 있는 특권이다. 폐신 집합소에서 연구원급 이상의 위치에 있는 사람은 많지 않다. 연구원이라 해봤자 특별할 것도 없었다. 대체 무엇을, 어떻게, 어떤 목적으로 연구하는지 묻는다면 답할 말이 궁색할 정도로 폐신 집합소 연구원의 업무는 모호하기 이를 데 없었다.

두 명의 연구원을 데리고 등장한 노학자老學者는 청색 가운을 입고 있었다. 연구원들의 계급 역시 그들이 걸친 가운의 색상으로 구분된다. 일반 연구원은 백색 가운, 그들을 관리하는 연구원은 청색 가운을 걸치고 폐신 집합소 이곳저곳을 제멋대로 들쑤시고 다녔다. 은자는 얼굴 전체에 검버섯이 피고 이마에 주름이 자글자글한 노학자를 범상치 않은 표정으로 지켜봤다.

본래 은자와 노학자는 둘 다 연구원 출신이다. 연구원 자격을 갖추려면 전문 지식과 재능을 겸비해야 하는 법인데 그런 점에서 노학자는 은자보다 한 수 아래였다.

그러나 어떤 사회, 어떤 체제에서도 예외적인 신분 이동은 존재하는 법이다. 체제의 완전 전복이 아닌 체제 내에서의 이동은 그만큼 개인의 계급 상승보다는 계급 박탈로 이어지는 경우가 대부분이다. 은자의 경우도 예외는 아니었다. 모난 돌이 정 맞는다고 폐신 집합소에서는 도발적인 재기로 무장한 은자보다는 물 흐르듯 순응하며 그럴싸한 수사修辭에만 신경 쓰는 노학자 같은 지식인을 노골적으로 선호했다. 은자의 튀는 발언과 행동을 견제하기 시작한 독재자와 운영협의회 위원들은 그야말로 꼴같잖은 이유로 은자의 연구원 자격을 영구 박탈했고 그를 노동자 신분으로 끌어내리고 말았다.

노학자는 승승장구를 거듭해 연구 관리자—이를 다르게 말해 책사策士라는 거창한 고어로 부르기도 한다—자리에 올라 지금 은자를 찾아온 것이다.

은자는 노학자를 무시하고 작업에만 열중했다. 노학자는 근엄하게 보이는 겉모습과 다르게 말투는 영 상스러웠다.

"똥폼 잡는 건 여전하네."

"무슨 일이냐?"

"무슨 일은. 내 동무가 어떤 꼬락서니를 하고 있는지 오랜만에 염탐하러 왔지."

노학자는 은자가 포장한 공산품을 뺏어 바닥에 떨어뜨리고는 자신의 구둣발로 짓밟기 시작했다. 은자는 그제야 작업을 멈추고 짜증스럽게 한 마디 던졌다.

"용건이 뭐야?"

"아직도 미련 못 버리고 있는 거냐?"

"무슨 소리야?"

"말 안 해도 잘 알 텐데."

둘은 결정적인 단어를 발설하지 않으려고 필사적이었다. 바로 비밀결사모임과 관련된 것이다. 은자는 순간 표정이 굳었고 노학자는 은자의 표정 변화를 살피며 능글맞게 주절거렸다.

"조심해라. 아무리 옛 동무라도 봐주는 데 한계가 있다."

"네놈이 이러는 걸 보니 똥줄이 타는가보구나."

"뭐야?"

"어디 한번 두고 보자. 앞으로 이곳이 어떻게 변할지."

"그 전에 네 녀석이 지하로 떨어질지도 모르지."

"이 자식이."

순간 노학자를 따라온 연구원과 은자, 그리고 노동자들의 얼굴이 납처럼 굳어졌다. 이들은 지하 공간을 지옥 또는 카오스 필드chaos field라고 부른다. 폐신 집합소가 정한 규칙을 거역하는 역모를 꾸미거나 특별히 게으른 인간 망종들의 최후 유배지. 지상에서 살아가는 이들은 누구도 가본 적이 없었기에 자연스레 그곳은 막연한 공포의 대상일 뿐 아무도 그곳이 어떤 곳인지 알지 못했다.

노학자의 경고를 들은 은자는 잠시 긴장했지만 이내 평정을 되찾고 되받아쳤다.

"길고 짧은 건 대봐야 알겠지. 이 사이비야."

노학자는 노기 가득한 얼굴이었지만 별다른 말을 하진 않았다. 대신 손가락을 겨누어 경고의 표시를 한 다음 연구원들을 이끌고 우르르 41층을 빠져나갔다.

⊙

그날 저녁도 어김없이 비밀결사모임이 열렸다. 소년은 슬슬 이 모임이 따분해지기 시작했다. 첫날 은자가 쏟아낸 사자후는 소년을 그야말로 폭풍전야 속으로 몰아넣기에 충분했다. '혁명이 일어나야 한다, 하루 세 끼 밥이나 얻어먹는 걸 노동의 모든 대가로 생각하는 우매함에서 깨어나야 한다'는 은자의 연설은 소년에겐 청천벽력과도 같았다.

그런데 시간이 지나면서 그 충격은 서서히 잦아들었다. 그리고 열흘째 되던 날 소년은 혁명을 담보로 한 이 대단한 모임에 참석한 칼잡이가 어째서 시도 때도 없이 코딱지만 후벼 파는지 짐작할 수 있었다. 물론 대놓고 물어본 건 아니지만 어느 순간 소년 자신도 코를 후비지 않고는 못 견딜 만큼 지루해진 것이다. 혁명과 지루함, 조화롭지 못한 두 단어가 공존할 수 있었던 건 바로 은자의 연설이 첫날 소년이 들었던 충격에서 단 한 발자국도 나아가지 않았기 때문이다. 은자는 줄기차게 인권과 혁명을 주장했다. 하지만 그게 전부였다. 석연치 않은 모임은 매번 그렇게 끝났다. 은자는 현란하게 미사여구를 남발하곤 했지만 까놓고 보면 그 말이 그 말이었다.

소년은 최근 은자의 레퍼토리가 고갈되고 있다는 느낌을 받았다. 그런 느낌과 함께 자신을 바라보는 소녀의 노골적인 시선이 은근히 부담스러워졌다.

은자는 연설 내내 소녀의 눈치를 살폈다. 그건 소년이 모임에 참석한 지 한 달째 되던 날 발견한 사실이다. 다른 이들도 눈치 챘는지 모르겠지만 소년의 눈에 비친 은자는 틀림없이 소녀에게서 무언가를 갈구하고 있었다. 은자가 무엇을 갈구하는지는 잘 모르겠지만 심지어 은자가 하는 연설의 근거도 소녀에게서 구하고 있다는 생각까지 들었다.

소년이 그런 느낌을 받게 되자 소녀가 더욱 노골적으로 소년을 바라보기 시작했다. 소녀는 언제나 그랬던 것처럼 모임 내내 오직 소년만을 뚫어지게 바라봤다.

이러한 소녀의 변화를 간파한 이가 있으니, 오직 소녀의 환심을 사기 위해 비밀결사모임에 참석하는 칼잡이와 혁명 운운하는 은자였다. 이 둘의 시선은 비록 차이는 있으나 분명한 공통분모가 존재했는데 그건 바로 불안이었다. 은자도, 칼잡이도 소년을 바라보는 소녀의 뜨거운 시선이 자신들에게 치명적으로 불리하게 작용할지 모른다는 불안 때문에 가슴을 졸였던 것이다. 물론 그때까지도 소년은 이 둘의 불안을 전혀 짐작하지 못했다.

⊙

오후 8시. 은자의 연설이 끝나자 모두들 자리를 정리하는 분위기였다. 칼잡이와 뱀눈은 건들거리며 다른 작업반장들과 시시콜콜한 농담을 주고받다가 나갔고, 소녀 역시 은자의 물건들을 정리하고는 이내 자리를 떠났다.

복리후생실에 혼자 남게 된 소년은 불편한 상황과 맞닥뜨릴 수밖에 없었다. 평소대로라면 소년은 칼잡이의 뒤를 따라 비상계단으로 내려갔을 것이다. 그런데 오늘은 은자가 소년과의 독대를 요청한 것이다. 소년은 궁금해서 견딜 수 없었다. 도대체 자신에게 무슨 용건이 있기에 남으라고 했을까.

소년의 바람과 다르게 은자는 말을 빙빙 돌렸다. 일은 힘들지 않느냐. 생산능률은 괜찮으냐 등등.

그렇게 1시간 정도 지났을까. 참다못한 소년이 뭣 마려운 강아지처럼 안절부절못하며 말을 뱉어버렸다.

"시간이 너무 지났어요. 이제 그만 돌아가야 해요."

"돌아가면 뭐 대단한 거라도 있나."

"취침 검사 때 잠들지 않으면 벌점을 받잖아요."

소년은 그것도 모르냐며 은자에게 볼멘소리를 했다. 작업반장의 체벌이 두려운 소년은 지금까지 단 한 번도 10시 이후에 잠든 적이 없었다. 그런데 벌써 9시가 넘은 게 아닌가.

소년의 호소가 효과가 있었는지, 은자는 비로소 소년을 부른 용건을 말했다. 분위기가 진지해지는 게 영양가 없는 잡담이나 주고받던 좀 전과는 사뭇 달랐다.

"잠을 왜 자는데?"

"잠을 왜 자다뇨. 밤이 되면 자야죠. 그래야 다음 날 일어날 수 있잖아요."

"그대는 혹시 꿈을 아는가."

"꿈이요? 그게 뭔데요?"

"모르는 게 당연하지. 꿈도 모르면서 어떻게 잠을 잔다고 말할 수 있지?"

"도대체 무슨 말인지 모르겠어요."

"아주 간단히 설명해주지."

마른 침을 삼킨 은자가 눈을 부릅뜨고 말을 이었다.

"사람이 잠을 자는 이유는 단지 생리 현상 때문만이 아니야. 바로 꿈을 꾸기 위해서지."

"도대체 꿈이 뭔데요?"

"꿈은 현상계에선 결코 깨닫지 못하는 진리를 가르쳐주는 전무후무한 영혼의 통로야."

"······?"

"사실 우리는 꿈을 꾸기 위해 잠을 자는 거야. 그런데 이곳에선 꿈조차도 알지 못하지."

"꿈을 꾼다는 게 무슨 의미죠? 잠을 자다가 무슨 이상한 행동이라도 하는 건가요?"

"사람은 생각이라는 걸 해. 그렇지만 생각을 한다고 몸이 그대로 반응하는 건 아니잖아. 안 그래? 생각은 생각일 뿐이지. 마찬가지야. 우리가 잠들었을 때, 우리 무의식이 생각을 하는 거야. 그런데 이 현실은 너무나 답답하기 때문에 꿈을 이용해 생각의 문이 열리게 되면 자연히 혁명을 할 수 있는 거야. 이곳의 헝클어진 고통 역시 해명할 수 있을 테고."

은자는 점점 흥분 상태에 빠졌다. 소년은 은자가 '꿈'이란 단어를 말할 때마다 짜릿해하며 눈빛이 흔들리는 것을 보았다.

소년이 지금 '꿈'이란 단어를 모르는 것은 당연하다. 그건 이곳 폐신 집합소에 모인 대부분의 인종들이 갖고 있는 무지함이다.

그래서 은자는 소년이 멍한 표정을 짓는 걸 보고도 나무라지 않았다. 은자는 두 손 들어 항복 표시를 하며 말했다.

"자. 이쯤 해두지. 여하튼 잠을 자는 건 꿈을 꾸기 위한 거야. 그 통로가 열릴 때, 내가 이토록 침 튀겨가며 말하던 혁명을 할 수 있는 길이 열린다 이 말이야."

"하나 물어볼게요."

"해봐. 얼마나 대단한 질문을 할진 모르지만."

"은자님은 꿈을 꾸세요?"

"이런 빌어먹을."

은자는 할 말이 떠오르지 않거나 머릿속에서 맴돌 때 습관처럼 '빌어먹을' 이라는 말을 중얼거렸다. 소년의 질문을 받고 은자는 한동안 '빌어먹을' 이라는 말만 되풀이하더니 허탈한 표정으로 솔직하게 대답했다.

"난 꿈을 못 꾼다. 그대와 별반 다를 게 없어. 미치고 환장할 노릇이지."

"그럼 누가 꿈을 꾸죠?"

"소녀."

"소녀가요?"

"오직 그 아이만이 꿈을 꿀 수 있지."

"음."

"내가 지금 누굴 말하는 건지 아나?"

"은자님 옆에 앉아 있는 여자 아이 말하는 거 아닌가요?"

"그래. 요즘 네 녀석 얼굴만 빤히 쳐다보는 그 아이 말이야."

드디어 은자가 소년을 남게 한 이유를 거론했다. '자신을 빤히 바라보는 아이' 그 말을 듣는 순간 소년은 가슴에 무거운 돌이 내려앉는 것 같은 중압감을 느꼈다. 은자가 팔짱을 끼고 소년을 고압적으로 내려다보며 말을 이었다.

"그 아이가 꿈을 꾸지. 엄청난 무의식의 세계를 연단 말이야. 난 그 꿈의 언어를 가지고 지금까지 풀 수 없었던 이곳의 엄청난 비밀을 알아내고 그 체계에서 해방되는 방향을 모색할 수 있는 거지. 그런데 말이야."

"……?"

"그런데 최근에 와선 그 아이가 내게 꿈 이야기를 들려주지 않아. 이제 정말 얼마 안 남았는데 말이지."

"뭐가요?"

"혁명을 위한 핵심 키워드. 노동자들의 심장 속에 노동의 정당한 대가라는 의미를 심어주고, 이 건물 안에서 상상을 초월하는 분노의 후폭풍을 일으키는 혁명의 꿈 말이지."

은자는 왜 그걸 이해하지 못하느냐고 다그치듯 힘주어 '키워드'라는 단어를 주입시켰다. 그러고는 이내 절망하며 중얼거렸다.

"내가 곰곰이 생각해봤어. 소녀의 눈빛이 흐리멍덩해지고 내게 그 비상한 꿈의 조각들을 들려주던 열정이 식어버린 때가 언제부터인지 말이야."

은자의 독백은 오래가지 않았다. 그는 이미 문제의 답을 찾았다는 듯 분노의 눈빛을 소년에게 쏟아냈다.

"그건 바로 네 녀석과 칼잡이가 점심시간에 소녀를 찾아간 뒤부터였어."

"소녀의 눈빛이 흐릿해졌다는 말엔 동의할 수 없어요."

"네깟 놈의 동의가 중요한 게 아니야. 결과가 모든 걸 말해주니까."

은자는 조금만 더하면 소년의 뺨을 후려칠 기세였다. 하지만 은자는 스스로를 통제했다. 크게 한 번 심호흡을 한 그는 다시금 인자한, 하지만 억지스런 미소를 지으며 소년에게 타이르듯 말을 이었다.

"내가 부탁하고 싶은 건 단 한 가지야. 더 이상 소녀를 자극하지 말아줘. 내 정중히 부탁하지."

"전 단지 그 아이와 몇 마디 나누었을 뿐이에요."

"그래. 물론 그럴 수 있어. 그 나이 때 호기심이 없을 순 없겠지. 하지만 말이야. 소녀는 특별한 아이야. 그대도 그걸 알아야 돼. 꿈을 꾼다는 건 말이야, 그야말로 흔치 않은 일이라고. 그러니 그 섬세한 소녀를 방해하지 말았으면 좋겠어."

소년은 왠지 고개를 끄덕이고 싶지 않았다. 은자의 말뜻을 모르는 건 아니지만 도대체 무슨 이유 때문에 자신이 소녀와 말을 섞은 게 잘못인지 이해하기 어려웠다. 은근히 부아까지 치밀었다.

은자는 소년의 뺨을 툭툭 치며 침묵으로 저항하는 소년을 짓누르려 했다.

⊙

다음 날 점심시간. 칼잡이는 이 날만큼은 41층으로 소년을 데리고 오지 않았다. 이쯤 되면 충분하다고 판단한 걸까. 소년은 칼잡이에게 경과를 보고했었다. 비록 소녀와의 대화는 칼잡이와 아무 관계도 없는 내용이었지만, 그래도 칼잡이를 실망시킬 순 없다는 생각에 선의의 거짓말을 했다. 소녀가 칼잡이에게 호감을 갖고 있는 것 같다는 식으로 말이다.

순진한 걸까, 아니면 소녀를 연모하는 마음이 워낙 강렬해서일까. 소년의 거짓말을 액면 그대로 받아들인 칼잡이는 결국 지금 41층 방갈로 앞에 홀로 서 있는 것이다. 수많은 여성 노동자들은 칼잡이의 얼굴 절반을 차지한 칼자국을 슬금슬금 곁눈질했다. 칼잡이는 그녀들의 시선을 받는 것이 죽기보다 싫었다. '칼자국이 생긴 건 어쩔 수 없는 사고 때문이야!' 아무리 그렇게 소리쳐도 부질없는 일이라는 걸 잘 알기에 칼잡이는 애써 그녀들의 시선을 무시했다. 칼잡이는 장미꽃 백 송이를 들고 어리뜩한 스텝을 밟으며 몽환 속에 빠져 있는 소녀를 향해 걸어갔다. 칼잡이의 갈지자걸음 때문에 여성 노동자 몇 명이 녀석에게 발이 밟혀 비명을 질렀는데, 그때서야 소녀는 칼잡이를 의식했다. 12시 40분. 시간을 확인한 소녀의 얼굴이 서서히 변해갔다. 질문을 한가득 입에 문 것 같은 표정이다. 칼잡이는 그런 소녀 앞에 다가가 무릎을 꿇었다. 칼잡이는 장미를 소녀에게 들이밀며 떨리는 목소리로 말문을 열었다.

"소…… 소녀…… 내…… 내 사랑을 받아줘……."

침묵만 가득했다. 칼잡이는 참다못해 아무 반응도 보이지 않는 소녀를 올려다봤다. '소녀가 지금 나를 쳐다보고 있다.' 그녀와 눈이 마주친 것은 이번이 처음이다. 순간 칼잡이의 심장이 격하게 요동쳤다. 하지만 소녀의 눈빛은 차가웠다. 상대로 하여금 어떤 여지도 허용하지 않겠다는 결단이 엿보이는 눈빛이다. 아니나 다를까, 잠시 후 소녀는 구애의 상징인 장미꽃은 거들떠보지도 않고 칼잡이의 심장을 난도질하는 충격적인 한 마디를 내뱉었다.

"소년은 어디 있어?"

"뭐?"

"왜 안 와?"

소녀가 처음으로 칼잡이에게 말을 건넨 기념비적인 사건으로 평할 수도 있지만, 소녀의 물음은 칼잡이를 절망 속으로 밀어 넣기에 충분했다. 소녀의 관심사는 칼잡이가 아니었다. 하지만 칼잡이는 소녀가 자신에게 말을 붙여준 것에 감지덕지하며 비교적 친절하게 답했다.

"머…… 머리가 아프다고 해서."

"많이 아프대?"

"그…… 그런가봐……."

대답이 끝나기 무섭게 소녀가 자리에서 일어났다. 소녀의 동료들은 이런 둘의 풋내기 사랑놀음을 꼴사납게 지켜보며 저마다 제 동료에게 한 마디씩 속닥거리느라 분주했다.

소녀가 나가려 하자 칼잡이는 자신도 모르게 그녀의 무릎을 붙잡았다.

"내…… 내 고백에…… 대답해줘."

"뭐?"

"내 사…… 사랑을 받아…… 달라고."

"싫어."

"왜 싫은데?"

"그냥."

"솔직하게 말해. 혹시 내 얼굴에 난 칼자국 때문에 싫은 거야?"

"아니."

"그럼 왜 싫어?"

"그냥 싫어. 싫은 데 이유가 있어야 돼? 그런 법이라도 있어?"

"하……."

"이제 놔줘. 대답했으니까."

순간 칼잡이의 두 손에서 기운이 스르륵 빠져나갔고 장미꽃은 바닥에 떨어졌다. 칼잡이의 손길에서 벗어난 소녀는 그대로 방갈로를 빠져나갔고, 여성 노동자들은 하나둘씩 모여 방갈로 바닥에 떨어진 장미꽃을 쟁취하는 데 분주했다. 칼잡이는 여전히 무릎 꿇은 자세 그대로 온몸을 부들부들 떨었다. 녀석은 억세게 주먹을 움켜쥐었다. 입술까지 앙다문 칼잡이의 얼굴은 배신감에 끔찍하게 일그러졌다.

⊙

1시 15분, 42층 작업장. 칼잡이의 얼굴은 분노로 가득했다. 작업이 개시된 지 15분이나 지났다. 그런데 언제나처럼 칼잡이의 옆자리에 있어야 할 소년이 보이지 않았다. 이 의외의 상황을 알아차린 건 바로 뱀눈이었다. 무리수와 뱀눈은 42층을 두 구역으로 나누어 노동자들의 능률과 움직임을 감시하는 역할을 맡아왔다. 혹시 무리수가 소년의 부재를 알아차린다면 어떻게 될까. 뱀눈은 무리수의 막무가내 스타일을 부담스러워했다. 뱀눈은 짜증 가득한 얼굴로 칼잡이에게 다가와 소년은 어디 갔냐고 물었다. 칼잡이는 대충 얼버무렸다.

"아침부터 속이 이상하다고 했어요. 오전 휴식시간에도 화장실 변기를 차지하고선 나오질 않던데요."

"그래도 30분을 넘기면 곤란해. 네가 가서 끌고 오든지 해. 어서."

뱀눈은 10여 미터 정도 떨어진 곳에 자리를 잡고 앉아 꾸벅꾸벅 졸고 있는 무리수의 눈치를 살피며 말했다. 칼잡이는 예의상 고개를 끄덕이며 시간을 확인했다. 1시 20분. 녀석은 순간 머리를 굴렸다. 자신의 구애가 짓밟힌 시각이 대략 12시 40분경이다. 그때 소녀는 소년을 찾았고 자리에서 일어났다. 자신이 42층으로 돌아왔을 때가 12시 50분이었고 여전히 소년의 모습은 보이지 않았다. 계산대로라면 둘은 30분 동안 사라졌다. 도대체 무슨 이유로 둘의 잠행이 30분이나 지속되는지 칼잡이는 종잡을 수 없었다. 둘이 어디로 갔는지는 중요하지 않다. 약간만 눈을 돌리면 은밀한 시간을 가질 장소는 무궁무진하다. 칼잡이는 알 수 없는 불안감에 치를 떨었다. 무슨 이유로 둘만의 은밀한 장소를 찾아야 했는지가 더 중요했다. 칼잡이의 불안한 심리를 헤아린 걸까. 뱀눈은 더 이상 소년의 행방을 묻지 않고 슬금슬금 뒷걸음치며 다른 노동자들의 근태를 점검했다.

⊙

40층. 소년도 불안하긴 마찬가지였다. 소년은 안절부절못하며 낡은 괘종시계의 분침과 소녀의 얼굴을 번갈아 살폈다. 반대로 소녀는 터무니없이 태평했다. 인간이 가질 수 있는 모든 감정이 휘발되어버린 것 같은 무표정. 소년은 사람이 어떻게 저런 표정을 지을 수 있는지 의아해했다. 하지만 꿈을 꿀 수 있는 자는 저런 표정을 짓는 것도 어렵지 않겠다는 생각을 했다.

둘은 화장실 칸막이 안에서 서로의 얼굴을 맞대고 서 있었다. 40층은 41층 기계에서 조립되어 나오기 전 원판 공산품의 도색 작업이 진행되는 곳이다. 비밀결사모임을 알기 전 소년은 이런 일탈은 엄두조차 낼 수 없었다. 기계와 다름없는 42층 노동자들은 이제껏 단 한 번도 일탈이나 예외를 생각하지 못했다.

지금 소년의 눈은 괘종시계의 분침에만 집중되어 있다. 현재 시각 1시 10분. 소년은 마른 침을 삼켰다. 지금 들어가도 작업반장의 불호령이 떨어질 테고 문제가 커지면 무리수의 가혹한 체벌이 뒤따를 것이다.

한데 이런 소년의 애타는 심정을 아는지 모르는지 소녀는 급기야 소년이 일부러 슬쩍 열어놓은 화장실 문마저 잠가버렸다. 소년은 놀라면서 최대한 경고하듯 말했다.

"왜 이러는 거야? 난 가봐야 돼."

"너 보기보다 겁쟁이구나."

"겁쟁이라서가 아니라 1시 이후에 기계 앞을 떠난 적이 한 번도 없기 때문이야."

"그게 겁쟁이지 뭐야."

"이유가 뭐야?"

"무슨 이유?"

"이 시간에 날 이곳으로 데려온 이유 말이야."

소년은 정말 모르겠다는 표정을 지었다. 소녀는 그런 소년을 보며 천연덕스럽게 말을 이었다.

"너…… 나 좋아하지?"

"뭐?"

"날 매일 바라봤잖아."

"네가 날 바라본 게 아니었어?"

"어쨌거나, 날 보기 위해 매일 모임에 나온 거잖아."

"……."

"네가 혁명을 알아, 꿈을 알아? 넌 모르잖아. 아무것도 모르잖아."

소년은 분명한 답을 들려주어야 했다. 너에게 사랑을 고백하고 싶은데 생긴 것과 다르게 좋아하는 여자 앞에서 말조차 더듬는 칼잡이의 마음을 대신 전해주기 위해 매일 너를 지켜봤던 거라고 소년은 분명히 말해야만 했다. 그런데 웬일인지 소년은 꿀 먹은 벙어리가 되었다. 그런 소년의 망설임을 사랑의 수줍은 표현으로 오해한 소녀는 한층 더 대담하게 도발했다.

어느새 소녀는 소년의 바지를 벗기기 시작했다. 소년은 소녀가 무슨 짓을 하는지 알지 못했기에 저항하지 않았다. 얼마 지나지 않아 소녀의 거침없는 애무로 소년은 달아오르기 시작했다. 야위고 여린 체구의 소년이지만 역시 수컷이다. 소녀의 애무를 소년의 머리는 도저히 수용하지 못했지만 몸만큼은 충실하게 반응했다. 소녀는 처음으로 만족스러운 표정을 지으며 주술을 외는 어린 무녀처럼 속삭였다.

"나도 처음엔 꿈을 꾸는 게 좋았어. 흥미로웠지. 하지만."

"……?"

"이젠 지루해. 모든 게 지루해. 도망가고 싶어."

"꿈을 꾸면 어떻게 되는 거야?"

"혁명이 일어나는 거야. 제대로 된 꿈을 꾸면 말이야."

"지금까지 넌 꿈을 꿔왔다고 했잖아. 그런데 왜 혁명이 일어나지 않았어?"

"은자는 내 꿈을 퍼즐 조각으로 믿고 있어. 각각의 퍼즐들이 맞춰지고 설계도가 완성되면 꿈에서 봤던 대로 혁명이 일어난다고 했어."

"혁명이 일어나면 어떻게 되는데?"

"나도 몰라. 그건 은자 같은 늙은이들 몫이야. 그래서 지루해. 은자와 모임에 참석한 사람들은 혁명이란 두 글자만 들어도 좋아라 하는데 난 도무지 모르겠어. 난 그저 꿈만 꿀 뿐인데. 단지 그뿐인데."

"……."

"그래서 지루해진 거야."

소녀는 소년의 입술에 자신의 입술을 포갰다. 순간 뜨거운 감각이 화마가 되어 소년의 얼굴을 휘덮었다. 소년은 소녀를 밀쳐버릴 듯 버둥거렸다. 소년의 두 손은 어느새 소녀의 허리와 머리를 감싸 쥐었고 누가 가르쳐준 적도 없지만 자신의 딱딱해진 성기를 소녀의 몸속에 밀어 넣는 도발을 감행했다.

몇 번의 짧은 용틀임이 있은 뒤 소년은 비명 같은 한숨을 내쉬며 어설프지만 격렬한 섹스를 마감했다.

사정을 한 소년은 오히려 소녀가 자신보다 더 불안해한다는 사실을 감지했다. 소년은 '뭐가 그리 불안하냐.'고 묻고 싶었지만 녀석은 끝내 아무것도 묻지 않았다. 그저 자신이 쏟아낸 정액을 닦아내는 데 열심인 소녀를 허탈하게 바라볼 뿐이었다.

⊙

오후 1시 40분이 되어서야 소년은 자신의 기계 앞에 설 수 있었다. 소년의 우려와는 다르게 허탈할 정도로 아무 일도 일어나지 않았다. 무리수는 처음부터 소년의 자리엔 관심도 갖지 않았고, 뱀눈은 소년을 불만스럽게 째려보긴 했지만 별다른 말은 없었다. 팔은 안으로 굽는 법. 소년은 어엿한 비밀결사모임의 멤버다. 소년을 대하는 뱀눈의 태도가 예전처럼 싸늘하지만은 않다는게 그 반증이다.

그렇다고 문제의 불씨가 완전히 소멸된 건 아니다. 작업반장의 눈치를 살피는 게 차라리 편하겠다는 생각이 들 정도로 작업 시간 내내 칼잡이가 불성실한 작업 태도를 연출했기 때문이다. 칼잡이는 박스에 넣을 공산품 개수를 정확히 맞추지 않고 대충 욱여넣어 감시원들의 빈축을 샀다. 보다 못한 무리수가 전체 작업을 멈춰 세우곤 앞뒤 가리지 않고 칼잡이를 향해 주먹을 휘둘렀다. 난폭하지만 어딘가 모르게 우스꽝스럽게 과장된 무리수의 주먹놀음이 시작되자 뱀눈이 티 나지 않게 칼잡이를 비호했다. 칼잡이는 대충 고개를 숙이고 몸을 웅크려 무리수의 주먹질을 관례처럼 받아들였다. 무리수는 더욱 성이 나 씩씩거렸지만 별 소득은 없었다. 원래 무리수가 목표로 했던 건 칼잡이의 겁에 질린 모습이었다. 자신의 포악한 체벌에 지레 겁을 먹고 잠시 동안 나태했던 근무 태도를 바로잡는 훈육이 되길 갈망했는데, 칼잡이의 표정은 기대와는 정반대였다. 불만과 끝 모를 지루함에 사로잡힌 칼잡이의 표정은 그야말로 변두리 뒷골목의 권태를 그대로 빼닮았다. 소년은 그런 칼잡이를 보며 등골이 오싹해지는 전율을 느꼈다. 이유인즉 칼잡이의 핏발 선 눈이 집요하리만치 소년을 노려보았기 때문이다. 더 놀라운 건 칼잡이가 무리수에게 난타당하는 그 순간에도 소년만 뚫어져라 노려보았다는 사실이다. 소년은 차라리 오후 휴식 시간이 오지 않기를 간절히 기도했다.

◉

무리수의 난동으로 10분 정도 작업이 멈추긴 했지만 할당된 작업량을 채우는 데는 별 지장이 없었다. 소년의 간절함과는 달리 오늘도 예외 없이 오후 휴식 시간이 주어졌고 간식 배달원들이 오늘의 간식을 나눠주었다. 오늘의 간식은 보름달 빵이다. 일주일에 한 번은 반드시 돌아오는 단골 메뉴다.

그러나 소년은 보름달 빵을 맛나게 먹을 여유가 없었다. 빵을 받아 자신의 자리로 돌아오려는 순간 칼잡이가 먹이를 가로채는 살쾡이처럼 소년의 목을 움켜쥐더니 그대로 화장실로 끌고 가는 게 아닌가. 오늘처럼 화장실이 천국과 지옥으로 변한 적이 다시 있을까.

소년은 칼잡이가 자신을 벽에 밀친 다음 화장실 문을 잠그는 것을 보고 놀라서 물었다.

"왜 이러는 거야?"

하지만 칼잡이는 소년의 물음에 답을 해줄 만큼 순진하지 않다. 칼잡이는 뒷주머니에 찔러둔 잭나이프를 들이대는 것으로 대답을 대신했다. 칼잡이의 잭나이프는 흔히 볼 수 있는 물건이 아니었다. 칼끝이 용의 꼬리처럼 예리하게 휜 형태는 누구라도 한 번쯤 '저 칼에 찔리면 어떤 기분이 들까.' 하는 주책없는 공상을 할 정도로 정교한 자태를 뽐냈다.

그러나 공상은 공상일 뿐이다. 현실은 소년의 다리 힘이 순식간에 풀릴 정도로 냉엄했다. 소년은 지레 겁을 먹고 그 자리에 주저앉았다. 칼잡이는 소년의 코앞까지 다가왔다. 칼잡이의 입 냄새가 역했지만, 그런 걸 따질 만큼 여유롭지 못했다. 어떻게 해서든 이 상황을 벗어나야만 한다. 이런저런 생각이 교차하던 그 순간 칼잡이의 취조가 시작됐다.

"묻는 말에 솔직하게 대답해라."

"뭘?"

"다 알고 있으니까 거짓말할 생각일랑 집어치우는 게 좋아."

칼잡이는 소년의 사타구니에 잭나이프를 갖다 댔다. 소년의 하체가 순간 꿈틀거렸다.

"점심시간에 소녀와 무슨 짓을 한 거냐?"

"칼…… 칼잡이. 흥분하지 마. 내 말부터 들어."

"너…… 네 임무가 뭔지 잊었어?"

"아니야. 한순간도 잊지 않았어."

"점심시간에도 잊지 않았다고?"

"잊지 않았어. 오늘 점심시간에는 말하려고 했어. 칼잡이가 너

를 좋아하는 것 같다고, 잘 사귀어보라고 말하려고 했어. 진심이
야."

"그런데?"

"그런데……."

"그런데 왜 네놈 몸에서 소녀의 냄새가 나는 거야?"

"무슨 냄새?"

"지금 이 냄새가 안 난단 말이야? 네 작업복 냄새와 소녀의 풋풋
한 냄새가 뒤엉킨 이 최악의 냄새 말이야. 음탕하고 부정한……. 쓰
레기 같은 불순함으로 가득한……."

도대체 무슨 말을 지껄이는지 소년은 이해하지 못했다. 음탕, 부
정, 불순함. 은자도 종종 연설 중에 방언처럼 이런 단어를 중얼거리
곤 했다. 그때마다 소년은 저들만의 세계가 존재한다는 생각을 했
을 뿐이다. 그렇지만 지금은 한 가지만큼은 이해할 수 있었다. 바로
칼잡이가 소녀와 자신 사이에 벌어진 망측한 사건을 알고 있다는
사실 말이다. 끝도 없이 분노를 쏟아내는 칼잡이의 두 눈동자가 증
거였다. 그 공포에 감전된 소년은 어느 순간부터 바지에 오줌을 지
리고 있었다.

칼잡이는 소년을 죽여버릴까도 고민했지만 죽이지 않았다. 자신
을 배신한 존재가 지금 바지에 오줌을 지리고 있다. 칼잡이는 고개
를 저으며 엄청난 후폭풍을 가져올 말을 소년에게 했다.

"내가 널 죽이지 않아도 지금부터 너에겐 지옥이 될지도 모르겠
다."

"……?"

"묻고 싶다. 소녀에게."

"……."

"너 같은 녀석이 뭐가 좋았는지."

"……."

"직접 물어볼 거야. 그래서 만약 내가 납득할 수 없는 답을 듣는다면……."

"……."

"그땐 너 죽고 나 죽고, 다 돼지는 거야."

⊙

그로부터 일곱 달이란 시간이 지났다.

하루 8시간, 휴일 없이 동일한 작업만 하는 소년에게 일곱 달이란 시간은 아무런 의미가 없었다. 지금까지 살아온 이력만 봐도 분명 그랬다.

하지만 비밀결사모임에 참석하고 소녀를 만난 뒤에 보낸 일곱 달은 초조와 긴장의 연속이었다.

소년은 소녀와 관계를 맺은 뒤부터 무언가 색다른 기쁨이 있을 거라 기대했다. 그때 기분을 뭐라고 표현해야 할까. 여태껏 소년을 짓눌러온 나날의 돌파구가 되는 느낌, 미답의 세계에 도달한 것과 같은 짜릿함이라고 해야 하나.

그렇지만 소년은 순식간에 내리막길을 걸었다. 소녀와의 관계는 말 그대로 비루한 추억으로만 존재했다. 이유인즉 추억을 공유해야 할 소녀가 보이지 않았기 때문이다. 자그마치 일곱 달 동안 말이다.

소년은 소녀의 부재를 도저히 납득할 수 없었다. 작업반장이나 다른 관리들은 어떨지 모르나 노동자는 단 하루도 작업장을 벗어나서는 안 된다. 몸이 바스러질 듯 아프다면 하루 정도는 쉴 수 있지만 그것도 한 달에 하루가 고작이다.

소녀는 틀림없이 노동자다. 그런데 일곱 달이나 사라지다니. 하지만 소년은 '어떻게 한마디 말도 없이 증발해버릴 수 있냐'는 푸념만 했다.

⊙

소년은 혹시나 하는 마음에 매일 41층 방갈로와 비밀결사모임을 찾아갔다. 하지만 그때마다 소년은 우울해졌다. 소년은 자신이 갈 수 있는 곳은 모두 뒤졌다. 소녀가 갈 만한 곳은 죄다 찾아보았다고 생각했다. 적어도 비밀결사모임에는 참석할 거라 생각했다. 하지만 소녀는 끝내 모습을 드러내지 않았다. 소녀의 부재가 당혹스러운 건 소년 혼자만이 아니었다. 소년에게 소녀의 부재는 우울함이었지만, 비밀결사모임의 수장 은자는 몰락을 코앞에 둔 심정이었다.

하지만 은자는 여전히 자신의 연설에 광분했다. 불 보듯 뻔한 얘기를 천기를 누설하는 것처럼 침까지 튀어가며 연설을 해대는 통에 결사모임의 일원들은 기립 박수를 치기까지 했다.

그러나 아무것도 모르는 소년이라도 한 가지는 알 수 있었다. 은자가 열정적으로 연설을 하는 이유는 공허함 때문이라는 사실 말이다. 소년은 조심스럽게 칼잡이의 눈치를 살폈다. 칼잡이는 소녀가 사라진 것에 관심이 없는 것 같았다. 소년에게 칼을 들이민 뒤부터는 믿을 수 없을 만큼 조용해졌다. 그 정적이 섬뜩한 위협으로 다가올 정도로.

칼잡이는 소년과 어떤 말도 섞지 않았다. 묵묵히 작업하는 척하며 어울리지 않게 무언가를 고뇌하는 모습을 보이기도 했다. 가끔 비밀결사모임에는 참석했지만 확실히 칼잡이는 초심을 잃은 것 같았다. 뱀눈이 혁명에 대한 칼잡이의 열정을 되살리기 위해 독려했지만 자기만의 세계에 빠진 칼잡이는 뱀눈의 조언을 귀담아듣지 않았다. 칼잡이는 일주일에 두세 번 모임에 참석하는 게 고작이었다. 은자의 연설에 무성의한 반응을 보이는 것도 극에 달했다. 예전엔 그래도 고개를 약간 숙이고 코딱지를 팠는데, 소녀가 보이지 않자 아예 고개를 뻣뻣이 쳐들고 코딱지 파는 일에 집중했다. 은자가 민망해질 정도로 말이다.

사실 칼잡이도 소녀의 부재가 신경 쓰이긴 했다. 연설이 끝나고 멤버들이 숙소로 돌아갈 때면 건방진 걸음걸이로 은자에게 다가가 소녀의 근황을 묻곤 했다. 그럴 때면 소심한 소년도 괜스레 뭉그적거리며 칼잡이와 은자의 대화를 엿듣곤 했다.

하지만 둘의 대화에 특별한 정보가 있는 건 아니었다. 칼잡이가 은자에게 '소녀가 통 보이지 않는다'고 물으면 은자는 '꿈꾸는 게 그만큼 힘든 작업 아니냐, 특별히 꿈의 마지막 조각을 맞추는 일이니 만큼 기다려보자'라고 대답하며 대충 대화를 마무리했다.

은자는 소녀가 꿈의 퍼즐을 완성하는 마지막 꿈을 꾸기 위해 사라진 거라고 생각했다. 바로 그런 이유로 은자는 혁명의 날이 한층 더 다가왔다고 목에 핏줄이 솟도록 떠들어댔다.

⊙

여덟 달이 지나자 은자도 뭔가 다른 이유를 생각하기 시작했다. 언제나 한마디씩 던지는 칼잡이의 냉소가 차곡차곡 쌓인 결과인지도 모른다. 칼잡이는 은자의 해석에 수긍하는 척하면서도 심각하게 의문을 던지곤 했다. '무슨 꿈을 이렇게 오래 꾸는지 모르겠다', '예전엔 방갈로에서 쪽잠을 자도 잘만 꾸던 꿈인데, 해도 너무한 거 아니냐'는 식의 불만까지 표출했다. 한술 더 떠서 은자의 믿음이 착각에 불과할지도 모른다는 말을 거침없이 내던졌다. '혹시 다른 이유가 있는 것 아니냐, 꿈을 꾸기 위한 일 말고 모습을 드러내서는 안되는 이유가 있는 거 아니냐'는 말도 내뱉었다. 처음 그 말을 들었을 때 은자는 손사래를 치며 소녀에게 그런 일이 뭐가 있냐며 칼잡이의 의문을 묵살했다. 하지만 지금은 다르다. 칼잡이의 비아냥거림은 계속됐고 소녀가 다른 이유로 사라졌다면 과연 그 이유가 무엇인지를 고민했다. 드디어 은자의 표정도 칼잡이와 비슷하게 변하기 시작한 것이다.

어느 날 은자는 모임을 마치고 소년을 따로 불렀다. 소년은 그때 칼잡이가 자신과 은자를 흘겨본 것을 똑똑히 기억한다. 칼잡이의 차가운 표정은 '이제 확실한 답을 얻었다.'고 말하는 것 같았다. 은자는 그런 칼잡이를 보며 잔뜩 인상을 썼다.

⊙

소년은 지나치게 순진했다. 은자의 너그러운 미소와 턱수염으로 포장된 온화함에 너무 쉽게 매수된 것이다. 소년은 맘 편하게 말하라는 은자의 몇 마디에 여덟 달 전 40층 화장실에서 벌어진 소녀와의 사건을 말해버렸다.

소년의 말을 들은 은자는 얼굴이 새하얗게 질릴 정도로 경악했다. 은자는 자리를 박차고 일어나 다짜고짜 소년의 뺨을 힘껏 후려쳤다.

턱수염의 성자에게 뺨을 얻어맞은 소년은 그대로 바닥에 나뒹굴었다. 소년이 코피를 쏟았지만, 은자는 소년의 피 따위에 온정을 베풀 만한 계제가 아니었다. 은자는 소년을 향해 소리쳤다.

"이거 완전히 미친놈 아냐! 어떻게 소녀와 그럴 생각을 해!"

"도대체 왜 이러는 거예요?"

"몰라서 물어? 내가 그렇게 알아듣게 말했잖아. 제발 소녀를 자극하지 말라고."

"제가 뭘 자극했다고 그러세요. 별로 한 일도 없어요. 억울하다구요."

"어떻게 무식해도 이렇게 무식하단 말인가."

흥분을 가라앉힌 은자는 뭔가 대단한 비밀을 알리겠다는 결의로 말을 이었다.

"꿈을 꾼다는 건 결코 간단한 일이 아니야."

"뭐가 그렇게 복잡해요."

"꿈을 꾸는 특별한 능력을 가진 소녀는 극도로 예민하고 순수해. 약간의 자극에도 쉽게 균형을 잃어버릴 만큼. 그게 소녀가 꿈을 꿀 수 있는 원동력이기도 하고. 그런데 이 빌어먹을!"

"왜 그래요?"

"문제는 소녀의 무의식이 하나이듯 그 스펀지가 하나만 존재한다는 사실이야. 그런데 그 무의식이 신체적 반응과 결합하면 어떻게 되겠어. 그때부턴 비극이야. 무의식이 육체와 실체의 차원에 잠겨버려서 더 이상 꿈을 꾸지 못하는 거라고. 이건 최악의 비극이야."

"그래서 뭐가 어떻게 됐다는 거예요?"

"결과를 말해주지. 그 비극이 뭐냐 하면 말이지."

잠시 숨을 고른 은자는 뭔가 엄청난 비극을 알리는 것처럼 무겁게 말을 이어갔다.

"그대같이 우스운 녀석과 몸을 섞은 소녀는 더 이상 꿈을 꿀 수 없다는 거야."

"그걸 소녀도 알고 있나요?"

"물론 알고 있겠지. 귀에 못이 박일 정도로 경고했는데 모를 리 있겠어? 웬만한 노동자들은 다 알고 있는 섹스를 그대만 모르고 있다고."

"그런데 소녀는 왜 그랬죠?"

"바로 그대가 요망하게 눈웃음을 치며 소녀의 순진무구한 마음에 불을 질렀기 때문이지. 초대형 산불이야. 진압이 안 돼."

"그럼 앞으로 어떻게 되죠?"

"말 한번 잘했다. 소녀는 마지막 꿈을 꿀 예정이었어. 그것만 제대로 펼쳐지면 그 후엔 혁명이야. 이 바벨탑을 허물어뜨리고 계급이니 처벌이니 모든 두려움과 지루함이 깡그리 사라지는 유토피아가 도래할 예정이었단 말이야. 그런데 그대가 완전히 망쳐버렸어."

소년은 도대체 유토피아가 도래하면 뭐가 어떻게 좋은지, 소녀와 나, 그리고 당신이 어떤 기쁨을 소유할 수 있는지 묻고 싶었다. 어쩌면 비밀결사모임에 참석한 그날부터 품어왔던 의문인지도 모른다. 하지만 참아야 한다. 이 대목에서 그런 질문을 던졌다가는 다른 쪽 뺨까지 맞을지도 모른다. 은자는 소년을 보며 독백처럼 말을 내뱉었다.

　"그것도 모르고 여덟 달 동안이나 소녀를 들여다보지도 않고 꾹 참았는데…… 이젠 됐어. 내려가자."

　"어디로요?"

　"소녀를 만나야겠어."

　소년도 묻고 싶었다. 하루도 노동을 거를 수 없는 노동자가 무려 여덟 달 동안 칩거할 수 있는 이유 말이다. 하지만 은자는 소년에게 직접 보여주고 싶었다. 은자는 바닥에 쓰러진 소년의 손을 잡아 단숨에 일으키더니 곧바로 9층 복리후생실을 벗어났다.

◉

　은자가 소년을 데리고 간 곳은 2층이었다. 1층은 가본 적이 있었다. 소년이 아주 어렸을 적 폐신 집합소 총지도자의 고희 잔칫날이었다. 어미 등에 업혀서 1층 광장에 운집한 노동자들을 봤던 기억이 어렴풋이 남아 있었다. 그때를 제외하면 한 번도 3층 아래로 내려가본 적이 없으니 그곳은 당연히 미지의 영역이었다. 그러나 은자의 손에 이끌려 2층까지 내려오는 데는 많은 시간이 걸리지 않았다. 소년은 왜 이제껏 층간 이동을 시도할 생각을 못 했는지 스스로 의아했다.

그렇지만 지금은 그런 생각도 사치일 정도로 눈앞의 상황은 막막했다. 방갈로보다도 못한 2층 여자 숙소 구석에 소녀가 있었다. 누군지도 모르는 늙은 할매와 함께 말이다. 소녀는 양 다리를 힘껏 벌리고 누워 있었고 할매가 소녀의 땀을 수건으로 닦아주는 광경은 그다지 특이할 게 없었다. 그러나 소녀의 아랫배를 보자면 상황은 달라진다. 그녀의 아랫배는 금방이라도 터질 것처럼 부풀어 있었다. 소녀가 두 다리를 벌리고, 절박하게 숨을 내뱉는 이유도 자신의 아랫배를 주체하기 힘들어서일지도 모른다. 할매는 소녀의 아랫배를 쓰다듬으며 조산사처럼 능숙하게 움직였다.

소녀를 보며 경악한 건 소년만이 아니다. 은자는 더욱 격렬하게 반응했다. 두 손으로 머리를 움켜쥐며 괴상망측한 탄식을 내질렀다. 그런 은자의 모습은 혁명의 좌절을 떠올리기에 충분했다.

소년을 발견하자 소녀는 더할 수 없이 환한 미소를 지었다. 그 미소를 보자 소년은 순간 울컥했다. 소년은 소녀 옆에 다가가 믿을 수 없다는 표정을 지으며 물었다.

"이게 어떻게 된 거야? 어디 아픈 거야?"

소년은 임신에 대해 아무것도 모른다. 그도 그럴 것이 피붙이 시절부터 공산품 담는 일만 했던 소년이 제대로 된 성교육을 받는다는 건 무리인 것이다. 은자가 소년의 무지를 질타하듯 퉁명스럽게 말했다.

"임신했잖아. 그것도 몰라?"

"임신이요?"

"아이를 가졌단 말이야."

"그때까지만 해도 말짱했어요. 아랫배가 꺼진 풍선 같았다구요!"

소녀와 소년은 단지 어설픈 풋내기 사랑을 나눈 것뿐이었다. 그런데 어떻게 소녀의 배가 이렇게 부풀어 오를 수 있단 말인가.

"그대가 기어이 일을 저질렀구나. 그렇고 그런 관계로 엮이면 계집 중 열에 다섯은 배가 부풀어 오르는 게야."

은자는 바로 할매에게 말을 건넸다.

"아직 아이 나올 때는 아닌 것 같은데……."

할매와 은자는 오래전부터 알고 지내는 사이 같았다. 할매는 어디 출신인지 가늠하기 어려운 사투리로 은자의 질문에 답했다.

"팔삭둥이가 틀림없당게."

"미치겠군. 배는 왜 이렇게 부풀었어? 세쌍둥이라도 되는 거야?"

"모르겠다요. 모르는디 중요한 건 지금 당장 아가 나올지도 모른단 말임지."

할매가 중지로 소녀의 아랫배를 가볍게 누르자 소녀가 격렬하게 비명을 토해냈다. 그러자 할매는 행여 숙소 밖으로 비명 소리가 새어나갈까 싶어 소녀의 입을 틀어막았다.

은자는 소녀를 보며 난처한 표정을 지었다. 안절부절못하는 건 누구보다 소년이다. 소년은 도저히 이 사태를 납득하지 못하며 앞으로 무슨 일이 벌어질지 짐작조차 할 수 없었다. 소년은 급한 마음에 은자에게 물었다.

"소녀는 어떻게 되는 거죠?"

"뭐가 어떻게 돼. 낳아야지."

"아이를 낳으면 소녀가 살 수 있나요?"

"모르겠어. 아무래도 비밀이 새나간 것 같다."

"비밀이라뇨?"

"너하고 내가 알기 훨씬 전부터 소녀가 임신한 사실을 저들이 알아차린 것 같아."

은자는 소녀의 배가 이처럼 급작스럽게 불러온 이유를 진단했다.

"작업장에 나오지 않은 소녀를 그대로 방치해둔 것만 봐도 알 수 있어. 안 그래, 할매?"

은자의 짐작에 할매 역시 수긍이 간다는 듯 고개를 끄덕거렸다.

"그럴 수도 있겠는디. 뭔 일이든 못 하겠어요."

소년은 더욱 다급하게 은자를 붙잡고 물었다.

"그럼 앞으로 어떻게 되는 거죠? 대답해줘요."

"말해줘도 그대가 모르는 것들이 너무 많아."

소년에겐 차라리 현명한 대답인지도 모른다. 하지만 소년은 답답했다. 자신에게 평생 잊지 못할 경험을 안겨준 소녀가 비정상적인 해산의 고통으로 괴로워하는 모습을 보는 것 자체가 소년에겐 고문이기 때문이다. 그런 소년의 마음을 헤아린 듯 소녀가 말없이 소년의 손을 잡았다. 억센 힘이다. 소녀는 땀으로 범벅된 얼굴로 환한 미소를 지어 보였다. 뭐가 그렇게 기쁘냐고 따져 묻고 싶을 만큼 뜻 모를 웃음이다. 소년은 그런 소녀를 안타깝게 지켜보며 손을 잡아주는 것 외에 할 수 있는 게 아무것도 없는 자신을 원망했다.

◉

칼잡이의 냉소는 비아냥거림을 넘어서서 상식을 초월하는 야비한 본색을 드러냈다. 칼잡이는 소녀의 행방을 알고 있으면서도 소녀를 찾지 않는 은자의 의도를 파악하던 중이었다. 그러던 중 은자와 소년이 소녀를 찾아가는 것을 보고 그들을 미행했고, 결국 소녀의 부풀어 오른 아랫배를 목격하고 말았다. 칼잡이의 예상은 적중했고, 그때 놈은 아예 소년 소녀의 몸뚱이를 잭나이프로 난도질하고 싶은 충동에 사로잡혔지만 곧 냉정을 되찾아 은자와 소년보다 먼저 자신의 숙소로 돌아왔다. 칼잡이는 이 상황을 복수의 계기로 삼기로 했다. 왜냐하면 칼잡이 역시 듣고 본 바가 있기 때문이다. 특유의 능글맞음으로 노동자들 사이에서 은근히 마당발로 통하는 칼잡이가 과연 모르는 게 있을까 싶을 정도다. 물론 은자같이 혁명 운운할 정도로 내막을 파악하는 건 아니지만 소녀가 남자를 알게 되면 더 이상 꿈을 못 꾼다는 사실을 폐신 집합소의 몇몇 실력자들이 매우 민감하게 받아들일 거란 사실 정도는 알고 있었다.

칼잡이는 이 기회를 놓치고 싶지 않았다. 녀석은 애초부터 장밋빛 혁명 이론에 별다른 기대를 걸지 않았다. 그는 단지 제법 아리따운 자태를 뽐내던 소녀가 비밀결사모임에 있기에 참석한 것뿐이다. 그렇지만 사랑의 성취가 물거품이 되어버린 지금, 다른 방법으로 소녀를 차지하려고 마음먹은 것이다. 칼잡이는 며칠 동안 궁리한 끝에 결사모임의 존재를 작업반장 무리수에게 알렸다.

하필이면 왜 무리수에게 밀고한 걸까. 칼잡이는 오랫동안 뱀눈을 관찰했었다. 뱀눈이 결사모임에 참석하는 이유는 칼잡이와는 근본적으로 달랐다. 뱀눈은 혁명을 고대하던 인물 중 한 명이었다. 그런 뱀눈에게 소녀가 더 이상 꿈꿀 수 없게 되었음을 알리는 게 자신이 목표한 바를 이루는 데 득이 되지는 않을 거라고 판단한 것이다.

무리수에게 소녀의 실체를 밝히는 건 그야말로 목숨을 건 모험이나 다름없었다. 무리수는 뱀눈이나 칼잡이가 비밀결사모임에 매일 참석하는 골수분자인지 전혀 모르고 있다. 그런 그에게 소녀의 정체를 말하는 건 결국 자신도 결사모임의 일원임을 밝히는 꼴이 되고 만다. 그럼에도 칼잡이는 비밀결사모임의 우두머리인 은자와 작업반장 뱀눈도 열성 회원이라는 사실까지 죄다 고발해버렸다.

이 충격적인 이야기를 전해들은 무리수는 처음엔 칼잡이를 의심했다. 칼잡이는 슬픈 표정을 연출하며 울먹이기까지 했다.

"제가 철이 없었어요. 그래서 헛된 욕망에 사로잡혔던 거예요."

칼잡이는 처음부터 혁명에 대한 욕망이나 호기심이 없었다. 그러나 사리분별 못하는 무리수는 칼잡이의 거짓 고백을 진심으로 받아들이고 녀석의 어깨를 다독이며 격려까지 했다.

"걱정 마라. 그동안 못된 불순분자들과 어울리며 얼마나 마음고생이 심했겠냐."

칼잡이는 순간 헛웃음이 나왔지만 헛기침하는 시늉을 하며 위기를 모면했다. 무리수는 칼잡이를 대견스럽게 바라보며 다짐하듯이 말을 이었다.

"이젠 내가 널 지켜주겠다. 뱀눈, 이 비겁한 새끼. 순진한 노동자를 유혹해서 역적모의를 해? 이젠 다 죽었어."

"반장님."

"말해라."

"전 앞으로 어떻게 되죠?"

"걱정 마라. 연구원 어른들께는 네가 비밀결사모임을 분쇄하기 위해 잠입한 스파이라고 말해주마. 그럼 넌 졸지에 42층의 영웅이 될 수 있어."

'이놈 봐라.' 오히려 칼잡이가 무리수를 대견스럽게 바라보게 되었다. 무식하고 힘만 센 줄 알았던 무리수가 저런 아이디어를 낼 줄은 미처 예상하지 못했다.

"조금만 기다려. 점심시간에 연구원 중에서 가장 어른이신 노학자를 찾아뵙도록 하지. 마음 같아선 지금 당장 뱀눈의 눈알을 뽑아버리면 좋겠지만 조직의 특성상 선보고 후조치의 룰은 지켜야 하는 법이라. 그렇지 않겠어?"

무리수는 자신의 신중함에 만족해하며 칼잡이의 동의를 구했다. 칼잡이는 썩은 미소를 보이며 고개를 끄덕였다. 앞으로 자신의 앞날이 어떻게 급변할 것인지를 궁리하면서 말이다. 어쩌면 가속도가 붙은 롤러코스터를 탈지도 모른다고 생각했다. 그것이 긍정적일지, 부정적일지는 아무도 모르는 것이다. 칼잡이는 바로 10미터 정도 떨어진 곳에 서 있는 뱀눈을 측은한 눈길로 바라봤다. '저 기분 나쁜 눈만 아니면 내겐 썩 호의적인 상사였는데.' 하지만 이내 칼잡이는 마음을 독하게 먹었다. 지금은 누군가를 동정할 상황이 아니었다. 칼잡이는 자신이 이토록 냉정해진 원인을 다시금 떠올렸다. 자신의 구애를 짓밟은 소녀의 차가운 눈빛, 동시에 소녀와 소년이 벌인 어설픈 정사. 공상을 시작하자마자 칼잡이는 세차게 고개를 저으며 치를 떨었다. 이 공상이야말로 칼잡이의 애증을 영원한 복수심으로 끌어올릴 만큼 강했기 때문이다.

⊙

칼잡이는 걸어서, 무리수는 엘리베이터를 타고 76층에 있는 폐신 집합소 부설 '미래거세연구소'에 당도했다. 칼잡이가 무리수보다 한발 앞서 도착했다.

이곳은 두 달에 한 번 정도 작업 현장에 찾아와 공산품의 존재 이유 등을 주제로 연설을 퍼붓는 연구 관리자이자 폐신 집합소의 최고 운영위원직을 맡고 있는 노학자의 연구소다. 칼잡이도 이곳 76층을 딱 한 번 방문한 적이 있다. 작업반장의 정신교육이 분기마다 개최될 때 뱀눈을 대신해서 출석한 적이 있다. 정확히 2년 전 당시 칼잡이는 노학자가 작업반장의 얼굴을 당연히 알지 않겠냐며 우려했지만 뱀눈은 코웃음 치며 말했다. '이 대책 없이 거대한 폐신 집합소에 작업반장만 수백 명이 넘는다. 결재서류 한 장, 쓸 만한 사무처리 프로그램 하나 없는 주먹구구식 공산품 생산 공장에서 늙은 노학자가 작업반장들 얼굴을 일일이 기억한다는 것 자체가 기적이다'라고.

예상은 이번에도 적중했다. 녀석은 엘리베이터가 다 열리기도 전에 연구소 후문으로 들어섰다. 2년 전 방문했을 때의 기억을 떠올리며 연구용 캐비닛 뒤에 몸을 숨겼다. 틈새 없이 늘어선 수십 개의 캐비닛 너머로 연구용 선반과 몇 개의 회전의자가 눈에 띄었다. 선반 위에는 연구소 분위기를 내기 위해 연출한 것이 분명한, 학교 실습실에서나 볼 수 있는 비커나 스포이트 등이 어질러져 있었다.

노학자는 회전의자에 앉아 책을 읽고 있었다. 따분해 보였지만 학자의 기품을 풍기기에는 적당했다.

⊙

칼잡이가 숨어 있는 이유는 단 하나, 무리수에 대한 불신 때문이다. 무리수는 단순무식한 인물이다. 자신에게 들은 대로 비밀결사모임이 존재할 뿐만 아니라 자신이 관리하는 노동자가 그 모임의 일원이라는 사실을 노학자에게 전할 것이 분명했다. 지금 칼잡이가 우려하는 대상은 노학자다. 엘리베이터 소리가 들리고 무리수가 연구소 문을 노크했다. 노학자의 곁을 수족처럼 지키는 여우눈이라는 수석연구원이 무리수를 확인하고 문을 열어주었다. 무리수는 노학자와의 면담을 요청했고, 그제야 노학자도 책을 선반 위에 올려놓고 자신과 대화할 수 있는 영광을 허락했다.

칼잡이의 예상대로 무리수는 칼잡이가 말한 내용을 그대로 노학자에게 전했다. 칼잡이는 애타는 마음으로 노학자의 지시를 기다렸다. 과연 노학자는 은자를 중심으로 결성된 비밀결사모임을 어떤 식으로 초토화시킬 것인지 기대가 되기도 했다. 그런데 무리수의 말을 모두 들은 노학자는 전혀 뜻밖의 반응을 보였다. 무리수는 노학자가 크게 화를 내며 비밀결사모임을 일망타진할 것으로 예상했다. 칼잡이의 생각도 그랬다. 그렇지만 노학자는 뭔가 찜찜한 속내를 들킨 것 같은, 될 수 있으면 이 상황을 짓뭉개고 싶은 음흉한 표정을 지었다. 노학자는 이미 꿈을 꾸는 소녀가 있다는 사실 정도는 알고 있는 듯했다. 노학자는 나지막한 목소리로 무리수에게 물었다.

"그걸 누구한테 들었어?"

"예?"

"은자란 놈이 비밀결사모임을 결성했다는 사실을 밀고한 놈이 있을 거 아냐?"

"그렇죠. 있죠."

"이름 말해."

"밀고한 놈 말입니까?"

"당연하지. 누구야?"

극도의 긴장감이 칼잡이를 미치게 했다.

그때 무리수의 무지함이 빛을 발했다. 무리수는 노동자들의 이름을 제대로 기억하지 못했던 것이다. 무리수를 비롯한 대다수 작업반장들이 그랬다. 노동자들을 기억할 때 가장 수월한 방법은 기계의 일련번호를 외우는 것이다. 예를 들어 1001이란 번호가 붙은 기계에서 작업하는 노동자를 부를 때는 1001을 부르면 되는 것이다. 무리수는 칼잡이의 기계 번호를 자신 있게 알려주었다.

"4213입니다."

노학자는 기가 막혔다.

"이런 미친놈을 봤나? 이름을 말하란 말이야. 이름!"

"잘 모르겠는데요."

"특징이 뭐야?"

"얼굴이 험상궂죠. 특히……."

무리수가 결정적인 인상착의를 말하려고 하자 노학자는 손을 저으며 가로막았다.

"됐어. 어차피 네 녀석이 알아서 처리할 일이니까 내 알 바 아니지."

"무슨 말씀이신지……?"

"무리수라고 했나?"

"예."

"잘 들어둬, 무리수. 지금 당장 내려가서 아무 일 없다는 듯이 행동해. 그다음엔 자네한테 밀고한 놈을 찾아 적절한 이유를 대서 그대로 지워버려."

"지워버리라뇨? 무슨 뜻이죠?"

"죽이란 말이야."

"왜 죽여야 되는 거죠? 이해가 안 돼요."

노학자는 무리수의 얼굴에 침이라도 뱉고 싶었지만 대신 한숨을 내쉰 다음 친절하게 설명해주었다. 그래도 사람을 죽이는 일이다. 망나니에게 처형하는 이유를 알려주는 심정으로 무리수에게 밀고자를 없애야 하는 이유를 말해주었다.

"모임 이름이 비밀결사모임이야. 그럼 적어도 그 모임의 멤버가 되려면 멤버들 중 누구라도 그 금기를 누설해서는 안 되는 게 원칙일 거야. 그런데 자네 밑에 있는 노동자는 그 비밀을 우습게 여기고 자네에게 죄다 발설했어. 그런 놈은 언제라도 배신할 수 있다는 이야기야. 안 그런가?"

"듣고 보니 그렇기도 하네요."

무리수는 칼잡이에 대한 미련보다 비밀결사모임을 분쇄하는 데

공을 세우려던 자신의 노력이 물거품이 되는 게 아쉬워서 한 마디 더 물었다.

"그럼 역적모의 진압은 어떻게 되는 겁니까?"

"그건 자네가 신경 쓸 일이 아니야. 나는 자네 같은 하급 관리들은 죽었다 깨어나도 모르는 정보를 알고 있지. 더 말해도 못 알아들을 테니 이쯤 해서 집어치우고. 암튼 내 말 명심해. 지금 당장 가서 집행해. 안 그러면 내가 자네를 지워버릴 수밖에 없어."

노학자의 말에 무리수는 더 이상 질문을 할 수 없었다. 굳은 얼굴로 연구소를 둘러볼 뿐이다. 바로 그때 칼잡이는 작업화를 벗어 손에 쥐고 단숨에 후문으로 나와 비상계단 문을 열었다. 계단을 내려가는 동안 자신의 신변과 관련된 막중한 대비책을 민첩하게 구상하기 시작했다. 칼잡이는 절박했다. 자신의 예상과는 다르게 결론이 나자 등골이 오싹했다. 한편으로는 천운이라는 생각도 들었다. 혹시나 하는 심정으로 무리수와 노학자의 대화를 엿듣지 않았다면 한 시간 후 자신이 어떤 모습이 됐을지 불 보듯 뻔했다. '노학자는 어째서 밀고자를 죽이고 사건을 은폐하려 하는 걸까? 상위 계급들만 안다는 이곳을 통제하는 비밀이란 도대체 무엇일까?' 사실 이런 호기심은 칼잡이에겐 어울리지 않는다. 오직 살아남는 길을 모색해야 한다. 칼잡이는 무리수의 포악함을 잘 알고 있었다. 때문에 단순 무식한 무리수에게서 벗어나려면 특단의 대책을 궁리해야 했다.

◉

이 기막힌 상황에서 벗어나기 위해 칼잡이가 선택할 수 있는 것은 많지 않았다. 하지만 이런 경우가 때론 이점으로 기능할 때도 있다. 하나의 대상에 집중할 수 있기 때문이다.

76층에서 42층까지 무려 34층을 단 2분 만에 내려온 칼잡이는 그대로 42층 문을 부술 듯이 열고 들어와서는 벽에 기대서 있는 뱀눈에게 달려들었다. 뱀눈은 칼잡이에게 '작업 시간 빼먹고 어딜 다녀오는 거냐? 아무리 멤버라지만 해도 너무한다'는 훈계를 해줄 요량이었다. 하지만 칼잡이는 뱀눈보다 한발 앞서 귀엣말로 충격적인 거짓말을 늘어놓기 시작했다. 확실히 칼잡이는 임기응변에 있어서는 타의 추종을 불허하는 인물이다. 칼잡이가 뱀눈에게 속삭인 건 몇 마디에 지나지 않았다. 30초도 되지 않은 그 짧은 시간에 뱀눈의 얼굴은 끔찍하게 일그러졌다. 그 일그러짐이 절정에 다다른 순간 때맞춰 42층 엘리베이터 문이 열렸다. 무리수의 씩씩거리는 숨소리가 작업장 밖에서부터 선명하게 들려왔다.

칼잡이는 잽싸게 기계 앞에 서서 작업하는 시늉을 했다. 순간 '쾅' 하는 소리와 함께 무리수가 등장했다. 하지만 뱀눈과 무리수, 그리고 칼잡이는 모두 다른 곳을 보고 있었다. 뱀눈은 무리수를, 무리수는 칼잡이를, 칼잡이는 바로 자신의 옆에 서 있는 소년을 노려봤다. 셋의 시선에는 하나의 공통점이 있었는데 바로 엄청난 살의를 품고 상대를 노려본다는 것이었다.

소년은 칼잡이의 독기를 의식할 겨를이 없었다. 노동자는 한번 작업이 시작되면 눈을 돌릴 여유가 거의 없기 때문이다.

하지만 잠시 후 소년의 집중력에 균열이 생겼다.

무리수가 멍키 스패너를 집어 들면서 살벌한 촌극이 시작된 것이다. 가장 큰 멍키 스패너를 집어 든 무리수는 곧바로 칼잡이의 뒤통수를 향해 달려들었다. 이 서툰 살육의 잔치는 의욕만 가득했다. 무리수는 우선 칼잡이의 머리부터 내리쳐 즉사하게 만든 다음 실수였다고 둘러댈 생각이었다. 하지만 그의 계획은 뱀눈이 관리하는 구역에 발을 딛는 순간 흉하게 뒤엉켜버렸다.

무리수가 자신의 구역에 들어온 걸 확인한 뱀눈 역시 공구함에서 장도리를 꺼내 들고 무리수를 향해 달려들었다.

뱀눈이 먼저 무리수의 머리통을 내리쳤다. 경박스러운 기합 소리와 함께 무리수의 관자놀이 부위를 내리찍은 것이다.

하지만 놀랍게도 무리수는 살아 있었다.

잠시 침묵이 이어졌다. 당황한 쪽은 뱀눈이었다. 그는 즉사하지 않은 무리수를 보며 한 걸음 물러섰고 설상가상 손에 쥔 장도리마저 놓치고 말았다.

그 순간 무리수의 멍키 스패너가 뱀눈의 머리를 파고들었다. 무리수는 마치 골프 샷을 하듯 멍키 스패너를 휘둘렀고 뱀눈의 머리는 그대로 묵사발이 되고 말았다.

또다시 정적이 흘렀다. 뱀눈의 머리를 박살내는 순간 굉음과 함께 42층 전체의 시선이 집중되었고, 기계도 멈춰버렸다.

무리수는 생명력이 강했다. 터져버린 수도관처럼 핏물을 콸콸 쏟아내면서도 한 걸음 한 걸음 칼잡이를 향해 다가갔다. 칼잡이는 잔뜩 긴장했지만 냉정을 잃지 않았다.

무리수는 "어…… 어……" 하며 여전히 멍키 스패너를 놓지 않았다. 가장 불안한 사람은 소년이었다. 소년은 '도대체 무슨 일이 벌어지고 있는 걸까' 하는 생각을 떨쳐버리지 못했다. 왜 뱀눈은 무리수를 죽이려 한 걸까.

여차하면 무리수를 찌를 준비까지 한 칼잡이 앞에서 무리수는 끝내 무릎을 꿇고 말았다. 무리수 역시 뱀눈과 함께 숨이 끊어지고 만 것이다.

칼잡이는 태연하게 무리수에게 다가갔다. 기계는 멈췄고 노동자들은 이 비현실적인 장면을 어떻게 받아들여야 할지 몰랐다. 둘의 죽음을 확인한 칼잡이가 천연덕스럽고 뻔뻔한 얼굴로 감시원 중 한 명에게 명령하듯 소리쳤다.

"빨리 알려."

"어…… 어디에?"

"어디긴 어디야. 공장운영협의회지."

칼잡이의 지시를 받은 감시원은 공구함 옆에 달린 비상전화로 연락을 취했다. 그사이 칼잡이는 뱀눈의 팔뚝에 있던 완장을 뜯었다. 녀석은 무리수의 몸을 발로 힘껏 밀쳐내며 소년을 노려봤다. 공교롭게도 소년도 칼잡이를 지켜보는 중이었다.

'도대체 뱀눈에게 무슨 말을 속삭인 거냐?'

'앞으로 너는 어떻게 살아남을 거냐?'

두 사람은 비록 아무 말도 하지 않았지만 속으로는 서로에게 이렇게 묻고 있었다.

⊙

노학자와 그의 심복인 여우눈을 상대할 수 있는 건 불행하게도 칼잡이밖에 없었다.

　노학자와 여우눈이 사건 현장에 도착한 시각은 사건 발생 20분 뒤였다. 공장운영협의회에 긴급사태를 알린 뒤에는 노동자들과 감시원 모두 살아 있는 좀비가 되었다. 그들은 무엇을 어떻게 해야 할지 몰라 당황하고 있었다.

　평소 42층에도 사건 사고는 있었다. 호기심으로 기계 배출구에 손을 넣었다가 손목이 으스러지거나 검수원이 갑자기 넋을 잃고 쓰러져 사망하는 초자연적인 사고 정도는 흔하진 않지만 발생하긴 했다. 그럴 때마다 작업반장 무리수와 뱀눈 중 한 명이 공장운영협의회에 비상전화를 걸었고, '재해처리 반장'이라는 남자 한 명과 연구원 한 명 정도가 나타나 현장을 처리하고 사고 경위를 조사하는 게 전부였다.

　그런데 오늘은 노학자와 여우눈이 나타났다.

　이곳 노동자들은 노학자를 분명히 기억하고 있었다. 한두 달에 한 번 노학자가 나타나는 날이면 작업반장은 아침부터 기계에 기름칠하고 닦고 조이는 작업과 바닥 청소에 광분했다. 소년은 지금 상황이 이해가 되지 않았다. 그저 잔인하다는 생각과 함께 소녀의 불룩한 아랫배가 떠오를 뿐이었다.

◉

　노학자는 뱀눈과 무리수를 씁쓸한 얼굴로 쳐다봤다. 그때 칼잡이가 노학자에게 다가갔다. 노학자는 칼잡이의 얼굴을 본 적이 있었다. 매달 말일 92층 로열 볼룸에서 연회가 열릴 때마다 독재자를 대신해 노학자가 만찬을 집전했는데, 매번 만찬장에 얼굴을 내민 칼잡이의 칼자국을 기억하고 있었다. 노학자가 자신을 알아봤음을 확인하자 칼잡이는 고개 숙여 인사한 후 자신이 꾸며낸 사고 경위를 노학자에게 보고했다. 그러나 칼잡이의 목격자 진술은 철저하게 조작되었고 자기 합리화에 불과했다.

작업 시간에 뭔가 작심한 듯이 작업장을 이탈한 무리수가 잠시 후 다시 돌아와서는 갑자기 멍키 스패너를 들고 뱀눈의 관리 구역으로 다가왔다. 이때 잔뜩 긴장한 뱀눈이 자신에게 만약 무슨 일이 생기면 42층을 관리하라고 했다는 것이 칼잡이의 설명이었다. 그때 마침 칼잡이는 뱀눈의 완장을 들고 있었다.

칼잡이는 계속 말을 이어나갔고 노학자는 완장을 보고 나서야 좀 더 주의 깊게 듣기 시작했다.

뱀눈에게 지령을 받은 자신은 이게 무슨 일일까 싶어 잠시 기계를 멈춘 다음 무리수와 뱀눈을 주의 깊게 관찰했다. 다 알아든진 못했지만 대략적인 내용은 무리수와 뱀눈이 모두 비밀결사모임 멤버였는데 주위에서 눈치를 채는 것 같아 노동자 중에서 희생양을 만들자는 계획이었던 것 같다. 그런데 무리수가 선수를 쳐서 노학자에게 밀고했고 뱀눈은 화를 내며 왜 시키지도 않은 일을 벌려 일을 크게 만드느냐, 생각 좀 하고 살라는 식으로 무리수에게 면박을 주었다. 평소에도 무식하다는 피해의식에 사로잡혀 있던 무리수는 화가 나서 갑자기 뱀눈을 공격하려 했지만, 뱀눈이 한발 먼저 공격했다. 그렇게 뒤엉키다가 결국 둘 다 비극의 주인공이 되고 말았다. 이상이 칼잡이가 전한 내용이다.

듣고 있던 여우눈이 두 구의 시체를 가리키며 따지듯이 물었다.

"무리수는 인상이 험상궂은 노동자 한 명이 밀고했다고 했어. 굳이 그럴 필요가 있었을까?"

"인상이 험상궂은 건 아마 동료 뱀눈을 염두에 두고 한 말이 아니었을까요? 쭉 찢어지고 작은 눈이 여간 기분 나쁜 게 아니거든요."

"내가 본 무리수는 그렇게 똑똑한 놈이 아니야. 과연 그런 계산을 할 수 있었을까?"

"그거야 모르죠. 제가 작업반장님 머릿속에 들어가본 게 아니라서요."

칼잡이는 이 와중에 넉살까지 부렸다. 여우눈은 칼잡이의 얼굴을 장식한 칼자국을 보았다. 여우눈의 눈빛은 '이곳에서 네놈만큼 인상이 험한 사람이 어디 있냐' 라고 말하는 듯했다.

노학자도 무리수와 뱀눈의 시체를 쳐다보면서 뭔가 석연찮은 기색을 떨쳐버리지 못했다. 그건 칼잡이의 목격담을 온전히 신뢰하지 못한다는 의미이기도 했다.

칼잡이는 비장의 카드를 꺼내 보여야 했다. 도박을 하는 심정으로 노학자에게 다가가 조심스럽게 귀엣말을 했다.

"두 사람이 나누는 대화에서 충격적인 애기를 들었습니다."

심드렁했던 노학자의 얼굴에 순간 생기가 돌았다.

"그게 뭔가? 말해보게."

"꿈꾸는 소녀가 있다는 사실을 알고 계시죠?"

"자넨 그걸 어떻게 알았나?"

"죄송합니다. 둘의 대화를 엿듣다가 알게 되었습니다."

"흠……."

"그런데 소녀가 임신한 것도 알고 계신가요? 또한 소녀를 임신시킨 놈이 저희 작업장 노동자라는 사실도 알고 계신지요?"

노학자의 반응은 칼잡이가 예상했던 것 이상이었다. 노학자는 꿈꾸는 소녀가 임신했다는 대목에서 동요하더니 소녀를 임신시킨 녀석이 이곳에 있다는 말에 또다시 흔들리는 모습을 보였다.

칼잡이는 뱀눈의 완장을 자랑스럽게 움켜쥐며 예의 바르면서도 거침없이 말했다.

"비밀리에 그 문제의 노동자를 찾는 일에는 제가 적격입니다. 저는 매달 최고 작업능률상을 놓치지 않았고 노동자들의 신상에 대해서도 모르는 바가 없습니다."

"요점이 뭐야?"

여우눈이 조롱 섞인 말투로 물었다. 칼잡이는 여우눈의 말투가 거슬렸지만 자신의 의중을 거침없이 전달했다.

"제게 작업반장직을 위임해주십시오. 그럼 꿈꾸는 소녀를 임신시킨 놈을 빠른 시일 내에 잡아서 노학자님 앞에 데려오겠습니다."

노학자는 여전히 칼잡이가 미덥지 않았지만 노학자도 소녀를 임신시킨 놈을 찾는 일이 급했기에 칼잡이의 요구를 받아들이기로 했다.

"시체부터 치워. 이제부터 42층 작업반장은 너 혼자야."

"감사합니다. 열심히 하겠습니다."

느닷없는 파격 인사에 여우눈이 반기를 들려고 했으나, 이내 그만두었다. 노학자가 벌써 칼잡이의 팔뚝에 작업반장 완장을 채워주었기 때문이다.

⊙

　노동자들은 대체로 이 상황을 수긍하는 분위기였다. 사실 그들에
게는 작업반장이 누구냐가 중요한 게 아니라 그저 하루가 무사히
지나가기만 하면 그뿐이었다. 그들은 칼잡이가 완장을 차고 집합소
중심에 우뚝 서자 모두들 시큰둥하면서도 박수를 치는 나름의 취임
식을 거르지 않았다.

　하지만 소년은 달랐다. 칼잡이의 지시로 화물용 엘리베이터로 시
체를 옮기는 동안에도 도대체 칼잡이가 무슨 음모를 꾸미는지 불안
했다. 소년은 자신을 향해 밀려드는 먹구름을 감지했다. 연구원 직
급 이상만 비밀번호를 알고 있는 화물용 엘리베이터는 불량 공산품
과 간식 찌꺼기, 간혹 불의의 사고를 당한 이들을 처리하는 데 이용
되었다. 소년과 다른 노동자는 두 구의 시체를 멍석처럼 끌어다가
엘리베이터 앞에 놓고 기다렸다. 처음 엘리베이터가 열린 모습을
본 소년은 너무 놀라 입이 벌어졌다. 엘리베이터에는 바닥이 없었
다. 대신 칠흑 같은 심연뿐이었다. 먼저 뱀눈의 시체가 어둠 속으로
사라졌고 곧이어 무리수의 시신도 뒤를 따랐다. 소년은 엘리베이터
문이 닫힐 때까지 멍한 표정으로 무한의 암흑을 내려다봤다.

⊙

　칼잡이는 '작업반장' 완장을 갈취한 그날 저녁부터 더 이상 결사
모임에 참석하지 않았다. 소년은 좀 당혹스러웠다. 그리고 그 결사

모임에 은자와 그의 추종자인 본드만 참석한 걸 보고는 그만 맥이 풀렸다.

하지만 이런 현상이 마냥 급작스러운 건 아니었다. 소녀가 더 이상 꿈꿀 수 없게 되었다고 알려진 뒤부터 비밀결사모임의 결속력은 현저히 약화되었다.

소년은 뭔가를 묻고 싶었지만 고개 숙인 은자가 불쌍해 보여 그러지 못했다. 은자는 소년을 보자 한껏 짜증스러운 표정을 지었고 소년은 잔뜩 주눅 든 얼굴로 구석진 자리에 앉았다.

은자는 30분이 지나도록 연설을 하지 않았다. 엄청난 침묵을 견디다 못한 소년이 결국 은자에게 말문을 열었다.

"오늘 작업반장 뱀눈과 무리수가 목숨을 잃었어요."

소년의 말에 은자는 책망하듯 대꾸했다.

"이미 들었어."

"왜 사람들이 모이지 않죠?"

은자는 핏대를 세우며 되물었다.

"그걸 지금 몰라서 묻는 거냐?"

"무슨 말씀이세요?"

"그대의 얄팍한 호기심 때문에 모든 게 엉망진창이 되었어. 내 정신세계가 악화일로를 치닫는데, 내 연설을 듣고 혁명을 꿈꿀 얼간이가 누가 있냐는 말이다."

"명색이 비밀결사모임인데 너무 허술해요."

정곡을 찌르는 말이었지만 소년의 지적은 설득력이 약했다. 폐신 집합소라는 공간에서 완벽함을 추구한다는 것이 더 어리석었기 때문이다. 허술함은 꽤 오랫동안 이곳을 지배해온 또 다른 암묵적 규칙이다. 비밀결사모임 또한 그런 배경에서 결코 자유롭지 못했다. 그들이 혁명을 외친다 해도 허술한 메커니즘에 뼛속 깊이 길들여진 이상 자연히 어리뜩할 수밖에 없었다.

이때 본드가 은자에게 폭탄선언을 했다. 딴에는 뭔가 철저한 대비책을 모색하자는 취지였지만, 본드의 정보는 은자와 소년을 경악하게 만들었다.

"칼잡이란 녀석 있잖습니까? 뱀눈 뒤를 졸졸 따라다니던."

"그래, 왜?"

"막 들어온 정보인데요……."

본드는 말끝을 흐리며 소년을 의식했다. 소년은 본드의 말을 초조하게 기다렸다. 하지만 본드의 특급 정보는 소년을 좌절하게 했다.

"칼잡이가 뱀눈과 무리수를 이간질해 둘을 죽게 만들었다고 하던데요."

"그럴 수가 있는가?"

"그놈이 먼저 자신이 비밀결사모임 회원이며, 꿈꾸는 소녀가 우리들 중에 있다고 죄다 발설한 모양입니다."

본드의 얘기가 끝나자 은자는 턱수염을 쓸어 넘기며 나름의 추리를 했다.

"노학자가 들었겠군. 칼잡이 혼자 노학자를 찾아갔을 리는 만무하고 결국 작업반장 중 한 명에게 그 사실을 말했을 텐데 그게 화근이 된 게야."

소년은 은자의 말에 온 신경을 기울였다.

"노학자, 그 능구렁이도 소녀의 꿈을 학수고대하는 인물 중 하나야. 그 사실이 외부로 새는 걸 원치 않았을 테고. 그래서 작업반장에게 밀고한 놈을 죽이라고 지시했겠지."

은자는 뜬금없이 소년에게 화제를 돌렸다.

"그대에게 별다른 위해를 가하진 않았나?"

소년은 잠시 망설이다가 자신 없는 목소리로 대답했다.

"하루하루가 어떻게 지나는지도 모르겠어요. 불안해서 견딜 수가 없어요. 전 앞으로 어떻게 되는 거죠?"

"어려운 문제군, 그래도 그댄 적당히 죽어 없어질 운명은 아니라고 생각하네."

"……."

이번에는 은자가 본드에게 물었다.

"칼잡이가 아무 조건 없이 작업반장 자리에 오른 건 아니겠지?"

"그렇죠. 칼잡이에게 몇 마디 전해듣더니 노학자가 직접 완장까지 채워줬다고 하던데요."

"생각보다 훨씬 더 교활한 놈이네."

소년이 대화에 끼어들었다.

"누가요? 칼잡이가요?"

"그대는 잠깐 나를 따라오게."

"어딜 가는데요?"

"보여줄 게 있어."

은자는 서둘러 복도로 나가버렸다.

⊙

은자가 소년을 데리고 간 곳은 9층 복도 끝에 있는 화물용 엘리베이터 앞이었다. 은자는 비장한 표정으로 자신이 서 있는 곳을 바라보았다.

화물용 엘리베이터에 대해서는 소년도 이미 어느 정도는 알고 있었다. 비밀번호를 모르면 열리지 않는다는 사실 정도는 말이다.

뱀눈과 무리수의 시체를 던질 때는 엘리베이터 바닥을 확인할 엄두도 내지 못했지만, 지금은 어느 정도 여유도 생겼다. 소년은 은자에게 경외심마저 갖게 되었다. 복리후생실에서 열변을 토할 때도 지금 같은 경외심을 품어본 적이 없었다. 은자가 이따금 턱수염이나 만지는 기인에 불과하다고 생각했는데 소수의 관리자들만 조작할 수 있는 화물용 엘리베이터를 아무렇지도 않게 열자 놀라지 않을 수 없었다. 하지만 경외심은 결코 오래가지 못했다. 은자가 화물용 엘리베이터를 연 데는 다 이유가 있었기 때문이다.

어느새 은자의 추종자 본드도 옆에 달라붙어 심각한 얼굴로 엘리베이터 안을 들여다보고 있었다. 본드의 반응은 은자의 결의와는 다른 것이었다. 둘 다 긴장하는 기색이 역력했지만 은자는 이후의 상황을 긍정하는 분위기였고, 본드는 마냥 두려워 했다.

크게 심호흡을 한 은자는 얼굴에 너그러운 미소마저 머금으며 소년에게 말했다.

"그대는 이 아래 세계에 대해 얼마나 알고 있는가?"

"글쎄요."

'글쎄'라는 표현은 정답이 아니다. 적어도 이곳에서 일하는 노동자라면 아래의 세계를 마땅히 '지옥'이라고 불러야 하기 때문이다.

작업반장을 비롯해 이른바 감투를 쓴 존재들은 1층 아래의 세계를 지옥이라고 했다. 지옥은 무엇일까? '지옥'에 대해 전해들은 이야기들은 터무니없었다. 지옥은 더 이상 일할 수 없게 되는 곳이며 그로 인해 규칙적인 배식을 받을 수 없고, 심지어 매번 다른 메뉴의 간식을 먹을 수 없는 곳이라는 게 작업반장의 설명이었다.

소년은 무리수가 지옥에 대해 설명해줄 때, '아무리 지옥이라도 살 수는 있지 않느냐.'고 물은 적이 있었다.

무리수는 대답을 망설였고 '혹시 그런가?' 하는 순진한 얼굴이 되기도 했지만, 뱀눈은 한 번이라도 제대로 화물용 엘리베이터 아래를 내려다본다면 그런 질문이 얼마나 어리석은지 깨닫게 될 거라고 답했다. 불빛 한 점 찾아볼 수 없는 어둠뿐인 바닥은 그야말로 공허 그 자체였다. 소년은 뱀눈과 무리수가 그 깊은 곳으로 떨어질 때의 암담함을 분명히 기억하고 있다. 은자는 계속 말을 이었다.

"지옥이나 블랙홀이라는 말들을 하지만 아래 세계는 엄연히 존재해. 사람들이 살고 있단 말이지."

"죽지 않았나요?"

"물론 지상의 삶과는 다를 거야. 나도 정확하게는 모르지만 지하는 지상의 이면과도 같아."

"무슨 말인지 잘 모르겠어요."

"요점만 말하면 그대의 엄청난 불장난으로 나는 더 이상 지상에서 살 수 없다는 말이야."

"죄송해요."

"닥치고⋯⋯. 칼잡이란 친구를 경계하는 게 좋아."

느닷없는 은자의 말에 소년은 정신이 번쩍 들었다.

"지상 세계에 있을 수 없다 해서 혁명까지 훼손당하는 건 원치 않아. 지하로 내려가서 다시 한 번 기회를 엿보는 수밖에. 그걸 그대에게 보여주고 싶었어."

은자의 말에 매료된 본드도 결심한 듯 말했다.

"저도 함께 내려가겠어요. 어차피 선생님 제자라는 거 다 아는 이곳에서 살아남을 수 없잖아요."

은자가 본드를 걱정스럽게 바라보며 물었다.

"저 아래로 내려간다 해서 모두 살아남는 건 아니다. 잘 생각해."

"까짓것 죽기 아니면 까무러치기죠. 인생 별거 있나요."

은자는 하나밖에 없는 심복이 자신과 뜻을 같이하겠다는 것이 기특한지 흡족한 표정을 지어 보인 후 한층 더 격앙된 어조로 소년에게 말했다.

"행운을 빌어주게. 물론 쉽게 죽진 않겠지만 사람 일이란 게 또 모르는 일 아닌가."

"어떻게 살 수 있다는 확신을 하시죠?"

"그럼 지하 사람들은 어떻게 살아남았을까?"

"정말 지하에 사람들이 살기는 하나요?"

"그렇지 않다면 지하를 지옥이라고 겁줄 필요가 있었을까? 그렇게 말했다는 건 지하에 뭔가 엄청난 게 존재할지도 모른다는 반증인 거야."

은자는 좀더 신랄하게 소년의 무지함을 질타하고 싶었지만 그만두었다. 소년은 그런 은자에게 절박해진 자신의 심정을 토로했다.

"저는 어떻게 되는 건가요?"

"자기 인생은 자신이 결정하는 거야. 사는 것도, 죽는 것도."

"그럼 소녀는요? 소녀는 꿈을 꾼 죄밖에 없잖아요?"

'나는 단지 소녀의 꾐을 빠져 몸을 섞은 죄밖에 없어요!' 소년은 이런 속내를 은자에게 말하고 싶었는지도 모른다.

은자는 끝내 소년에게 답을 하지 않은 채 본드와 함께 번뇌하는 순교자처럼 엘리베이터의 암흑 속으로 몸을 던졌다.

◉

'반장' 완장을 착용한 칼잡이는 관료의 악덕을 유감없이 발휘했다. 바로 42층 노동자들 중에서 열 명의 '준準작업반장'을 임명한 것이다.

엄밀히 말해 준작업반장이라는 직급은 공장운영협의회의 승인 없이 칼잡이가 임의로 급조한 것이다. 물론 그들에겐 아무런 보상이 없다. 한두 개의 간식거리를 더 얹어주고 구역 내에 있는 동료 노동자들의 태업을 감시하는 일을 맡겼다.

준작업반장들은 과할 정도로 자신들의 직급에 만족하며 칼잡이에게 절대 충성을 맹세했다. 칼잡이조차도 놀랄 정도였다. 칼잡이의 계략대로 42층 노동자들의 질서는 작업반장이 한 명밖에 없음에도 금세 안정을 찾아갔다.

불과 며칠 사이에 42층의 질서를 구축한 칼잡이는 스스로를 대견해하며 42층 입구에 앉아 깊은 사색에 잠겼다. 말이 사색이지 녀석은 단 하나만을 생각했다. 그건 단순한 목표를 넘어 집착에 가까웠다. 그 집착은 엄청난 분노로 나타났다. 칼잡이 역시 가까스로 살아났다. 그러나 인간은 누구나 고통의 터널을 벗어나면 과거의 기억을 잊는 망각의 동물이 아니던가. 노동에서 해방되고 반장까지 꿰찬 칼잡이는 지금까지 미뤄둔 몽상을 시작했다. 하지만 언제나 그 몽상은 애증의 기억으로만 채워졌다. 소녀의 부풀어 오른 배를 생각할수록 피가 거꾸로 솟는 분노에 사로잡혔고 그럴 때마다 칼잡이는 살해 충동에 시달렸다.

소년도 그런 칼잡이의 눈빛을 의식했다. 그나마 믿고 의지했던 은자마저 지하 세계로 사라져버린 상황에서 자신을 지킬 수 있는 방법이 아무것도 없는 현실이 소년을 미치게 했다. 칼잡이는 실제로 작업 시간 내내 미동도 않고 소년을 노려봤다. 그럴 때마다 소년은 언제 칼잡이가 자신의 등에 잭나이프를 꽂을지 몰라 불안해서 견딜 수가 없었다.

그와 동시에 며칠 전 본 소녀의 배가 좀처럼 머릿속에서 지워지지 않았다. 소년은 점심시간마다 기회를 노렸다. 칼잡이를 따라다닐 때는 42층 이탈이 쉬웠는데 지금은 상황이 완전히 달라졌다. 칼잡이는 소년의 근무지 이탈을 이미 예상한 듯 열 명의 준작업반장들을 작업장 입구와 복도 비상계단에 배치시켜 만에 하나 발생할지도 모를 소년의 일탈을 감시했다. 칼잡이에게는 합법적으로 소년을 심판하고 싶다는 욕망이 도사리고 있었다.

소년은 최소한의 융통성도 갖지 못했다. 칼잡이는 그런 소년의 모습을 지켜보며 이제는 자신이 행동에 나설 때가 되었다고 생각했다.

'소년은 아무 힘도 없는 존재다. 하지만 나는 다르다. 나는 통행의 자유가 보장된 관리자 신분이다. 여기서 조금 더 수완을 발휘하면 직급이 상승할 기회도 많다. 그러므로 소녀를 사랑할 수 있는 사람은 바로 나, 칼잡이다.'

칼잡이의 자신감은 결국 과감한 행동으로 이어졌다. 작업반장으로 등극한 지 사흘째 되던 날 급기야 칼잡이는 42층을 벗어났다. 소년은 통행의 자유가 있는 칼잡이를 부럽게 바라보기만 했다.

⊙

칼잡이는 호주머니에 두 손을 찔러 넣은 채 여자 기숙사로 들어섰다.

물론 모든 층의 작업반장이 업무 시간에 이렇게 돌아다닐 수는 없다. 일탈이 몸에 밴 칼잡이인데다가 교활함까지 더해져서 출퇴근 시간에만 가동되는 엘리베이터도 움직일 수 있게 된 것이다.

그러나 칼잡이도 여자 숙소를 들어선 순간부터는 긴장하기 시작했다. 자신의 구애를 거절한 이성을 만난다는 설렘과 '왜 아직도 소녀에게 미련이 남아 있는가?' 하는 자책 때문이었다.

⊙

문을 열자 바로 소녀가 보였다. 소녀는 며칠 전에 봤던 것과는 비교도 안 될 정도로 배가 부풀었다. 임부라기보다는 복수가 꽉 찬 말기 간경화증 환자처럼 보였다.

소녀의 곁에는 할매가 있었다. 나이 많은 노동자는 공장일 대신 노동자 숙소의 사감 업무로 대체할 수 있었는데 할매가 그런 경우다.

소녀와 눈이 마주치는 순간 먼저 질겁한 건 칼잡이였다. 소녀는 잉태 막바지에 접어든 임부의 고통을 온몸으로 표현하는 중이었다. 할매는 소녀의 두 다리를 손으로 움켜쥐고 생명체를 기다리는 산파 역할을 하고 있었다. 처음엔 칼잡이를 대수롭지 않게 보던 할매가 녀석의 완장을 발견한 순간 출처 불명의 사투리로 어쭙잖은 변명을 늘어놓았다.

통상 남녀 간의 교제는 협의회 결제가 이뤄진 뒤에야 가능하다. 남녀는 협의회가 정해준 시간에 정해준 장소에서 합궁을 하게 된다. 그런데 소녀는 예외의 경우다. 작업반장 완장을 차고 작업 시간에 숙소를 들이닥친 칼잡이에게 할매는 소녀가 이럴 수밖에 없는 상황을 설명해야 했다. 심지어 할매는 문을 지키고 선 칼잡이를 다그치듯 소녀의 긴박한 상태를 보고했다.

"워미. 지금 이 간나가 다 죽어가고 있당게요. 조사는 나중에 허고 우선 애라도 받읍시다. 애라도 받고 조리 좀 하면 이 간나 정신이 돌아올 거요. 지금은 제정신이 아니랑께."

하지만 칼잡이는 할매가 무슨 말을 지껄이든 신경조차 쓰지 않았다. 지금 칼잡이의 눈과 귀는 오직 소녀에게만 집중되었다.

칼잡이는 천천히 발걸음을 옮겨 소녀에게 다가갔다. 소녀는 두 손을 허우적거리며 신음했다. 칼잡이는 소녀의 손을 으스러지듯 움켜쥐었다. 소녀가 노려보자 칼잡이는 겨우 입을 열었다.

"널 이렇게 고통스럽게 만든 녀석은 지금 여기에 없구나. 지금 네 손을 잡아줄 수 있는 건 나뿐이야. 네년이 아무 이유 없이 싫다고 거절한 바로 나란 말이야."

칼잡이는 더 이상 말을 더듬지 않았다. 확실히 인간의 본성은 상황에 좌우되는 법이다. 칼잡이는 더 이상 이성을 향한 설렘 따위에 지배되지 않았다. 이제 남은 거라곤 처절한 분노와 뜻 모를 자괴감뿐이었다. '고작 이런 계집의 마음 하나 사로잡지 못하다니.' 이런 좌절감은 분노의 악력을 쏟아내게 만들었다. 소녀의 두 손을 박살내듯 움켜쥐기 시작하자 소녀가 비명을 내질렀다. 할매가 칼잡이를 보며 소리쳤다.

"워매! 지금 뭐 하는 겨! 그만두지 못혀! 애가 나온다 말임시."

그러나 칼잡이의 귀에 할매의 말 따위가 들릴 리 만무하다. 칼잡이의 눈은 광기로 이글거렸다. 칼잡이는 배신당한 사랑과 무기력한 소년의 생명을 잉태하는 소녀를 도무지 인정하고 싶지 않았다. 명백한 건 지금 자신은 작업반장이란 사실이고 어떤 식으로든 소녀에게 사랑을 확인받거나 끝장을 보거나 둘 중 하나여야 했다. 칼잡이는 소녀에게 선택을 요구했다.

"선택해. 나야, 소년이야?"

"……."

"지금이라도 내 고결한 구애를 받아준다면 난 아낌없이 너와 네 뱃속의 생명까지도 거둬줄 수 있어. 비록 소년의 더러운 피가 온몸 구석구석 흐를 테지만 말이야. 하지만 소년은 아무것도 할 수 없어. 네년이 이렇게 괴로워하는데도 이곳에 올 자유조차 없는 비루한 노동자에 불과할 뿐이야."

"……"

"만에 하나 다시 날 거부하고 소년을 선택한다면 그 후의 일은 나도 장담 못해."

칼잡이는 마치 운명의 순교자가 된 기분이었다. 당연히 '날 구원해줘!' 라고 소리치는 게 소녀의 당연한 반응이라고 믿었다.

그러나 신음과 함께 나온 소녀의 대답은 잠시 동안 칼잡이를 멍하게 만들었다.

"싫어."

"누가 싫다는 거야? 나야? 소년이야?"

"너."

"그럼 소년은?"

"소년은…… 싫지도 좋지도 않아. 그렇지만 넌 싫어."

"내가 왜 싫어? 널 구원해줄 수 있다니까."

"그래서 싫어. 그러면 모든 게 다시 원점이잖아. 그게 싫어. 이제 됐어?"

"으미. 나온다 나와. 나온당께."

할매가 아이를 손으로 빼내려는 순간, 칼잡이는 의식 저편에서 꿈틀거리던 야수 같은 충동의 끈을 놓아버렸다. 싫다는 말을 듣는 순간, 끝내 분노를 견디지 못한 칼잡이가 잭나이프를 꺼내 들었다. 그리고는 그 어떤 위협의 수순도 생략한 채 소녀의 목과 가슴, 심장 부위를 닥치는 대로 찔렀다. 소녀의 몸 곳곳에서 검붉은 선혈이 솟구쳐 올랐다. 그 와중에 아이는 눅눅하고 끈적거리는 양수를 뒤집어쓴 채 빨려나왔다. 특이한 건 아이의 몸이었다. 분명 하나인데, 둘의 모습으로 나타났다. 이를테면 머리가 두 개인데, 하나로 붙어 있고, 눈도 네 개, 코도 두 개, 팔도 네 개, 이런 식으로 두 개의 객체가 하나로 붙어 있는 상태였다.

할매는 아이의 특이한 몸과 유명을 달리한 소녀를 번갈아 보며 기묘한 신음을 토해냈다.

하나의 몸에 담긴 두 개의 생명이 소녀의 자궁에서 빠져나와 할매의 손에 들어왔고, 할매는 이미 실성 단계에 접어든 칼잡이를 흘겨보고는 아이의 몸을 끌어안고 바닥에 머리를 처박았다. 그러고는 자신만 알아들을 수 있는 방언을 기도하듯 웅얼거렸다. 칼잡이는 할매에게도 관용을 베풀지 않았다.

칼잡이는 아무런 죄의식을 느낄 수 없을 때까지 할매의 몸을 찌르고 또 찔렀다. 그 와중에도 할매는 아이를 가슴팍에 안고 바닥에 머리를 처박은 자세였다. 칼잡이는 그 자리에 주저앉아버렸다. 이 정도면 할매가 부적처럼 가슴팍에 끌어안은 핏덩이 역시 살아남지 못할 거라 짐작하고 난도질을 멈춘 것이다.

거친 숨을 고르던 칼잡이가 소녀의 숙소를 천천히 살폈다. 신기하게도 피범벅이 된 소녀와 할매가 별 차이가 없다는 기분이 들었다. 칼잡이는 숙소 밖으로 나왔다. 작업 시간이라 숙소엔 사람의 인기척이 느껴지지 않았다. 완전범죄라고 확신한 칼잡이는 잭나이프에 묻은 피를 대충 닦아내고 휘파람까지 불며 엘리베이터 앞에 섰다.

　같은 시각, 어김없이 오후 휴식이 찾아왔고 매우 큰 보름달 빵이 특별 간식으로 제공되었다. 공장운영협의회 창립기념일을 하루 앞두고 즐겁게 빵을 욱여넣는 다른 노동자를 보면서 소년은 자신의 처지를 한스럽게 생각했다. 바로 그때 2층 여자 숙소에서 거사를 마치고 올라온 칼잡이가 소년의 눈에 띄었다. 평소와 다를 바 없는 칼잡이였지만 소년은 칼잡이의 미세한 변화를 감지했다. 약간 헝클어진 머리카락, 채 가라앉지 않은 홍조가 얼굴 전체에 희미하게 남아 있었고 결정적으로 오른쪽에 꽂아두었던 잭나이프가 지금은 왼쪽 주머니에 꽂혀 있다는 사실을 발견했다.

　하지만 칼잡이의 '작업반장' 완장이 소년을 주눅 들게 만들었다. 칼잡이가 노동자 신분이었다면 최소한 어디 갔다 왔는지 정도는 물어볼 수 있을 것이다. 하지만 소년은 아예 그럴 엄두조차 내지 못했다. 칼잡이가 먼저 말을 걸지 않는 이상 감히 작업반장에게 질문을 던진다는 게 불가능하기 때문이다. 그런 소년의 소심함과 노동자 특유의 계급적 한계를 잘 알고 있는 칼잡이는 가장 효율적으로 노동자를 감시할 수 있는 곳에 앉아 소년과 시선을 마주했다. 칼잡이는 소년을 마음껏 비웃었다. 소년은 그런 칼잡이의 여유가 오히려 흥분을 가라앉히기 위한 술수라는 느낌을 지울 수 없었다. 분명 무슨 일이 벌어졌다는 불길한 예감이 소년의 심장을 옥죄었다. '소녀는 어떻게 되었을까? 아이는 낳았을까? 아이를 낳았다면 어떻게 되는 건가?' 지금으로선 아무런 답도 얻을 수 없는 질문들이 소년의 머리를 혼란스럽게 만들었다. 지금 무엇보다 소년이 해야 할 일은 여자 숙소로 내려가는 일이다. 소녀를 만나야 뭐라도 해볼 것 아닌가. 보름달 빵을 한꺼번에 욱여넣으면서도 아무 맛을 느낄 수 없을 정도로 머리가 복잡했다. 그렇게 하루가 덧없이 지나가 버렸다.

⊙

다음 날은 42층 노동자들이 눈을 번쩍이는 날이었다. 이 날이 노동자들에게 특별한 이유는 간식과 식사 배급량이 평소와 다른 수준이기 때문이다. 바로 폐신 집합소의 창립기념일이기 때문이다.

창립기념일이라고 해서 노동을 중단하지는 않는다. 단, 10분이었던 휴식시간이 20분이 되고, 점심시간도 20분 연장되는 정도였다.

비루해 보일지 몰라도 '그래도 그게 어디냐'는 식의 비굴한 발상이 노동자들의 가슴을 두근거리게 만들었다. 물론 이런 시혜를 누리기 위해선 평소보다 두 배 이상 긴 칼잡이의 연설을 견뎌야 하지만 말이다.

연설의 내용은 대략 황무지 같던 이곳에서 어떻게 허섭스레기에 불과한 인간들이 입에 풀칠할 수 있게 되었는지에 대한 이야기다. 한두 번 들을 때는 관심이나 가졌지, 똑같은 이야기를 수십 번 반복하니 듣는 인간이나 말하는 인간이나 지루하긴 매한가지였다.

어쨌든 그렇게 하루가 시작되고, 먹을거리에 기대를 하는 다른 노동자와는 달리 소년은 시간이 갈수록 초조해졌다.

칼잡이는 여느 때처럼 팔짱을 끼고 42층 문을 가로막고 앉아 소년의 일거수일투족을 살폈다. 신중하게 살펴볼 것도 없이 소년의 안절부절못하는 모양새는 상대에게 분명한 메시지를 주었다. 소년은 백치도 할 수 있는 작업에서도 실수를 연발하며 불안한 기색을 드러냈다. 칼잡이는 소녀를 만나고 싶어 안달난 소년을 귀엽다는 듯 흘겨봤다. 11시 55분. 칼잡이는 비열하기 짝이 없는 계략을 염두에 두었다. 부디 그 계략의 덫에 순진한 소년이 말려들길 바라며 점심시간을 기다렸다.

⊙

점심시간. 노동자들이 배급된 메뉴에 감탄하며 음식물 섭취에 골몰하는 동안 소년의 눈은 기대로 타올랐다. 이유인즉 칼잡이가 문 앞을 지키고 있지 않았기 때문이다. 소년은 42층 전체를 훑으며 준작업반장들의 동태를 기민하게 살폈다. 그들 역시 노동자들과 뒤엉켜 간식을 즐기는 데 온통 정신을 쏟는 중이었다. 이런 와중에 눈에 잘 띄지도 않는 노동자 한 명이 자리를 비운다 해서 뭐 어쩌겠느냐는 생각이 들 때 소년은 냉큼 몸을 일으켜 42층 문을 조심스럽게 열고 나갔다.

일단 시작이 어려울 뿐, 이후 소년은 일정한 패턴으로 행동했다. 엘리베이터 버튼을 눌렀고, 주위를 두리번거리며 문이 열리기만을 초조하게 기다렸다. 놀랍게도 복도에는 아무도 없었다. 이게 모두 창립기념일이 가져다준 특혜라고밖에 생각할 수 없었다. 칼잡이 역시 이 특별한 날의 분위기에 도취된 것이리라.

하지만 소년의 생각과는 달리 칼잡이는 복도 끝 구석에 몸을 숨기고 소년을 살피고 있었다. 그러나 무슨 일인지 소년을 붙잡지 않는다. 순전히 자신의 의도대로 소년이 움직이고 있기 때문이다. 소년이 엘리베이터에 오르고 난 뒤에야 칼잡이는 복도로 걸어 나왔다. 소년을 태운 엘리베이터가 어디에서 멈추는지 확인했다. 소녀를 만나기 위해 2층 숙소로 내려가는 것을 확인한 칼잡이는 잽싸게 작업장으로 들어갔다. 그리고 중앙 작업대 감시실에 마련된 수화기를 들고 소위 고위층과 접선을 시도했다.

◉

2층으로 내려온 소년은 불 꺼진 복도를 두 손으로 휘휘 저어가며 전진했다. 만삭이 된 소녀가 누워 있는 숙소는 오른쪽 복도 마지막 방이었다. 그 기억만으로 소년은 다급하게 복도 끝에 다다랐다.

하지만 소년은 쉽게 문을 열지 못했다. 문고리를 잡는 순간 역한 냄새가 소년의 후각을 자극했기 때문이다. 소년은 냄새의 정체를 파악하기 위해 두어 번 코를 킁킁거렸다. 썩은 생선 냄새와도 같은 악취다. 냄새의 진원지가 소녀의 숙소인 것도 확실해졌다. 순간 불길한 기운이 소년을 압도했다. 이 냄새는 죽음의 냄새다. 생선이 썩듯, 무언가가 부패할 때 풍겨 나오는 냄새.

그렇다고 문을 열지 않을 소년이 아니다. 여기까지 내려와서 소녀를 안 볼 수도 없는 노릇 아닌가. 불길함을 가득 품고서 소년은 조심스럽게 숙소 문을 열고 우측 벽면의 전등 스위치를 눌렀다.

소년은 순간 숨이 멎는 듯했다. 어처구니없는, 수습조차 난감한 장면이 소년의 눈앞에 펼쳐졌기 때문이다.

핏방울로 얼룩진 소녀의 눈동자는 감기지 않은 채였고, 할매는 기도하는 정령처럼 무릎을 꿇고 머리를 바닥에 처박은 상태였다.

기겁한 소년은 시선을 떼지 못하고 둘을 향해 다가갔다. 뭔가가 할매의 품에서 꿈틀거리는 것이 감지되었다.

소년은 더 이상 망설이지 않았다. 자신의 생명을 잉태한 소녀의 죽음 앞에서 모든 제약의 고삐를 풀어버렸기 때문이다. 소년은 서툴지만 거칠게 할매의 몸을 밀쳐냈다. 허리와 고개가 구부러진 할매의 몸은 굳은 시멘트가 되었기에 밀어내는 것조차 쉽지 않았다. 할매의 몸을 옆으로 밀자 할매가 품고 있던 자신의 씨, 한때 소녀의 뱃속에 있던 생명체가 소년의 눈에 들어왔다. 놀랍게도 그 생명은 살아 있었다.

그러나 소년은 생명체를 보고 인상을 찡그릴 수밖에 없었다. 이른바 소년의 주니어들은 두 개의 몸이 기형적으로 한 몸에 들러붙어 있는 상태였기 때문이다. 결코 하나가 아닌 다른 객체임을 과시하기 위해 서로 반대 방향으로 꿈틀거리는 형국은 소년을 경악하게 했다.

소년은 한동안 절망에 빠진 얼굴로 이 억지스럽게 하나가 되어버린 두 개의 생명을 바라보다가 조심스럽게 엉덩이를 손으로 쳤다. 그러자 비로소 입만 오물거리며 힘겹게 숨을 쉬던 두 개의 생명체에서 우렁찬 울음소리가 터져 나왔다.

생명체의 발견을 신기해하며 애정 가득한 시선을 보내는 행복은 결코 오래가지 않았다. 꽉 막혀 있던 생명체의 목청을 틔우는 순간 엘리베이터가 열리는 소리가 들리더니 곧이어 요란한 발소리들이 복도로 쏟아져 나왔다. 소년이 고개를 돌렸을 땐 이미 그 어떤 조치도 취할 수 없는 상황이었다. 연구원으로 보이는 한 녀석의 구둣발에 얼굴을 가격 당한 소년은 그 즉시 정신을 잃고 말았다. 생명체는 더욱 격렬하게 울음을 터뜨렸고, 연이어 숙소 앞에 정체불명의 집단이 나타났다. 그들 중에는 눈에 띄는 존재도 있었으니 바로 노학자였다. 노학자는 자신의 심복 여우눈에게 소년의 눈을 안대로 가릴 것을 지시했다. 여우눈은 민첩하게 손을 놀려 실신한 소년의 눈을 안대로 가리고 약골 소년을 들쳐 업었다. 그사이 노학자는 만져서는 안 될 부적을 건드린 것 같은 찜찜한 얼굴로 생명체를 끌어안았다.

⊙

얼마나 시간이 지났을까. 겨우 정신이 든 소년은 고통스런 탄식을 내뱉는 것으로 자신이 살아 있음을 증명했다.

눈이 가려지자 소리는 더 생생하게 들렸다. 비교적 고요한 공간에서 끊임없이 들려오는 소리는 바로 음식 먹는 소리였다. 아무 말도 없이 오직 먹을거리를 집어 삼키는 소리가 소년의 머리를 지끈거리게 했다.

잠시 후 여우눈에게 지시하는 노학자의 카랑카랑한 음성이 들려왔다.

"안대를 벗겨라."

"하지만 노학자님."

"뭐 어떠냐? 어차피 뒈질 놈. 보여준다고 달라질 거 있냐? 안 그렇습니까? 독재자님."

독재자. 소년은 그 세 음절을 듣는 순간 가슴이 철렁 내려앉았다. 노동자라면 누구라도 그럴 것이다. 언제나 작업반장을 통해 교훈의 말씀을 전하던 신비의 인물 독재자. 모두들 입을 모아 폐신 집합소의 실질적 지배자라고 추앙하는 존재가 바로 코앞에 있다니, 소년은 온몸에 소름이 돋았다. 왜냐하면 독재자의 얼굴을 본 노동자는 누구든 살아남을 수 없다는 것이 일종의 불문율이기 때문이다.

잠시 후 독재자가 말문을 열었다. 낮은 음성에 더없이 느린 말투는 연출한 느낌이 다분했지만 지배자의 면모가 강하게 배어 나왔다.

"풀어줘라."

명령이 떨어지기 무섭게 소년의 안대가 풀렸다. 눈을 뜬 소년은 한동안 괴로웠다. 빛에 적응할 시간이 필요했기 때문이다.

수십 번 눈을 깜빡거린 뒤에야 자신 앞에 펼쳐진 정체불명의 공간을 분명하게 확인할 수 있었다. 고급스런 디자인의 원형 테이블이 놓여 있고 기계는 보이지 않았다. 복도와 작업장의 구분 없이 펼쳐진 홀 중앙에 이동용 엘리베이터가 보였고, 홀 왼쪽에 화물용 엘리베이터가 있었다. 벽면 곳곳에 작업관리자 완장을 착용한 이들이 지키고 섰고 안대를 착용한 노동자 열 명이 원형 테이블에 앉아 손으로 음식물을 허겁지겁 집어먹고 있었다.

무엇보다 소년의 시선을 붙든 건 테이블 위에 놓인 자신의 생명체였다. 여전히 울고 있었지만, 그 기세는 현저히 줄어들었다. 하나로 붙은 두 생명체는 대형 타월에 싸여 있었는데, 휘황찬란한 상들리에 아래에서 그 끔찍한 형체가 더욱 부각되어 보였다. 테이블 위에 놓인 음식물처럼 덩그러니 놓여 있는 생명체를 중심으로 좌, 우측에 독재자와 노학자의 모습이 보였다. 노학자 옆엔 여우눈이 있었고, 독재자 옆엔 혼자만 작업복 차림을 한 독재자의 심복 땅굴이 소년을 노려보고 있었다.

한눈에 봐도 결코 범상치 않은 복장을 한 이들은 일반 노동자들과는 다른 신분임을 짐작하게 했다. 가운 차림의 노학자가 그랬고, 출처 불명의 훈장으로 장식한 군복 차림에 여송연까지 입에 문 독재자의 모습은 박물관의 밀랍인형을 보는 듯했다. 소년이 말도 못할 정도의 불안을 느끼지 않았더라면 분명 웃음이 나올 만한 광경이었다.

자신의 아이를 임신했던 소녀와 할매가 죽었고, 가까스로 살아난 흉측한 핏덩이는 울음소리마저 점점 더 가늘어지고 있어 소년의 불안을 증폭시켰다. 소년은 자신이 무엇을 어떻게 해야 좋을지 최소한의 기준도 정하지 못했다.

그런 소년의 불안에 노학자가 종지부를 찍었다. 이제 결론은 하나다. 소년에겐 선택의 여지가 없었다. 녀석은 단지 질문만 할 수 있었다.

노학자는 능글맞은 표정으로 말을 건넸다. 독재자는 심드렁하게 딴청을 피웠고, 땅굴은 뭐가 그리도 성이 났는지 연신 씩씩거리며 소년을 노려봤다.

"시간 낭비 말자. 피차 좋은 날이니까."

"……."

"우선 네깟 녀석이 꿈꾸는 소녀와 섹스했다는 것 자체에 경의를 표하마."

그때 잔뜩 근엄한 태도를 견지하던 독재자가 한마디 거들었다. 음성은 엄숙했지만 말의 의미는 경박스러웠다.

"원래 계집들이 그래. 취향이 독특하거든."

"그래 뭐, 어린 것들 불장난 좀 할 수 있다고 치자. 그럴 수도 있어. 그런데 이 자식아."

"……."

"왜 사람을 죽이고 지랄이야. 그것도 자신의 생명을 낳아준 여자를."

"무슨 말씀이세요? 전 안 죽였어요."

"그럼 누가 죽여?"

"절 보세요. 제가 누굴 죽일 수 있는 인물로 보이세요?"

변명치고는 구차하지만 소년의 항변은 충분히 일리가 있었다. 자신은 단지 죽어버린 소녀와 할매를 목격한 사람에 불과하다고 주장했다. 그러나 노학자는 소녀를 죽인 범인을 색출해내는 데 큰 의미를 두지 않았다. 중요한 건 목욕 타월에 둘러싸인 처치 곤란한 핏덩이었다. 그건 노학자뿐만 아니라 독재자와 땅굴에게도 초미의 관심사였다.

노학자는 꿈에 가장 깊숙이 개입해온 인물 중 하나다. 어쩌면 그가 학자 소리까지 들으며 폐신 집합소에서 한 자리 차지할 수 있었던 것도 꿈에 대한 해석, 꿈의 처리 방법에 나름의 노하우를 갖고 있기 때문인지도 모른다. 노학자는 다소 난감한 표정을 지었다. 쉽지 않은 선택이 기다리고 있기 때문이다. 노학자는 소년에게 앞으로 무엇을 어떻게 해야 할지를 부드럽게 일러주었다.

"잘 들어둬. 네놈이 소녀를 죽였든 죽이지 않았든 그건 중요한 게 아니야."

"그럼 뭐가 중요한데요?"

"저 테이블 위에 있는 핏덩이를 살려내는 게 중요하지."

"지금 살아 있잖아요."

"숨을 쉬고는 있지. 하지만 저 상태론 결코 오래갈 수 없어. 처음에 우렁차던 울음소리도 이젠 모기 소리처럼 작아졌잖아. 두 생명이 하나의 몸에 억지스럽게 달라붙은 저 상태로는 오늘을 넘길 수 없다는 게 우리 연구진들의 결론이야."

도대체 어떤 근거로 그런 결론을 냈는지 묻고 싶었지만 소년은 꾹 참았다. 한 몸으로 붙어버린 핏덩이의 모습이 소년이 보기에도 힘들어 보였다. 숨을 쉬는 빈도도 그랬고, 사지를 꿈틀거리는 활력도 몇 시간 전과 달랐다. 절망에 빠진 소년을 보며 노학자는 말을 이었다.

"살려내는 방법이 아예 없진 않지."

"그게 뭔데요?"

"네놈도 살려내고 싶지? 저 핏덩이는 우리에게도 중요해."

"어떻게 하면 살려낼 수 있죠?"

"그 전에 먼저 해줄 말이 있어."

"뭔데요?"

그 질문에는 땅굴이 대신 답했다.

"이 버러지 같은 자식! 넌 어떻게 해도 살아남을 수 없어! 알아들어?"

노학자는 땅굴의 고함에 놀란 소년의 머리를 쓰다듬으며 말을 이어나갔다.

"불행하지만 그게 진실이야. 넌 살아남을 수 없어. 지금 네놈이 선택할 수 있는 건 바로 핏덩이를 살려내는 길이야."

"……."

"생각을 해봐. 비록 넌 죽겠지만 네 분신이 살아남아 유익한 존재로 성장한다면 썩 의미 있는 일 아니겠어?"

"제가 어떻게 해야 제 자식을 살려낼 수 있는 거죠?"

"여우눈. 준비한 거 갖고 와."

여우눈은 준비해둔 공구를 노학자에게 건넸다. 소년은 불안이 가득한 눈빛으로 공구를 쳐다보며 물었다.

"이게 뭐예요?"

"전기톱이라고 들어는 봤는가. 사용법은 간단해. 이렇게 줄을 당겨 시동을 걸고 사물을 잘라내는 거야. 이래 뵈도 꽤 쓸 만해."

아무리 좋게 봐도 노학자의 입담에선 학자다운 면모가 느껴지지 않았다. 노학자는 친절하게도 시동이 걸린 전기톱을 소년의 두 손에 쥐어주었다. 소년의 얼굴은 참담하게 굳어갔다.

"이걸로 도대체 뭘 어쩌라고요?"

"뭘 어떻게 해? 핏덩이를 둘로 나눠야지."

"뭐요? 이걸로요?"

"어차피 하나만 의미가 있어. 나머진 필요 없지. 그래서 말인데……."

말을 멈춘 노학자가 마크 펜을 꺼내 핏덩이의 머리에서 다리까지 절단면을 표시했다.

"뇌가 중요해. 지금 이 붙어버린 쌍둥이 중 하나만 살려내는 게 관건이니까 살리고자 하는 핏덩이의 머리통을 최대한 확보하라고. 알아듣겠어?"

"둘을 모두 살릴 수는 없어요? 공평하게 자르면 둘 다 살 수도 있잖아요."

"순진하긴. 하나의 본체에서 하나의 의미만이 유효한 거지."

"그럼 다른 하나는요?"

"다른 하나는 그 본체의 이면일 뿐이야. 이면은 의미를 둘 필요가 없어. 무의미하거든. 이곳에서 무의미는 말 그대로 무의미일 뿐이야."

노학자의 설명에 독재자가 한마디 거든다.

"바로 너같이 허약한 녀석처럼 말이야."

노학자가 다시 말을 잇는다.

"두 몸이 붙어버린 것에 대한 무시무시한 철학적 소견을 무식한 자네한테 아무리 설명해야 쇠귀에 경 읽기지. 결론만 말하면 우린 의미를 생산하는 하나의 생명만 원한다 이 말이야. 그래야 어떤 식으로든 이곳에 기여할 수 있거든."

"왜 하필 저예요?"

소년은 참지 못하고 울먹였다.

"그냥 선생님이 하시면 되잖아요? 왜 하필 제가 아이 몸에 손을 대냐고요?"

노학자는 빙그레 웃으며 소년의 질문에 답했다.

"네 녀석이 절묘한 기회를 골라 일부러 이런 짓거리를 벌인 걸로 짐작하는데."

"기회라뇨?"

"시치미 떼도 소용없어. 오늘이 무슨 날인지는 알고 있지?"

"창립기념일이잖아요."

"그래. 그럼 이 날에 피를 봐선 안 된다는 금령에 대해서도 알고 있겠지?"

노학자는 모르겠다는 표정을 짓는 소년을 보고 말했다.

"만약 그 사실을 모르고 일을 저질렀다면 네놈은 억세게 운이 좋거나 아님 타고난 천재거나 둘 중 하나구나."

"그래서요? 알기 쉽게 설명해주세요. 그게 저와 무슨 상관인데요?"

"어떻게 더 쉽게 설명하냐. 오늘이 지나면 이 핏덩이는 아예 죽어버릴 거야. 우리는 오늘만큼은 피를 봐선 안 돼. 그럼 누가 피를 보겠나? 남은 건 네 녀석밖에 없잖아."

"왜 저는 피를 봐도 된다는 거죠?"

"넌 어차피 죽을 거니까. 네놈은 반드시 뒈진다고."

그제야 소년도 사건의 윤곽을 파악할 수 있었다.

"그럼 한 가지 조건이 있어요."

"조건? 네놈이 지금 우리하고 거래를 하자는 거냐? 그럴 형편이 아닐 텐데."

"제 핏덩이를 분리하는 조건으로 절 이곳에서 내보내주세요."

"어디로 보내달라는 거냐?"

"지옥으로 보내달란 말이에요."

소년은 평소답지 않은 대담성을 발휘하여 턱 끝으로 왼쪽 끝 화물용 엘리베이터를 가리켰다.

노학자는 순간 당황한 낯빛이 되었고 견디다 못한 땅굴이 고함을 질렀다.

"이 새끼! 감히 우리하고 거래를 하려 들어! 그냥 아예 죽여주마!"

땅굴의 소란에 노학자가 제동을 걸었다.

"그만둬! 오늘 피를 보면 끝장이야!"

"이런 육시랄! 누가 이런 걸 만들어 가지고 일을 더럽게 꼬이게 만들어!"

"더럽게 꼬일 것까진 없지."

독재자의 말이 떨어지자마자 삽시간에 고요가 찾아들었다. 드디어 독재자가 소년에게 말을 건넸다. 안대를 쓴 노동자들은 여전히 공급되는 음식물에만 온 정신이 팔려 있었다. 그들은 바로 옆에서 무슨 일이 벌어지든 아무 관심도 없었다. 소년은 그런 노동자의 모습이 자신의 모습이라고 생각하니 답답하기만 했다.

독재자가 소년에게 직접 말을 건네는 순간 긴장감이 감돌았다. 모두의 관심이 독재자와 소년의 최후의 대담에 집중되었다.

"네가 뭘 어떻게 알고 있는지는 모르겠지만 혹시 저 아래로 내려가면 살 수 있을 거라고 생각하는 건가?"

"아실 거 없잖아요."

"만약에 네 제안을 못 받아들이겠다면 어쩔 거냐?"

"그럼 전 아무 일도 하지 않을 거예요. 그럼 저 핏덩이는 죽고 말겠죠."

"이 녀석. 보기보다 멍청하지는 않구나."

"……."

"하나만 묻자."

"얼마든지요."

"소녀를 정말 죽이지 않았나?"

"독재자님의 이름을 걸고 맹세해요."

"그래?"

"……."

가혹한 긴장감이 잠시 지속된 뒤 의외로 쉽게 결론이 내려졌다.

"녀석이 하자는 대로 해."

땅굴이 소리쳤다.

"하지만 독재자님. 이런 식으로 저 어린 노동자에게 휘둘리면……."

"시키는 대로 해라. 그런다고 달라지는 건 없잖아."

바로 그때 또 한 번 소년의 대담성이 빛을 발했다.

"부탁이 한 가지 더 있어요."

그러자 땅굴이 격하게 분통을 터뜨렸다.

"이 새끼가 아예 오장육부가 배 밖으로 나왔구나!"

하지만 소년은 땅굴의 반응 따위에는 신경 쓰지 않고 오직 독재자만 바라보며 말을 이었다.

"버리는 핏덩이는 제가 데리고 가게 해주세요. 제발요."

독재자는 소년의 도발적인 제안에 호탕한 웃음과 함께 고개를 끄덕였다.

"그래. 알았다. 명색이 창립기념일인데 내 특별히 온기 가득한 은총을 베풀도록 하지."

"고맙습니다."

노학자는 고개 숙여 인사하는 소년에게 피곤하다는 듯 채근했다.

"자. 이제 빨리 시작해라. 이러다 아예 숨통 끊기겠다."

땅굴은 대충 상황을 무마하려는 노학자를 못마땅하게 쳐다보며 분통 섞인 하소연을 퍼부었다.

"저놈한테 기념일 금령이니 뭐니 하는 설명만 해주지 않았어도 저 녀석 숨통도 끊어놓고 핏덩이도 살려내고 했을 거 아냐!"

"이것 봐, 땅굴. 인치人治는 천치天治라고 했어."

"무슨 소리야. 지금 나한테 욕하는 거야?"

"자자. 빨리 하고 너도 우리도 끝장을 봐야지. 시간이 너무 지체되니 힘들구나. 배도 고프고."

독재자는 지루한 듯 재촉을 했다. 소년은 전기톱을 들고 테이블 위로 올라갔다. 눈을 감고 아주 잠시 동안 온 마음을 다해 기도를 올렸다. 기도의 대상이 신인지 자신인지조차 모르겠지만 소년이 할수 있는 거라곤 기도밖에 없었다. 두 개의 생명이 모두 살아남길 바라는 기도 말이다. 소년의 마음속엔 의미와 무의미의 구분이란 건 존재하지 않았다. 처음부터 그런 구분은 없었던 것처럼.

짧지만 강렬한 기도를 올린 소년이 눈을 뜨고 천천히, 격하게 떨리는 두 손을 애써 진정시키며 전기톱의 날카로운 톱날을 높이 들어 올렸다.

2부

원배

元倍

⊙

　F는 유감스러운 표정으로 원배元倍를 지켜봤다. 원배는 여전히 인큐베이터 안에서 인공호흡기로 연명했다. 그렇다고 원배를 병상에서 무의미하게 살아가는 식물인간 정도로 폄하하는 건 곤란하다. 원배는 누구보다 빠른 두뇌 회전을 보였고, 수리적 판단력은 천재 수학자를 능가할 정도였다. F는 원배의 재능을 발견한 사람이자 유모, 주치의, 카운슬러, 가정교사다. 한마디로 F에게 원배의 모든 것이 달려 있는 셈이다.

⊙

　원배는 20년 전 전기톱을 들고 숙명의 분리 작업을 거행했던 소년의 작품이다.

　노학자는 지금도 자신의 선택을 의심하지 않는다. 소년에게 아이의 몸을 두 개로 분리하라는 지시를 내렸을 때 노학자는 핏덩이 위에 마크 펜으로 경계를 그려 넣었다. 소년의 떨리는 손은 정확도와는 거리가 멀었고 결국 원배가 두개골의 삼분의 이 이상을 소유하게 되었다. 희생이 없진 않았다. 두개골의 비중은 상당했지만 남성의 심벌을 잃어버렸다. 하체가 붙어 있던 탓에 그만 원배의 몸에서 남성의 상징인 양물이 그대로 잘려진 것이다.

그 후의 일은 소년의 도발적인 제안대로 이뤄졌다. 노학자는 거대한 두뇌를 소유한 원배를 선택했고 반대로 원배의 양물까지 차지한 쌍둥이 형제 복배復倍는 머리통이 텅 비어버린 엽기적인 꼴이 되어버렸다. 노학자가 원배를 선택한 이유는 무엇보다 절단 과정에서 많은 피를 흘린 복배가 더 이상 숨을 쉬지 않는 것 같았기 때문이다. 반대로 원배는 갓 태어난 아이답게 우렁찬 울음을 멈추지 않았다. 노학자는 독재자에게 원배를 선택할 것을 건의했고, 그렇게 자그마치 20년이 흘러 지금에 이르게 된 것이다.

원배, 복배라는 해괴한 이름을 붙인 건 독재자였다. 노학자는 그 이름이 의미하는 바가 무엇인지 궁금했지만 묻진 않았다. 독재자의 카리스마가 대단해서가 아니라 딱히 이름의 의미를 묻는 게 무슨 이득이 있겠냐는 망국적 게으름 탓이다.

◉

원배는 더욱 기형적으로 변했다. 다른 이들보다 머리통이 훨씬 비대해졌으며, 그만큼 흉측했다.

F가 유감스러운 건 단지 녀석의 흉측한 머리 때문만은 아니었다. 기형아로 성장하는 이들은 얼마든지 있다. 정작 그를 짜증스럽게 만드는 건 일종의 의심 때문이었다. 무려 20년째 인큐베이터에서 단 한 발자국도 벗어나지 못하는 원배가 과연 대단한 녀석인가 하는 의심 말이다.

원배를 양육하면서 그런 의심이 점점 더 굳어졌다. 그러면서도 원배에게 미련을 버리지 못하는 한 가지 이유는 원배의 놀라운 수리 능력 때문이었다. 엄청나게 빠른 암기력, 계산력, 이런 걸 두고 영재라고 해야 되나. 하지만 암기와 계산력을 제외하면 원배의 머리가 할수 있는 일은 많지 않았다. 다른 영역의 지능 수준은 제로에 가까웠다. 심지어 원배는 자신의 이름조차 몰랐다. 스무 살 청년이 당연히 구사할 수 있는 의사소통조차 원배에겐 힘겨운 일이었다.

F는 매시간 링거를 갈아주며 원배의 영양 상태와 몸 상태를 체크했다. F의 처음 목표는 이런 게 아니었다. 처음엔 꿈꾸는 소녀의 후예를 직접 가르친다는 사실에 흥분했었다. 그러나 웬걸. 머리만 커버린 원배에게 얻을 수 있는 거라곤 조와 경을 육박하는 숫자의 사칙연산을 계산기보다 정확하게 처리하는 게 고작이었다. 그러므로 F는 원배의 등에 욕창이 나는 것을 막기 위해 몸을 이리저리 굴려줘야 하는 번거로움, 액상으로 된 비타민이나 미네랄 성분의 영양분을 공급해주는 일련의 작업들이 지겨운 것이다.

그렇게 무의미한 작업을 마친 F가 집무용 소파에 앉을 때였다. 노크 소리가 들리더니 서서히 문이 열렸다. 문 너머로 한 사람이 모습을 드러냈는데, F는 고개를 돌리지 않고도 그 인물이 누군지 잘 알고 있었다. 바로 노학자. F의 짐작이 정확한 이유는 바로 이곳이 과거 노학자가 사용하던 미래거세연구소였기 때문이다. 이곳에 출입이 가능한 이들은 노학자와 그의 심복 여우눈 정도가 고작이다.

◉

F는 고개를 돌리지도 않은 채 말문을 열었다.

"무슨 일이십니까? 예고도 없이."

노학자 역시 F가 마음에 들지 않았다. 노학자는 이곳의 관행을 무시하는 복장부터가 거슬렸다. 쥐색 키톤kiton 슈트에 붉은색 넥타이를 맨 F의 복장은 그의 결벽증 기질만큼 청결함을 과시했다. 노학자는 미래거세연구소 안으로 들어서면서 우선 F의 차림새부터 훑으며 부라리는 눈빛으로 F의 튀는 모습을 비난했다.

F가 이처럼 튀는 차림새를 하고도 여전히 폐신 집합소에서 목소리를 낼 수 있는 이유는 독재자의 전적인 신뢰 덕분이다. 독재자는 우선 F의 화려한 언변을 신뢰했다. F는 출처는 명확하지 않아도 듣는 이의 기를 꺾는 전문용어를 남발하는 데 탁월한 재주가 있었다. 물론 그 전문용어가 맞는지 확인하기 위해서는 그 정도 식견을 가진 사람이 있어야 하지만 아직까지 이곳에서 F의 말을 제대로 이해하는 이를 만나보진 못했다. 기껏해야 주위들은 풍월로 학자 노릇을 하고 있는 노학자 정도였다. 노학자가 F를 미심쩍게 바라보는 이유는 단 하나다. F가 원배의 가정교사이기 때문이다.

⊙

노학자는 소녀의 꿈을 계승할 유일한 핏덩이로 원배를 선택했다. 전기톱을 쥔 소년의 손이 격렬하게 떨리던 그때 노학자는 이미 결심했다. 머리만 제대로 분리하면 두 생명 모두 살릴 수 있지만 어그러지면 둘 중 하나는 반드시 버린다는 결심이었다. 그것 역시 주위들은 풍문에 의존한 거지만 노학자의 결의는 단호했다.

노학자의 눈에 들어온 건 당연히 원배였다. 또 다른 핏덩이인 복배의 머리통까지 차지해버린 원배의 두상頭狀에서 분출되는 아우라aura만이 폐신 집합소의 항구적 평화를 보장해줄 수 있다고 확신한 것이다. 꿈꾸는 소녀의 꿈 조각들이 모여 지금까지 그런대로 유지되던 폐신 집합소 시스템이 앞으로도 영원히 번영할 수 있다는 믿음, 비록 그 믿음의 근거가 불확실해도 독재자를 비롯한 소위 관리자라면 반드시 새겨놓아야 할 이곳의 유일한 도그마였다.

노학자는 지금도 원배를 선택한 것을 후회하지 않는다. 인큐베이터에 갇힌 원배가 소녀 대신 마지막 꿈을 꿀 수 있다는 확신만큼은 막강했다. 그러므로 노학자가 의심을 품을 데라고는 F의 교습 방식뿐이었다.

노학자는 F가 원배를 제대로 훈육했는지부터가 의문이었다. 물론 독재자나 관리들이야 매달 개최되는 공장운영협의회에서 선보이는 원배의 천재성에 희망을 걸었지만 오히려 노학자는 그 점이 마음에 들지 않았다. 물론 노학자도 원배가 꿈을 꾸기 위해서 어떤 징후를 보여야 하는지 모른다. 사칙연산이나 해결하는 재능이 원배가 꿈을 꾸는 데 길잡이가 될 수 있는지 영 신뢰가 가지 않았던 것이다.

오래전부터 F는 노학자의 이런 꿍꿍이를 간파했다. F는 궁색하게 변명 따위를 늘어놓는 인물이 아니다. 노학자가 간혹 날선 의혹을 제기할라치면 그때마다 지지 않고 반박해온 F다. 고뇌하는 성자처럼 어슬렁거리던 노학자가 능구렁이 같은 말투로 물었다.

"이번 달 협의회 회의가 삼 일도 채 남지 않았네. 알고 있겠지?"

"여부가 있겠습니까? 밥만 먹고 하는 일이 그 일인데요."

"이번 달에도 이 소중한 생명체를 보러 이곳에 모여들겠지."

"어중이떠중이들이죠."

"말조심해. 그 속엔 독재자 어른도 포함되어 있어."

"말이 그렇다는 겁니다."

"이런 시건방진…… 그래, 지금 자네의 그런 태도를 문제 삼으려고 온 건 아니니 참겠네."

"계속하시죠."

노학자는 울컥한 마음을 가라앉히고 다시 원배를 바라보며 물었다.

"이번 회의 때도 원배에게 숫자 계산만 주문할 셈인가?"

"그래야 되겠죠."

"어째서 그래야만 하지?"

"뭐가 말입니까?"

"왜 저 거대한 머리에서 사칙연산만 얻어야 하냐 이 말이지."

"그건 제가 학자님께 묻고 싶습니다."

"뭐야?"

"알고 계신지 모르겠지만 사실 저 녀석에게 숫자만 가르친 게 아닙니다. 언어나 음악 등 감성에 도움이 되는 거라면 뭐든 시도했단 말입니다."

"그런데?"

"그런데 결과는 하나예요. 저 녀석 머리에 아무리 다양한 지식을 욱여넣어도 나오는 건 수학 계산 하나뿐이라 이겁니다."

F는 절로 한숨이 나왔다. '20년 동안 청춘을 바쳐 공들인 작품이

고작 이 모양인가' 하는 회한이라고 해야 하나. 노학자는 그런 F의 반응을 추궁하듯 되물었다.

"그럼 그게 지금 나 때문이란 말인가?"

F도 노학자도 사실 결론은 하나다. 원배가 과연 꿈을 꿀 수 있는 지가 중요한 것이다. 그런데 F는 노학자가 예상했던 결과와는 다른 의견을 내놓았다.

"지금 누굴 탓하자는 게 아닙니다. 문제는 어쩌면 저 녀석이 일관되게 저런 반응을 보이는 데에는 나름대로 이유가 있지 않을까 하는 겁니다."

"이유라면?"

"꿈꾸는 소녀 말입니다."

"계속 말해보게."

"그 계집이 꿈꿀 때 어떤 특별한 현상이라도 있었습니까?"

"그거야 내 알 턱이 있나. 그 머리통에 들어가본 적도 없고, 그렇다고 이곳에 최첨단 의료 장비가 있는 것도 아니고."

"그렇다면 꿈을 꾸는 데에는 딱 부러진 공식이 있는 게 아니라는 말에 동의하시죠?"

"어느 정도는."

"다른 각도에서 생각해보면 소녀가 꿈을 꾸었다고 하는데 그게 정말 꿈인지 아닌지 증명할 수 있는 길도 불분명하지 않을까요?"

"……?"

노학자는 F가 좀더 자세히 말해주길 기다렸다.

"노학자님께서 선택한 저 녀석이 20년 동안 해괴한 방면으로 일

취월장하는 걸 보면 저는 이런 생각이 들곤 합니다."

"뜸들이지 말고 계속해봐. 무슨 생각을 한단 말이야?"

"학자님의 선택이 그릇되지 않았다면 저 녀석의 특성이 꿈의 의미를 대신할 수도 있다는 생각이죠."

"꿈의 의미를 대신한다?"

"굳이 꿈이 아니어도 이 녀석의 독특한 특성만으로도 이곳의 영구적 체제 존속이 가능하지 않을까 싶습니다."

F는 탐욕스런 비범함이 담긴 눈길로 원배를 바라보았다. 원배를 수십 개의 링거 바늘을 꽂아놓은 비곗덩어리로 표현한다면 너무 가혹한 걸까. 애석하게도 원배는 초라한 물질에 불과해 보였다.

⊙

사흘이 지난 오후 이곳 76층 미래거세연구소는 매달 개최되는 공장운영협의회 회의에 참석하기 위해 많은 사람들이 모여들었다. F의 표현대로 어중이떠중이들이었다.

이 행사의 주인공은 언제나 원배였다. F는 협의회 운영위원들에게 노골적으로 지루해하는 모습을 보였다. 그도 그럴 것이 10년 전부터 매달 반복되어온 브리핑이다. 원배의 신체적 특징, 정신세계의 변화를 보고하는 브리핑은 언제나 '오늘은 원배가 무슨 수학 문제를 단 몇 초 만에 풀더라'는 식의 수리적 천재성을 선전하는 데에만 할애되었기 때문이다.

협의회 운영위원 중엔 노학자도 있었다. 또한 유독 의자에 몸을 깊숙이 파묻은 독재자의 모습도 눈에 띄었다.

회의는 언제나 한 시간가량 진행됐다. F가 원배의 영양 상태, 교육 일정, 향후 계획 따위를 브리핑한 후 입도 제대로 열지 못하는 원배에게 한층 더 난해한 수학 문제를 제시한다. 모니터에 제시된 문제를 확인한 원배는 문제를 인식한 지 10초도 지나지 않아 힘겹게 왼손을 들어 바로 옆에 마련된 키보드를 눌러 정답을 입력한다. 그러면 정답을 알리는 팡파르가 울리고 독재자가 가장 먼저 박수를 치며 자리에서 일어난다. 독재자를 따라 땅굴과 노학자도 힘차게 박수를 쳐서 회의의 종결을 알리는 게 10년째 반복되는 협의회 회의의 전부였다.

◉

이번 회의의 특이사항을 꼽으라면 바로 땅굴의 도발이었다.

20년 전이나 지금이나 땅굴은 중동 근로자 차림으로 설익은 노동자 행색을 하고 있었다. 강산이 두 번 변할 만큼 세월이 흘렀음에도 여전히 윽박지르기를 업으로 삼아 회의 때마다 말도 안 되는 질문을 던져 모두의 헛웃음을 자아내던 그가 이번 회의선 아예 작심하고 분통을 터뜨린 것이다. 독재자가 박수를 치기 위해 자리에서 일어나려던 바로 그때였다. 내내 뚱한 얼굴로 원배를 지켜보던 땅굴이 끝내 쌓였던 울화를 내지르고 만 것이다. 흠결을 찾아보기 힘든 키톤 슈트 차림의 F에게 천박한 삿대질을 해대며 말이다.

"이게 도대체 무슨 효과가 있다는 거야?"

땅굴의 쩌렁쩌렁한 육성이 터지자 졸고 있던 위원들이 화들짝 깨어서는 어리둥절한 표정을 지었다. F는 자신을 공격하는 땅굴을 향해 되받아쳤다.

"무슨 말씀입니까?"

"저깟 수학 문제나 푸는 재주가 도대체 꿈꾸는 것하고 무슨 상관이 있냐 이 말이다. 왜, 내가 뭐 틀린 말 했어?"

사실 틀린 말은 아니다. F는 여유를 가장한 억지 미소를 지어 보일 뿐이었다. 이에 용기를 얻은 땅굴은 여송연을 입에 문 독재자를 바라보며 호소했다.

"독재자님. 이제 그만 하실 때가 된 거 아닙니까? 용단을 내리시죠."

땅굴의 말을 듣고도 한동안 침묵하던 독재자가 마침내 말문을 열었다.

"뭘 그만 해?"

땅굴은 기다렸다는 듯 노학자를 노려보며 말을 이었다.

"20년이면 강산이 두 번 변한다는 옛말도 있지요."

"그래서?"

"엄청난 시간 동안 이렇게 많은 노력과 시간을 투자했음에도 저 큰 머리는 꿈은 고사하고 꿈 비슷한 것도 꾸지 못했습니다. 이게 말이나 됩니까?"

노학자는 뭔가 변명하지 않으면 안 된다는 엄청난 중압감에 밀려 땅굴에게 한마디 내던졌다.

"꿈꾸는 게 그렇게 간단하다면 폐신 집합소의 항구적 체제 존속이란 과업도 단숨에 이뤄졌겠죠. 당신 같은 사람은 인내심이라고는 티끌만큼도 없겠지만 그렇다고 이런 식으로 불만을 내뱉는 건 곤란하지 않소?"

"지랄하고 있네. 아무리 과업이라 해도 저 큰 머리는 처음부터 싹수가 없었어. 그걸 부정하려고 온갖 미사여구를 들이대도 현실은 변하지 않는단 말이야."

"뭐가 싹수가 없었다는 거야?"

땅굴이 시종 반말로 말하자 노학자도 참을 수 없었던지 반말로 대응했다. 이제 둘의 설전은 피할 수 없게 되었다. F는 시간을 확인했다. 벌써 40분째다. 아무리 늦어도 한 시간 내엔 회의가 끝나야 하는데……. 그런 F의 초조함 따윈 아랑곳없이 땅굴이 원망 섞인 주장을 이어갔다.

"당신의 그 어쭙잖은 관대함이 화를 불렀어. 그때 또 다른 핏덩이와 소년을 지옥으로 내버리는 게 아니었단 말이야."

"뜬금없이 무슨 소리야?"

"보라고. 저 큰 머리는 비록 머리는 차지했지만 더 중요한 생식기를 잃어버렸어. 지금도 봐. 고무호스로 관장하며 대소변 받아내는 꼴 말이야. 눈이 달렸으면 한번 보란 말이야. 저런 무기력한 놈이 무슨 꿈을 꾼다는 거야."

땅굴의 지적은 민망한 구석이 있긴 해도 엄연한 사실이었다. 마르고 여윈 원배의 몸, 그중에서도 기저귀로 가려진 사타구니엔 남성도 여성도 아닌 단지 배설을 위한 기관이 의학의 힘으로 아슬아슬하게 붙어 있을 뿐이었다.

"수컷은 생산력을 잃으면 모든 의욕도 잃어버리는 법이야. 꿈도 마찬가지 아니야? 뭐 의욕이 있어야 꿈도 꾸고 그러는 거 아니야?

파고 묻고 뭐 이런 근로 의욕이 넘쳐나야 꿈도 꾸고 그런 거 아니냐고."

하지만 땅굴의 그런 얼버무림에 F가 비수를 꽂았다. 땅굴을 삽시간에 광물狂物로 돌변케 할 만큼.

"그건 무식한 종자들이나 하는 말이죠."

"이 기생오라비 같은 자식이 오냐오냐했더니."

"노동자들을 보세요. 매일 똑같은 일만 반복하더니 아예 기계가 돼버렸어요. 그건 과도한 근로 의욕에 시달렸기 때문이 아닌가요? 그래서 그들이 꿈을 꾸던가요? 피곤해서 꿈꿀 여력조차 없잖아요."

F가 조목조목 따져 묻자 땅굴은 얼굴만 붉힐 뿐 대꾸하지 못했다. 그렇다고 땅굴이 기세를 완전히 꺾은 건 아니었다. 이번엔 독재자를 바라보며 읍소했다.

"크흐, 독재자님. 꼭 이 빌어먹을 꿈을 꿔야만 하는 겁니까?"

땅굴의 말을 노학자가 가로막고 나섰다.

"땅굴, 그만두게. 오늘 같은 날 이 무슨 망발인가?"

"닥쳐! 우리도 한번 솔직해질 필요가 있어. 꿈을 계승한다는 한 가지 목표 때문에 우리가 저 괴물을 신줏단지 대하듯 받드는 게 아니냐 이 말이야. 독재자님, 지금까지 꿈 없이도 별 탈 없이 잘 굴러가고 있지 않습니까. 노동자들 군말 없이 지내고 공산품 역시 별 차질 없이 생산되고 우리들 지위도 평생 보장되는데 이보다 더 완벽한 체제가 어디 있냐 말입니다. 우리가 뭣 때문에 꿈 조각을 맞춘다고 개고생하냐 이거죠. 안 그렇습니까?"

땅굴의 말은 수신자가 명확하지 않았다. 궁극적으로는 독재자에게 건넸지만 포괄적으로 보면 이곳에 모인 모든 이들을 향한 호소이기도 했다.

그렇지만 모두들 땅굴의 열정에 동조하지는 않았다. 높은 계급을 맛본 사람들일수록 자신들의 지위를 보장해주는 체제 안전과 현상유지를 위해 점점 더 윗사람에게 맹목적 충성을 보이는 법이다. 위원들 역시 소위 엘리트 관리자들이기에 물론 이런 땅굴의 불만에 공감하지 않는 건 아니지만 그들은 결국 자신들의 계급을 지탱해주는 최고 권력자의 처분만을 기다렸다. 땅굴은 그들의 비겁함을 속으로 비웃으며 독재자의 긍정적인 답변을 기다렸다.

그러나 땅굴의 기대는 철저히 짓밟혔다. 독재자는 가장 비루한 반응을 보임으로써 땅굴의 공분을 복날 개 짖는 소리로 만들어버렸다. 다리를 풀고 여송연을 입에서 뗀 독재자는 한마디 내뱉더니 심드렁하게 박수를 치기 시작했다.

"쓸데없는 소리 집어치우고 대충 끝내지. 낮잠을 안 잤더니 너무 피곤하구만."

이번 회의 역시 기약 없는 유예를 남긴 채 아무 소득 없이 끝이 났다.

◉

귀걸이의 신음 소리는 분명 경박한 구석이 있었다. 그건 여자를 품어본 남자라면 쉽게 짐작할 수 있다. 하지만 지금 귀걸이를 안은 칼잡이는 결코 내색하지 않는다. 그저 입을 악다물고 행위에만 열중할 뿐이다.

귀걸이의 침실은 화려하지만 공장 특유의 분위기를 없애진 못했다. 푸른색 벽이 그렇다. 칼잡이는 벽을 보며 나름대로 위안을 삼았다. 심지어 칼잡이는 벽 색깔을 사랑하기까지 했다. 푸른빛은 마치 폐신 집합소의 트레이드마크 같았다. 칼잡이는 폐신 집합소의 웬만한 층은 거의 다 출입해봤다. 그런데 작업장, 기숙사, 연구소까지도 벽 색깔이 모두 푸른빛이었다. 그러므로 칼잡이는 지금 이 엽기적인 여편네와 비상식적인 사랑을 나누면서도 업무의 연장으로 생각할 만한 최소한의 위안거리는 있는 셈이다.

물론 귀걸이는 아무래도 상관없다는 표정이다. 그녀는 말 그대로 무아경에 빠져 있었다. 칼잡이가 해주는 성실한 애무는 자신의 지아비인 땅굴이 주지 못하는 독특한 짜릿함이기 때문이다. 그런 면에서 귀걸이는 칼잡이를 신뢰했다. 귀걸이는 오직 현재의 감정에만 매달리는 것을 전혀 부끄럽게 생각하지 않았다.

귀걸이의 오르가슴이 절정에 이른 순간 밖에서 문 두드리는 소리가 들렸다. 이곳은 128층, 공장운영협의회의 핵심 간부인 땅굴과 그의 아내 귀걸이의 숙소다. 이곳 문을 함부로 두들기는 이가 과연 누구겠는가. 그 순간 귀걸이와 칼잡이는 하던 행위를 즉시 멈췄다. 칼잡이는 전광석화처럼 몸을 놀렸다.

"문은 왜 잠그고 지랄이야! 어서 문 열지 못해!"

땅굴의 성난 외침이 들려오자 속옷을 찾던 귀걸이가 즉각 반응했다.

"예. 지금 나가요. 조금만 기다리세요."

"사모님. 오늘 위원님 늦게 들어오신다고 하셨잖아요. 어떻게 된 거예요?"

민첩하게 작업복을 챙겨 입는 칼잡이가 불만스럽게 묻자 그녀는 자신도 억울하다는 듯이 대꾸했다.

"나도 모르겠어. 이 시간에 들어올 작자가 아닌데."

"어떡하죠? 지금 나갈 수도 없고."

"침대 밑으로 들어가."

"그러다 아예 나가지 않으면요?"

"그럴 리 없어. 저 인간 성질머리에 다시 현장 돌아본다며 나갈 거야. 나만 믿어."

"전 무조건 사모님만 믿을게요."

"조용히 있기나 해."

작업복을 대충 입은 칼잡이는 더블 침대 밑으로 몸을 숨겼다. 칼잡이가 제대로 숨는 걸 확인한 귀걸이는 그제야 성난 코뿔소처럼 씩씩거리는 땅굴을 맞이했다.

⊙

땅굴은 분노를 주체하지 못했다. 벽을 주먹으로 내려치거나 평소 귀걸이가 혐오하는 소품인 삽을 바닥에 내동댕이치는 추태를 보였다.

귀걸이는 팔짱을 끼고 땅굴의 난동을 무심한 얼굴로 바라봤다. 난폭한 땅굴의 비정상적인 일탈을 아무렇지도 않게 보아 넘기는 귀걸이의 눈빛에는 체념이 묻어났다. 땅굴이 제풀에 지쳐 가라앉기만을 기다리다 적당한 타이밍에 한마디 던지면 상황이 정리되곤 했다.

"이번엔 또 무슨 일이에요? 누가 말을 안 들어요?"

"다 맘에 안 들어! 모든 게 다!"

"뭐가 또 문제라고 이러세요."

"도대체 원밴지 뭔지 그 머리만 큰 식물인간 따위에게 집착하는 이유를 모르겠어."

매달 개최되는 공장운영협의회 회의에 참석할 때마다 분노를 억제하지 못하는 땅굴의 심기를 귀걸이는 이해하기 어려웠다. 하지만 어떻게든 위로의 말을 건네야 했다. 이대로 두다가는 행여 침대를 뒤집어엎었을지도 모른다. 만약 칼잡이가 숨어 있는 걸 발견이라도 하면 그땐 모든 게 끝장이다.

"독재자 어른이 이번에도 노학자 말만 들었어요? 그런 거예요?"

"다들 야성을 잃어버렸어. 등 따습고 배부르니까 죄다 얼치기들이 되어가지고. 꿈이니 뭐니 떠들어대며 시간이나 축내는 꼬락서니 하고는…… 육시랄!"

좀처럼 분노가 가라앉을 줄 모르는 땅굴은 매번 이런 식이다. 그는 애당초 꿈에 대해서는 일말의 기대도 하지 않았던 인물이다. 폐신 집합소가 추구해야 하는 건 노동자들의 철저한 통제와 훈육, 하자 없는 공산품 생산뿐이라고 믿었고 그것이 그의 지론이었다. 땅굴의 철학은 생산성의 숭배와 밀접하게 관련되어 있다. 칼잡이와는 다른 경우지만 땅굴 역시 노동자 출신이다. 그 역시 용도 불명의 공산품 생산에 관여했었다. 그런 땅굴이 공장운영협의회 위원직에까지 오른 결정적 계기는 바로 생산력의 무한 혁신에 있었다. 변화가 없을 것 같은 공산품 생산의 패턴을 획기적으로 변화시켜 동일한 시간에 두 배 이상의 생산량이 창출되도록 노력했다. 그런 땅굴을 높이 평가한 독재자가 그의 파격 승진을 이끌어주었다. 이런 성공 스토리를 들여다보면 땅굴이 신봉할 수밖에 없는 유일한 신념에 꿈 조각이니, 완전한 통합이니 하는 주제는 개입될 여지가 애초부터 없다고 봐야 한다.

귀걸이는 이런 저돌적인 땅굴의 매력에 반해 그와 결혼한 거라고 주변 사람들에게 떠들고 다니지만 실상은 달랐다. 만약 땅굴이 위원 자리에 오르지 못했다면 저돌적인 매력은 귀걸이에게 서푼의 값어치도 없었을 것이 자명하다. 노골적으로 말해 평범한 노동자에 불과했던 귀걸이 역시 자신의 신분에 환멸을 느껴 땅굴을 선택한 것이었다. 땅굴이 귀걸이를 선택한 이유는 별다르지 않다. 귀걸이는 성적 매력으로 가득한, 이른바 모든 남자들의 로망이기 때문이다. 땅굴은 귀걸이를 차지함으로써 자신의 능력을 만천하에 과시하고 싶었다. 서로의 이해관계에 의해 성사된 결혼은 일사천리로 진행됐고 지금에 이른 것이다.

귀걸이는 땅굴에게 내심 기대한 바가 없지 않았다. 타고난 기질이라고 해야 할까. 관능미를 지닌 귀걸이의 육체는 보통 여자들과는 격이 다른 성욕을 가지고 있었다. 웬만해선 성이 안 차는 그녀의 욕망은 타의 추종을 불허했다. 노동자 시절에도 불같은 욕정을 억제하지 못해 가끔 작업 도중 화장실로 달려가 혼자 욕정을 달래던 그녀였다. 사모님 호칭을 얻어서 그나마 노동에서 자유롭게 된 그녀는 온전히 성욕에 저당 잡힌 상황이었기에 땅굴에게 걸었던 기대는 대단했었다. 그녀는 탱크 같은 땅굴이 밤일에도 저돌성을 발휘해줄 것이라 믿었다. 그런데 뚜껑을 열어보니 완전히 정반대의 결과가 나타났다.

땅굴은 일반 성인 남자의 기본에도 못 미치는 불구 수준의 정력을 보유한 사내였다. 그런 그에게도 변명거리는 충분했다. '공산품 생산에만 매진하다 보니 다른 일에 관심 쏟을 여유를 갖지 못했다. 자기 일에 몰두하는 남자를 보고 여자들은 호감을 느낀다고 하지 않더냐. 당신도 이해해주길 바란다'가 땅굴의 변명이었다. 그러나 그 순간부터 귀걸이는 머리를 굴리기 시작했다. 그렇다고 이제 와서 땅굴과의 결혼을 파기하고 다시 노동자로 돌아가기도 구차스런 노릇이다. 차라리 단순무식한 땅굴의 무딘 눈치를 이용해서 다른 곳에서 성욕을 해소하자는, 보통 여자라면 상상하기 어려운 도발을 감행하기에 이르렀고 바로 그 대상이 땅굴에게 촉망 받는 작업반장 칼잡이였다.

⊙

30분을 날뛰는 땅굴의 작태에 지친 칼잡이는 마스터베이션으로 지루함을 달랬다. 정도 이상으로 발기된 성기가 불편했던 칼잡이로선 어쩔 수 없는 선택이었다. 칼잡이는 좁은 틈을 통해 땅굴과 귀걸이를 지켜보며 조소를 흘렸다. '색이 넘치는 귀걸이 같은 여자를 여편네로 데리고 사는 남자가 저토록 둔감하다니.' 칼잡이는 자신을 총애하는 땅굴에게 측은지심이 발동하기도 했다. 하지만 그것도 잠시뿐이다. 칼잡이는 핏발 선 두 눈을 부릅뜨고 오직 생존에만 골몰하기로 작심하고 자신의 현재를 합리화했다. '그래도 나만 하니까

사모님을 감당하는 줄이나 아쇼. 안 그랬으면 사모님은 아예 포악한 창녀가 되었을 테니 오히려 나한테 고마워해야 할걸.'

하지만 칼잡이는 1시간 넘게 침대 밑에 몸을 숨겼어야 했다.

⊙

다시 한 달이 지난 협의회 정기회의 날. 미래거세연구소에 모인 멤버에게 중요한 변화가 있었다. 땅굴이 기어이 회의 보이콧을 선언했기 때문이다. 땅굴은 작업총괄반장 민둥산을 보내 A4용지 세 장가량의 성명서를 낭독하게 했다. 땅굴의 절절한 성명서를 듣는 내내 독재자는 귀를 후볐고, F는 브리핑 준비에만 열중했다.

또 하나의 변화는 원배에게 나타났다. 그건 F조차도 예견하지 못했던 변화였다.

F는 한 달 전보다 약간 난이도를 높인 수학 문제를 원배에게 제시했다. 이번에도 역시 원배가 빠른 시간에 문제를 푸는 것으로 브리핑이 마무리될 것으로 예상했다. 그런데 원배가 다른 반응을 보이는 게 아닌가. 물론 F가 원배의 그런 반응을 아예 예상하지 못한 건 아니었다. 더디지만 분명히 진행되고 있었던 원배의 변화를 F는 기민하게 감지해왔었다. 그 변화란 F처럼 극도로 섬세한 인물이어야 파악할 수 있었는데, 지금은 독재자를 포함한 모든 사람들 앞에서 선보였다.

드디어 원배가 입을 연 것이다. 심지어 노학자는 눈물을 찔끔거리기까지 했다.

그렇지만 20년 만에 처음 뭔가를 말하려는 원배의 음성이 또래

청년들과 비슷할 것으로 기대하는 것은 무리였다. 도저히 알아들을 수 없는 작은 소리로 속삭이는 게 고작이었다.

그럼에도 이것은 명백한 변화였다. 곧이어 위원들과 노학자는 원배에게 나타난 약간의 변화를 두고 격론을 벌이기 시작했다. 바로 원배가 본격적으로 꿈을 꾸는 거냐, 그렇지 않느냐에 관한 것이다.

대부분의 위원들은 독재자의 관심을 끌기 위해 원배의 변화를 부풀리는 데 열중했다. 그들은 독재자에게 드디어 원배가 꿈을 꾸기 시작한 게 틀림없다는 주장을 나름 설득력 있게 떠들어댔다.

그 와중에 F는 원배가 말을 멈추고 답을 입력하는 걸 목격했다. 물론 이런 발견은 오직 F만의 것이었다. 소란에 휩싸인 독재자와 위원들은 더 이상 원배에게 관심을 갖지 않았으니 말이다. 노학자 역시 내내 원배를 관찰했다. 민망한 표정의 노학자는 원배를 보며 녀석의 변화가 과연 대단한 건지 심각한 의문을 품었고, F는 그런 노학자와 흥분하는 위원들을 번갈아 살폈다. F는 어떤 결론이 나든 상관없었다. 원배가 꿈을 꾸건 말건 더 이상 F의 관심사가 아니었기 때문이다.

이번에도 회의의 결론은 독재자의 말 한 마디로 마무리되었지만 관리자 계급을 흥분시키기엔 충분했다.

"좀더 지켜보자고. 가만히 보면 저놈이 잠꼬대를 하는 것 같기도 해. 안 그래, 노학자?"

독재자는 노학자에게 공을 넘겼다. 위원들의 시선이 일제히 노학자에게 쏠렸다. 노학자는 그들의 눈치를 보지 않을 수가 없었다. 대세를 거스르는 것만큼 어리석은 행동은 없다는 진리를 오랜 세월

뼈아프게 깨달아온 그다. 잔뜩 기대에 부푼 그들에게 찬물을 끼얹고 싶지 않아 결국 마음에도 없는 말을 지껄이고 말았다.

"그럴 수도 있죠. 조금 더 지켜보면 진짜 꿈에 대해 말할 것도 같습니다."

"그래? 그렇다면 좀더 인내심을 갖고 지켜보자고."

독재자는 평소보다 더 힘껏 박수를 치는 성의를 보였다. 위원들은 환성을 내질렀고 F는 맘에도 없는 소리를 지껄인 노학자를 보며 실망을 금치 못했다.

◉

회의가 마무리되고도 노학자와 여우눈은 미래거세연구소에 남았다.

F는 노학자를 거들떠보지도 않고 자신의 작업에만 열중했다. 노학자는 그런 F의 의도적인 침묵과 외면을 걱정스럽게 지켜보며 한마디 건넸다.

"뭐가 불만이지?"

"무슨 말씀이신지……?"

노학자는 능청을 떠는 F를 역겹다는 듯 째려봤다.

"위원들 편을 든 게 그렇게 못마땅한가."

노학자가 핵심을 말하자 그제야 F는 하던 일을 멈추고 대꾸했다.

"적어도 제 의견을 물어봤어야 하는 거 아닌가요?"

"자네 의견은 어떤데?"

"당연히 회의적입니다. 호들갑 떨 일이 아니었어요."

"그래도 변화를 보인 건 사실 아닌가."

"그건 단지 물리적인 생리작용에 불과합니다. 무엇보다 노학자님이 더 잘 아실 거 아닙니까? 무슨 꿈을 꾼다고 그럽니까? 자신의 머리 무게조차 힘들어 하며 인큐베이터에서나 숨을 쉬는 괴물이 말입니다."

괴물이란 말이 노학자의 마음을 괴롭혔지만 F의 단어 사용을 문제 삼아 논점을 흐리고 싶지 않았다. 그런 식의 접근은 감정싸움만 낳을 뿐이다. 노학자는 자신의 입장을 분명하게 밝혔다.

"냉소적이군. 하지만 말이야. 때론 희망이란 게 필요하기도 해."

"희망이요? 그건 거짓에 불과합니다."

"희망이 필요하다는 건 체제 유지를 위해 불가피한 선택이야."

"알기 쉽게 설명해보시죠."

"오늘 누가 회의에 참석하지 않았지?"

"땅굴이죠."

"놈이 왜 회의에 불참했을까?"

"더 이상 원배에게 희망이 없다는 걸 보여주려 그런 거 아닙니까."

"달리 말해 더 이상 꿈의 완성을 기대하지 않겠다는 거야. 그게 뜻하는 바가 뭘까?"

"……."

"폐신 집합소의 특징은 너무나 단순하지. 독재자를 정점으로 피라미드 구조로 형성된 계급 구조. 관리하기엔 더없이 적격인 시스템이지."

"그런데요?"

"그런데 땅굴이 독재자도 동의한 사항에 혼자 반기를 들고 나섰어. 그런데도 독재자는 별말 않고 뭉그적거렸고 위원들도 서로 눈치만 보고 있었지."

"……"

"그 와중에 원배가 꿈꿀 수 있다는 실낱같은 가능성이 생겼어. 만약 내가 그것도 별거 아니라고 말해버리면 어떻게 될까. 땅굴의 저항에도 침묵하던 독재자가 아예 실망해버릴 게 아니야."

"독재자가 그렇게 땅굴을 신뢰하나요?"

"신뢰가 아니야. 땅굴은 폐신 집합소에서 무시 못할 존재가 되었어. 한마디로 세력이 커진 거야. 그러니까 제 나름대로 덤비기 시작하는 거지. 이 사태를 견제하기 위해선 원배가 꿈을 꿀 수 있다는 것을 확고한 진리처럼 포장하는 게 중요하다 이 말이지. 그게 시스템을 안정시킬 수 있는 최선의 방법이야."

"그래도 땅굴이 난동을 부리면 어떻게 되는 거죠?"

"여전히 다수의 관리자 계급은 땅굴의 편이 아니야. 기껏해야 놈은 작업반장들에게나 지지를 받는 편이지. 자네도 알다시피 노동자나 작업반장이나 그 나물에 그 밥이야. 결국 결정권은 관리자들에게 있지. 그런 마당에 관리자들이 원배에 대한 신뢰를 결속력의 계기로 삼는다면 땅굴이 아무리 날뛰어도 그걸로 끝이야. 반역의 기회가 사전에 봉쇄된다 이 말이지."

"그렇군요."

"내가 자네한테 이처럼 장황하게 말하는 이유는 따로 있네."

"말씀하시죠."

"자네 의중이 궁금한 거야."

"무슨 의중 말입니까?"

"자네는 원배에게서 어떤 꿈도 기대하지 않는 걸로 아는데……
내 짐작이 틀렸나?"

F는 노학자가 당황할 정도로 망설임 없이 답했다.

"맞습니다. 저 큰 머리에서 얻을 수 있는 건 오직 경이로운 수준
의 수학 문제뿐이죠."

"그럼 자네도 땅굴처럼 항명을 꿈꾸는 건가?"

"그 질문엔 대답하지 않겠습니다."

'얍삽하고 시건방진 쥐새끼…….' 노학자는 대충 빠져나가는 F를
보며 이죽거렸다.

노학자가 연구소에서 나가려던 찰나, F는 자신이 구상하고 있는
무언가를 과시하고 싶어 노학자를 불러 세웠다. 그러고는 자신의
책상에서 무언가를 꺼내 그의 손에 쥐어주었다. 꽤 두툼한 분량의
보고서였다. 노학자는 보고서의 제목부터 살폈다.

"저는 땅굴처럼 무식한 인간과는 격이 다릅니다. 그건 아시겠
죠?"

"그런데?"

"또한 저는 개 떼처럼 우르르 몰려다니는 이들과도 차별화되길
원합니다. 이를테면 체제의 항구 존속을 위해 치열하게 고민하는
선각자라고나 할까요."

'정신이상이 아니고서야 어떻게 저런 식의 자화자찬을 하는지.'
그런 노학자의 속마음 따윈 아랑곳없이 F는 더욱 신중하게 말을 이어갔다. 그것은 일종의 거래였다.

"한번 신중히 검토해보시죠."

"내가 왜 그래야 되는데?"

"적어도 이곳에서 제 뜻을 알아줄 분은 노학자님밖에 없다고 판단했기 때문입니다."

"그 말은 고맙네만 내가 자넬 배신할 수도 있지 않은가."

"그렇게는 못하실 겁니다."

"어째서 그렇게 확신하지?"

"지금까지 저 녀석을 먹이고 키우고 가르친 게 누굽니까? 바로 접니다. 저는 녀석이 쏟아내는 똥오줌을 받아냈다 이 말입니다."

"그래서?"

"만약 제가 없으면 저 녀석의 가능성도 그대로 끝나버릴 게 자명합니다. 제가 그렇게 녀석을 길들였으니까요."

"맹랑한 놈."

"전 단지 현실을 말씀드린 겁니다."

"그럼 나도 현실을 말해줄까?"

노학자는 F가 건넨 보고서를 바닥에 내동댕이쳤다. 순간 둘 사이에 살벌한 긴장감이 감돌았다.

"지금 이 행동, 어떻게 이해해야 합니까?"

"보고서는 읽지 않겠어. 결론을 말하자면 자네의 계획 따위에 놀아날 만큼 어리석지는 않다는 거야."

"그래요? 그럼 우리의 연대도 결렬되는 겁니까?"

"내가 언제 네깟 녀석과 연대를 했던가? 각자 살아남는 게 최고지. 안 그래?"

"그건 그렇죠. 그런데 말이에요. 노학자님의 신상을 위해서라도 이 보고서를 검토해보시는 게 좋을 것 같은데."

"궤변일 뿐이야. 나도 이 정도의 머리는 굴릴 수 있어."

하지만 노학자의 속마음은 반대였다. 보고서를 탐독하고 싶은 마음이 굴뚝같았지만 견뎌야 했다. 땅굴을 향한 독재자의 불신이 깊어진 지금 땅굴과 비슷한 존재와의 연대는 독약이 될지도 모른다는 게 노학자의 결론이었다. 무엇보다 그가 F와 함께할 수 없는 가장 큰 이유는 「폐신 집합소의 항구적 체제 존속을 위한 꿈의 거세에 대한 보고서」라는 제목의 섬뜩함 때문이었다.

⊙

독재자는 마치 태어날 때부터 그런 것처럼 매사 심드렁한 얼굴이었다. 노학자는 독재자의 얼굴을 보면 볼수록 뜻 모를 울화가 치밀었다. 특히 135층, 그의 펜트하우스에 들어서기만 하면 그 울화의 수위는 높아져만 갔다. 몇 날 며칠이 걸려 독재자와 독대를 주선한 후에야 이곳에 들어올 수 있었던 노학자는 속물근성 가득한 노인네처럼 투미한 눈알을 희번덕거리며 135층의 위용을 감상했다. 모든 것이 초호화급으로 꾸며진 내부 장식과 과시용 전리품들이 독재자를 향한 울화로 연결되곤 했던 것이다.

노학자가 울화를 품은 이유는 지극히 유치했다. 가장 화려한 곳에서 아무 걱정 없이 낙원을 차지했으면서 어떻게 저 따위로 우울한 얼굴을 할 수 있느냐는 게 주된 불만이었다. 만약에 자신이 독재자라면 매일매일 향락과 무아의 도락 속에서 웃음 지을 거라고 생각했다.

여하튼 독재자는 누가 봐도 지루하고 무엇보다 피곤해 보였다. '과연 그가 하는 일이 무엇인가' 하는 질문이 공공연하게 회자될 만큼 하루 종일 밥 먹고 자고 가끔 엘리베이터 타고 산책하는 것 외에 아무 일도 하지 않는 독재자는 납득할 수 없을 만큼 만성피로를 호소했다.

노학자는 공연히 불만을 성토하려고 독재자를 찾은 게 아니다. 그에겐 보다 거국적인 문제가 목에 가시처럼 박혀 있기에 진실을 털어놓고 대안을 모색하지 않으면 안 되는 상황이었다.

독재자와의 면담은 쉽게 성사되지 않았다. 독재자의 대변인임을 자처하며 벼슬아치라도 된 것처럼 설쳐대던 슈타인햄버거라는 기괴한 이름의 녀석은 노학자를 입구에 세워놓고 면담 시 주의사항을 거듭 통보했다.

"절대로 30분 이상 면담을 지속하시면 안 됩니다."

"알았어. 한두 번 듣는 것도 아닌데, 짜증나게."

노학자는 자연스럽게 말을 놓았다. 슈타인햄버거는 명색이 보좌관인데 하는 섭섭한 마음을 얼굴에 드러냈지만 노학자는 상관없다는 식으로 그 반응을 깔아뭉갰다. 슈타인햄버거는 본래 여우눈 밑에서 잔심부름이나 도맡아 하던 말단 연구원이었다. '이런 녀석이 어떻게 혀를 놀렸기에 독재자의 문지기 노릇을 하게 되었을까.'를 생각하자 노학자는 더욱 울화가 치밀어 올랐다.

⊙

독재자는 검붉은색으로 염색된 초대형 소파에 드러누울 것 같은 자세로 앉아 있었다. 여송연을 물고 있었고 피곤한 기색은 여전했다.

"날 보자고 한 이유가 뭐야?"

노학자는 독재자의 컨디션을 배려할 만큼의 여유가 없었다. 그는 느닷없이 독재자 앞에 무릎 꿇고 머리가 땅에 닿도록 숙였다.

"이게 뭐 하는 짓이야. 노인네?"

"독재자님께 용서를 구하기 위해서입니다."

"무엇을?"

노학자가 천천히 고개를 들었다. 이마엔 깊은 주름이 나이테처럼 파여 있어 보는 이의 눈살을 찌푸리게 했다.

"아무래도 선택을 잘못한 것 같습니다."

"무슨 선택?"

"……."

"뜸들이지 말고. 나 피곤해."

"원배 말입니다."

"녀석이 왜. 뭐 잘못됐나? 죽기라도 했어?"

노학자는 내친김에 아예 막나가기로 작심했다. 그건 다분히 모험적인 발상이다. 하지만 어쩔 수 없었다. 노학자는 꿈을 부정하고 자신만의 계획을 적어놓은 보고서를 자신의 눈앞에 들이미는 F를 보며 이대로 있다간 자칭 학자로서의 정체성이 웃음거리가 될지도 모른다는 불안감이 생겼다. 그 불안은 사실상 원배에게서 아무런 가능성을 찾을 수 없음을 확신한 순간부터 증폭되었다. 지금 이렇게 자신의 선택이 완전히 빗나간 것 같다는 고해성사를 할 정도로 말이다.

"답답하군. 그 큰 머리가 뭐가 어떠냐고?"

"단도직입적으로 말씀드리겠습니다."

"돌려 말하면 죽여버릴 테니까 빨리 말해."

"원배는 아무래도 실패작인 것 같습니다."

"실패작?"

"꿈을 꾸기에는 원배의 추진력이나 생명력, 상상력이 모두 턱없이 부족한 것 같습니다."

"그래도 며칠 전엔 괴상한 주문도 외우고 그랬잖아."

"그래봐야 죄다 부질없는 헛소리에 불과합니다. 희망이 없어요."

노학자는 독재자의 미련이 아무 짝에도 쓸모없다는 걸 명확히 하기 위해 단호히 잘라 말했다. 그러자 독재자가 버럭 성을 냈다.

"뭘 잘했다고 그렇게 신났어! 처음부터 원배를 선택한 건 자네였잖아!"

"변명 같지만 제가 처음 녀석을 선택했을 때만 해도 놈은 충분히 꿈을 꿀 수 있었습니다."

"그런데?"

"거듭된 변명 같아도 말입니다. 그 20년이란 시간 동안 무례함이 하늘을 찌르는 F라는 녀석이 원배의 상상력을 완전히 압살해버리고 말았습니다.”

“…….”

독재자는 회의적인 눈으로 노학자를 째려봤다. 노학자는 F를 향한 독설을 주워 담기도 민망해 고개를 숙인 채로 말을 이었다.

“이제 와서 잘잘못을 따지는 건 무의미할지도 모르겠습니다. 그래도 결론을 말씀드리자면 원배를 통한 꿈의 완성은 물 건너갔다는 겁니다.”

노학자는 한편으론 후련하기도 했다. 앓던 이가 빠진 기분이 이런 걸까. 독재자는 의외로 태연했다. 충격을 받은 것 같지도 않았다. 중요한 건 미세한 시간의 모래알이 쌓일수록 그의 초췌한 기색 역시 더욱 노골적으로 드러난다는 것이다. 노학자는 오히려 독재자의 만성피로가 반갑기까지 했다. 폐신 집합소의 운명을 좌우할지도 모를 계획이 수포가 된 것에 대한 질타를 최소화하고 독재자로 하여금 자신이 말하는 대안에 귀를 기울이도록 하는 데 효과적이기 때문이다.

노학자는 이럴수록 성급해서는 안 된다는 철칙을 위해 입술을 꽉 깨물며 무릎을 꿇은 자세 그대로 미동도 하지 않았다. 독재자는 백발 노구의 비장함이 짜증스러웠다. 그는 거의 울 것 같은 얼굴로 노학자를 다그쳤다.

“그럼 앞으로 어떻게 할 거야? 말을 해봐.”

“죽음으로 이 죄를 갚겠습니다.”

“그런 개소리 집어치우고.”

“죄송합니다. 독재자님.”

"그딴 소리 집어치우라니까. 대안이 있을 거 아냐? 그래도 노인네에겐 언제나 수가 있었잖아. 그걸 말하려고 날 보자고 한 거 아니야?"

노학자는 다시 고개를 들었다. 독재자가 노학자에게 대안을 채근하자 그는 기다렸다는 듯이 말했다. 노학자의 얼굴에는 믿을 수 없는 청춘의 기백이 끓어올랐다. 이런 자신을 보며 노학자는 아직도 자신이 건재하다고 생각했다. 동시에 F와 같이 옅디옅은 지식으로 판단하는 것, 혹은 무식하고 힘만 센 땅굴 같은 인종과는 격이 다름을 재확인했다.

그는 독재자의 상태를 감안해 최대한 간략하게 자신만의 전략을 제시했다. 담백할 정도로 짧은 설명이지만 거대 집단의 세력 판도를 급격하게 조정하려는 강한 욕망이 담겨 있었다. 안팎으로 위협하는 세력에게서 자신의 위치를 지키고자 하는 늙은 예언자의 어설픈 욕망 말이다.

"제대로 하자면 20년 전으로 거슬러 올라가는 수밖에 없습니다."

"그게 무슨 소리야?"

"20년 전 지옥으로 떨어진 또 한 명의 핏덩이 말입니다."

"복배?"

"그렇습니다. 지하로 내려가 그 아이를 찾아내는 것이 마지막 꿈의 조각을 복원하는 가장 확실한 방법일 수 있습니다."

"그건 불가능에 가깝군."

"안타깝지만 그렇습니다."

복배를 찾아내는 것이 불가능하다는 것을 쉽게 인정하는 데에는 이유가 있었다. 한번 내려가면 좀처럼 올라올 수 없다는 걸 둘 다 잘 알고 있었기 때문이다.

노학자는 빠르게 화제를 돌려 다른 대안, 즉 이번 이야기의 핵심을 들려주었다.

"좀더 현실적이고도 확실한 방법이 있긴 있습니다만……."

"니미럴. 그럼 그 이야기를 먼저 했어야지. 제발 뜸 좀 들이지 마. 누가 노인네 아니랄까봐 궁상은."

자신보다 스무 살은 더 어린 독재자에게 '노인네' 소리를 듣는 게 여간 거슬리는 게 아니었지만 노학자는 그런 굴욕 따위에는 아랑곳없이 말을 이어나갔다.

"원배의 유전자를 재조합해서 새로운 복제 생명을 탄생시키는 겁니다."

독재자는 노학자가 한때 줄기세포를 연구했었다는 것을 알기에 선뜻 일갈을 하진 않았다. 그럼에도 입에 침까지 튀어가며 열변을 토하는 노학자를 보는 시선에는 회의감이 가득 담겨 있었다. '이 늙은이가 과연 복제 생명을 탄생시킬 정도의 능력이 있긴 한 거야?' 노학자는 독재자의 의심이 불신으로 비약되기 전에 부연 설명을 늘어놓았다.

"제 자랑 같아 말씀드리지 않았지만 제가 이래 뵈도 복제학계의 천재였습니다."

"복제학이라는 분야도 있나?"

"말하자면 그렇다는 겁니다."

독재자와 대담을 시작한 지 벌써 28분이나 지났다. 독재자의 피로감은 극점에 도달한 상태였다. 이야기를 마무리 지으면서, 노학자는 독재자가 결정하게끔 한마디 덧붙였다.

"이번에도 한번 믿어주십시오. 그래도 구관이 명관이라고 하지 않습니까?"

"아는 체는."

"제가 하자는 대로 하지 않으면 또 어떻게 하시겠습니까? 뭐 딱히 달리 하실 수 있는 것도 없잖아요?"

상당히 도발적인 발언임에도 독재자는 별다른 반응을 보이지 않았다. 피로감이 극에 달하면 독재자는 언제나 이런 식으로 대화를 얼버무려왔다. 노학자는 어느새 여송연을 입에 물고 깊은 잠에 빠져버린 독재자를 보며 스스로를 대견스러워했다. '이번에도 한고비 넘긴 건가' 하는 안도의 한숨을 내쉬면서.

◉

민둥산은 환희에 찬 미소를 머금고 닭똥 같은 눈물까지 흘렸다. 128층 땅굴의 더블 침대 밑에 누워서 말이다.

언젠가 이 침대 밑에 민둥산이 아닌 다른 사내가 드러누웠던 적이 있었다. 바로 칼잡이였다. 칼잡이에게 그곳은 상습적으로 숨어 있던 장소였다. 귀걸이의 주체할 수 없는 성욕은 때와 장소를 가리지 않았다. 땅굴이 자리를 비운 사이 수시로 귀걸이와 사랑을 나누다가 느닷없이 땅굴이 들이닥치기라도 하면 침대 밑바닥에 드러누워 몇 시간이고 숨죽였던 경험이 한두 번이 아니었다.

그런데 지금 침대 밑바닥에 몸을 숨긴 건 칼잡이가 아닌 민둥산이다. 녀석은 이름 그대로 머리카락이 한 터럭도 없는 대머리였고 행여 자신의 대머리 광채가 발견될까봐 두 손으로 머리를 감싸고 오직 바로 위에서 들려오는 요란한 소리에 귀를 기울였다.

민둥산은 오후 2시경 땅굴의 심부름을 위해 128층을 찾았다. 문은 열려 있었지만 안에는 아무도 없었다. 민둥산은 그저 문이 열려 있기에 아무 생각 없이 안으로 들어왔던 것인데, 바로 그때 엘리베이터 문이 열리는 소리가 들렸고, 귀걸이의 천박한 웃음이 이어졌다. 당황한 민둥산은 괴팍한 성격인 귀걸이에게 발각되는 게 두려워 숨을 곳을 찾았는데 바로 더블 침대 밑이었다.

민둥산이 감격의 눈물을 흘린 결정적 이유는 귀걸이가 혼자가 아니라는 것이다. 민둥산은 그녀의 천박한 웃음소리와 함께 뒤엉킨 한 남자의 육성을 똑똑히 들었다. 그 문제의 사내는 바로 칼잡이였다.

⊙

칼잡이에게 이 상황은 분명 최악일 수밖에 없다. 민둥산이 목숨처럼 섬기는 땅굴의 부인과 평소에도 버릇없기로 소문난 자신의 불륜 장면이 발각되었기 때문이다. 이쯤 되면 민둥산이 지금 침대 밑에 누워 두 손으로 자신의 머리를 감싸고 감격의 눈물을 흘리는 이유를 짐작할 수 있을 것이다. 서열로 보자면 민둥산이 칼잡이보다 한 직급 위다. 작업반장 열 명을 관리하는 위치가 작업총괄반장이므로 서열상으로 보면 당연히 민둥산이 칼잡이의 상사다. 하지만 정작 땅굴의 총애를 받는 건 민둥산이 아니었다. 칼잡이는 수단 방법을 가리지 않은 덕분에 땅굴에게 신임을 얻게 되었다. 물론 그건 혹독하게 노동자를 학대하고 닦달한 결과였다. 실제로 민둥산은 땅굴에게 칼잡이의 비인간성을 재차 고발했지만 땅굴은 콧방귀도 뀌지 않고 도리어 부하 직원 허물이나 들춰내는 치사한 놈으로 매도했었다. 이제야 칼잡이를 골로 보낼 수 있는 결정적 허물을 발견했으니 민둥산이 어찌 감격의 눈물을 흘리지 않을 수 있겠냐 이 말이다. 눈엣가시인 칼잡이가 땅굴이 휘둘러대는 분노의 삽질에 박살날 걸 생각하니 민둥산은 기쁨의 비명이라도 지르고 싶었다.

민둥산은 평소 노동자들의 동태를 파악하기 위해 휴대용 녹음기를 갖고 다닌 것을 천운으로 생각했다. 서둘러 녹음 버튼을 눌러 자신의 머리 옆에 조심스럽게 올려놓았다. 귀걸이의 괴성에 가까운 신음과 함께 씩씩거리는 칼잡이의 거친 숨소리가 고스란히 담기는 것을 지켜보며 더욱 만족스러운 미소를 지었다. 민둥산은 땅굴에게 어떻게 이 어마어마한 진실을 더욱 극적으로 보고할지를 고민했다.

하지만 인생사 마음먹은 대로 굴러가는 것이 아니라고 했던가. 이런 격언이 생각나는 순간이 민둥산에게도 오고 말았다. 민둥산은 자신의 충격 밀고를 듣고도 파괴적인 반응을 보이지 않고 심지어 뜨악한 표정을 짓는 땅굴의 모습에 충격을 받았다.

평소 땅굴의 포악한 성품을 잘 알고 있던 민둥산으로서는 이런 반응은 상상조차 하지 못했다. 땅굴은 조금이라도 수틀리면 상대의 머리통부터 가격하는 고약한 성품이었다. 그런 마당에 자기 여편네와 믿고 있던 부하 직원이 바람났다는 충격 보고는 귀걸이와 칼잡이를 침대 위에 살아 있는 미라로 만들기에 충분한 것이다. 그런데 놀랍게도 땅굴은 침착했다. 물론 최소한의 내색은 했다. 민둥산이 현장에 있는 자신을 찾아와 귀엣말로 충격 사실을 속삭였는데, 그에 대한 반응을 보이지 않으면 오히려 오해를 살지도 모른다는 생각에 격분하는 흉내를 내긴 했지만 민둥산은 분명히 눈치 챌 수 있었다. 땅굴의 뜨악한 표정은 오히려 자신을 겨냥한 것이란 사실을.

민둥산은 땅굴의 표정이 여간 신경 쓰이는 게 아니었다. 자신이 아무리 대단한 말을 해도 땅굴은 거의 같은 표정이었다. 지금도 예외가 아닌 것이다. 민둥산은 그 점이 대단히 서운했다. 칼잡이에겐 매사 진지했기 때문이다. 그래도 땅굴에게 청춘을 바친 20년이다. 자신보다 칼잡이를 더 신뢰하는 것 같은 모습은 보여주지 말아야 할 것 아닌가.

땅굴로서도 할 말이 없는 건 아니다. 땅굴은 민둥산이 마냥 우직할 줄로만 알았는데 정작 뚜껑을 열어보니 그런 것도 아님을 이미 간파한 상태였다. 민둥산 역시 땅굴이 자신의 뒷조사만큼은 하지 않을 거라고 믿어왔지만 세상일이라는 게 어디 그런가. 부모 자식 간의 돈거래도 이자를 물리는 판국에 부하 직원이 무슨 생각을 하는지 조사하는 건 상식에 속하는 일이다. 땅굴이 조사해본 바에 따르면 한마디로 민둥산은 양다리를 걸치고 있었다. 자신에게만 충성을 맹세한다고 설쳐대던 것과 다르게 협의회 의원 중 제법 독재자 라인으로 알려진 인물의 삽살개 노릇을 한다는 것을 알게 되자 민둥산을 온전히 신뢰하기 어려웠다.

그렇다고 자기 여편네와 믿었던 부하 칼잡이가 내연의 정을 나누는 사실까지 부정되는 건 아니라고 판단했다. 당연히 두 연놈의 머리통을 자신의 주 무기인 삽으로 후려쳐야 한다는 분노가 끓어오르지 않는 것도 아니었다. 그러나 땅굴은 의외로 냉정했다. 그는 현재 폐신 집합소에서의 자신의 위치를 생각했다. 자신이 월례 회의에 무단으로 불참한 그날 하필이면 원배가 변화된 모습을 보여 독재자를 설레게 만들었다는 소문을 듣는 순간 땅굴은 자신의 선택을 후회해야만 했다. 아무리 괴물이 꼴 보기 싫다 해도 성질 꾹 가라앉히고 회의에 참석하는 건데 괜히 독재자의 마음을 돌려보겠다는 심사로 보이콧을 강행해서 자신만 낙동강 오리알 신세가 됐다는 자괴감에 땅굴은 신변의 위협마저 느껴야 했다. 이런 시점에서 땅굴이 믿을 수 있는 건 오직 자신의 수하뿐이라 해도 과언은 아니다. 한데 이런 저간의 흐름을 깡그리 무시하고 감정이 이끄는 대로 행동한다면 자신에게 남는 건 배신할 것이 뻔한 민둥산 정도가 고작이다. 폐신 집합소 초고위층 관리자들의 잔머리는 결코 우습게볼 게 아니다. 하지만 땅굴도 예외는 아니다. 그 정도 자리까지 오를 수 있었던 건 다 그만한 능력이 있기 때문이 아니겠는가.

땅굴이 이런 생각을 하는지도 모르는 민둥산은 그저 칼잡이의 엽색 행각을 부각시키는 것이 땅굴의 분노를 촉발시키는 길이라고 생각할 수밖에 없었다.

땅굴은 마지못해 칼잡이를 찾아서 칼잡이의 관리 구역인 42층으로 끌고 오라고 명령했다. 최소한의 추궁도 없이 유야무야 넘어가버리면 그땐 아예 민둥산이 자신을 바보로 취급할 것 같아 그런 식의 결정을 내릴 수밖에 없었다. 땅굴의 엄명을 받은 민둥산은 그제야 신명이 올라 서둘러 엘리베이터를 향해 뛰어갔다.

    예상대로 42층에서는 보기 드문 살풍경이 벌어졌다. 느닷없이 들이닥친 민둥산과 그가 지배하고 있는 40층에서 60층에 포진된 작업 반장들의 포악한 위용에 42층 노동자들은 금방이라도 울 것 같은 표정이었다. 칼잡이의 잔혹함에 매일 눈물 콧물 빼놓는 지경인데 또 무슨 난리란 말인가. 그 사태의 중심에서 민둥산의 기세 넘치는 호통 소리가 들려왔고 그에게 먹살 잡힌 칼잡이가 기어이 땅굴 앞에 모습을 드러냈다.

    민둥산은 의기양양한 미소를 지어 보였다. 칼잡이는 그런 민둥산을 한심스럽게 올려다봤다. 사리 분별이라곤 눈곱만큼도 할 줄 모르는 민둥산 따위에게 들통이 났다는 사실이 무엇보다 짜증스러웠다.

    귀걸이와 사랑을 나누고 아무 일 없다는 듯 42층 엘리베이터 앞에 내렸을 때, 칼잡이는 민둥산이 자신에게 윽박지르는 것을 보고 땅굴이 자신과 귀걸이의 관계를 눈치챘음을 알았다. 민둥산에게 먹살이 잡혀 끌려오는 그 짧은 순간에도 칼잡이는 적잖은 경우의 수를 떠올리며 대응책 마련에 고심했다. '무슨 말을 어떻게 해야 하나, 발뺌할까? 아님 사실대로 인정하고 용서를 구할까?' 두 손이 피투성이가 되고 나서야 분을 가라앉히는 땅굴에겐 그 어떤 방법도 소용이 없다는 생각이 들자 칼잡이는 20년 전 혁명적인 저항의 순간을 떠올렸다. 42층은 바로 자신의 아지트다. 땅굴이 제아무리 상관이라 해도 42층 노동자들을 제대로 자극하기만 하면 어중이떠중이 작업반장들을 제압하고 땅굴을 골로 보내는 게 불가능하지만은 않다고 생각했다. 하지만 42층 노동자들의 투미한 표정을 보자 불안해지기 시작했다. 노동자들은 칼잡이의 짐작보다 훨씬 더 불안과 공포에 질려 있었다. 이 상태에서 과연 자신의 저항 신호를 직접 행동으로 옮길 만큼 대담한 노동자가 있을까 싶을 정도로 그들의 얼굴은 좌절감으로 가득했다.

◉

민둥산은 땅굴이 망나니처럼 삽을 휘둘러 칼잡이의 머리통을 박살낼 것으로 기대했다. 그런데 땅굴은 별다른 행동을 취하지 않았다. 당황한 건 오히려 민둥산과 칼잡이였다. 민둥산은 어째서 이 천인공노할 패륜 부하를 심판하지 않는지 의아했고 칼잡이는 도대체 이 인간이 무슨 생각을 하는 건지 감을 잡기 힘들었다.

견디다 못한 민둥산이 먼저 땅굴에게 말을 건넸다.

"위원님. 뭐 하십니까?"

"흠흠."

"심판을 하셔야죠. 만천하에 이 패역무도한 놈의 비참한 결말을 알리시고 위원님의 위용을 보여주셔야 하지 않겠습니까?"

땅굴은 민망한 표정으로 민둥산에게 귀엣말로 말했다.

"조용히 좀 해라."

"네? 무슨 말씀이신지……?"

"너 같으면 니 여편네가 부하 직원과 바람난 걸 만천하에 소문내고 싶겠냐?"

민둥산이 '아차' 하는 표정으로 땅굴을 쳐다보았다. 그제야 땅굴
이 민둥산에게 명령을 내렸다.

"다른 층 작업반장 애들 데리고 먼저 나가라. 여기도 작업 재개시
키고. 시간이 금이야. 왜 애먼 기계를 놀려?"

"하지만 위원님. 어떤 식으로든 본보기를 보이지 않으면……."

"글쎄. 내가 알아서 한다니까! 어서 데리고 썩 꺼져. 그렇지 않음
네놈 머리통부터 으깨버릴 테니……."

땅굴의 포악함을 아는 민둥산은 더 따져 묻지 않고 자신을 따르
던 작업반장들을 데리고 42층을 빠져나갔다.

이제 42층에는 땅굴과 칼잡이 둘만 남았다. 칼잡이는 땅굴의 말
을 알아듣고 잽싸게 작업을 재개시켰다. 다시 기계가 가동되었고 노
동자들도 하나둘씩 안정을 찾아 맡은 작업을 계속했다.

칼잡이는 마른 침을 삼켰지만 땅굴에게 먼저 말을 건네지는 않았
다. 섣부른 변명이나 어설픈 참회는 지금 이 순간 최악의 결과를 빚
을 수 있다. 칼잡이는 땅굴의 왼손에 쥐어진 녹슨 삽을 지켜봤다. 행
여 자신의 머리통으로 삽이 날아들 경우에 대비해서 긴장의 고삐를
놓지 않았다. 그렇게 결코 짧지 않은 침묵의 시간이 흘렀다.

30분 정도 지났을까. 민둥산은 작업반장을 모두 해산시키고 혼자
비상계단에 몸을 숨긴 채 땅굴의 피의 응징만을 기다리고 있었다.
하지만 땅굴은 착잡한 얼굴로 삽을 질질 끌고 엘리베이터 앞에 섰
다. 단 한 명의 수행 직원도 대동하지 않은 땅굴은 상황의 특수성 때
문인지 더없이 추레하게만 비쳐졌다. 민둥산은 뭔가 단단히 잘못됐
다는 느낌을 받았다. 민둥산이 내내 주목한 건 땅굴의 삽이었다. 그

152

런데 아무리 봐도 삽이 깨끗하다. 핏자국도, 폭행의 흔적도 없다. 땅굴은 엘리베이터 안으로 들어가버렸다. 당황한 민둥산은 42층 작업장 문틈으로 내부를 살폈다. 민둥산의 비극적인 예상대로 칼잡이는 멀쩡했다. 아무런 해도 입지 않은 듯 멀끔한 모습으로 방금 전 땅굴이 앉았던 의자에 거만한 자세로 앉아 깊은 생각에 잠겨 있었다.

민둥산은 칼잡이를 보며 고개를 흔들었다. '다혈질의 대명사 땅굴이 어째서 귀걸이와 칼잡이를 방치해둔단 말인가. 도대체 왜?' 민둥산은 자신도 이제 살 길을 찾아야겠다는 생각을 했다. 땅굴과 칼잡이가 30분 동안 독대하면서 도대체 무슨 말들을 주고받았는지는 그에겐 차후 문제가 되어버렸다.

⊙

F는 새삼 이 집단의 한심함을 절감하기 시작했다. 은밀하게 급습한 독재자의 위용에 어느 정도 놀란 건 사실이지만 얼마 가지 않아 우스꽝스런 촌극으로밖에 인식되지 않았다. 짧지 않은 세월 동안 그래도 뭔가 있겠거니 하는 마음으로 독재자의 숨겨진 카리스마를 기대했는데, 한순간에 그 기대가 휘발되는 절망을 느껴야 했다.

새벽 2시에 연구소로 들이닥쳐 원배의 머리통에 수십 개의 바늘을 꽂는 노학자의 추태 따윈 그런대로 이해했다. 그런데 10여 분이 지난 뒤 독재자가 나타나자 F는 어이가 없어 한숨을 내쉬었다. 독재자는 F를 아래위로 쳐다본 뒤 보좌관이 마련해준 의자에 앉아 걱정스러운 표정을 지었다.

"자넨 새벽에도 슈트를 입고 있나?"

"프로는 언제 어느 때고 자신의 스타일을 굽히지 않습니다."

"잘났군."

"독재자님이야말로 말도 안 되는 시간에 어쩐 일이십니까?"

"보는 그대로야."

노학자는 종말을 예감하는 선각자처럼 동작 하나하나가 급박했다. 그건 노학자의 수발을 드는 여우눈 역시 마찬가지였다. 둘은 원배의 머리에서 골수를 채취하고자 특제 주사를 꽂느라 허둥지둥하고 있었다.

F는 비웃음으로 일관했고 독재자마저도 노학자의 행동을 전혀 과학적으로 보지 않았다. 줄기세포를 채취해서 새로운 복제 생명을 탄생시킨다는 거창하고 야심찬 발상이었지만 정작 이 과정은 야만스러움과 유치함으로 일관했다. 조금이라도 생각이 있는 사람이라면 이 상황을 보며 의문을 품을 것이다. 줄기세포라는 게 두개골 깊이 바늘만 찔러 넣는다고 채취가 가능한가라는 의문은 차라리 순진하다. 근본적으로 줄기세포가 골수에서 얻어진다는 생각은 도대체 어디서 나온 과학적 근거란 말인가.

이런 말도 안 되는 억지에도 노학자는 내내 진지했다. 대략 오십여 개의 바늘을 원배의 머리통에 사정없이 찔러 넣은 다음 채취한 골수를 비커에 담아 유심히 지켜봤다. 그 모습이 그나마 간만에 보는 학자다운 면모였다.

F는 이 과정을 지켜보며 어떻게 상황을 받아들이는 게 유리할지를 궁리했다. 헝클어진 머리를 정갈하게 쓸어 넘긴 F는 더 이상 냉소를 터뜨리진 않았다. 독재자는 F가 어느 정도 사태를 파악한 것으

로 짐작했는지 도리어 F를 안심시키는 말을 건넸다. 퉁명스럽고 무성의한 말투였지만 독재자 딴에는 '네 녀석을 신뢰하고 있다'는 속내가 담겨 있는 말이었다.

"협의회는 계속될 거야. 자넨 그냥 하던 대로 저 녀석에게 수학 공부나 시키고 있으라고. 그럼 피해볼 일은 없을 거야."

그러나 F는 자신이 노학자나 다른 위원들처럼 자리보전에 힘쓰는 인종과는 격이 다름을 각인시키려는 의지를 여과 없이 쏟아냈다.

"저 노인네의 시도가 과연 성공할 걸로 보이십니까?"

"노인네라는 말은 조금 심하군. 그래도 자넬 선택하고 키워준 스승한테 말이야."

"스승이 스승다워야죠. 골수를 뽑아 복제 생명을 탄생시킨다는 발상 자체도 웃길뿐더러 백번 양보해서 저 따위 시도가 성공한다 해도 그 복제 생명이 꿈을 꿀 수 있다는 보장은 또 어디 있습니까? 지금 남아 있는 저 녀석조차도 식물인간에 불과한데 말이죠."

더 이상 참지 못했던지 노학자가 F를 향해 버럭 소리를 내지르고 말았다.

"건방진 자식! 독재자님께서 최대한 선처해주실 때 알아서 납죽 엎드리란 말이야! 계속 역겹게 굴면 아예 이 연구소를 송두리째 지옥으로 내려보내는 수가 있어."

하지만 F는 노학자의 경고 따윈 처음부터 무시하고 독재자에게 조리 있는 논변을 계속해 나갔다.

"지금 노학자는 모든 걸 유예하려고만 하는 겁니다. 복제 생명이 탄생되면 그 생명이 꿈을 말할 수 있을 때까지 양육해야 할 테고 그 세월 동안 또다시 기다려야 된단 말입니다. 그러다가 원배가 중간에 잘못되기라도 하면 어떻게 됩니까? 가뜩이나 땅굴이란 작자까지 설치는 상황인데 말입니다."

독재자와 F의 시선이 원배에게 집중되었다. 원배는 괴로워하고 있었다. 느닷없이 수십 개의 바늘이 자신의 머리통을 침입해 노르께한 점액질 액체 방울들이 비커에 쌓이는 과정을 견뎌내던 원배는 비록 미약했지만 온몸을 꿈틀거리며 필사의 고통을 호소했던 것이다. F는 그런 원배를 지켜보며 한마디 덧붙였다.

"저런 식으로 자극하면 정말로 원배는 오래 살지 못합니다. 제가 온실 속 화초처럼 애지중지 키웠기 때문에 그나마 수학 천재의 모습을 유지할 수 있는 거란 말입니다."

"그래, 그렇다면."

독재자가 뭔가 자극을 받았는지 아니면 계속되는 F의 언변에 지쳤는지 이른바 중립성을 가진 질문을 던졌다. 이 질문이 F와 노학자를 긴장하게 만들었다.

"자넨 뭐 대단한 계획이라도 있나?"

"이런 식의 지루한 유예와 거짓 희망을 단숨에 박살낼 수 있는 혁명적 전략이 있긴 있습니다."

"있으면 한번 보여줘봐."

"예?"

"혁명적이라며. 자넨 브리핑 전문이니까 뭐 보고서 비슷한 거 만들어놨을 거 아닌가?"

순간 노학자와 여우눈은 F를 집어삼킬 듯 노려보았다. 노학자는 수틀리면 아예 F의 숨통을 끊어놓는 끔찍한 상황까지도 염두에 두어야 했다. 과연 여우눈은 노학자의 심복다웠다. F를 향한 노학자의 살기를 감지한 여우눈은 주머니에 항상 휴대하고 다니던 부메랑칼을 거머쥐었다. 여차하면 F를 베어버릴 속셈이었다.

독재자, 노학자, 여우눈 모두 F의 반응에 촉각을 곤두세웠다. 노학자는 이미 F가 꿈의 가능성을 거세해버릴 보고서를 갖고 있음을 알고 있었다. 만약 F가 문제의 보고서를 독재자에게 보여준다면 귀가 얇은 독재자는 아예 넘어갈지도 모른다. 그렇게 되면 자신은 더이상 설 곳이 없게 된다. 그나마 꿈이 있어 연명했는데, 꿈이 사라지면 노학자는 완벽히 퇴물 취급을 받게 될 것이다.

그러나 웬일인지 F는 문제의 보고서를 독재자에게 내밀지 않았다. 독재자가 입맛을 다시는 동안 F는 잠시 망설이다가 고개를 흔들며 말했다.

"불행하게도 아직 완성되지 않았습니다."

그 말을 듣는 순간 독재자는 자신의 선글라스를 추켜올리고 혀를 내밀어 입술을 적셨다.

"싱거운 녀석. 그럼 애초부터 혁명이니 뭐니 하는 말을 입에 담지 말던가."

노학자는 안도의 한숨을 내쉬었고 그때 골수로 믿고 있는 액체가 원하는 만큼 채취되었다. 노학자는 환희에 찬 표정으로 독재자에게 말문을 열었고, 여우눈은 바늘을 뽑고 병을 수거하는 뒤치다꺼리에 분주했다.

"이제 됐습니다. 독재자님."

"그런데 무슨 골수가 먹다 만 푸딩처럼 생겼지? 원래 그런가?"

"그렇습니다. 모든 신비는 이렇듯 보잘것없는 것에서부터 시작되는 법입니다."

노학자는 혹여 의심받게 될 게 두려워 나름 소신을 밝혔다. 이래 보여도 자신이 복제 생명계의 일인자라고 거듭 자부하면서 말이다.

그렇게 심야의 해프닝은 약 30분간 지속된 뒤 막을 내렸다.

F는 독재자에게 보고서를 보여주지 않은 것을 만족스러워했다. 과연 독재자가 자신의 비전을 이해하고 실행에 옮길 수 있을지에 대한 회의감이 들었다. F가 보기에 독재자의 카리스마는 노학자와 같이 자신의 보신保身에 사로잡힌 이들에게 놀아나는, 그만큼 검증이 덜된 것으로 보였다. 그런 독재자 밑에서 자신의 혁명 플랜이 빛을 볼 수 있을 거란 기대부터가 착각이라고 생각했고 F는 한층 더 복잡하게 머리를 굴렸다. F는 자신의 혁명 플랜으로 폐신 집합소를 운영할 방법을 궁리하며 원배를 측은한 눈으로 바라봤다. 하지만 이내 저 한심한 계산기에게서 최상의 효율을 뽑아낼 수 있는 방법을 모색하기로 마음먹었다.

◉

자신의 생애를 통틀어 이처럼 진지한 적이 또 있었던가. 노학자는 스스로를 대견스럽게 생각하며 거듭되는 격무에 엄청난 피로를 호소했다.

하지만 그의 심복 여우눈은 먹구름이 낀 표정으로 노학자를 지켜봤다. 감정 표현을 좀처럼 하지 않는 냉혈한이지만 노학자의 필사의 작업에 적잖은 실망감을 표현하고 싶어 안달이 나 있었다.

여우눈은 내내 눌러온 말을 지나듯이 하고 말았다.

"이게 복제 생명을 탄생시키는 겁니까?"

여우눈의 질문엔 조롱의 기운이 가득했지만 노학자는 전혀 감지하지 못하고 당연하다는 듯 답했다.

"그럼. 뭐 다른 게 있을 줄 알았어?"

"전 완전히 새로운 생명이 탄생하는 줄 알았습니다."

"기다려보라구. 이제 이놈들이 원배가 하지 못한 과업을 대신 계승하게 될 테니."

대충 작업을 끝낸 노학자가 자리에서 일어났다. 노학자는 모여 있는 서른 명의 노동자를 보며 회심의 미소를 지었다. 그러고는 여우눈에게 준비해둔 것을 가져오라고 지시했다. 여우눈은 이제 대놓고 못마땅한 표정을 지었지만 명령을 어기지는 않았다. 여우눈이 칼로 박스를 뜯자 노동자들이 박스를 향해 미친 듯이 달려들었다. 여우눈이 던져놓은 박스엔 초코파이가 한가득이었고, 노동자들은 초코파이를 한 개라도 더 차지하기 위해 안간힘을 썼다. 이때 노학자는 원배의 머리에서 추출해낸 골수액을 노동자들의 머리에 주입했다. 녀석들은 별난 간식을 먹을 수 있다는 생각에 아무 의심 없이 자신들의 머리를 내맡겼다. 노학자는 어느새 비어버린 비커를 건네며 말했다.

"버려라. 이젠 필요 없다."

노학자는 서른 명의 노동자에게 원배의 골수를 주입하는 데 성공했고, 복제 생명의 씨앗을 심은 것으로 결론지었다.

여우눈이 노학자를 믿지 못하는 건 어쩌면 당연한지도 모른다. 여우눈은 노학자가 고도의 테크닉을 활용해 복제 생명을 잉태시킬 것으로 예상했었다. 그러나 노학자는 사이비 약장수로밖에 보이지 않았다. 주삿바늘 몇 개를 원배의 머리에 욱여넣어 점액질을 추출해놓고서 그걸 복제 생명을 탄생시킬 수 있는 골수라고 우기는 것부터가 말이 안 됐지만, 그걸 노동자들의 머리에 주입시켜 원배의 복제 생명체가 탄생한다는 발상은 그야말로 최악의 시나리오였다.

노학자는 놀라울 만큼 당당했다. 그야말로 이 작업을 통해 서른 명의 노동자 중 제법 똑똑한 몇몇은 원배가 이루지 못한 마지막 꿈의 조각을 완성시킬 거라고 믿어 의심치 않았다. 노학자는 서른 명의 노동자들에게 당부의 말도 잊지 않았다.

"명심해라. 오늘 일은 너희 작업반장에겐 절대로 알려선 안 된다."

섭취 행위에 여념이 없는 노동자들은 입 안 가득 초코파이를 담은 채 힘차게 고개를 끄덕였다.

"이제 우리도 가자."

"연구실로 가실 겁니까?"

"아니지. 독재자님께 상황 보고해야지."

"노학자님."

"왜?"

"이게 정말 괜찮은 방법입니까?"

"뭔 소리야?"

"이렇게 해서 저 녀석들이 진짜 꿈을 꾸게 되느냐 이 말입니다."

여우눈의 질문에 노학자는 오히려 황당하다는 듯 되물었다.

"꿈을 꿀 수 있든 그렇지 않든 그게 너하고 무슨 상관인데?"

"전 단지…… 너무 어처구니없다는 생각이 들어서."

"글쎄 말이 되고 안 되고를 결정하는 게 네 녀석 일이 아니잖아."

"그렇긴 하죠."

"그런데 왜 나서고 난리야. 가뜩이나 피곤한데."

노학자는 머뭇거리는 여우눈의 어깨를 토닥거리며 채근했다.

"빨리 가자. 보고하고 싶어 입이 근질거린다."

경쾌하게 발걸음을 옮기는 노학자를 여우눈은 결국 따르고 말았다. 그럼에도 불구하고 치솟는 의문이 여우눈의 발걸음을 무겁게 만들었다.

⊙

노학자와 여우눈은 엘리베이터 앞에서 42층 작업반장 칼잡이와 마주쳤다. 점심시간을 틈 타 이곳저곳 싸돌아다니던 작업반장을 노학자는 별로 신경 쓰지 않았다. 노학자는 녀석에게 사무적인 말 한마디를 던질 뿐이었다.

"노동자들 고생하기에 격려차 초코파이 한 박스 풀었다. 너도 재주껏 챙겨 먹든지 해라."

"감사합니다."

칼잡이는 노학자와 여우눈이 탄 엘리베이터 문이 닫힐 때까지 구십도 각도로 인사를 했다.

문이 닫히고 휘파람까지 불어대는 노학자에게 여우눈이 걱정스럽게 말문을 열었다.

"노학자님."

"오늘 왜 이렇게 말이 많아."

"왜 42층을 선택하신 겁니까?"

"그냥 생각나기에 내려온 것뿐이야. 노동자들이 다 똑같지. 뭐 특별난 종자라도 있어."

"42층 작업반장이 누구인지는 알고 계십니까?"

"이봐. 그게 뭐가 중요하다는 거야?"

여우눈은 할 말이 많았지만 이내 의욕을 잃고 입을 굳게 다물어 버렸다.

⊙

한 달 후 노학자에게 예상치 못한 일이 벌어졌다. 원배의 활동력이 현저히 약화된 것이다. 노학자로선 전혀 예상 못한 일이었으며, 독재자 역시 의외라는 반응을 보였다. 머리에 링거 바늘 몇 개 꽂는다 해서 별 탈 있겠냐는 노학자의 안일한 생각이 화를 부른 걸까. 한 달쯤 지난 협의회 회의에서 원배가 보여준 꼬락서니는 굳이 F가 브리핑하지 않아도 그 심각성을 알 수 있었다. 위원들 모두 원배의 초췌해진 모습을 보며 한마디씩 던졌다. 안 그래도 왜소한 몸이 더욱 말라 비틀어졌고 손가락 하나 까딱하기도 힘들어서 새롭게 제출된 수학 문제를 풀다가 포기하고 말았다.

위원들은 의문과 불만을 쏟아냈다. F가 교육을 잘못 시켰거나 양육 과정에서 문제를 일으킨 것 아니냐는 방향으로 불만을 성토했지만, 그때마다 F는 자신의 양육 방식엔 흠결이 없다는 말만 되풀이했다. 그러면서 F는 능글맞게 독재자에게 동의를 구했고 독재자는 "그래, 그렇군" 하고 마지못해 대답하며 노학자를 원망스럽게 째려보았다. 노학자는 독재자의 의뭉스런 눈총을 감수해야 했다. 그러면서 인큐베이터 속에서 힘겹게 숨을 쉬는 원배와 F를 안타깝게 바라봤다. 사전에 반격을 차단하기 위해 더욱 강하게 F의 양육 방식을 추궁했지만, 결정적인 말은 결코 던지지 못했다. F는 만약 노학자가 조금이라도 자신을 위협하는 발언을 할라치면 원배의 머리에서 골수를 무단 채취해 간 만행을 죄다 발설해버릴 기세로 대응한 것이다. 회의 분위기는 더욱 험악해져 갔는데 그 분위기를 절정으로 끌어올린 장본인은 역시 땅굴이었다.

지난번 회의를 보이콧한 것이 오히려 위원들의 결집을 이끌어내는 동인으로 작용한 걸까. 땅굴은 회의 시작 때만 해도 그냥 조용히 지켜보다 물러나려 했다. 그런데 이게 웬일인가. 원배가 문제 풀기를 그만두는 게 아닌가. 땅굴은 기회는 이때다 싶어 다시 한 번 공분을 토해냈다. 아예 대놓고 두둔한 건 아니지만 위원들 상당수 역시 땅굴의 분노에 공감하는 분위기였다. 땅굴은 '저것 봐라. 이제 저 빌어먹을 빅 헤드가 고택골로 가는 건 시간문제다' 라는 식의 독설을 쏟아내며 작심하고 덤벼들었는데, 독재자가 직접 나선 뒤에야 기세가 꺾일 정도였으니, 노학자의 심정이야 오죽했겠는가.

그렇게 회의는 마무리되었고 의원들은 하나같이 수심 가득한 얼굴로 미래거세연구소를 빠져나갔다. 독재자는 노학자를 향해 눈을 부라리며 어서 빨리 사태를 수습하라는 무언의 압력을 가했고, 노학자는 어떤 수를 쓰든 자신만의 전략을 수립해야 했다.

땅굴이야말로 위험한 인물이었다. 땅굴은 다른 위원들과 함께 탄엘리베이터 안에서 민둥산에게 의미심장한 말을 던졌다. 좁쌀만큼이라도 소양을 가진 사람이라면 충분히 짐작할 수 있는 그 말은 놀랍게도 쿠데타였다.

"더 이상 안 되겠어."

민둥산이 물었다.

"뭐가 말입니까?"

"만약 우리들이 원배에게 모든 미래를 걸고 있다는 사실을 노동자들이 알아낸다면 그땐 정말 어떻게 될지 아무도 장담 못해. 민둥산, 너도 알지?"

"예? 뭘 말이에요?"

"아무리 약해 보여도 노동자들이 한번 들고 일어서면 어떻게 되는지."

"상상해본 적이 없어서."

"제일 무서운 게 그놈들이야. 그걸 잊지 말아야 해. 그래서 먼저 손을 보지 않으면 안 돼. 암, 그렇고말고."

비록 민둥산과 대화를 했지만 땅굴은 엘리베이터에 동승한 위원들이 들으라고 말한 것이었다. 위원들은 얼굴이 새파랗게 질려버렸다. 땅굴은 그런 유약한 위원들을 한심하게 여기면서도 이젠 정말 갈아엎을 때가 왔다고 생각했다.

◉

인류의 모든 고뇌를 짊어진 사람처럼 F의 얼굴은 굳어 있었다. F는 밀랍인형 같은 원배를 지켜보고 있었다.

그런 F의 모습을 지켜보는 자가 있었으니, F의 총애를 받는 부수석연구원 펀드걸이었다.

F의 총애를 받는다곤 하지만 펀드걸은 이성의 호기심을 자극할 만한 특별한 구석이 없었다. 전형적인 박녀薄女였으며, 몸매도 연구원 가운을 입지 않았더라면 제대로 망신당할 정도였다. 까다롭기로 소문난 F가 펀드걸을 최측근으로 두는 이유는 그녀와 원배의 공통점 때문이었다. 원배가 문제 해결과 수리數理에 대한 영특한 재기를 보인 것처럼 펀드걸 역시 원배만큼은 아니지만 세속의 사리 분별에 탁월한 재능을 발휘했기에 어여삐 여긴 것이다.

반대로 F를 향한 펀드걸의 감정은 차라리 순수하다고 해야 될까. 그녀는 그야말로 F의 존재 자체를 온전히 흠모했다. 그만큼 F의 외모는 뛰어났다. 마치 무미건조한 사막에 우뚝 선 선인장과 같달까. 연구원, 작업반장, 소위 기득권 세력임을 과시하는 독재자의 측근들 모두 촌스럽기는 매한가지였기에, 외모에 관심을 갖는 여성들에게는 F가 로망일 수밖에 없었다. F는 자신을 향한 뭇 여성들의 추파를 은근히 즐겼지만 결코 동하진 않았다. 자신의 목표를 달성할 때까지 한눈팔지 않겠다는 다짐만 굳건히 할 뿐이었다.

'지금 F는 무슨 생각을 할까.' 펀드걸은 F의 말쑥한 외모를 감상하는 데 여념이 없었다. 하지만 감상도 잠시, 긴 생각 끝에 뭔가 묘수가 떠올랐는지 F가 갑자기 연구소 밖으로 나갔다. 서둘러 그를 따라붙은 펀드걸이 엘리베이터 버튼을 누르는 F를 가로막으며 물었다.

"갑자기 어딜 가십니까? 이 야심한 시각에."

펀드걸이 특별히 시간을 지적한 이유는 F가 평소와는 다른 행동을 보였기 때문이다. 현재 시각 밤 9시. 시간을 율법처럼 준수하는 F에게 지금 시간은 내일 입을 자신의 슈트를 다림질하는 시간이었다. 그런데 뭔가 단단히 각오를 했는지 F가 연구소 밖으로 나가는 모습이 펀드걸에겐 충격이었다. 그녀의 심장을 두근거리게 만든 촉매가 하나 더 있었으니 바로 F가 그 문제의 보고서를 꺼낸 것이다. 안락함과 자리보전을 거부하며 낭만적인 혁명을 욕망하는 F의 차가운 열정을 보며 펀드걸은 홍역에 걸린 환자처럼 삽시간에 얼굴이 불그레해졌다.

하지만 F는 펀드걸의 감정 따위엔 애초부터 관심이 없었다. 여전히 사무적으로 그녀를 대할 뿐이다.

"따라갈래?"

"당연히 제가 모셔야죠. 어딜 가시는데요?"

F의 표정은 내내 굳어 있었다. 그는 지금 일생일대의 승부수를 띄우려는 것이다. 펀드걸은 F가 선택한 층수를 다시 한 번 확인했다. 128층, 땅굴의 숙소다. 펀드걸은 F의 혁명이 다가오고 있음을 직감했다.

◉

128층엔 땅굴과 그의 상스러운 아내 귀걸이만 있는 게 아니었다. 그곳엔 많은 사람들이 모여 있었다. 그들은 식사 시간이 지났음에도 초대형 식탁에 둘러앉아 특제 햄버거와 누룩이 섞인 콜라를 먹으며 소위 시국에 대한 중대 결의를 진행하고 있었다.

F가 128층의 문을 거칠게 두드리자, 민둥산이 빼꼼히 문을 열었다. 놀란 녀석은 식탁 중앙을 차지하고 있는 땅굴에게 그들의 방문을 보고했다. 땅굴 주변에는 그의 최측근들이 포진해 있었는데, 후세인, 백구두가 그들이다. 그들의 정식 직급은 민둥산과 동일한 작업총괄반장이지만, 오직 땅굴의 경호만 수행하는 이른바 진짜 심복들이었다. 민둥산은 항상 그들에게 먼저 보고해야 하는 절차를 번거롭게 생각했다. 이럴 때마다 민둥산은 후세인과 백구두를 밀어내고 그 자리를 차지하거나, 땅굴 정도의 힘을 소유한 다른 세력 밑으로 들어가기를 욕망했다. 하지만 땅굴의 보이콧을 맹비난하던 위원들이 하나둘씩 땅굴의 역적모의에 참여하는 것만 봐도 이곳에 땅굴을 대적할 만한 세력은 없다고 확신하게 됐다. 어차피 독재자 열께이 자신의 길이 아니란 걸 확인한 이상 땅굴의 좌우를 차지하고 있는 후세인과 백구두를 밀어내는 것이 가장 현명하다고 생각한 것이다.

땅굴은 의외로 F를 환대했다. 감정적으로만 보자면 F를 배척하는 게 마땅하다. 하지만 땅굴은 자신이 늘 큰 틀에서 생각한다고 스스로를 과대평가하는 인물이다. 자신이 불도저인 건 맞지만 뜻을 같이하고자 나선 동지마저 야멸치게 내쳐버리는 소인배가 아니라는 신념을 가진 땅굴인 것이다. 게다가 F까지 자신과 손을 잡는다면 그야말로 폐신 집합소의 운명의 추는 자신에게 완전히 기울 것으로 판단했다. 그러나 F는 땅굴의 생각과는 조금 달랐다. 그는 주먹구구식 역적모의의 한계를 조목조목 지적하고 이를 극복할 수 있는 최선의 대안으로 그 이름도 거창한 「폐신 집합소의 항구적 체제 존속을 위한 꿈의 거세에 대한 보고서」를 검토해줄 것을 정중히 요청했다.

땅굴은 빈틈을 찾기 어려운 F의 말을 듣고 보고서를 읽기 전에 우선 위원들을 모두 돌려보냈다. 위원들은 영문을 모르겠다며 투덜거리면서도 땅굴의 지시를 따르지 않을 수 없었다. 그들은 확인도장을 받듯 한마디씩 내던지며 땅굴의 숙소를 빠져나갔다.

"이봐 땅굴. 성공하면 우리 몫 단단히 챙겨주는 거 잊으면 안 돼."

땅굴은 겉으론 미소를 지었지만 속으로는 부글부글 끓어올랐다. '저런 밥버러지 같은 개 쓰레기들! 제 앞가림에만 눈먼 기생충들! 내가 권력을 잡기만 하면 저 쓰레기들을 모두 무릎 꿇리고 마땅히 그 죄를 물어 심판할 것이야. 암, 그렇게 하고말고.'

그렇게 마음속으로 굳게 다짐한 땅굴의 결의를 감지한 걸까. F는 '지금 네놈이 무슨 생각 하는지 다 알고 있다'는 것처럼 위원들의 퇴장을 바라보며 독설 몇 마디를 내뱉었다.

"저런 쓰레기들이 이곳에서 영구히 퇴출되어야 할 영순위들이죠."

"오호……, 기생오라비 입에서 그런 말이 나오다니. 의외인걸."

"저도 개인적으론 저런 인간들보단 노동자들이 더 쓸모 있다고 여기는 사람입니다."

땅굴은 F가 건넨 문제의 보고서를 들여다보기 시작했다. 어디서 구했는지 돋보기안경까지 쓰고 열심히 검토하는 땅굴의 표정이 점점 굳어가는 걸로 봐서 땅굴이 보고서 내용을 전혀 이해 못하는 게 확실했지만 오히려 그쪽이 F를 더욱 만족스럽게 했다. 골목대장을 적당히 데리고 놀기엔 그가 차라리 아무것도 모르는 편이 낫겠다는 이유에서였다.

거의 한 시간 동안 보고서를 들춰본 땅굴이 깊은 한숨을 내쉬었다. F를 비롯해 남은 이들은 땅굴이 무슨 말을 할지 촉각을 곤두세웠다.

뭔가 그럴싸한 독후감을 해야 한다는 강박에 사로잡힌 땅굴은 쉽게 말문을 열지 못했고, 그럴수록 F는 더욱 흡족해했다.

"땅굴님과 저 사이에는 엄청난 틈이 있는 것 같아도 사실 뚜렷한 공통 목표를 갖고 있습니다."

땅굴님? 땅굴은 자신의 이름 뒤에 '님'까지 붙여가며 저자세로 나오는 F를 호의적으로 바라보았다. 물론 그건 립서비스에 불과했지만 F는 최대한 예의 바르게 말을 이어갔다.

"이제 더 이상 노학자나 독재자의 꿈에 대한 집착만으론 폐신 집합소의 앞날을 장담할 수 없습니다. 땅굴님도 제 의견에 동감하시죠?"

"당연하지! 그건 내가 항상 주장해왔던 철학이야. 독재자는 변했어. 그 교활한 노학자의 사탕발림에 넘어가 초창기 때의 카리스마를 완전히 상실해버렸고 피곤에 찌들어버린 조로老가 되고 말았어. 꿈이란 게 그런 거라고! 현실의 생산력을 완전히 무기력하게 만들지. 안 그런가?"

"뭐, 비슷하다고 해두죠. 어쨌든."

"어쨌든?"

"땅굴님의 목표는 쿠데타 아닙니까, 제가 잘못 짚은 건가요?"

"음."

'쿠데타'라는 단어는 마치 원자폭탄이 투하된 것과 같은 먹먹한 짜릿함을 유발했고 땅굴의 오관 깊은 곳까지 단숨에 파고들었다. 땅굴은 작심한 듯 입술을 꽉 깨물며 답했다.

"그렇지, 쿠데타야. 이 상태로는 안 돼. 안 된다고."

'도대체 뭐가 안 된다는 건가.' 정사 도중 땅굴의 습격을 받아 침대 밑에 숨어 있던 칼잡이는 생각했다. 여전히 칼잡이의 미숙한 사유 체계로선 파악이 어려운 문제였다. F와 땅굴의 비밀회동에는 단지 권력을 맛보고자 하는 욕망만이 가득해 보일 뿐이었다. '아무려면 어때.' 칼잡이는 어떻게든 살아남아 노동을 면제받는 삶을 끝까지 유지하기만 하면 되는 거다. 그런 삶을 살기 위해 지금도 이렇게 침대 밑에 숨어 있는 게 아닌가. 천하에 둘도 없는 색녀 귀걸이에게 육욕의 정을 헌납하기 위해서 말이다.

⊙

땅굴에게 쿠데타 모의에 대한 확신을 들은 F는 일방적으로 보고서에 대한 브리핑을 시작했다. 그렇지만 땅굴은 현학적 미사여구로 나열된 '항구적 체제 존속을 가능케 하는 함수관계의 지속 가능한 텐션' 원리에 대해 전혀 이해하지 못했다. 그건 비단 땅굴만의 문제는 아니었다. 흐리멍덩한 눈알을 가진 민둥산, 제법 지식인 흉내를 내던 후세인과 백구두, 벨벳 원피스를 질질 끌고 다니는 귀걸이 모두 F가 하는 말이 도대체 무슨 뜻인가 싶어 멍한 표정이었다. 펀드 걸은 아예 F가 무슨 말을 하는지는 관심 밖이고 오직 그의 입술만을 탐스럽게 바라볼 뿐이었다.

모두들 얼이 빠진 모습을 하자 F는 서둘러 마무리를 짓는 게 효과적이겠다고 생각했다.

"이해하기 힘드시겠지만 이것만이 땅굴님의 영구 집권 체제를 완성할 수 있는 유일한 방법임을 다시 한 번 강조하는 바입니다."

"글쎄……, 과연 그런가?"

"독재자는 위원, 관리자, 노동자 들에게 어떤 식으로든 동기부여를 하지 않으면 자신의 권력이 유지될 수 없기 때문에 꿈을 선택한 겁니다. 그런데 보세요. 꿈이 별 볼일 없어지니까 땅굴님조차 독재자의 카리스마를 의심하는 거 아닙니까?"

"음. 확실히 그건 그래. 독재자가 꿈에 집착할 때부터 그에 대한 믿음도 흐릿해졌어."

"그렇지만 제가 시도하는 시스템만 적용하면 근심걱정이 죄다 사라지게 됩니다. 땅굴님은 굿이나 보고 떡이나 먹으며 피라미드의 최상층에서 평생을 호의호식하게 된다 이 말입니다."

땅굴은 F가 고안한 시스템이 무슨 소린지도 몰랐지만, 일단 쿠데타를 성공하고 한번 권력을 잡게 되면 성좌에서 물러나지 않게 된다는 것과 자신을 '땅굴님, 땅굴님' 하며 따르는 F의 충성심에 감격했다.

"내 약속하지. 이번 쿠데타가 성공하기만 하면 자네를 내 오른팔로 삼을 것이야. 자네는 말 그대로 책사가 되는 거지."

"자리엔 관심 없습니다. 단지 한 가지만 약속해주시면 됩니다. 권력을 장악하시면 제가 말씀드린 이 시스템대로 폐신 집합소를 운영하시겠다고 말입니다. 더 이상 꿈이니 뭐니 하는 헛된 망상에 사로잡히지 않고 살아남는 놈은 보란 듯이 흥청망청할 수 있는 유토피아를 일궈낼 수 있도록 말입니다."

다른 이들도 신분 상승의 열정에 불타오르기 시작했다. 아마도 그 의지가 가장 드센 사람은 침대 밑에 쥐새끼처럼 숨어 있는 칼잡이일 것이다. 누가 감히 그의 집념을 따라잡을 수 있겠는가.

◉

원배의 21주년 탄신일. 그날은 폐신 집합소의 창립기념일이기도 하다. 창립기념일에 피를 보아서는 안 된다는 독재자의 금령으로 소녀의 생명체가 분리된 그날이다.

이 날은 폐신 집합소의 축제날이다. 독재자는 이 날만큼은 노동자들에게 약간의 휴식을 허락하고 갖가지 간식 성찬을 베풀어서 자신의 자애심에 스스로 도취되곤 했다. 그와 함께 관리자들 세계에서는 원배의 탄신을 경하하는 행사가 135층 독재자의 은신처에서 행해졌다. 모든 위원들이 한자리에 모이고 나름 꽃단장한 무희들이 135층 중앙 무대에서 관능의 막춤을 선보였다. 그중엔 귀걸이도 있었다. 귀걸이는 독보적인 춤사위를 선보였다. 폐신 집합소의 단조로운 일상에서 1년에 한 번 지분脂粉 냄새 풍기는 여인들의 춤을 감상하는 일은 쾌락의 향연으로 승화될 여지가 컸다.

사실상 오늘 축제에는 엄청난 긴장감이 도사리고 있었다. 대부분의 위원들은 겉으로는 흥청망청하는 척했지만 실상은 서로 눈치만 보며 쿠데타가 어떻게 전개 될지 초조하게 기다렸다. 이들은 '자신들은 이 쿠데타와 아무런 관련이 없다. 대신 쿠데타 시도를 묵인해주는 대가로 위원직을 그대로 승계해준다'는 약속을 땅굴에게 받았던 것이다. 땅굴은 위원들을 훑어보며 비열한 냉소를 머금었다. '교활한 독사 새끼들. 실패하든 성공하든 지금 자리를 유지하겠다는 심보 아닌가.' 땅굴은 고개를 가로저었다. 그들의 뜻을 그대로 수용할 땅굴이 아니다. '아무 대가도 없이 위원들의 자리를 승계해준다고? 그런 약속 지키려고 일으키는 쿠데타가 아니다.' 땅굴은 체제 전복의 욕망으로 이글거리는 눈빛을 중화시키며 귀걸이의 춤사위를 지켜봤다.

땅굴은 이미 오래전부터 그녀의 엽색 행각을 간파하고 있었다. 단지 참았을 뿐이다. 이 순간 땅굴은 허탈한 생각까지 들었다. 도대체 무슨 생각으로 저 여자와 결혼하려고 했을까. 땅굴은 이제라도 모든 것을 뒤엎고 자신만의 왕국을 건설하겠다는 결의를 더욱 다졌다. 드디어 때가 온 것이다.

⊙

축제가 절정에 이르렀다. 무희로 분장한 관리자 사모님들의 춤사위가 끝나고 원배 탄신일의 백미인 원배의 천재성과 꿈의 가능성을 진단하는 이른바 종합 브리핑이 시작됐다. 이 날만큼은 원배가 135층에 직접 등장한다. 인큐베이터 속의 원배가 대형 수레에 실려 등장하는 것이다.

언제 쿠데타가 시작될지 몰라 모두들 초조히 기다리는 이 시점에서 원배의 등장을 목격한 위원들은 일제히 경악했고 땅굴은 숨을 죽였다. F가 쿠데타의 신호탄을 쏘겠다고 호언장담한 순간이 왔기 때문이다. 그러나 독재자는 놀라기보다 피곤에 절어 금방이라도 죽을 것 같은 표정을 지었다.

원배는 그나마 남아 있던 인간의 형체마저 잃고 말았다. 최소한의 골격마저 와해되었고, 간헐적으로 작동하는 심장과 실핏줄이 그대로 노출된 골통일 뿐이었다. 마치 이식수술을 하다 만 수술실의 정지화면 같았다. 인큐베이터 안은 절단과 봉합의 흔적이 확연히 드러났고 원배의 면상은 아예 짓뭉개져버렸다. 핏물과 몇 개의 살점, 여러 개의 장기가 수십 개의 링거와 고무호스들로 연결되었고, 그 링거들은 대형 컴퓨터 서버와 같은 기계장치에 부착되었다. 모니터에는 알 수 없는 숫자와 기호, 수학 용어들이 무작위로 나타났다 사라지기를 반복했다. 원배는 기계가 된 것이다.

⊙

결국 노학자의 비명 소리가 쿠데타의 신호가 된 셈이다. 노학자는 짓뭉개진 원배를 보자 비명을 지르며 자리에서 일어났다. 바로 그때 땅굴은 옆에 서 있던 후세인에게 눈짓을 했고, 노학자는 여우눈이 소지하고 있던 부메랑 칼을 가로채서 F를 향해 달려들었다. 여우눈이 무기가 없음을 감지한 백구두가 허둥대는 여우눈의 안면에 완벽한 하이킥을 날려주었다. 백구두의 뾰족한 구두 끝에 인중을 가격당한 여우눈은 그대로 유명幽明을 달리했고, F를 향해 달려들던 노학자는 자신의 목을 감싸 안은 후세인의 악력에 옴짝달싹할 수 없었다.

◉

상황이 이쯤 되자 독재자를 호위하던 어중이떠중이들이 땅굴을 제압하기 위해 움직였다.

그러나 이 순간 영화 같은 장면이 펼쳐지고 말았으니 전혀 예기치 못한 칼잡이의 등장이었다. 칼잡이는 그야말로 누구도 예상하지 못한 위치에서 괴기스럽게 정체를 드러냈다. 녀석이 등장한 곳은 바로 독재자가 앉은 소파 옆에 마련되어 있던 이탈리아산 초호화 침대 밑이었다.

침대 밑 피신 노하우를 누구보다 철저히 숙지한 칼잡이는 이번에도 오직 살아남기 위해 독재자의 침대 밑에서 새벽부터 은둔하고 있었다. 때를 포착한 칼잡이는 독재자 패거리들이 땅굴을 향해 달려드는 바로 그 순간 괴성을 지르며 칼로 침대를 찢어발기며 성난 개구리처럼 튀어 올랐다. 경호원 수장 슈타인햄버거와 패거리들은 몹시 당황했고, 정신을 차렸을 땐 이미 칼잡이의 예리한 칼끝이 독재자의 목을 겨누고 있었다.

"꼼짝하지 마! 한 발자국만 움직이면 끝장나는 줄 알아!"

땅굴은 칼잡이가 실패하는 것에 무게중심을 두었었다. 수틀리면 135층을 아예 살육장으로 만들어버릴 복안도 가졌었는데 예상보다 수월하게 자신의 기대에 부응해주었다. 마누라와 정을 통하고도 살려둔 보람을 지금 뼛속 깊이 스미는 쾌감으로 보상받게 된 것이다.

독재자가 결박당하자 그의 패거리들은 꼼짝할 수 없었다. 그때 135층 문이 박살나면서 연장을 손에 든 작업반장 집단이 순식간에 135층을 피의 아수라장으로 만들어버렸다. 창립기념일엔 결코 피를 보지 않는다는 독재자의 금령 따위는 철저히 뭉개졌다.

쿠데타는 더없이 잔혹했다. 칼잡이가 독재자의 목을 움켜쥔 지 5분도 지나지 않아 100여 명이 넘는 독재자의 무리들이 검은 피를 쏟아내며 죽어갔다. 광기에 이글거리는 작업반장들은 거의 맹목적인 분노를 쏟아냈다. 하지만 그 분노 역시 땅굴이라는 또 다른 관리자의 지시에 의한 것이었다. 땅굴은 누룩을 섞은 콜라를 단숨에 들이켜며 살육의 현장을 헤집고 천천히 독재자를 향해 다가갔다. 땅굴은 심판자다운 무심한 한마디와 함께 자신의 그림자로 독재자의 얼굴을 덮어버렸다.

"뭐, 더 할 말 있소?"

독재자는 경이로울 정도로 태연했다. 땅굴은 독재자에게 어떤 말이라도 듣고 싶었다. 그건 노학자도 같은 심정이다. F는 그들과는 조금 다르게 피가 난무하는 아수라의 중심에서 혹여 키톤 슈트에 피가 묻을까 조심하며 원배의 수리數理 혼을 담은 계측기를 테스트하고 있었다.

"할 말이 있을 거 아니오. '네놈이 어떻게 이럴 수 있냐? 이래도 되는 거냐?' 뭐 그런 거 말이야. 그래야 나도 대답할 거 아니야. 내가 왜 이럴 수밖에 없었는지 말이야."

"……."

하지만 독재자는 끝내 아무 말도 하지 않았다. 그의 침묵이 땅굴의 다혈질적인 기질을 자극했다. 자신을 무시한다는 느낌을 받자 땅굴은 그대로 달려들어·독재자 입에서 여송연을 가로채 내동댕이치며 소리를 버럭 질러댔다.

"말 좀 하란 말이야! 나한테 설명할 수 있는 기회를 줘야 할 거 아니야! 내가 꼭 내 입으로 나불거려야겠냐고!"

땅굴은 쿠데타에 대한 사명감을 웅변하고 싶었다. 꿈의 완성만을 추종하는 독재자의 무능을 질타하고 새로운 역사의 주인공이 되길 간절히 염원했던 것이다. 그러나 이런 땅굴의 열망을 독재자는 너무나 천연덕스럽게 짓뭉개버렸다.

"대충 하고 끝내라. 피곤하다."

이것이 폐신 집합소의 한 시대를 풍미한 수장의 유언이었다. 땅굴은 더 이상 인내하지 않았다. 땅굴은 삽을 하늘 높이 쳐들고 그야말로 순식간에 독재자의 머리를 내리찍었다. 바로 그 순간, F가 절규하듯 소리쳤지만 때는 이미 늦었다.

"하지 마!"

F의 얼굴은 삽시간에 일그러졌다. 계측기를 점검하느라 미처 땅굴의 갑작스런 도발을 대비하지 못한 F는 피투성이가 된 독재자의 머리를 확인하고는 절규하고 말았다.

"독재자를 죽이면 어떻게 해요!"

땅굴은 발을 동동 구르는 F를 향해 도리어 의아하다는 듯 따져 물었다.

"당연히 죽이는 거 아니었어? 쿠데타의 매력이 뭔데. 우두머리 죽이는 게 최대 미덕이잖아?"

"이런, 쌍!"

F는 뭔가 할 말이 있었지만 끝내 참아야 했다. 자신의 원래 계획은 이런 게 아니었는데 하는 후회가 밀려들었다. 땅굴을 활용하는 것이 최선이었지만 독재자에게 얻어내야 할 비밀이 많았는데 이토록 허망하게 숨통을 끊어놓다니. 초조한 땅굴이 추궁하듯 물었다.

"왜? 뭐가 잘못됐어? 너도 날 무시하는 거야? 왜 말을 하다가 말아."

"아니, 됐어요. 기왕 엎질러진 물. 대신……."

"대신?"

"저 늙은이라도 살려둬요. 해야 할 일이 있어."

F의 시선은 이제 노학자에게 쏠렸다. 금방이라도 쓰러질 것 같은 노학자가 F와 땅굴을 번갈아 바라봤다. 땅굴은 독재자 머리에 박혀 있는 삽을 뽑아내며 대수롭지 않게 대답했다.

"저딴 늙은이 죽이든 말든 상관없어. 알아서 해."

땅굴은 작업화를 신은 발로 머리가 박살난 독재자를 밀어내고 독재자가 앉던 붉은색 소파에 앉았다. 이로써 땅굴은 명실상부 폐신집합소의 새로운 주인이 된 것이다.

그런데 언제나처럼 설레발치고 다니던 대머리 민둥산이 보이지 않았다. 독재자가 물던 지도자의 상징 여송연을 입에 물고 땅굴이 말없이 칼잡이에게 손수건을 건넸다. 칼잡이는 땅굴이 하사한 손수건으로 얼굴에 묻은 피를 닦으며 땅굴과 눈을 마주쳤다. 그걸로 둘 사이에 체결된 소위 밀약을 확인한 것이다.

　나름대로 자리보전에 집착을 보이던 민둥산의 최후는 너무나 보잘것없었다.

　땅굴의 특명을 받을 때까지만 해도 민둥산은 한껏 기대에 부풀었다. 땅굴이 깊은 밤에 자신을 은밀히 부른 것도 호재인데, 더욱이 자신에게 쿠데타의 주요 임무를 맡긴다고 말하자 민둥산은 내내 불안했던 마음이 봄눈 녹듯 녹아들었던 것이다.

　그렇게 땅굴이 민둥산에게 내린 특명은 황당하지만 그런대로 의미심장한 사건의 출발을 알리는 신호탄이었다.

⊙

　민둥산은 1층으로 내려갔다. 1층은 3층 높이를 허물어 만든 대형 물류창고였다. 아무것도 모르는 노동자들을 억지로 깨워 데려온 민둥산은 그들의 손에 곡괭이, 정 따위를 쥐어주었고, 자신은 1층에서만 볼 수 있는 대형 중장비에 올라탔다.

　그는 이제야 자신이 오래전 배워둔 굴삭기 조종술을 실제로 발휘할 기회가 왔음을 실감했다. 땅굴이 내린 특명은 바로 1층 중앙 바닥에 거대한 구멍을 내는 작업이었다. 1층 밑은 지하였다. 지상의 이들에게 절대 진리로 세뇌된 지옥이 뱀처럼 똬리를 튼 곳. 땅굴의 특명은 바로 그 지하 세계를 열라는 것이었다.

　민둥산은 자신이 왜 굴삭기 따위를 다루는 기술을 익혔는지 의문을 가졌다. 작업반장이 되기 전까지는 각기 다른 작업과 기술을 연마하는데, 민둥산은 중장비를 다루는 기술을 배웠었다. 이제야 이런 방법으로 써먹게 되다니. 아무것도 모르는 민둥산이었지만 흥분의 강도는 대단했다.

굴삭기의 요란한 굉음과 함께 작업은 시작됐다. 노동자들은 곡괭이로 콘크리트의 딱딱한 바닥을 내리쳤다. 그렇게 지옥의 문이 열리기 시작한 것이다.

⊙

그 작업은 135층에서 쿠데타가 일어나기 한 시간 전까지 계속되었다. 중장비를 사용했음에도 지하 세계에 통로를 내는 작업은 제법 오래 걸렸다. 1층과 지하의 통로가 열리자 민둥산은 구멍의 폭을 더 넓혀 나갔다. 처음에 야구공만 하던 구멍은 결국 균일하지 못한 타원형의 구멍이 되었다.

온몸에 힘이 빠진 민둥산은 작업을 멈추고 굴삭기 운전석에서 내려왔다. 노동자들의 작업도 중단되었다. 모두의 얼굴에는 지친 기색보다 지하 세계가 열린 것에 대한 호기심과 불안이 가득했다.

민둥산은 엄청난 양의 땀을 흘리며 뚫린 구멍 아래 드러난 지하의 세계를 내려다보았다. 어떤 소리도 들리지 않고 어떤 것도 보이지 않는다. 난생처음 보는 광경이 민둥산의 넋을 잠시 홀린 순간 처음부터 끝까지 이 광경을 지켜보던 칼잡이가 민둥산의 뒤로 조심스럽게 다가왔다. 하지만 민둥산은 전혀 알아차리지 못했다. 다른 노동자들도 마찬가지였다. 모두들 구멍 아래 지옥을 내려다보느라 칼잡이가 민둥산의 허리를 찌르는 것을 미처 보지 못했다. 그 황망한 급습에 민둥산은 소리 한 번 지르고 못하고 그대로 지옥의 구멍 속으로 떨어져내렸다. 노동자들이 관리자의 최후를 지켜보려 했을 땐 이미 모든 상황이 종료된 뒤였다.

칼잡이는 서둘러 엘리베이터를 타고 유유히 135층으로 올라갔다. 참으로 민첩하고 대담하며 철면피 같지 않은가. 얼굴 깊이 파고든 칼자국처럼 말이다.

◉

135층에는 끔찍한 고요만이 남았다. 독재자의 텅 빈 펜트하우스에 남은 건 F와 펀드걸 그리고 노학자뿐이다.

F는 애당초 땅굴의 쿠데타 놀음에는 관심이 없었다. 단지 땅굴의 저돌성이 필요했다. 그러나 지금은 박살난 독재자의 꼴을 지켜보며 후회할 뿐이다.

오랜 세월 눈칫밥으로 단련된 노학자가 F의 심리를 파악한 걸까. 독재자가 평소 즐겨 피우던 여송연을 넌지시 건넸다. F는 노학자가 역겨운 듯 한마디 내뱉었다.

"살아남은 게 좋습니까?"

아무려면 어떠랴. 노학자는 마음껏 비굴해지기로 했다. 자신이 건넨 여송연을 입에 문 F에게 불을 붙여주는 친절까지 베풀며 조심스럽게 물었다.

"궁금한 게 있네."

"······."

"왜 날 살려두었나?"

"왜 살려두었다고 생각하십니까?"

"기분 나쁘게 생각 말고 들어주게."

"말씀하세요."

"측은지심이 발동한 건 아닐 테고."

"그러면요?"

"내게서 뭔가 얻을 게 있기 때문이 아닌가 하는데……, 내 짐작이 틀렸나?"

F는 쓴웃음을 짓다가 노학자의 면상에 독한 연기를 뿜어대며 답했다.

"두 가지 이유가 있습니다."

"두 가지씩이나?"

"하나는 바로 저것 때문입니다."

F는 더 이상 원배를 사람 취급하지 않았다. F는 135층을 기괴함으로 수놓은 원배를 가리켰다. 노학자의 눈에도 이제 원배는 기계 그 자체였다.

"이제부터 저 괴물이 이곳을 통치할 겁니다. 더 정확히 말해 저 괴물의 두개골에서 방출되는 숫자놀음이 통치하는 거죠."

"무슨 뜻인지 잘 모르겠군."

"모르셔도 됩니다. 일전에 제가 제시한 보고서를 한 번이라도 들춰보는 성의를 보이셨다면 좋았을 텐데 말입니다."

"땅굴은 보았는가? 자네의 보고서를?"

"보긴 봤죠. 단 한 줄도 이해하지 못해 탈이지만."

"아쉽군."

"여하튼 저 괴물을 살려낸 것에 대한 보답이 첫 번째 이유라고 해 두죠."

"두 번째 이유는 뭔가?"

"알고 있지 않습니까?"

"난 모르네."

F는 노학자가 두 번째 이유를 알고 있을 걸로 확신했다. F는 정말 모르겠다는 표정을 짓는 노학자를 보며 여러 가지 궁리를 했다. 급기야 F는 서로가 함정에 빠질 수 있는 질문을 던졌다.

"정말 모르십니까?"

"알았다면 내가 자네에게 왜 물었겠나?"

"독재자가 죽었기 때문 아닙니까."

F의 영구 체제 존속 프로젝트가 성공하려면 반드시 독재자를 살려두어야만 했다. 그러나 독재자가 허무하게 죽자 노학자라도 살려둔 것이다. 원배의 골수를 채취한 그 열정을 보면 그래도 노학자가 꿈에 대한 비밀의 열쇠를 쥐고 있다고 짐작할 수밖에 없었다.

노학자는 민첩하게 F의 질문을 해석했고, 지금은 오로지 침묵 또는 선문답으로 일관하는 게 득이 될 거라는 결론을 내렸다. 만약 '독재자를 전혀 이해할 수 없었어'라는 답을 늘어놓다가는 순식간에 땅굴의 먹잇감이 될지도 모른다는 불안이 엄습했기에 노학자는 그저 자신을 살려준 이 돼먹지 못한 은혜에 감사할 따름이었다.

⊙

1층 살풍경의 주인공은 단연 땅굴이었다. 폐신 집합소의 새로운 주인으로 등극한 땅굴이 쿠데타의 대미를 장식할 카니발로 피의 숙청을 선택한 것이다.

제의를 방불케 하는 숙청 의식은 살벌, 그 자체였다. 관리자 위원들과 그들의 심복, 식솔들까지 죄다 1층으로 끌고 온 땅굴은 암흑만이 깊게 드리워진 구멍을 만족스럽게 지켜보며 지상에 남을 이들과 지하로 내려갈 이들을 선별했다. 그는 아무 일도 하지 않는 위원들을 혐오해왔기에 위원들 대부분이 숙청 영순위였다.

위원들의 오만과 학대에 지쳤던 작업반장들은 땅굴의 화끈한 숙청 작업에 광분했다. 그들은 땅굴의 엄지손가락이 아래로 향하는 위원들을 발견하자마자 연장으로 내려친 다음 지하로 던져 넣는 일을 서슴지 않았다. 도덕이라고는 찾아볼 수 없는 잔혹함에 사로잡힌 땅굴의 심복들은 이 시간만큼은 자신들만의 왕국이 완성된 성취감에 기꺼운 마음으로 숙청 작업에 동참했다. 땅굴은 전용 의자에 앉아 흡족한 표정으로 이 광경을 지켜봤지만 숙청의 막바지에 그만 얼굴이 굳고 말았다. 숙청 대상에 포함된 자신의 마누라 귀걸이를 목격했기 때문이다. 귀걸이는 자신이 어째서 숙청의 심판대 위에 올라서야 하는지 납득하지 못했다. 그녀는 오직 쿠데타를 혁명으로 승화시킨 지도자의 아내 자리에 오를 기대에 벅차 있었다. 귀걸이의 핏빛 절규가 1층 전체에 메아리쳤다.

"여보. 왜 이래요? 제가 뭘 잘못했어요? 난 당신 아내예요! 이러지 말아요! 오오. 여보."

땅굴은 마냥 짜증스러울 뿐이었다. 물론 한때 아내였던 여자에게 미련이 남지 않은 건 아니다. 하지만 지금 자신은 절대 권력의 사막

위를 묵묵히 걷는 영웅이다. 땅굴은 그렇게 자신의 냉정한 침묵을
합리화했다.

귀걸이의 발작은 결코 오래가지 못했다. 칼잡이가 귀걸이에게 성
큼 다가왔다. 놈의 손엔 피로 물들어버린 잭나이프가 쥐어져 있었
다. 귀걸이는 믿을 수 없다는 표정으로 울먹였다. 그제야 그녀는 칼
잡이의 얼굴 절반을 차지한 칼자국이 얼마나 흉측한지 실감했다.

"자기 왜 이래? 자기 이런 사람 아니잖아."

"모든 건 끝났습니다. 덤덤히 받아들이세요. 재미 볼 만큼 보셨잖
습니까."

"칼잡이. 난 당신을 진심으로 사랑해. 내가 단지 불장난으로 당신
을 만난 게 아니라는 거 알잖아. 그걸 증명해 보이고 싶어."

"뭘 어떻게요?"

귀걸이는 단지 살고 싶었을 뿐이다. 하지만 언제나 지나침은 모
자람만 못한 법. 귀걸이는 진심으로 제 목숨을 구원받고자 하는 의
욕이 앞선 나머지 칼잡이의 얼굴의 칼자국을 손으로 더듬고 말았
다. 이건 칼잡이가 가장 싫어하는 행동이다. 그것도 모자라 주책없
이 길게 내민 혀로 칼자국을 애무하기 시작했다.

"난 당신의 이런 끔찍한 칼자국마저도 사랑해. 당신은 그렇지 않
아?"

귀걸이의 물음에 칼잡이는 단 한숨의 망설임도 없이 곧바로 피의
숙청을 단행했다.

"사랑하지 않아. 당신 같으면 침대 밑에서 숨죽이면서 사랑한다
고 말할 수 있겠어?"

귀걸이는 외마디 비명도 지르지 못했다. 땅굴은 착잡하게 이 광경을 지켜봤다. 아무리 자신이 내린 명령이긴 해도 칼잡이의 잔혹함에 치가 떨렸다. '저렇게까지 할 수 있을까. 저런 무정한 짐승을 내 옆에 둬도 되는 걸까.' 하는 생각이 들 정도로 칼잡이의 얼음송곳 같은 행동 하나하나에 두려움을 품었다.

한편 칼잡이는 오랜 시간이 지났음에도 여전히 지워지지 않는 단 하나의 악몽을 견뎌야만 했다. 바로 만삭이 된 소녀를 난자하는 끔찍함보다도 더한 소녀의 말이었다. 칼잡이는 지옥의 구멍 속으로 함몰되는 귀걸이의 벨벳 원피스를 내려다보며 그 말의 악몽에서 벗어날 수 있는 길을 찾고 싶었다.

"그냥 싫어. 싫은 데 이유가 있어야 돼? 그런 법이라도 있어?"

3부

복배

復倍

⦿

    지상 인간들의 대부분은 지하에 내려가면 절대 살아남지 못하는 것으로 알고 있다. 지하를 그렇게 이해하는 건 세뇌 학습의 결과였다.

    소년 역시 지하 세계를 지옥으로 인식했던 것이 사실이다.

    소년이 잘려나간 다른 생명체, 복배라고 이름 붙여진 핏덩이를 가슴에 안고 화물용 엘리베이터의 암흑 속으로 투신했을 때의 결의는 미신에 가까웠다. 지옥에 대해 은자가 들려주었던 실낱같은 생존 가능성의 말들을 믿어보기로 했었다. 소년은 핏물이 채 마르지 않은 복배를 가슴에 품고 화물용 엘리베이터 아래로 투신을 감행했다. 소년의 머릿속에는 두 가지 의도가 숨겨져 있었다. 첫 번째는, 어차피 하루살이 운명인데 죽든 살든 지하로 내려가보자는 것이었고, 두 번째는 지하를 '지옥'으로 이름 붙인 관리자들의 입장을 고려해볼 때 뭔가 숨은 의도가 있을 거라는 생각이었다. '지옥'이 어떤 곳인가. 불길과 고통이 꺼지지 않는 장소라고 하지 않던가. 만약 관리자들이 그런 이유로 그곳을 '지옥'이라고 작명했다면 끔찍한 고통은 있을지라도 어떻게든 살아남을 수 있다는 짐작이 소년에게 실낱같은 희망의 끈을 놓지 못하도록 만든 것이다.

　소년의 희망은 단지 희망에 그치지 않았다. 그 어린 핏덩이와 지옥으로 곤두박질친 소년이 그야말로 기적적으로 살아났기 때문이다. 그러나 그곳이 어째서 지옥인지 확인하는 데는 결코 오랜 시간이 걸리지 않았다.

　빈 박스가 가득한 곳에 떨어지는 통에 가까스로 목숨을 구한 소년과 핏덩이에게 다가온 건 끔찍한 전율의 서곡이었다. 그때부터 소년에게 펼쳐지는 생존은 그 자체로 지옥의 시작이었다.

⊙

　지하의 공간 구조 역시 지상과 크게 다르지 않았다. 지하든, 지상이든 결국 하나의 건물이 아니던가.

　그렇지만 지상의 작업장과는 확연한 차이가 있었다. 우선 지하에는 계단과 엘리베이터가 없다. 단지 임의로 뚫어놓은 구멍에 녹슨 철제 보 몇 개 올려둔 것이 전부였다. 그 보를 통해 이동을 하는 것 같았다. 소년은 자신이 떨어진 곳이 정확히 지하 몇 층인지 알 수 없었다. 소년의 눈앞엔 형편없이 찌그러진 불량 공산품들이 무질서하게 나뒹굴었고 난민 수준의 꼴을 한 무리들이 소년과 핏덩이 복배에게 다가오고 있었다.

　무리 중 유독 눈에 띈 인물이 있었으니 바로 외눈박이였다. 이름 그대로 눈이 하나뿐이었다. 기괴한 얼굴을 한 외눈박이의 등장에 소년은 살아 있다는 사실을 기뻐할 여유조차 갖지 못했다.

　소년을 대하는 녀석들의 행동은 포악하기 그지없었다. 외눈박이의 지시를 받은 몇 명이 소년의 머리채를 움켜쥐더니 용도 불명의 작업대로 끌고 갔다. 그 와중에 소년의 품에서 복배가 떨어져 나갔다. 그때부터 복배가 울부짖기 시작했다. 너무나 우렁찬 울음소리였다. 무리들이 복배의 울음에 기가 질릴 정도였다. 하지만 외눈박이는 비명을 지르듯 소리쳤다.

"애새끼 우는 거 처음 봐! 빨리 시작해!"

소년의 머리를 작업대 위에 올려놓은 남자들이 외눈박이의 지시를 기다렸다. 외눈박이가 그 흉측한 얼굴을 들이밀며 결코 믿고 싶지 않은 말을 했다.

"오늘은 네놈이 저녁식사다."

"뭐라구요?"

"보통은 죽은 새끼들이 떨어지는데 오늘은 이게 웬일인가 싶다. 별식이 되겠구만."

"이것 보세요. 사람을 죽인다구요?"

"그럼 살려둘 줄 알았냐?"

소년은 눈앞이 캄캄해졌다. 살아나자마자 죽어야 한다니 이게 말이나 되는가. 외눈박이는 익숙하게 사용해온 것으로 보이는 절단 기계를 가동하기 시작했다. 기계톱의 날은 퍼렇게 서슬이 돋아 있었다. 소년은 마냥 절망만 하고 있을 순 없었다. 뭐라도 해야 했다. 그러나 힘으로는 도저히 역부족이었다. 소년은 바닥에 엎드려 발버둥치는 복배를 살폈다. 소년은 복배를 어떻게든 살리고 싶었다. 그때 외눈박이가 무심코 내뱉은 한마디가 소년의 가슴을 뛰게 만들었다.

"뭐 잘하는 거라도 있냐?"

"예?"

"우릴 잠시라도 즐겁게 해줄 특기 같은 게 있으면 그 시간만큼은 살려주마."

"별로 없는데……."

"그럼 그냥 뒈져버리세요."

"자…… 잠깐만요."

"빨리 말해. 안 그러면 이 절단 기계가 네놈의 모가지를 베어버릴 거야. 제법 오랜만에 느껴보는 스릴인걸."

"살아 있는 사람한테 이럴 수 있어요? 당신들은 작업반장도 없어요?"

"뭐라고 지껄이는 거야? 작업반장은 무슨 얼어 죽을. 여긴 많이 죽이고 오래 살아남는 놈이 작업반장이고 대장이고 영웅이야. 새끼, 위에서 순 못된 것만 배우다 왔구만."

외눈박이가 신명나게 지껄였다. 소년은 기계의 톱날을 확인하고는 절망할 수밖에 없었다. 어떻게 해서든 시간을 끌어야 한다. 그런데 뭘 잘한다고 둘러대지? 앞이 캄캄했다. 그러고는 자신도 모르게 거짓말을 했다.

"전 꿈을 꿀 줄 알아요."

"뭐?"

"꿈이라고요! 꿈! 꿈 몰라요?"

소년이 절박하게 소리쳤다. 하지만 외눈박이는 도통 무슨 소린지 모르겠다는 표정이었다. 톱날은 어느새 소년의 코앞까지 닥쳐

들었다.

'이젠 죽었구나.' 하며 눈을 감은 그때 웬일인지 기계가 멈춰버렸다. 소년이 '아직 안 죽었구나.' 하며 눈을 떴을 때, 외눈박이는 동료로 보이는 한 남자를 노려보고 있었다. 상대의 이름은 코브라였다.

"왜 그래?"

코브라는 외눈박이의 질문엔 답하지 않고 무표정하게 소년을 바라보며 물었다.

"꿈을 꾼다는 게 사실이냐?"

"그…… 그럼요. 제가 이 상황에 거짓말을 하겠어요?"

코브라는 도저히 믿지 못하겠다는 표정이었지만 소년은 그대로 밀어붙였다. 코가 유난히 긴데다 오른쪽으로 휜 코브라란 녀석은 꿈에 대해 뭔가 알고 있는 것처럼 보였기 때문이다.

"정말 네깟 녀석이 꿈을 꾼다는 거야?"

"사실이에요."

"그런데 왜 여기로 떨어진 거야?"

"모함을 받았기 때문이에요."

"모함?"

"누군가 나를 시기하고 음해했기 때문이에요."

소년은 자신이 무슨 말을 지껄이는지 스스로도 이해하지 못했다. 하지만 코브라는 꽤나 진지하게 소년의 말을 받아들였다.

"그럼 저 아이는 뭐야?"

"제 아들이에요. 저놈도 꿈을 꿀 줄 알죠. 잘만 자란다면 말이에요."

그러자 외눈박이가 귀찮다는 듯 끼어들었다.

"이것 봐. 이 무슨 시간 낭비야. 후딱 해치우고 별식을 먹자고."

"꿈에 대해서 들은 적 없어?"

"꿈이 뭔데?"

"설명하긴 어렵지만, 암튼…… 대단한 거야."

코브라의 진지함이 외눈박이의 마음을 흔든 걸까. 외눈박이는 소년이 뭔가 대단한 거라도 보유한 지상의 고위급 정도나 되는 것처럼 행동을 망설였다.

코브라는 외눈박이와 그를 따르는 무리들에게 거의 명령하듯이 말했다.

"우선 이 녀석을 피셔 킹에게 데리고 가보자. 그는 알겠지. 이 새끼가 정말로 꿈을 꿀 수 있는지 아닌지 말이야."

시간은 벌었지만 소년은 다시금 가공할 만한 두려움에 사로잡혔다. 자신이 꿈을 꿀 수 없다는 게 들통 난다면 그땐 어떻게 할지 막막했다. '살아났으니 어떻게든 살게 될 것이다. 될 대로 되라지.' 소년은 점점 대범해지기 시작했다. 부성애란 게 이런 걸까. 소년은 다시 복배를 품에 안고 코브라의 뒤를 따랐다.

◉

복배의 울음소리는 엄청났다. 갓 태어난 아이의 울음이라곤 믿기 어려울 정도로 삽시간에 지하를 소음의 도가니로 만들어버렸다. 소년이 녀석을 달래보았지만 소용이 없었다.

피셔 킹은 외눈박이나 코브라의 착잡한 표정과는 대조를 이뤘다.

요란한 말굽 부츠에 자전거 체인을 연상케 하는 쇠사슬을 온몸에 두른 꼬락서니만 보면 이 무리의 우두머리로 인정하지 않을 수 없었다. 다른 이들의 차림새는 남루하고 초라했다. 코브라나 외눈박이 역시 비슷비슷했다. 그들 모두 낡고 냄새나는 작업복들만 골라서 갖춰 입은 듯 보였다. 그들의 중심에 우뚝 서서 설레발치는 피셔 킹을 어찌 우두머리로 생각하지 않을 수 있겠는가.

피셔 킹은 제법 인내심이 있었다. 복배가 울음을 멈춘 뒤에야 천천히 심지어 다정하게 입을 연 것이다.

"네가 꿈을 꾼다는 게 사실이냐?"

소년은 긴장의 끈을 늦추지 않았다. 정신 바짝 차리지 않으면 그대로 죽음이라는 불안이 소년을 얼음장처럼 차갑게 만들었다. 녀석은 두려움에 찬 눈빛으로 고개를 주억거렸다. 피셔 킹은 앞머리를 뒤로 넘기며 이번엔 추궁의 말투로 물었다.

"그런데 어쩌다 떨어지게 된 거지?"

쉴 새 없이 머리를 굴려야 한다. 조금이라도 머뭇거리면 거짓말이 들통 날지도 모른다. 소년은 되는대로 스토리를 풀어냈다. 경우에 따라선 거짓말이 진실로 둔갑하기도 한다. 소년도 서서히 그런 거짓말의 특성을 긍정하기 시작한 것이다.

"지상에는 여섯 개의 꿈의 조각을 맞추면 유토피아가 도래한다는 이야기가 있어요. 물론 그 사실은 일부만 극비로 알고 있고 대부분은 꿈이라는 단어 자체를 모르고 있어요."

"계속해봐."

"그런데 제가 마지막 꿈을 꿀 수 있는 가능성을 보이기 시작했죠.

그러자 음해하는 무리들이 저를 이곳으로 내동댕이쳤어요."

급기야 소년은 울먹이기 시작했다.

"그러면 저 괴상하게 생긴 핏덩이는 뭐야?"

"복배라는 이름을 가진 제 쌍둥이 아들이에요."

"왜 한 명이야?"

"원래는 한 몸에 붙어 있는 생명이었는데, 간교한 무리들이 강제로 분리했어요. 전 어쩔 수 없이 한 명만 데리고 이곳으로 떨어져버렸죠."

간교한 무리라니. 소년은 지금 자신이 무슨 소릴 지껄이는지도 몰랐다. 행여 피셔 킹이 다시 말해보라고 한다면 그야말로 낭패일 것이다. 소년은 이들과 대면할 때부터 거짓 꿈을 꾸기 시작했는지도 모른다.

엄청난 불안과 공포의 순간이 지나고 피셔 킹이 뭔가 결단한 듯 코브라를 불러 뭔가를 지시했다. 지시를 받은 코브라가 볼멘소리로 항의하듯 피셔 킹에게 말했다.

"피셔 킹. 저 녀석을 살려두면 나중에 좋지 않은 선례를 남길 수도 있습니다."

그러나 피셔 킹의 결심은 확고했다.

"네 녀석은 잘 몰라도 꿈이란 게 말이야, 생각보다 대단한 거야. 오죽 대단했으면 저깟 어린 녀석이 꿈을 꾸는 게 두려워 이곳으로 내버렸겠어. 그렇지 않아?"

코브라는 피셔 킹의 말에 수긍하는 듯 말없이 고개를 끄덕였다. 하지만 외눈박이는 달랐다. 녀석은 처음부터 소년과 복배를 먹잇감으로만 생각했었기에 먹이를 눈앞에서 빼앗기자 견딜 수 없었다. 결국 외눈박이는 자신의 똘마니를 시켜 피셔 킹에게 항변하도록 지시했다. 외눈박이 옆에 서 있던 똘마니가 피셔 킹에게 따져 물었다.

"그래서 저 어린 놈을 살려두겠다는 겁니까? 예?"

그러자 피셔 킹은 갑자기 자리를 박차고 일어나 몸에 두른 쇠사슬을 풀더니 시건방진 말투로 따져 묻던 녀석의 머리를 내려치고 말았다.

무리들은 한번 폭발하면 억제하기 힘든 피셔 킹의 분노가 가라 앉기만을 기다렸다. 결국 피셔 킹은 녀석의 머리통이 으깨진 감자가 되고 난 뒤에야 흥분을 가라앉히고 손에 쥔 쇠사슬을 내동댕이쳤다.

소년은 이 모습만으로도 이곳이 지옥이라고 생각했다. 무리들의 꼴을 보면 더 그랬다. 피골이 상접한 모습, 희미한 백열등 몇 개와 비상등만이 공간 전체를 비추는 통에 거의 암흑에 가까운 어두움. 고철로 보이는 녹슨 기계와 출처를 알기 힘든 연장, 잿빛 시멘트 바닥이 그대로 노출된 지하의 공간에서 살아난 소년은 과연 이런 무법천지에서 무엇을 어떻게 먹고 살아갈지를 고민해야 했다. 그러나 소년은 자신이 꿈을 꾼다는 사실을 과대평가하는 피셔 킹을 보며 좀더 욕심을 부려도 되겠다는 결의를 굳혔다. 그건 바로 복배의 신변까지 보장받는 일이었기 때문이다.

소년은 피셔 킹에게 복배에게 젖을 물려줄 유모를 요구했다. 처음 피셔 킹은 소년의 제안을 듣고 황당해했다. 그 순간 소년은 재빨리 머리를 굴렸다. 바로 꼬리 내리고 없었던 일로 되돌릴 것인가 아니면 계속 밀어붙일 것인가. 기왕 거짓의 성채를 쌓은 것, 그 위에 하나의 성루를 얹는다 해서 별 탈이야 있겠는가. 그러니 밀어붙이자. 어느새 생존에 강한 자신감을 얻은 소년은 피셔 킹에게 복배를 살려내지 않으면 자신도 꿈을 꾸기 어렵다는 말도 안 되는 거짓말을 뻔뻔스럽게 뇌까렸다. 피셔 킹은 난폭함과 신중함을 함께 보유한 인물이었다. 그는 소년을 시험하기 위해 몇 마디 묻는 걸 잊지 않았다.

"도대체 저 아이는 생김새가 왜 저 모양이지?"

그 순간 소년은 마치 선제 대응하듯 왈칵 울음을 터뜨렸다. 어딘가 모르게 연출된 냄새가 물씬 풍겼지만 소년은 아랑곳 않고 눈물을 쏟았다.

"그 간교한 무리들이 두 토막 내라고 시켰어요. 그렇지 않으면 모두 죽이겠다고. 난 하나라도 살리기 위해 어쩔 수 없이 핏덩이의 몸에 전기톱을 갖다 댔어요. 으흐흑."

"그래서 잘라낸 것 중 하나가 이 모양 이 꼴이란 말이냐?"

"어쩔 수 없었어요. 손이 너무 떨려서 집중할 수가 없었거든요."

피셔 킹이 혐오스런 눈빛으로 복배를 바라보는 이유는 바로 두개골 부위가 보기 좋게 비어 있었기 때문이다. 남은 건 납작하게 짓눌려버린 뒤통수뿐이었다. 정리해보면 나름 구체球體의 모양새를 가져야 할 머리통이 기하학적인 직사면체 형태를 띠고 있는 셈이다.

그럼에도 복배는 살아 있으며, 입을 열어 마구잡이로 울음을 터뜨리고 있다. 복배가 이토록 서럽게 우는 이유는 단 하나, 영양분을 흡수하려는 강렬한 욕망 때문이다. 소년은 마치 피셔 킹에게 제물로 바치듯 두 손 위에 복배를 올려놓았다. 그러자 복배는 더욱 우렁차게 울었다.

피셔 킹이 더는 견디지 못하고 한 여자를 지목해 복배와 소년이 있는 곳으로 오게 했다. 그녀의 이름은 젖가슴. 이름이 젖가슴인 이유는 소년이 10여 미터 가까이서 그녀를 목격했을 때 대번에 짐작할 수 있었다.

그녀의 젖가슴이 일원들 중 가장 풍만했기 때문이다. 작업복 단추를 제대로 채울 수 없을 만큼 풍만한 젖가슴을 가진 여자에게 피셔 킹이 명령했다. 소년은 그런 피셔 킹의 늠름한 모습을 보며 자신이 처음부터 줄을 잘 섰다는 생각이 들어 뿌듯했다.

"젖가슴. 앞으로 이 아이에게 젖을 물려라."

젖가슴은 말없이 고개를 끄덕이며 복배를 품에 안으려 했다. 그런데 외눈박이가 그녀를 가로막았다.

"외눈박이. 그저 갓난아이에게 젖 좀 물리는 거야. 그게 뭐 어때서 그래?"

"하지만 피셔 킹. 이 여자는 제 겁니다. 아시지 않습니까?"

복배는 누가 시키지도 않았는데 배꼽 아래까지 출렁이는 그녀의 어마어마한 젖가슴을 아귀처럼 입을 벌려 물고 있었다. 그런 녀석을 보며 외눈박이는 잡았던 젖가슴의 머리채를 놓아주었다. 피셔 킹은 외눈박이의 어깨를 두드리며 되지도 않은 위로의 말을 건넸다.

"네놈은 눈알이 하나밖에 없어도 머리통은 멀쩡하잖아. 이놈 좀

봐라. 아예 뇌가 없어. 불쌍하지도 않냐?"

그렇게 소년과 복배는 지옥에서 어느 정도 터전을 마련할 수 있었다.

⊙

20년이 지났다. 소년은 단 한 번의 극적인 거짓말로 우두머리의 그늘 아래에서 삶을 연장하게 되었다.

피셔 킹 집단만이 지하 세계의 전부가 아니었다. 이들은 단지 한 구역을 차지했을 뿐, 실제로 피셔 킹 집단 이외에도 알파벳 숫자만큼의 집단이 더 살아간다고 들었다. 소년이 실제로 본 건 간혹 위층에서 잘못 굴러떨어진 사람들이 전부였다.

소년은 집단 내에서만 생활했는데 이것은 특혜에 속했다. 다른 일원들은 소년과 같은 특혜를 전혀 누리지 못했다. 그들은 항상 먹을거리를 찾기 위해 분주하게 싸돌아다녀야 했다. 그렇게 돌아다니다가 다른 집단에게 포박당해 실종되는 일이 다반사였으며, 반대로 다른 구역에서 포로를 잡아오는 일도 심심찮게 벌어졌다. 필사의 수고로 얻어낸 먹을거리의 대부분은 지상에서 먹던 간식 찌꺼기였다.

소년은 어째서 이곳이 지옥인가를 입증하는 단서로 간식 찌꺼기를 꼽았다. 말이 간식이지 그것들은 지상의 노동자가 먹다 버린 흔히 말하는 잔밥이었다. 매일 오후 간식 시간에 이따금 간식들을 남기는 경우가 있었다. 그렇게 남은 것들을 감시원이 박스째로 지하에 내버리는 광경을 소년은 익숙하게 보아왔던 것이다. 그 간식 찌꺼기들이 곧 지하의 일용할 양식으로 재활용되다니 소년은 차라리 노동자 시절이 천국이라는 생각마저 들었다. 왜냐하면 이곳에선 그 간식거리조차 상대편 집단과 사투를 벌어야 얻을 수 있었기 때문이다.

말만 들어도 구역질을 쏟게 만드는 별식이란 메뉴가 있었다. 이들이 말하는 별식이란 바로 인육이었다. 항상 배고픔에 지쳐 있는 지옥의 살쾡이들은 허기 채우는 일에만 혈안이 되어 있었기에 인육이든 뭐든 가릴 처지가 아니었다. 피셔 킹은 1년에 한 번 마치 대단한 자비라도 베푸는 것처럼 '별식 섭취의 날'을 제정했고 그날엔 원료 불명의 양조주로 모두 시름을 잊고 만취할 수 있는 특혜를 잠시나마 누리도록 했다.

⊙

소년이 먹을거리를 구하는 노동에서 열외가 되었던 이유는 꿈을 꿀 수 있다는 거짓말 때문이었다. 소년은 그 이유만으로 20년이란 장구한 세월을 버텨냈다. 소년의 눈에는 피셔 킹이 지상 노동자 중에서도 '하' 그룹에 속할 정도로 우매한 인종에 지나지 않았다. 소년도 꿈의 위력에 대해 아는 바가 거의 없지만 피셔 킹 또한 소년 못지않았다. 오히려 소년보다 꿈을 더 과대평가했다. 그는 지하 세계에서 품을 수 있는 가장 거창한 계획을 갖고 있었다. 그건 바로 꿈을 완성시켜 더 이상 끼니 걱정을 하지 않는 천국을 만들겠다는 것이었다. 하지만 그건 소년의 관심사가 아니었다. 소년에게 중요한 건 오로지 자신과 복배가 피셔 킹의 비호를 받으며 안식할 수 있는 것

뿐이었다.

그렇지만 자그마치 20년이다. 소년은 그 지루한 시간을 견디면서 점차 목이 졸려오는 것을 느낄 수 있었다. 이대로 가다간 안 되겠다는 불안을 느끼게 되었다.

무엇보다 께름칙한 것은 소년이 아무런 성과를 보여주지 않았다는 사실이다. 애초부터 소년은 꿈을 꿀 수 없는 인간이다. 꿈꾸는 소녀를 알았다고 해서 꿈을 꿀 수 있는 건 아니었다.

소년은 피셔 킹을 번번이 실망시킬 수밖에 없었다. 물론 꿈 이야기는 대충 둘러댔다. 하지만 그 꿈이 이들의 끼니 해결에 아무런 도움이 안 되는 걸 안다면 순식간에 목을 베어버릴 것이다. 소년은 기적을 바라는 마음으로 매일 밤 이미 죽고 없는 소녀에게 기도하곤 했다. 제발 꿈 좀 꾸게 해달라고. 하지만 간절한 바람과는 달리 소년에게 밤은 또 다른 지옥이었다. 아침이면 피셔 킹이 어슬렁거리며 소년에게 꿈을 꾸었냐고 물어온다. 그때마다 피셔 킹의 절망은 조금씩 쌓여갔던 것이다.

피셔 킹의 절망의 불구덩이에 기름을 붓는 일들이 일어나기도 했다. 여전히 소년의 존재를 눈엣가시처럼 여기는 외눈박이 일당이 거의 매일 소년의 능력을 의심하는 말들을 한 마디씩 던지곤 했다.

무엇보다 소년의 신경을 곤두서게 만드는 건 바로 복배의 기형적인 성장이었다. 복배는 머리는 비었지만 2미터 20센티미터에 150킬로그램을 육박하는 몸으로 성장하고 말았다.

◉

그러나 복배를 결정적인 흉물로 만든 건 바로 녀석의 양물이었다. 원배의 성기까지 차지한 복배의 양물은 기괴한 모습으로 팽창되어 가릴 수 없었기에 녀석이 걸음을 옮길 때마다 모든 이의 눈살을 찌푸리게 만들었다.

뭐, 이해할 수도 있다. 선천적으로 양물이 다른 이에 비해 우월할 수도 있다. 그런데 이런 아량에도 불구하고 복배를 보는 소년이 애간장이 녹고 외눈박이의 살기가 더욱 거칠게 증폭되는 이유가 있었으니 바로 녀석의 저능함 때문이다.

복배의 지능은 세 살 아이 수준에서 한 발자국도 발전하지 않았다. 소년은 누구라도 붙잡고 하소연하고 싶었지만 복배의 뒤통수를 볼 때마다 스스로 체념하곤 했다. 그나마 세 살 지능이라도 있는 게 어디냐고 위안을 삼았지만, 소년을 불안하게 만든 것은 바로 녀석이 본능에 지나치게 충실하다는 데 있었다.

복배는 젖가슴의 젖을 받아먹으며 자랐다. 젖가슴이 쉬지 않고 젖을 생산해낸 것도 대단하지만 구척 거한이 여전히 젖을 먹는 광경은 민망함 그 자체였다. 하지만 젖가슴은 외눈박이의 여자가 아니던가. 피셔 킹이 '그래도 너는 머리통이 온전하지 않느냐'는 위로의 말로 20년을 우려먹었고 외눈박이도 독하게 견뎌왔지만, 지금은 그 인내심이 한계에 다다른 모양이다. 언제나 복배라는 괴물이 자기 여자의 가슴을 맛깔나게 빨아대고 있으니 그때마다 분노를 견디기가 어려웠다.

외눈박이는 이 문제에 대하여 젖가슴에게 진지하게 경고한 적이 있었다. 한데 젖가슴은 외눈박이의 경고를 무시했다. 피셔 킹의 권고에도 불구하고 젖가슴은 계속해서 복배에게 젖을 물려야 한다는 근거 없는 사명감을 스스로에게 고취시키는 게 아닌가.

　단세포적인 지하의 인간들은 젖가슴의 완고함을 지독한 모성애쯤으로 간주했다. 외눈박이도 그렇게 생각했다. 젖가슴이 처음부터 복배에게 젖을 물렸으니 나이가 들어도 자기 새끼로 알고 있는 모양이구나 싶었다. 피셔 킹은 한술 더 떠 시라도 낭송하는 것처럼 저녁마다 젖가슴의 사명감을 찬양하기까지 했다.

　하지만 젖가슴의 속내가 음흉함 그 자체임을 발견한 건 바로 소년이었다. 소년은 이미 몇 년 전부터 젖가슴과 복배 사이에 형성된 불순함을 인지해왔다. 복배의 양물이 다른 사내에 비해 월등하다는 사실이 부각되기 시작한 그때부터였다. 복배가 젖가슴의 젖을 탐닉할 때 소년은 젖가슴의 표정을 세심히 살폈더랬다. 그녀는 두 눈을 지그시 감았는데, 황홀경에 사로잡힌 얼굴을 또렷하게 연출하곤 했다.

　소년은 둘의 관계를 보며 불길한 마음을 떨쳐버릴 수 없었다. 젖가슴은 외눈박이의 여자다. 그런데 몇 년 전부터 젖가슴이 외눈박이를 등한시하기 시작했다. 소년은 젖가슴이 외눈박이를 멀리하는 진짜 이유를 복배에게 묻지 않을 수 없었다. 세 살 지능을 가졌으며, 모든 본능에 충실한 복배를 젖가슴은 어느 순간부터 지극한 모성애의 대상이 아닌 남자로 생각하고 있었던 것이다. 둘의 관계는 향후 분명한 상황의 변화를 일으키고 말 거란 예지로 다가왔다. 그것이 소년을 우울하게 만든 것만은 틀림없었다. 소년은 언제나 그랬듯 변화를 싫어하는 녀석이기 때문이다.

⊙

　소년은 기어이 목격하고 말았다. 복배의 스무 살 생일날 녀석의 양물이 젖가슴을 유린하는 장면을 말이다. 모두가 잠든 밤, 요의를 참지 못하고 잠에서 깬 소년의 눈앞에 실로 괴상망측한 장면이 벌어졌다. 여전히 젖가슴의 젖을 물고 있는 복배가 서툴지만 젖가슴의 몸을 애무하는 것이 아닌가. 그 순간 소년은 비명을 지르려 했지만 놀랍게도 젖가슴이 소년의 비명을 저지했다. 피가 고일 정도로 입술을 깨물던 젖가슴은 아들의 망측한 행동을 목격한 소년을 바라보며 제발 조용히 하라는 신호를 필사적으로 보냈다. 소년은 이내 정신을 차리고 침묵했다. 그러고는 주위를 둘러봤다. 고요하다. 소년은 모두들 정신없이 잔다고 믿고 싶었다. 물론 피셔 킹과 남자들은 요란하게 코까지 골며 잠에 빠진 상태였지만, 여자들은 달랐다. 그녀들은 두 눈을 부릅뜨고 젖가슴과 복배를 관찰하고 있었던 것이다.

　복배는 무엇에 그리 성이 났는지 씩씩거렸고 젖가슴은 울고 있었다. 하지만 젖가슴은 복배에게 겁탈당하는 고통 때문에 눈물을 쏟는 게 아니었다. 복배는 어이없게도 젖가슴과 관계를 맺던 중에 갑자기 여자들 사이를 휘휘 젓고 다니더니 이내 눈길을 끈 여자의 손목을 잡아 이끄는 게 아닌가. 더 기이한 것은 복배에게 손목을 잡힌 여자는 마치 왕에게 하룻밤을 간택 받은 후궁처럼 감격에 겨운 얼굴로 자신의 몸을 선뜻 허락한다는 점이었다. 복배는 여자를 대충 자리에 눕히고서 방금 전 젖가슴과 나눴던 행위를 반복했다. 젖가슴은 그런 복배를 보며 닭똥 같은 눈물을 뚝뚝 뿌렸고, 복배에게 당하는 여자는 행여 신음 소리가 터져 나올 것을 우려해 자신의 팔목을 입으로 물어뜯는 자학을 서슴지 않았다.

소년은 그날 밤 좀처럼 잠이 들지 못했다. 복배는 날이 샐 때까지이 여자, 저 여자 가리지 않고 좀처럼 식지 않는 정욕을 달래는 데열중했다. 소년은 도무지 복배와 여자들의 행동을 어떻게 받아들여야 할지 몰랐다. 동시에 엄청난 불안이 소심한 소년의 가슴을 더욱오그라들게 했다. 꼬리가 길면 반드시 잡히는 법. 어느 날 소년처럼소변이 마려워 잠에서 깨어난 누군가가 복배의 괴팍한 만행을 목격하고 피셔 킹에게 보고한다면……. 거기까지 생각이 미치자 소년은두려움에 몸서리를 쳤다.

◉

다행인지 불행인지 복배의 만행은 오랜 시간 동안 발각되지 않았다.

복배는 이제 젖가슴의 젖을 물다 조금이라도 싫증을 느낄라치면소년이 보건 말건 상관없이 자신의 근처를 어슬렁거리는 아무 여자의 가슴을 탐하곤 했다. 그럼에도 이 만행이 발각되지 않는 이유는피셔 킹 집단이 처한 생존의 문제와 관계된다. 지금 피셔 킹의 일원들은 복배와 여자들의 애정 행각에 의혹을 품을 만큼 한가하지 못했다. 그만큼 끼니 걱정의 수준은 심각했다.

이러한 상황의 심각성을 인지하지 못하는 건 피셔 킹 혼자였다.코브라와 외눈박이는 인내심의 한계에 다다랐다. 매일매일 먹을거리를 구하기 위해 위층과 아래층으로 죽음을 무릅쓴 순례를 계속해도 좀처럼 먹을거리를 구하기가 힘들어진 상황이 오고야 만 것이다.

허기에 굶주린 남자들은 자연스럽게 성욕조차 감퇴되었고 그에 비례해 피셔 킹을 향한 불만은 높아져만 갔다. 그렇지만 그들 중 누구도 쉽게 모반謀反의 징후를 나타내진 않았다. 소년은 그들의 순종이 이상하게만 느껴졌다. 20년 넘게 지켜봤지만 피셔 킹에게 뭐 대단한 능력이 있는 것도 아니었다. 집단을 리드할 만한 그 어떤 카리스마도 발견할 수 없었다.

피셔 킹이 갈망하는 한 가지는 바로 꿈이었다. 꿈만 꾸면 끼니 걱정에서 영원히 해방된다는 사탕발림을 집단의 일원들에게 주입시키고 그들을 사지로 내몰았다. 소년은 바로 그 점이 너무나 불안했다. 동시에 이처럼 지리멸렬한 공포가 격변의 소용돌이로 뒤바뀌었으면 하는 간절한 바람이 솟구쳤다. 그렇지 않다면 분명 복배의 만행이 들통 날 것이고, 소년 역시 꿈을 꾼다는 게 새빨간 거짓말이란 사실까지 탄로 나고 말 것이다. 소년은 그때의 비극을 상상조차 하기 싫었다. 소년은 밤마다 괴로워하며 기도했다. 기도의 대상은 중요치 않다. 그렇게라도 하지 않으면 미칠 것 같았기 때문이다.

◉

며칠 전부터 코브라는 메두사가 이끄는 집단이 호시탐탐 구역을 넘본다고 말했었다. 그러나 피셔 킹은 코웃음을 치며 메두사 따위의 색만 밝히는 음녀가 이끄는 집단은 걱정할 깜냥도 안 된다며 큰 소리쳤다.

그런 정황이 새벽 안개처럼 피셔 킹 무리를 사특하게 에워싸던 어느 날 밤. 그날도 남자들은 잠에 빠져 있었고, 복배, 젖가슴, 여자들, 그리고 소년은 불면의 밤을 지새웠다.

소년은 여느 때와 다름없이 복배의 추태를 지켜보며 기도했다. 그러나 그 기도가 끔찍한 방향으로 효험을 발휘한 건지 코브라가 소변을 참지 못하고 눈을 비비며 자리에서 일어났고 그때 자신과 정을 통하던 여자와 낮 뜨거운 정사를 벌이는 복배를 목격하고 만 것이다. 처음 코브라는 두 눈을 의심했지만 그것은 부인할 수 없는 엄연한 현실이었다. 소년은 순간 코브라에게 다가가 무릎을 꿇었다.

"아무것도 모르는 녀석입니다. 선처해주십시오."

"크흐…… 아무것도 모른다고? 그런 녀석이 내 여자를 탐해? 그걸 지금 변명이라고 하는 거냐?"

복배의 최후가 정녕 이렇게 마무리된단 말인가. 정신을 차리기 위해 깊게 숨을 들이마신 코브라는 가장 살상력이 우수해 보이는 대못 하나를 움켜쥐고서 복배의 등을 겨누었다. 소년도 코브라의 심판을 더는 막을 도리가 없어 말없이 지켜보고만 있었다. 복배가 코브라를 의식했으면 하는 기대뿐이었지만 여전히 복배는 코브라의 그림자조차 의식하지 못했다.

하지만 복배의 최후는 그렇게 간단하지 않았다. 코브라가 복배의 등에 대못을 찔러 넣으려는 그 순간 난데없이 위층에서 괴상한 함성이 터져 나온 것이다.

놀란 코브라가 뒤를 돌아봤을 때 이미 정체불명의 무리가 기둥을 타고 내려와 피셔 킹 집단을 향해 기세 좋게 달려들고 있었다. 대처하기에는 이미 늦었다. 피셔 킹 집단보다 더 수준 있어 보이는 전기톱이며, 전기드릴 따위의 고급 연장으로 중무장한 녀석들이 뒤늦게 일어나려는 남자들을 그대로 난타했기 때문이다.

코브라 역시 복배의 심판은 미뤄두고 녀석들을 향해 대못을 휘둘렀다. 그제야 외눈박이도 전열을 가다듬고 반격을 시작했다. 뒤늦게 일어난 피셔 킹은 여자들을 방패막이 삼아 몸을 숨겼고 소년도 재빨리 젖가슴 뒤로 몸을 숨겼다.

위층에서 피셔 킹 집단보다 두 배는 많은 무리들이 계속해서 내려왔다. 그리고 마지막에 요란한 액세서리로 중무장한 여인네가 등장했다. 천박한 화장과 귀걸이, 허벅지까지 올라오는 가죽 롱부츠 차림의 여자를 향해 코브라는 적개심 가득한 비명을 내질렀다.

"메두사, 이 교활한 계집! 감히 기습을 해?"

하지만 코브라의 돌진은 별다른 소득을 거두지 못했다. 코브라가 대못을 마구 휘두르며 메두사를 향해 호기 좋게 달려들었지만 그녀의 머리카락조차 건드리지 못했다. 대신 그녀를 비호하는 수십 명에게 에워싸여 비참한 최후를 맞고 말았다. 코브라는 그렇게 허망하게 죽어버렸고 코브라의 죽음을 확인한 메두사가 목청을 높여 전투를 잠시 중지시켰다.

"그만 멈춰라! 코브라의 숨이 끊겼다."

그녀의 특이한 육성과 함께 우악스러운 육탄전도 잠시 중단되었다. 피범벅을 한 코브라의 시체를 중심으로 메두사 집단과 피셔 킹 집단이 누가 먼저랄 것도 없이 패를 구분해 모여들었다. 두 집단의 수장인 메두사와 피셔 킹이 서로를 마주한 긴박한 상황이 연출되었다.

그런데 어디선가 꿍얼거리는 소리가 들리면서 두 집단을 당혹스럽게 만들었다. 그 꿍얼거림은 남녀의 정사 도중 새어나오는 신음 소리였고 그 신음의 주인공은 복배와 익명의 계집이었다.

◉

세 살 지능의 복배에게 작금의 상황이 얼마나 긴박한지를 설명하는 건 무의미한 시도였다. 녀석은 그저 자신의 본능에만 충실할 뿐이었다. 식지 않는 양물은 이제 복배를 지배하는 단 하나의 본능이었다. 아무 생각도 근거도 없이 치솟는 복배의 정욕에는 무의미의 심연만이 드리워져 있을 따름이다. 하지만 그 심연을 관심 있게 보는 이가 있었으니 바로 메두사였다.

피셔 킹은 여자들을 신명나게 농락하는 복배를 보며 경악을 금치 못했다. 그러자 소년이 궁색한 변명을 늘어놓았다.

"저…… 저도 오늘 알게 된 일입니다. 저 녀석이 미쳤나보군요. 제가 지금 당장 뜯어 말리겠습니다."

"그럴 필요 없어! 이 빌어먹을 놈을 내 손으로 심판하겠어!"

자제력을 잃은 피셔 킹이 전기톱을 빼앗아 들고는 복배를 향해 달려들었다. 순간 메두사의 지시를 받은 일군의 녀석들이 일제히 피셔 킹의 목과 가슴, 다리에 전기톱을 겨누는 게 아닌가. 피셔 킹은 행동을 멈추었고 긴장된 눈빛으로 메두사를 쳐다봤다. 그녀는 복배를 바라보며 말문을 열었다.

"뭐 때문에 그렇게 흥분하나요?"

"저 괴물 같은 놈을 내 손으로 죽여 버리려고."

"그전에 당신 목이 먼저 날아갈 텐데."

메두사의 경고는 결코 허언이 아니었다. 메두사의 말이 떨어지기가 무섭게 전기톱이 피셔 킹의 목을 향해 노골적으로 다가갔다. 순간 피셔 킹은 겁에 질려 전기톱을 바닥에 내동댕이쳤다. 한 집단의 보스라고 하기에는 너무나 무력해 보였다. 하지만 피셔 킹은 모험을 걸어도 될 만한 대치 상황이라고 판단했다. 불의의 기습을 받긴 했어도 아직까진 외눈박이의 부하들이 건재한 상태다. 다시 한 번 붙는다면 메두사 일행도 치명적일 거란 계산을 한 피셔 킹은 전의를 가다듬으며 메두사에게 경고하듯 말했다.

"이건 월권이야. 난 내 밑의 녀석에게 마땅한 심판을 하려는 거라고."

"하지만 상황이 그렇게 만만하지 않을 텐데."

"그건 네년도 마찬가지 아닌가. 이 상태로 전쟁을 계속하면 과연 누가 유리할까. 오히려 다른 집단에게 좋은 일이 될 수도 있어."

"지금 막 떠오른 아이디어인데 말이야."

"말해."

"우리 거래를 하는 게 어때?"

"무슨 거래?"

"저 괴물을 나한테 넘기지 그래."

"뭐야?"

피셔 킹은 복배와 메두사를 번갈아 보며 저 음녀가 무엇을 원하는지 번뜩이는 재기才氣로 감지했다.

이곳 지하에서 산전수전 다 겪었다고 볼 수 있는 피셔 킹에게 메두사의 성장기나 무용담은 상식이었다.

힘과 완력만이 지배하는 지하 세계에서 여자가 한 집단의 수장이 되기란 불가능에 가깝다. 하지만 메두사는 그러한 상식을 뒤엎은 유일한 여자 우두머리였다. 그녀를 집단의 수장으로 만들어준 근원적인 힘은 바로 본능이었다. 어느 집단 우두머리의 여자였던 메두사는 그 우두머리와의 합궁을 통해 놈의 모든 기운을 자신의 몸속으로 끌어오는 데 탁월한 재주를 보였다. 그로 인해 우두머리의 모든 실권이 메두사에게 넘어갔으며, 이후 그녀는 숙청과 소위 몸 거래를 통해 남성 위주의 집단에서 자신을 중심으로 한 견고한 계급 구조를 형성했다. 그렇게 해서 지금의 자리에 오른 메두사지만 자신의 지칠 줄 모르는 음욕을 만족시켜줄 이성을 찾을 수 없어 광분한다는 것이 피셔 킹이 전해들은 그녀의 근황이었다. 피셔 킹은 이미 메두사가 복배에게 몸이 달았다는 걸 확인하곤 협상을 조금 더 끌어보기로 작심했다.

"그냥 내줄 순 없지. 저래 뵈도 우리 집단의 밤 생활을 책임지는 몸인데."

피셔 킹은 상황 판단과 임기응변에 탁월한 재주를 가진 인물이다. 처음 목격한 복배의 망측함을 저토록 효과적인 협상의 도구로 활용하다니. 피셔 킹의 의도대로 메두사가 오히려 안달을 내기 시작했다.

"넋두리 집어치우고 원하는 걸 말해."

"그렇게 원하니 내주긴 하지. 하지만 그쪽 집단에서 제법 유명세를 떨친다는 그 녀석을 넘겨준다면 고려해볼 수도 있어. 그렇지 않으면 절대 안 돼."

'그게 누구일까.' 소년은 궁금했다. 하지만 만약 이 협상이 성사되면 복배와 헤어져야 한다. 부자의 인연이 이렇게 끊기다니 소년은 다시 한 번 자신의 무력감을 절감했다.

드디어 휴전이 성사되었다. 미친 주구主狗에겐 죽음이 명약이란 격언을 몸소 실천하듯 원래 목적이 이런 게 아니지 않느냐며 덤벼드는 부하 녀석의 목을 메두사가 단숨에 잘라버린 걸 제외하면 심야의 기습 사건은 그런대로 훈훈하게 마무리되었다. 피셔 킹은 복배를 넘겨주는 대가로 메두사 집단에서 유명하다는 베일에 싸인 인물을 다음 날 아침에 넘겨받기로 했고 옵션으로 간식 찌꺼기 두 상자를 확보하는 쾌거까지 거두었다.

소년과 복배의 생이별은 애틋함과는 거리가 멀었다. 복배는 무구한 얼굴로 소년을 바라봤고 소년은 녀석의 텅 빈 머리통을 한두 번 어루만지는 것으로 작별 인사를 대신해야 했다.

오히려 둘의 이별을 강하게 질책한 건 젖가슴이었다. 다른 여자들도 복배를 잃은 슬픔에 괴로워하기는 했지만 젖가슴의 슬픔은 차원이 달랐다. 그녀는 소년을 강하게 질책하며 자식을 이렇게 허망하게 내줄 수 있냐며 오열했다. 소년은 그런 젖가슴을 보며 그녀가 정말 저 반편이를 사랑했을지도 모른다는 생각까지 했다. 축 늘어진 젖가슴을 내려다보며 소년은 이 모순의 수레바퀴가 과연 어디에서 멈추게 될지 불안하기만 했다.

다음 날 아침, 메두사는 약속대로 베일에 싸인 한 남자를 내려보냈다. 피셔 킹을 위시한 무리들은 하던 일을 멈추고 베일에 싸인 남자를 마중했다. 소년도 그 대열에 빠지지 않았는데, 문제의 남자가 정체를 드러내자 녀석은 경악했다. 그건 상대편 남자도 마찬가지였다. 그가 바로 은자였기 때문이다. 혁명 운운하며 꿈의 필연성을 역설하던 비운의 예언자, 은자 말이다.

⊙

소년보다 앞서 자발적으로 지옥으로 투신한 은자의 행방을 소년도 궁금해하긴 했다. 하지만 이런 식으로 대면할 줄은 몰랐다. 당혹스럽긴 은자 역시 마찬가지였다.

피셔 킹은 매우 흥미롭게 둘의 대면을 지켜봤고, 외눈박이는 차가운 주검이 되어버린 자신의 동료 코브라를 품에 안고 모든 비극의 책임을 은자와 소년에게 떠넘겼다. 녀석은 피셔 킹에게 목이 잘려나갈 각오로 다음과 같이 성토했다.

"이것 보십시오. 꿈이니 뭐니 사탕발림에 속아 복밴지 뭔지 말도 안 되는 괴물에게 우리 계집들이 농락당한 것도 모자라 또다시 꿈 운운하는 녀석을 끌어들인단 말입니까? 이제야말로 태도를 분명히 하십시오. 꿈꾼다며 아무 일도 하지 않고 빈둥거리는 놈이 하나 더 늘어나는 꼴, 전 더 이상 못 봅니다. 여기서 결정을 하라 이 말입니다!"

협박에 가까운 외눈박이의 성토에 다른 이들도 수긍하는 기색을 보였다. 그도 그럴 것이 물물교환으로 데리고 온 은자가 꿈을 꾼다는 소문을 들어왔기 때문이다. 외눈박이는 꿈을 꾼다는 이들의 게으름에 치를 떨었기에 자연스럽게 피셔 킹의 선택을 비난할 수밖에 없었던 것이다.

은자는 턱수염을 만지작거리며 그 상황을 태연하게 견뎌냈고 소년은 눈치를 보며 처분만 기다리는 꼴이 되고 말았다. 그 와중에도 젖가슴은 복배를 잃은 슬픔에 목 놓아 울었고 그런 젖가슴을 보다 못한 외눈박이가 급기야 그녀에게 발길질과 온갖 욕설을 쏟아 부었다.

"서방질도 모자라 변태 녀석이 없어진 것을 아쉬워하며 방성대곡하고 지랄이야, 지랄이. 너 같은 년을 믿고 장밋빛 앞날을 기대한 내가 한심스럽다, 한심스러워."

피셔 킹이 뭔가 단단히 작심한 듯 자리에서 일어났다. 제아무리 불의의 일격을 당했어도 그래도 우두머리이고 싶은 모양이다. 여하튼 자신의 협상으로 인해 다 죽어가던 무리들 목숨도 구하고 간식 찌꺼기까지 얻어낸 상황 아닌가. 외눈박이도 발악을 멈추고 피셔 킹이 무슨 용단을 내릴지 숨죽여 지켜봤다. 무리들의 주목에 흡족해하며 피셔 킹은 두 명의 꿈꾸는 자에 대한 앞으로 계획을 짤막하게 통보했다.

"그래도 뭔가 이루려면 몇 년은 더 기다려봐야지."

외눈박이가 피셔 킹의 처분에 불만을 표했다.

"피셔 킹님!"

"계속 들어봐. 그런데 내가 알기론 꿈꾸는 인간이 한 명인 걸로 알고 있는데⋯⋯."

은자가 먼저 선수를 쳤다.

"그렇습죠, 구루. 꿈꾸는 인간은 오직 한 명일 수밖에 없습니다."

"구루?"

"지상의 세계에선 현자들에게 그런 칭호를 붙인답니다. 피셔⋯⋯?"

"피셔 킹이오. 선생."

"그래요. 피셔 킹 구루. 당신은 구루의 호칭을 받을 만한 지략과 혜안을 지닌 분입니다. 그렇지 않고서야 저 같은 선각자를 알아봤 겠습니까."

'저런 비열하고 뻔뻔한 기회주의자!' 소년의 눈은 그렇게 외치고 있지만 은자는 소년을 비웃으며 '넌 이제 끝이야. 어딜 거짓부렁으 로 버티려고!' 라는 무언의 꾸지람을 전했다.

그렇지만 소년 역시 여간내기는 아니다. 소년도 이미 산전수전을 겪은 몸, 이대로 물러서지 않으리라 결심하고 피셔 킹을 향해 비장 하게 소리쳤다.

"피셔 킹님. 속지 마십시오. 지금 저 인간은 새빨간 거짓말을 지 껄이고 있습니다."

"그건 또 무슨 소리야?"

"이미 저 인간에 대해 속속들이 알고 있었습니다."

그러자 이번엔 은자가 반격했다.

"호호. 이것 봐, 젊은이. 자넨 지상에서도 말썽을 부리더니 여기 까지 내려와 거짓과 폭로로 구차하게 목숨을 부지하려고 하는가."

"솔직히 말해봐. 당신이 무슨 꿈을 꿔. 턱수염이나 기르고 뭐 대단한 교주인 것처럼 행세하는 게 전부 아니야."

"오호. 젊은이. 생각보다 터프해졌군. 장족의 발전이야. 브라보!"

피셔 킹은 궁리 끝에 어설픈 유예로 결론을 내고 말았다.

"어쨌든 둘 중 한 명이 꿈을 꾸는 게 사실이라면 누구든 먼저 그 꿈을 가지고 오면 될 거 아니야. 그러니 조금만 더 기다려보자고."

어정쩡한 결말에 반기를 든 건 분노의 화신 외눈박이였다.

"무슨 말도 안 되는 결론입니까? 그럼 저 두 놈을 그냥 데리고 있으라는 말입니까? 어차피 한 놈이 거짓말을 한다면 지금이라도 발본색원해 능지처참하면 될 거 아닙니까?"

"그걸 네가 할 수 있어?"

"네?"

"누가 진짜 꿈꾸는 놈인지 구분할 수 있냐고?"

"그걸 제가 어떻게 합니까? 그런 건 우두머리가 해야죠."

"그러니깐 조금 지켜보자는 거 아니야. 뭐가 그렇게 급해? 어차피 간식 찌꺼기도 두 박스나 얻었잖아. 군식구 입 하나 더 늘었다고 굶어 죽는 것도 아니구. 자넨 눈이 하나밖에 없어서 그런지 너무 외골수야. 쯧."

모든 건 결과가 말해주는 법이다. 원했든 원치 않았든 우선 목숨도 부지했고 덤으로 한 달은 버틸 수 있는 먹을거리도 확보한 상황이 아닌가. 그러자 여론은 순식간에 피셔 킹의 손을 들어줬다. 소년과 은자는 누가 먼저랄 것도 없이 안도의 한숨을 내쉬었다. 은자는 여장을 풀며 10년 만의 만남치고는 더없이 싱거운, 흡사 어제 만난 친구에게 말을 건네듯 소년에게 말했다.

"이봐. 내가 앞으로 지낼 장소는 어디지? 잘 때 불편하지 않았으면 좋겠는데."

"같이 뛰어내린 본드란 녀석은 어떻게 됐어요?"

"뭐 그 따위 녀석을 다 기억하고 난리야. 벌써 뒈졌지."

그렇게 은자는 피셔 킹 집단의 일원이 되었다. 별다른 수고 없이 소년과 엇비슷한 지위를 단숨에 확보한 것이다. 불안해진 건 물론 소년이었다. 자신의 핏덩이 복배의 만행이 집단 내에 알려진 이상 그 아비인 소년은 매일매일이 가시방석이었다. 젖가슴은 복배를 잃은 슬픔에 오열하지, 외눈박이의 애증의 칼날은 자신을 향하고 있지……. 소년은 이 난국을 어떻게 헤쳐 나가야 할지 괴로웠다.

⊙

설상가상이란 사자성어는 바로 이런 경우를 두고 하는 말인가. 어느 야심한 밤에 누군가의 거대한 살집이 소년의 얼굴을 짓눌렀다. 치미는 화를 억누르며 자리에서 일어나 보니 바로 젖가슴이었다. 그녀는 근심스러운 얼굴을 하고서 진지하게 소년을 바라보고 있었다. 그녀는 이제 울먹이지 않았다. 근 한 달 만에 울음을 그친 것이다.

소년은 우선 외눈박이의 동태부터 살폈다. 다행히 그는 골판지 박스를 침대 삼아 드러누운 채 깊이 잠들어 있었다. 소년은 숨죽이며 말을 건넸다.

"왜 이러는 거야?"

그러자 젖가슴은 다짜고짜 소년의 손을 붙잡았다.

"왜 이래? 미쳤어?"

그녀는 아무 말 않고 소년의 손을 자신의 아랫배에 갖다 대었다. 유난히 불룩한 배가 소년을 심란하게 했다. 뭔가 사단이 벌어졌다는 강한 느낌이 치솟는 순간 그녀가 입을 열었다.

"이상해요. 계속 배가 불러와요."

소년의 얼굴이 더 이상 참혹해질 수 없을 만큼 일그러졌다. 녀석은 고개까지 절레절레 흔들며 거의 울먹였다.

"아닐 거야. 왜 하필 당신만 배가 불러오는데?"

"무슨 뜻이에요?"

"그렇지 않아? 복배가 건드린 여자가 한두 명이 아니잖아. 그런데 왜 하필 당신만 이러냐고?"

소년은 애써 흥분을 가라앉히며 말했다. 그러자 젖가슴의 눈에 다시 눈물이 고였다. 복배 생각에 목이 메는 모양이다.

"당신은 몰라요."

"뭘 몰라?"

"복배가 날 얼마나 사랑했는지."

"미치겠군."

"난 단순한 유모가 아니었어요. 복배를 키운 것만이 아니라 그이를 열렬히 사랑했다고요. 그건 복배 역시 마찬가지였어요."

"집어치워. 그런 녀석이 다른 여자와 그 짓을 해? 현실을 봐. 메두산지 뭔지 하는 여자가 오니까 뒤도 안 돌아보고 가잖아. 그건 어떻게 설명할 거야."

"그건 우리를 위해서였어요. 만약 복배가 가지 않았으면 당신은 어떻게 됐을까요? 당신 같은 인간은 일치감치 외눈박이가 휘두른 칼에 죽었을 거라고요."

"말도 안 되는 소리. 고약한 변태 녀석이 무슨……."

소년은 자신의 속내가 고약하게 뒤틀렸음을 인정했다. 그만큼 복배는 아비에게 실망을 안겨주었다. 이 시점에서 복배를 옹호하는 건 오직 젖가슴뿐이다.

젖가슴은 소년의 참담함 따윈 아랑곳 않고 말을 이어갔다.

"복배는 나만 사랑했어요. 확실해요."

"무슨 근거로?"

"복배가 비록 충동을 못 이겨 다른 여자들을 탐하긴 했지만 나만 복배의 씨를 잉태한 거라고요."

소년은 젖가슴의 말을 과감히 잘라먹고 단도직입적으로 물었다.

"그래서 어떻게 하려고?"

"어떻게 하긴요. 낳아야죠."

"미쳤군. 외눈박이가 당신을 가만둘 것 같아?"

"부탁이 있어요."

젖가슴의 결의에 찬 표정이 소년을 더욱 불안하게 했다. 아니나 다를까. 젖가슴의 부탁은 소년에겐 사형선고나 다름없었다.

"당신 말대로 외눈박이가 날 죽이려 들 거예요."

"그래서 어쩔 테야?"

"야반도주할 거예요. 그때 같이 가요."

"미쳤어? 여길 벗어나면 살 수 있을 것 같아?"

소년의 말은 진실이었다. 소년에겐 이 집단을 벗어난다는 것 자체가 두려움이었다. 집단에 소속되지 못한 존재가 지옥에서 살아남을 확률은 제로에 가깝다. 그러나 젖가슴의 결의는 대단했다. 아무리 겁을 주고 위협해도 마음을 바꾸지 않을 기세였다.

"내 마음은 변하지 않아요. 그래도 이 아이에게 할아버지라도 있어야 할 것 아니에요."

"이것 봐. 밖으로 나간다고 해서 살아남는다는 보장도 없어. 그럴 바엔 차라리 아이를 포기하고 우리끼리 여기서 사는 것도 나쁘진 않을 것 같은데, 안 그래?"

그녀는 대뜸 섬뜩한 카드를 들이밀었다.

"만약 나와 함께 야반도주하지 않으면 나도 생각이 있어요."

"또 무슨 생각?"

"외눈박이에게 말할 거예요. 당신이 날 겁탈했다고. 그래서 원치 않는 임신까지 하게 되었다고요."

소년은 온몸으로 번뇌를 호소하며 젖가슴의 망측한 계략을 개탄했다.

"그건 또 무슨 말도 안 되는 소리야?"

"그렇게 되면 모든 게 끝장이에요. 그러길 원해요?"

'모든 게 끝장'이란 말에 소년은 할 말을 잃었다. 자신의 뜻과 무관하게 굴러가는 운명에서 벗어나려 했지만 결국 다시 한 번 원치 않는 필연 앞에 무릎을 꿇어야만 하는 것이다. 소년이 체념한 듯 고개를 주억거리자 그제야 젖가슴이 위로의 표현으로 녀석을 힘껏 끌어안았다.

◉

한편 갑작스럽게 등장한 복배를 두고 메두사 집단의 구시렁거림은 잦아들 기미를 보이지 않았다. 메두사 집단의 구성원은 지하에선 나름대로 엘리트에 속했다. 그들 모두 식량 확보에 탁월한 재주를 가졌으며 뛰어난 살상력과 야만성으로 지옥에서도 악명 높은 집단으로 자자했다. 그런 그들의 포악스러움은 결국 영역 다툼의 우위로 이어지게 되어 식량 확보가 가장 용이한 지하 1층 절반을 차지했다. 지하 1층은 단연 명당 중의 명당이다. 가끔 위에서 떨어지는 간식 찌꺼기를 가장 먼저 확보할 수 있는 영역이기 때문이다. 메두사 집단의 야만이 맹위를 떨치기 전 지하 1층은 아비규환, 춘추전국시대였다. 자연발생적으로 형성된 집단들이 지하 1층을 차지하기 위해 혈전을 벌이고는 했다. 메두사 집단은 한두 명씩 전략적으로 결합하는 와중에 생겨났다. 그래서 그들의 자부심은 대단했다.

그런데 메두사가 복배를 은자와 바꿔치기한 것도 모자라 생산위원장이란 직위까지 부여하는 게 아닌가.

그렇다고 해서 그들이 노골적으로 메두사에게 비난을 제기한 건 아니었다. 메두사를 상대할 만한 깜냥은 못 되었던 것이다. 그녀는 여자가 아니었다. 폭력과 야만의 지하 세계에서 여성은 힘을 가진 자의 노리개나 액세서리에 불과했다. 그러나 메두사는 달랐다. 그녀는 선천적인 괴력을 과시해 숱한 싸움판에서 승리를 거두었고 그녀의 격투 장면을 지켜본 이들은 다시는 보고 싶지 않다며 몸서리 쳤다는 후문이 자자했다.

그런 사정으로 그들은 그저 속을 끓여야 했다. 하지만 어느 순간 일거에 폭발할 수도 있는 폭풍전야의 긴장감은 여전히 존재했다.

⊙

복배는 엄청난 식욕을 과시하며 무한 공급되는 간식 찌꺼기들을 섭취했다. 한번 간식 맛을 본 복배는 지금까지 젖가슴의 젖 맛에만 집착한 자신을 질책하기라도 하듯 날마다 간식 섭취에 몰두했다. 그렇지만 모든 일엔 대가가 따르는 법이다. 복배는 아무 일도 하지 않고 간식 찌꺼기를 먹는 대신 메두사의 성적 만족을 책임져야 했다. 그것이 바로 메두사가 복배를 선택한 결정적 이유이기도 했다.

메두사는 복배를 통해 난생처음 느끼는 성적 만족에 치를 떨었다. 복배의 양물은 메두사를 절정에 올려놓는 데 신통한 효험을 발휘했다. 메두사는 타고난 음녀이기도 했다. 언제나 기대에 못 미치는 물건들만 접해오던 찰나 복배의 양물은 그야말로 복음이었다.

하지만 희열에 젖은 메두사와는 달리 복배는 점차 시큰둥한 반응을 보이기 시작했다. 복배를 실망시킨 건 메두사의 일방적인 집착이었다. 이전의 복배는 젖가슴뿐만 아니라 어떤 여자든 범할 수 있었다. 그런데 메두사를 만난 이후로 여러 여자를 범할 수 없는 아쉬움이 복배를 심드렁하게 만들었다. 메두사의 질투심은 대단했다. 한번은 메두사가 소변을 보러 간 사이 복배가 그녀의 시중을 들던 여자를 덮친 일이 있었다. 방뇨를 마치고 돌아온 메두사의 눈에 그 장면이 발각되었고 그 후 여자는 모두가 보는 앞에서 능지처참을 당하고 말았다. 복배가 분명히 보고 깨우칠 수 있도록 말이다. 복배도 그 모습에 공포를 느꼈던지 그 후론 결코 다른 여자를 건드리지 않고 오직 메두사의 손짓에만 충실히 반응했다.

⊙

복배는 서서히 지쳐갔다. 물론 복배는 작금의 현실이 다소 불만족스럽긴 해도 매일 맛난 간식을 먹을 수 있는 것으로 견뎌낼 수 있었다. 반면 메두사는 거의 미쳐갔다. 복배의 양물에 중독된 메두사는 하루에도 평균 스무 번이 넘게 복배와의 사랑에 몰두했다. 그쯤되자 복배도 요령이 생겼는지 메두사가 몸 위에 올라탈 낌새만 보이면 바닥에 간식 찌꺼기들을 잔뜩 늘어뜨리고 야구 중계를 보듯 자신의 몸 위에서 열을 올리는 메두사를 감상하며 간식 찌꺼기를 집어먹는 노하우까지 체득했다.

지하 세계의 무리들은 노출된 상태에 익숙해져 있다. 메두사 집단도 예외는 아니었다. 그러니 메두사와 복배의 주책없는 사랑놀음은 여과 없이 무리들에게 노출될 수밖에 없었다. 어떤 이는 '지도자 될 재목은 어디가 달라도 다르구나' 라며 메두사의 여걸다움에 박수를 보냈고 또 어떤 이는 '지도자란 작자가 한 달 내내 저 짓에만 한눈을 팔다니' 하는 개탄을 아끼지 않았다. 여론의 무게 중심은 단연 후자 쪽에 쏠렸다.

이런 여론의 부정적 흐름과 복배의 지쳐가는 모습을 비교적 냉정하게 진단한 여인이 있었으니 그녀의 이름은 키메라. 바로 메두사의 이복동생이다. 그녀는 메두사를 가장 지근거리에서 보좌하는 이른바 최측근이었는데, 복배의 양물이 조금씩 쇠한다는 점을 포착한 건 예민함이라기보다 다소 불순한 이유가 작용했다. 비록 메두사와 어미의 피는 다르다 해도 한 핏줄이었다. 한마디로 키메라 역시 복배의 양물을 탐하고 싶은 욕망에 입술을 깨물며 인고의 한 달을 견뎌낸 것이다.

그런 그녀에게 드디어 기회가 찾아왔다.

◉

메두사가 아무리 사랑에 눈이 멀었다 해도 집단의 수장이라는 자신의 위치까지 망각한 건 아니었다. 그녀도 여론을 어느 정도 의식했던지 복배와의 밀월이 한 달째 되던 날 아침 불현듯 다른 집단과의 강제합병을 선포하고 나섰다.

합병 선포는 다분히 정치적이었다. 본래 피셔 킹 집단을 향한 기습의 목표는 적화통일이었다. 메두사 집단은 최근 지옥 통일론을 내세우며 지하 세계에 산포된 집단들을 메두사를 중심으로 하나로 만들고자 하는 원대한 로드맵을 구상해왔었다. 메두사는 무리들의 절망을 달래기 위해 다시 한 번 강제합병의 계획을 발표해야 했다. 무리들은 일제히 메두사의 용단을 쌍수를 들어 환영했다.

메두사는 아쉬움을 뒤로하고 복배와의 이별을 고해야 했다. 우두머리인 자신이 이 강제합병에 합류하지 않는다면 여론은 더욱 등을 돌릴 것이기 때문이다. 메두사는 복배의 난봉꾼 기질이 마음에 걸렸는지 이복동생 키메라에게 특급 지령을 내렸다.

"넌 이번 행군에 빠져야겠다."

"어째서요? 항상 제가 모셔왔잖아요."

"그보다 더 중요한 임무를 맡기마."

"그게 뭔데요?"

"복배를 지켜라. 저 놈이 다른 계집을 범할지도 모르니 그걸 막아
달란 말이다."

"만약 제가 막을 수 없다면 어떡하죠?"

"그러면 네년의 목을 베어버릴 거야. 그러니 각오하고 복배를 지
켜. 알겠지?"

메두사는 당부하고 또 당부했다. 도대체 무슨 근거로 자신을 이
토록 신뢰하는지 키메라는 오히려 언니의 믿음이 안타까웠다. 그렇
지만 그녀는 내색하지 않고 메두사의 출정을 정성껏 배웅했다. 철
부지 복배는 메두사가 떠나든 말든 관심 없이 그저 간식 찌꺼기 섭
취에만 몰두할 뿐이었다.

◉

키메라가 복배를 데리고 가장 먼저 한 일은 반복학습이었다. 아
무리 세 살 지능이라 해도 복배도 사람이다. 사람에게 주어진 감각
중 가장 탁월한 건 바로 공포심이다. 키메라는 복배의 손을 붙잡고
메두사가 애지중지하는 비밀창고로 데리고 갔다. 말이 비밀창고지
박스 몇 개 쌓아놓은 게 전부였지만 그 박스를 관리하는 자격은 키
메라와 메두사, 둘의 몫이었다. 키메라는 복배에게 박스 안에 담긴
물건들을 보여주었다.

키메라가 복배에게 보여준 건 사람의 해골이었다. 얼마 되지 않
은 것도 있었고 오래되어 거의 형태만 남은 것도 있었다. 키메라는

이 해골들 앞에서 공포를 세뇌시키고 있었다.

"이게 모두 메두사에게 죽임을 당한 남자들의 해골이야. 모두 메두사에게 양기를 빼앗기고 사내 구실을 못하게 되니까 메두사가 베어버린 거라고. 너도 곧 이렇게 될 거야. 그러면 넌 더 이상 간식을 먹을 수 없어. 무섭지? 무섭지 않아?"

수십 번을 반복해서 무시무시한 이야기를 들려주자 복배도 뭔가 느낌이 오는지 해골을 손으로 쓰다듬는 시늉을 해보였다. 복배의 반응에 활력을 얻은 키메라는 다짜고짜 녀석의 양물을 부드럽게 어루만졌다.

"복배. 넌 지금 메두사가 아닌 다른 여자를 탐하고 싶어 해. 그렇지? 너도 이제 나처럼 부드럽게 너를 아껴주는 여자를 만나야 돼. 난 메두사처럼 질투심 많은 여자가 아니란다. 네가 원한다면 눈감아줄 수도 있어. 난 언니와 다르거든. 괜찮지 않아?"

키메라의 교태가 잔뜩 섞인 말투에 복배의 심약한 말초신경이 흔들리고 만다. 결국 녀석은 키메라의 몇 마디 말에 넘어가고 만 것이다. 키메라는 주위 눈치를 살피다가 이내 복배를 해골이 가득한 박스 안으로 데리고 들어갔다. 그 비좁은 박스 안에서 키메라는 정성스럽게 복배의 몸을 애무했다. 복배는 부드럽게 자신을 다루는 키메라에게 고마움마저 느꼈는지 굵디굵은 눈물방울을 떨어뜨리며 키메라를 마음껏 탐했다.

⊙

젖가슴의 제안을 듣고 고심의 시간을 보내야 했던 소년에게 의외로 쉽게 결심할 수 있게 해준 계기가 생겼다. 이번에도 소년의 의지와는 아무 상관도 없는 지점에서 발화되었다. 소년이 자신의 의지로 결정할 수 있는 건 아무것도 없었다. 소년은 이런 자신의 모습이 언제나 우울했다.

결심의 동기는 피셔 킹이 제공했다. 꿈에 대한 막대한 지지와 인내심을 보인 피셔 킹이지만 그 역시 지옥의 범인凡人에 불과하다는 걸 소년이 잠시 잊고 있었다. 피셔 킹은 어느 순간부터 은자와 소년에게 노골적으로 불만을 피력했다. '도대체 꿈은 언제 꾸는 거냐' 며 둘을 다그쳤는데 중요한 건 이런 우두머리의 추궁에 두 사람이 보인 지극히 대조적인 반응이었다.

은자는 어설프지만 틀림없는 달변가다. 그는 턱수염을 쓰다듬으며 피셔 킹에게 모호한 말들을 뇌까렸다.

"먼저 꿈이라는 게 그리 간단한 게 아님을 구루께서는 염두에 둘 필요가 있습니다. 그렇게 간단한 일이라면 여기 있는 이 허섭스레기도 폐신 집합소의 주인 노릇을 하고 다녔겠지요. 제 말이 틀렸습니까. 구루?"

은자는 자신의 길에 걸림이 되는 인물을 제거하는 데 천부적인 재기를 발휘하는 인물이다. 난삽한 어휘를 남발해 피셔 킹의 의식을 혼미하게 만든 다음 소년을 몹시 곤란하게 만들고는 했다.

"추악한 건 꿈이 뭔지도 모르면서 꿈을 꾼다고 설레발치는 지상의 낙오자들이 물을 흐린다는 사실입니다. 구루께서는 참으로 자비심이 많으세요. 그런 낙오자들까지 거두시니 말입니다. 만약 제가 구루였다면 단숨에 확."

은자는 뻔뻔스러운 미소를 지으며 소년을 노려보았고, 피셔 킹은 '너도 입이 있으면 말해보라'는 식으로 소년의 말을 기다렸다. 하지만 소년은 눌변을 입에 달고 사는 어수룩한 청춘이 아니던가. 녀석이 못난이처럼 어쩔 줄 몰라하고 있으니 꿈꾸는 자의 무게 중심은 은자 쪽으로 옮겨갈 수밖에 없었다.

　　소년은 젖가슴의 제안을 더 이상 뿌리칠 수 없게 되었다. 그때까지도 소년은 젖가슴에게 생명을 지우자는 말도 안 되는 설득을 계속했고 그럴수록 젖가슴은 탈주를 굳게 다짐했다. 배가 더 불러오기 전에 혼자라도 탈주하겠다는 결심을 공공연하게 피력하곤 했다.

　　그래도 소년은 요지부동이었다. 피셔 킹의 손에 목이 날아가는 한이 있어도 이 무노동無勞動의 안락을 지속하고 싶은 것이 소년의 생래적 한계였다. 단조로운 삶을 소년은 내심 동경해왔던 것이다.

　　그런 소년이 젖가슴을 깨워 탈주를 감행하게 된 결정적인 순간이 도래하고야 말았다.

◉

　　은자는 피셔 킹의 망설임이 몹시 마뜩잖았다. 이쯤 구워삶았으면 소년의 목을 베는 게 당연한데, 어찌 된 일인지 피셔 킹은 어정쩡한 태도로 일관했다. 물론 꿈꾸는 자의 무게 중심이 자신에게 쏠린 건 고무적이라고 자위했다. 그렇지만 그것만으로는 성이 차지 않았다. 지위 확립에 대한 욕망이 은자로 하여금 더욱 격한 도발을 자행하도록 부추겼다.

　　저녁식사 후 외눈박이에게 접근한 은자는 소년이 지상 세계에서 저지른 만행이라며 여러 이야기들을 떠들어댔다. 물론 은자의 말은 허구에 불과했다. 그럼에도 워낙 소년에게 감정이 좋지 않은 외눈박이였기에 은자의 말은 분노의 결정적인 동인이 되었다.

하지만 눈칫밥 하나로 지옥의 시절을 버텨온 소년이다. 은자는 소년을 과소평가하는 과오를 범하고 말았다. 지옥의 공간은 언제나 모든 이에게 열린 공간이란 특성이 있기에 제아무리 귀엣말을 속삭인다 해도 둘을 훔쳐보는 소년은 이미 둘의 대화가 무슨 내용인지 대략 짐작할 수 있었다. 은자의 귀엣말을 듣는 동안 외눈박이의 이글거리는 눈빛이 자신을 향했기 때문이다. 소년은 외눈박이의 외눈을 보며 섬뜩한 살의를 느꼈다. 은자가 무슨 말을 지껄였는지는 모르지만 놈의 몇 마디가 가지는 심각성을 소년은 본능으로 인지할 수 있었다.

◉

그날 밤 소년은 한 순간도 눈을 감을 수 없었다. 자는 척하며 이리저리 뒤척이다가 외눈박이가 누운 곳을 조심스럽게 감시했다. 다행히도 외눈박이는 코까지 골며 깊은 잠에 빠져 있었다. 어느새 피셔 킹의 충복이 되어 그의 옆 자리에 누워 있는 은자의 동태를 살폈다. 은자는 잠들지 않았다. 대신 소년과 외눈박이를 번갈아 살피며 안타까워했다. 그 순간 둘의 시선이 마주쳤다. 소년도 눈을 뜨고 있다는 것을 발견한 은자는 순간 가증스러운 미소를 지어 보였다. 소년은 반응하지 않았다. 한때나마 자신의 편이라 믿었던 은자가, 생존을 위해 표리부동한 말과 행동을 하는 것이 너무나 어이없어 그를 노려보기만 할 뿐이었다.

소년은 결심하지 않을 수 없었다. '이 상태로 과연 며칠을 더 버틸 수 있을까.'라는 생각이 결국 녀석의 탈주 의지를 격하게 충동질하고 말았다.

느닷없이 자리를 박차고 일어선 소년은 대충 꾸린 가방을 가슴팍에 안고 젖가슴을 흔들어 깨웠다. 눈을 비비며 일어난 젖가슴은 소년이 가방을 안고 있는 걸 보자 희열에 찬 미소를 지으며 준비해둔 가방을 챙겨 들고 일어났다. 둘은 그렇게 야반도주를 감행했다. 은자는 모험을 감행하는 소년을 대견스럽게 바라보며 손까지 흔들어주었다.

⊙

소년과 젖가슴의 도주에 가장 극렬히 분노한 건 외눈박이였다. 자신의 여자인 젖가슴을 갈취한 소년의 도발을 도저히 용납할 수 없는 또 하나의 결정적 이유를 어젯밤 은자에게 전해들었기 때문이다. 외눈박이는 피셔 킹과 상의 없이 자신을 따르는 똘마니들을 이끌고 이른바 '소년 토벌작전'을 결행했다.

"아무래도 젖가슴의 아랫배가 범상치 않소. 살이 찐 것으로 보기가 어렵단 말이지요. 계집이 배가 불러오는 이유야 단순하지요."

"단순하다면?"

"아기를 가졌다 이 말이지요."

"뭐야?"

"그래서 묻는 건데 그게 혹시 선생의 씨요? 아니면 다른 놈의 불온하고 음탕한 씨요?"

　이런 연유로 외눈박이는 소년 토벌작전을 실행하기 위해 지하의
지하로 내려간 것이다.

⊙

　탈주 의식은 결코 낭만적이지도, 대단한 의미가 부여된 것도 아
니었다. 물론 젖가슴은 자신의 야반도주에 엄청난 의미를 부여하고
있었다. 복배의 씨를 지키겠다는 특유의 모성으로 지하 세계로의
유랑을 시작한 그녀가 아닌가.

　하지만 소년은 달랐다. 소년은 복배와의 결별조차 그다지 아쉬워
하지 않은 무심한 부정의 소유자다. 소녀와의 풋사랑의 결실을 어
떻게든 보존하려는 뜨거운 부정에 몸이 달았던 적도 분명 있었다.
하지만 20년이라는 시간과 복배의 철없음이 소년을 지치게 만들었
다. 복배의 저능함은 소녀의 씨앗이기 때문에 혹여 꿈을 꿀 수도 있
지 않을까라는 희망마저 부질없음을 확인시켜주었다.

　지하 세계의 특징은 지상에서 멀어지면 멀어질수록 그만큼 간식
찌꺼기를 획득하는 경우도 희박해진다는 것이다. 그럼에도 소년과
젖가슴이 아래로 탈주를 감행한 이유는 더 아래로 내려갈수록 그만
큼 집단에게서 멀어진다는 것 때문이다. 소년과 젖가슴이 혼신의
힘을 다해 내려온 덕분에 어느 지점에 이르자 사람 한 명, 불빛 한
점 없는 미답의 공간이 그들을 맞았다.

　위협에서 벗어난 것은 분명 소년에게 위로가 되었지만 둘은 뼈아
픈 고통과 대면하게 되었다. 바로 기근에 직면한 것이다.

어떤 사회든 사람들이 복닥거리는 곳에서 몸 비비고 있어야 최소한의 기회라도 잡는 법이다. 그런 점에서 이곳은 사막 한복판이었다. 눈을 부릅뜨고 찾아봐도 입 안에 털어 넣을 만한 양식을 찾아볼 수가 없다. 물 한 모금 먹기 힘든 현실을 견디다 못한 소년이 끝내 자리보전하고 누운 젖가슴의 멱살을 잡으며 절규를 토해냈다.

"이봐. 우리 다시 올라가자. 더 이상 안 되겠어."

그러나 젖가슴은 완고했다.

"철없는 소리 말아요. 계속 배가 불러오는 게 안 보여요? 이 상태로 다른 집단을 찾아간다 해도 우린 그들의 맛난 저녁거리가 될 게 뻔해요. 살아남을 가능성이 전혀 없단 말이에요."

"여기 있어도 굶어 죽는 건 마찬가지야. 아무것도 없어. 아무것도."

"열심히 찾아봐요. 여기도 뭔가 있을 거야."

"없으면? 없으면 어떻게 되는데?"

"그래도 난 안 올라가요. 끝까지 버텨서 이 씨앗을 세상에 내보이고 말 거예요."

"빌어먹을. 세상에 뭐 볼 게 있다고 이 지랄이야. 집어치우란 말이야!"

⊙

한계점에 다다른 이들의 악다구니는 경이롭게도 반년 동안 지속됐다. 그동안 물 몇 모금, 보름달 빵 몇 조각 먹은 걸 제외하곤 아무것도 먹지 못한 소년과 젖가슴은 거의 아사 직전이었다.

지독한 영양실조에도 불구하고 젖가슴과 뱃속의 생명은 용케도 살아 있었다.

소년은 먹을 것을 찾고자 마구잡이로 암흑 속을 헤집고 다녔다. 그때서야 비로소 피셔 킹 밑에서 기생해온 20년이 얼마나 소중했는지 깨달았다. 정말이지 아사 직전에 이른 느낌이다. 그래도 소년은 살아보겠다는 집념으로 끓어올랐다. 녀석 역시 여간내기는 아니다. 누군가 왜 그토록 살려고 하냐고 묻는다면 딱히 답하지 못할 것이지만 그럼에도 소년은 필사적으로 간식 찌꺼기를 쫓아 몇 날 며칠이고 어둠 속을 뒤지고 또 뒤졌다.

젖가슴에게 해산의 진통이 시작된 바로 그때 소년은 기적적으로 간식 찌꺼기를 구할 수 있었다. 손에 집히는 물컹한 느낌이 녀석의 심장을 두근거리게 했다. 소년은 그 실체를 확인하기 위해 자신의 코앞으로 가져왔다. 그것의 실체를 확인한 녀석은 탄성을 내질렀다. 물컹한 그것은 지상에서도 최고로 통하는 초코파이로 여러 개가 뭉개져 비닐봉지 속에 담겨 있었다.

먼저 한 덩어리 떼어 게걸스럽게 삼킨 소년은 해산의 고통에 몸부림치는 젖가슴에게 다가갔다. 소년은 그녀의 사타구니 사이에서 복배의 또 다른 생명이 현형現形되는 생명의 신비 따위에는 관심도 없이 비닐봉지를 들이대며 감격에 겨운 목소리로 외쳤다.

"이것 봐. 내가 구했어. 초코파이야. 넌 아마 먹어보지도 못했을 거야. 이렇게 귀한 것이 어떻게 이곳에 있을 수 있지?"

젖가슴이 듣건 말건 자신의 벅찬 심정을 토로한 소년은 양심은 있었던지 이를 악 물고 남겨둔 초코파이 한 덩어리를 꺼내 젖가슴의 입에 갖다 댔다. 그런데 이상하다. 소년이 건네는 초코파이를 젖가슴은 오히려 거부하는 게 아닌가. 그땐 이미 자궁 밖으로 생명이 절반 정도 빠져나오고 있었다. 그녀는 소년에게 원망하듯 소리쳤다.

"빨리 아이나 받아요!"

"내가 어떻게 받아?"

"어떻게 좀 해보란 말이에요!"

젖가슴의 노기 가득한 외침에 당황한 소년은 엉겁결에 그녀의 하체로 몸을 옮겼다. 젖가슴은 해산하기 위해 안간힘을 썼다. 소년은 여전히 젖가슴의 사타구니에서 나오지 못한 아이를 찜찜하게 바라보다가 다시 한 번 터져 나온 젖가슴의 괴성에 기가 질려 단숨에 아이를 끄집어냈다.

소년은 다시 한 번 자신의 비루한 운명을 탓했다. 소녀도 모자라, 젖가슴의 핏덩이도 자신의 품에 안아야 하는 운명 말이다. 소년은 탯줄을 자른 어린아이를 품에 안았다. 그러고는 바닥에 떨어진 초코파이를 다시 한 번 젖가슴의 입에 갖다 대었다. 그런데 젖가슴이 숨을 쉬지 않는다. 비명도, 짜증스런 신음도 무섭게 가라앉았고 땀으로 범벅된 얼굴도 차갑게 식어갔다.

소년의 품에 안긴 지 한참이 지나서야 아이는 울음을 터뜨렸다. 이 어둠뿐인 공간에서 소년이 할 수 있는 건 아무것도 없었다. 녀석이 할 수 있는 일이라곤 어린아이 주먹만 한 크기의 초코파이를 그녀의 가슴 위에 올려놓는 것으로 망자亡者를 위로하는 게 전부였다. 허망한 장례를 끝낸 소년은 우는 아이를 품에 안고 다시 콘크리트 기둥 보를 타고 올라가기 시작했다. '죽든 살든 올라가야 한다. 어느 집단이든 발견하면 다시 한 번 목숨을 건 도박을 하는 거다. 꿈을 꿀 수 있다고 둘러대며 다시 유예의 삶을 살아가는 거다.' 이런 소박하고도 강렬한 생존욕을 불태우며 젖 먹던 힘을 다해 기어 올랐다.

◉

삶의 의욕을 불태운 지 고작 하루 만에 소년과 아이에겐 감당하기 어려운 운명이 기다리고 있었다. 소년 앞에 펼쳐진 광경은 한마디로 지옥도地獄道였다.

소년의 두 눈에 빛이 보이기 시작했다. 정겹기까지 한 백열전구와 비상구 녹색 불빛이 거대한 지하 공간을 희미하게 비추기 시작했다. 소년은 기대감과 함께 또 어떤 집단과 맞닥뜨리게 될까 하는 불안을 동시에 품었다. 그리고 만 하루 만에 인기척을 듣게 됐다. 조용하고 은밀한 움직임이 소년의 두 귀에 포착되었고 녀석은 집단의 정체를 파악할 여유도 없이 살려달라는 비굴한 외침을 내질렀다. 불길한 기운이 삽시간에 소년을 휘감았다. 그들은 아무 말도 하지 않았다. 분명 소년을 발견했음에도 침묵으로 일관했다. 그들은 서서히 소년을 향해 다가왔다.

소년은 마른 침을 삼키며 불안의 실체를 확인하기 위해 한 걸음씩 다가갔다. 하지만 소년은 집단의 정체를 확인한 순간 뒷걸음질쳐서 다시 내려가려고 했다. 하지만 그 시도는 미수에 그치고 만다.

그들이 굶주린 살쾡이처럼 단숨에 달려들어 소년의 목덜미를 움켜쥔 것이다. 소년은 순간 사지에 기운이 빠져 아이를 바닥에 떨어뜨리고 말았다. 이제 모든 것이 절망적이란 게 확실해졌다. 소년은 발버둥 치며 눈을 떴다. 부릅뜬 두 눈에 들어온 놈의 정체가 더욱 분명하게 각인되었다. 바로 외눈박이였다. 소년은 온몸을 버둥거리며 '왜 하필이면 널 만난 거냐?'고 외치고 싶었다. 녀석은 이 얄궂은 운명을 저주하고 또 저주했다.

외눈박이는 훨씬 더 잔인하게 굴었다. 소년은 이대로 죽을 것으로 예상했다. 그러나 외눈박이는 소년을 단숨에 죽이지 않았다. 거의 숨이 끊어질 지경에 와서야 외눈박이는 소년을 풀어주었다. 소년은 호흡을 되찾기 위해 발버둥 쳤다. 외눈박이는 그런 녀석을 가증스럽다는 듯 내려다보며 동시에 울부짖는 소년의 손자를 증오의 눈빛으로 노려봤다.

"하루도 쉬지 않고 수색한 보람이 있구나. 이 쥐새끼 같은 놈. 내 손에서 벗어날 수 있을 줄 알았나?"

"용서해주세요. 외눈박이님. 젖가슴이 자꾸 도망가자고 해서."

"비겁한 놈. 자신의 잘못을 제 계집에게 떠넘겨?"

"천부당만부당한 말씀입니다. 젖가슴은 외눈박이님의 여자가 아닙니까?"

"그렇게 잘 아는 놈이 내 계집을 데리고 야반도주해?"

잠시 흥분을 가라앉힌 외눈박이가 더없이 진지한 말투로 물었다.

"솔직히 답해라. 젖가슴은 어디 있냐?"

"그게 말입니다."

"더 이상 둘러댈 생각 말고!"

외눈박이의 일갈에 소년은 끝내 젖가슴의 죽음을 말하고 말았다.

"죽…… 죽었습니다."

"어떻게?"

"영양실조로요."

"이런 개 같은!"

외눈박이는 분노와 애증을 견뎌내지 못하고 온몸을 버둥거리며 격노했다. 하지만 외눈박이와는 다르게 다른 무리들은 충분히 지쳐 보였다. 그건 지극히 당연한 현상이다. 외눈박이야 잃어버린 계집을 찾는다는 동기가 있지만 다른 부하들이야 뭐가 있겠는가. 그들은 충분히 지칠 수밖에 없었다.

외눈박이는 젖가슴을 찾아 몇 날 며칠이고 식음을 전폐하며 지하 세계 이곳저곳을 헤맸다. 그럼에도 놈은 지치지 않았다. 놀라운 집념으로 잔인함의 극치를 소년이 보는 앞에서 자행하기 시작했다. 소년이 고통의 당사자가 된 건 아니었다. 그러기엔 외눈박이의 분노의 화염은 터무니없이 강렬했다. 외눈박이는 울부짖는 아이를 데리고 왔다. 그러고는 가방에서 연장 하나를 꺼내 들었다. 톱을 집어 든 외눈박이는 제정신이 아니었다. 하지만 소년은 광기에 사로잡힌 외눈박이를 제어하지 못했다. 그저 목숨만 살려달라는 구걸의 눈빛을 보일 뿐이었다. 외눈박이는 그런 소년의 비굴함에 치를 떨며 소리쳤다.

"비겁한 자식! 똑똑히 봐둬! 네 녀석의 비굴함이 어떤 결과를 낳는지 말이야."

최소한의 항변의 여지도 존재하지 않았다. 처절한 억지와 뒤틀린 분노의 제단 위에 어린 핏덩이가 희생 제물이 된 것이다.

이윽고 외눈박이는 입술을 깨물며 연장으로 아이의 사지를 잘라내기 시작했다. 소년은 아무 말도 하지 못하며 이 심판의 고통을 감당해야 했다. 이제 남은 건 아이의 몸통과 머리뿐이다. 그래도 아이는 숨을 쉬고 있었다. 소년은 어떻게든 몸을 일으켜야 했다. 그리고 저항해야 했다. 그러나 소년의 의지와는 다르게 녀석은 좀처럼 일어나지 못했다. 소년의 몸은 공포와 두려움에 길들여져 있기 때문이다. 외눈박이는 이 비극을 목도하고서도 저항하지 않는 소년을 보며 더욱 분노했다.

"무력한 놈. 똑똑히 봐라. 이 아이는 바로 네가 죽이고 있는 거다. 젖가슴을 그렇게 방치했듯이 이 생명도 네놈의 무능함이 살해하고 있다 이 말이다."

"……."

"네놈이 정말 꿈이란 걸 꿀 수 있다면 지금 당장 꾸어라. 이 상황을 뒤엎을 꿈을 꾸어보란 말이다! 꿈을 꿀 용기도 능력도 없다면 지금이라도 일어나서 덤벼봐라. 그럼 아이의 목숨만은 살려주마. 일어나! 일어나 덤비는 시늉이라도 해보란 말이야!"

소년은 어느새 외눈박이 앞에 무릎을 꿇고 있었다. 설상가상 소년의 사타구니 주변이 축축하게 젖어들었다. 외눈박이는 쓴웃음을 지었다.

소년이 외눈박이 앞에서 극단적인 비굴함을 연출하고 있을 찰나 저 먼 곳에서 불빛 몇 점이 흔들렸고 인기척이 들려왔다. 외눈박이 무리가 술렁이기 시작했고 아이는 계속해서 울어댔으며, 무리들의 움직임도 더욱 긴박해졌다. 새로운 무리들은 위협적으로 외눈박이 무리를 향해 랜턴 불빛을 쏘아댔다. 현란한 불빛 세례를 받고 지레 겁먹은 외눈박이 무리는 장시간 혹사당한 탓인지 오합지졸처럼 그 자리에 주저앉거나 웅성거렸다. 외눈박이는 불시에 찾아든 불청객의 정체부터 파악해야 했다.

난생처음 보는 연장으로 무장한 불청객들은 외눈박이 무리를 사정없이 기습했다. 무기력증에 시달리던 외눈박이 무리들은 그야말로 전문가다운 살상력을 뽐내는 놈들의 습격에 처참히 무너져 내렸다.

외눈박이는 격렬하게 저항했지만 이내 진압되고 말았다. 불청객들은 외눈박이를 바로 살해하지 않았다. 그들의 수장으로 보이는 녹색 작업모를 눌러쓴 인물이 아이를 흥미롭게 지켜보며 외눈박이에게 물었다.

"네놈 작품이냐?"

"너희들……, 뭐야?"

"보아하니 피셔 킹 밑에 있는 얘들인 거 같은데."

이죽거리던 녹색 작업모는 이번엔 주저앉은 소년을 보며 물었다.

"너는 이 아이의 아비냐?"

"아닌데요."

"그럼?"

"할…… 할아버지입니다."

"할아버지라고 하기엔 너무 어린데?"

"어쩌다 보니 그렇게 됐습니다."

소년은 자신이 무슨 말을 하는지도 몰랐다. 순식간에 벌어진 상황의 역전이 그저 당혹스러울 뿐이었다.

단 몇 분 만에 외눈박이 무리를 초토화시킨 녹색 작업모 일당은 더 이상 외눈박이 무리에게 흥미를 느끼지 못했다. 무리가 갖고 있는 비상식량이 너무 형편없었기 때문이다.

녹색 작업모는 몸통만 남은 아이에게 흥미를 보였다. 녹색 작업모는 아이의 환부를 손바닥으로 지그시 누르며 부하들에게 물었다.

"이거 잘하면 좋은 실습도구가 되겠는데. 안 그러냐?"

그러자 녹색 작업모를 보좌하던 녀석이 대답했다.

"피를 너무 많이 흘리는데요."

"지혈하면 목숨은 부지할 수 있을 거야. 데리고 가자."

녹색 작업모는 자신의 상의로 아이를 감싼 다음 품에 안았다. 소년도 기운을 차리고 자리에서 일어섰다. 외눈박이는 소년을 향해 발악하듯 소리쳤다.

"이 새끼. 어딜 도망가려고! 내 손아귀에서 빠져나갈 수 있을 것 같아?"

온몸이 결박된 외눈박이는 소리치는 기세와는 다르게 무력했다. 녹색 작업모가 소년에게 말했다.

"따라와라. 그래도 명색이 할아버지인데 아이의 변신을 지켜봐야 하지 않겠냐."

소년은 이 상황을 모면하게 해준 녹색 작업모란 존재가 메시아로 여겨졌다. 전능자에게 무슨 질문이 필요하겠는가. 그저 녹색 작업모의 꽁무니를 쫓는 것만이 소년이 할 수 있는 유일한 행동이었다.

⊙

복배는 키메라의 유혹에 굴복했다. 그 굴복이 어떤 비극을 잉태할지도 모른 채 키메라의 능숙한 조련에 순종했다.

메두사가 다시 집단으로 복귀했다. 여자와 아이들은 그녀의 귀환을 환영했고, 그날 메두사는 지하 세계에선 좀처럼 접하기 어려운 와인을 박스째 뜯어 여정에 지친 부하들을 치하하며 흥겨운 시간을 보냈다. 그리고 어김없이 복배와의 질펀한 사랑을 시작했다. 대장정을 성공리에 마친 메두사는 노골적으로 복배를 욕망했다. 무리들역시 메두사의 공로를 인정해선지 그녀의 추태에 별다른 반응을 보이지 않았다.

아마도 예전의 복배라면 결코 생존의 위협이라는 공포심에 눈뜨지 못했을 것이다. 그러나 키메라의 학습은 아무리 뇌를 잃어버린녀석에게도 그 효과가 여실히 드러났다. 복배는 은근히 메두사의도발에 몸을 사리기 시작했다. 그건 어떤 명확한 자각이라기보다본능에 가까웠다. 복배는 서서히 메두사를 거부하기 시작했다. 복배는 피골이 상접한 몰골로 변해갔다.

아무리 대단한 양물을 보유한 복배라도 메두사의 성노리개가 되어 피폐해지는 현상은 막을 수 없었다. 복배에게 몸을 닦아준다는핑계로 접근한 키메라는 끊임없이 똑같은 말을 반복했다. 알아듣건말건 상관없이 이미 녀석의 몸은 자신의 귀엣말에 길들여지기 시작했음을 확신한 것이다.

"복배야. 이 상태로 가면 넌 분명히 죽고 말 거야. 넌 죽어가는 거야. 다른 남자들이 그랬듯이 언니의 품에서 서서히 죽어버리는 거야."

영민한 키메라는 메두사가 복배를 탐하느라 정신없는 틈을 타 복배에게 끊임없이 생존 전략의 메시지를 주입했고, 그 결과 복배는 키메라가 주입한 정보의 목표 지점에 눈을 뜨고 말았다. 급기야 복배는 키메라가 요구하는 목표에 도달하기 위한 단 하나의 행동 강령을 갈구하게 된 것이다.

복배의 의중을 확인한 그날 밤, 메두사가 잠든 사이 키메라가 조심스럽게 복배를 깨웠고 행동 강령을 주입시켰다. 복배는 큰 눈을 연방 거불거리며 키메라를 뚫어지게 바라봤다. 분명한 건 이 순간 복배의 본능은 키메라의 수중에 있다는 사실이다. 메두사는 더 이상 복배의 주인이 아니었다. 이로써 복배의 양물은 키메라가 지시한 순간에 메두사의 품에서 떠날 만반의 채비가 되어 있었다.

⊙

피셔 킹은 굳이 외눈박이의 귀환을 닦달하고 싶은 마음이 없었다. 외눈박이는 사사건건 툴툴거리는데다 집단 내에 추종자들까지 거느린 위협적인 존재였기 때문이다.

그럼에도 피셔 킹은 외눈박이의 귀환을 짜증스럽게 기다렸다. 외눈박이를 찾아오라고 내려보낸 부하만 해도 벌써 열 명이다. 그중에 다섯 명은 돌아오지 않았고, 돌아온 세 명은 외눈박이를 못 찾았다고 했으며, 한 명만이 외눈박이의 행방을 알려주었다.

그 보고는 피셔 킹을 격분하게 만들었다. 사절은 외눈박이와 소년, 그리고 젖가슴이 잉태한 생명 사이에 일어난 참극을 거침없이 보고했다. 어째서 혼자만 살아 돌아왔냐고 피셔 킹이 묻자 '지금 당장 복귀하라'는 피셔 킹의 뜻을 전하자마자 외눈박이가 동료들을 죽이고는 자신의 말을 피셔 킹에게 전하라고 했다고 보고했다.

피셔 킹은 도대체 외눈박이 녀석이 자신에게 무슨 말을 전하라고 했는지 들어나 보자며 살아남은 부하의 말을 기다렸다.

"부하의 여자 하나 지켜주지 못하는 피셔 킹한테 돌아가는 일 따위는 없을 테니 내가 이미 제대로 간을 본 당신의 계집들 품에서 굶어 죽으라고 하시던데요."

외눈박이의 전언傳言을 들은 피셔 킹은 치를 떨며 해바라기처럼 모여 앉은 여자들을 매섭게 노려보았고, 이윽고 마구잡이로 여자들을 난타하기 시작했다. 곳곳에서 끔찍한 비명이 터져 나왔고 순식간에 피비린내가 진동했다.

은자는 이따금 턱수염을 어루만지며 지옥의 종자들이 벌이는 촌극을 한심스럽게 바라보다가 이내 짜증을 내고 말았다. 이유인즉 피셔 킹이 흥분을 채 가라앉히기도 전에 대충 짐을 꾸려 집단의 전체 이동을 명했기 때문이다. 느닷없는 피셔 킹의 행동에 놀란 무리들은 군말 없이 짐을 꾸리기 시작했다. 은자는 피셔 킹을 향해 특유의 거들먹거리는 말투로 넌지시 물었다.

"도대체 왜 이러는 겁니까? 구루."

"왜 이러긴. 몰라서 물어! 그 새끼를 잡아야 될 거 아니야."

"누구 말입니까?"

"외눈박이. 이놈을 잡아 사지를 뜯어놔야 직성이 풀리겠어. 날 우습게봤단 말이지."

"진정하십시오. 구루. 모든 일엔 순서가 있는 법입니다."

"닥치고 짐이나 꾸리세요. 꿈도 제대로 못 꾸면서."

피셔 킹은 으르렁거리며 은자의 충고를 묵살했다. 은자 역시 꿈 얘기가 나오자 풀이 죽어 한발 물러나고 말았다.

좀처럼 평정심을 잃지 않던 피셔 킹의 분노를 불길한 징후로 해석하지 않을 수 없었다. 은자의 상식으로는 피셔 킹의 도발이 가져올 결과가 불을 보듯 훤했기 때문이다. 어느 집단이든 자신들의 베이스캠프는 남겨야 하는 법이다. 그런데 피셔 킹은 자리 지킴이 한 명 남겨두지 않고 모조리 데리고 이른바 '외눈박이 토벌작전'을 감행한 것이다.

은자 역시 개 떼처럼 몰려다니는 대세의 격랑에 여지없이 휩쓸려버렸다. 그 역시 집단에서의 이탈은 곧 죽음임을 잘 알고 있기에 주섬주섬 짐을 꾸렸다.

그렇게 피셔 킹조차도 외눈박이 일당을 섬멸하기 위한 토벌의 길에 오르게 되었다.

◉

전야의 고요 속에서 소년은 기가 막힌 충격을 받게 되었다. 가까운 거리에 복배가 있었기 때문이다. 하지만 삼엄하게 눈을 부라리는 녹색 작업모 일당의 감시에 기가 눌려 그저 지켜보는 수밖에 다른 도리가 없었다.

소년이 복배를 목격한 이유는 단순했다. 녹색 작업모의 꽁무니를 따라가다 결국 당도한 곳이 바로 지하 1층이기 때문이다. 녹색 작업모 일당은 비록 소수이긴 해도 분명 메두사 집단과는 독립된 집단 체제를 유지했다. 지하 1층 중앙을 차지한 건 메두사 집단이었고, 녹색 작업모를 중심으로 한 다양한 소집단은 누가 시킨 것도 아닌데 한구석에 옹기종기 모여 있었다.

어색한 공생으로 보이지만 메두사 집단과 녹색 작업모 집단 간에 암묵적으로 합의된 구역 공유였다. 집단 수효와 성비性比, 연령대로 보면 단연 메두사 집단이 녹색 작업모 집단을 압도한다. 그러나 두 집단의 공존은 비교적 평화롭게 유지되는 양상을 보였다.

소년이 보기에 메두사 집단은 피셔 킹 무리와 별 차이 없는, 무질서한 연대였다. 아무 자리에나 박스를 깔고 잠을 청하거나 누가 보건 말건 남녀가 뒤엉켜 관계를 갖고, 무료함을 이기지 못해 내기 격투를 벌이는 남자들의 모습이 눈에 띄었다. 하지만 녹색 작업모를 따라 기둥을 타고 지하 1층에 당도했을 때 소년의 눈에 가장 먼저 띈 건 고약한 괴성을 내지르는 메두사와 그녀의 욕발慾發을 고스란히 받아내는 복배의 모습이었다. 소년은 복배를 쉽게 알아보지 못했다. 피골이 상접한 상태였기 때문이다.

소년은 복배를 보며 야속한 생각마저 들었다. 행여 자신을 발견하지 않을까 싶어 일당의 감시를 피해 손을 흔들어보기도 했지만 복배는 구석진 곳에 자리 잡은 녹색 작업모 일당 따위에게는 좀처럼 관심을 보이지 않았다.

미묘한 절망이 소년을 괴롭힐 즈음 외눈박이에게 사지가 잘린 아이에게 또다시 불길한 사태가 일어났다.

아이는 안정을 찾았었다. 지혈도 성공적으로 이루어졌고, 무엇보다 엉덩이라는 이름을 가진 놀랄 만큼 풍만한 여성이 아이에게 젖을 물려주었기에 녀석의 울음도 잦아들었다. 엉덩이 역시 아이가 싫지 않은 내색이었다.

여기까지 보면 그런대로 위기를 벗어난 것처럼 보인다. 하지만 이러한 아늑함이 풍경의 전부가 아니었다. 녹색 작업모가 엉덩이가 앉은 자리 앞에 선반을 갖다두고는 소년이 난생처음 보는 작업 기구를 손에 들고 설치는 게 아닌가.

소년이 처음 본 그것은 바로 용접 기구였다. 녹색 작업모는 고무장갑을 끼고 한 손엔 용접 기구를 다른 한 손엔 철제 금속과 쇠붙이들을 움켜쥐었다. 철제는 다양한 형태의 쇠붙이들의 결합체였다. 그것들이 선반 위에 보기 좋게 배열되었는데, 도대체 저걸 가지고 무슨 짓을 벌이려는지 소년은 묻고 싶었다. 궁금증이 증폭될수록 불안했다. 녹색 작업모는 용접 전문가다운 포즈와 복장으로 심지어 얼굴에 빛 가리개까지 착용하고서 작업을 준비했다. 아이가 젖에서 입을 뗄 시점이 되자 녹색 작업모가 사악한 미소를 지으며 소년에게 말했다.

"거의 10년 만이야."

소년이 되물었다.

"뭐가 말입니까?"

"이 용접봉을 사용해본 지 10년 만이라고. 고철과 고철을 연결하는 일을 수없이 해왔지. 하지만 실전에 사용해보는 건 처음이야. 아

아. 너무 흥분되는걸."

녹색 작업모의 시선은 이제 아이에게로 향했다. 반투명 고글 너머로 비치는 놈의 눈동자는 아이를 잡아먹을 듯한 기괴한 탐욕으로 이글거렸다.

"사용하지 않는 기계가 녹슬듯이 기술도 사용하지 않으면 아무 쓸모가 없지. 이곳이 지옥인 이유가 바로 거기에 있어. 그냥 묻혀버리지. 모든 기술, 개성, 난폭함까지도 말이야. 그렇게 묻혀버린 자리에 지루함과 권태가 찾아오지. 큰 맥락에서 보면 생존을 위해 먹을 것을 찾는 절박함조차 권태의 다른 모습이야. 의식주, 목숨 부지를 위한 몸부림은 그 결말이나 동기가 지독히도 단조롭거든. 그 지루함이 인간의 위대한 능력을 말살하는 거야."

녹색 작업모는 아이를 흥미롭게 쳐다보며 조심스럽게 선반 위에 올려놓았다. 그와 함께 선반 위에 배열해놓은 고철들 중 이형, 대각 철근 몇 개와 은박으로 도금된 일그러진 갑철판 몇 개를 끄집어내어 아이의 잘려나간 왼팔 환부에 갖다 댔다. 소년은 그제야 녹색 작업모가 무슨 짓을 벌이려는지 알았다. 용접봉에서 불꽃이 튀는 순간 심약한 소년은 비명을 지를 수밖에 없었다.

거침없이 섬광이 솟구치며 아이의 잘려나간 팔 부위로 철이 녹아내렸다. 철이 아이의 몸에서 기괴한 모양으로 바뀔 때 아이는 울음조차 터뜨리지 못하고 버둥거렸다. 녹색 작업모는 이마에 땀방울이 맺힌 것도 모른 채 카타르시스와 긴장감이 뒤얽힌 신중한 손놀림으로 이른바 철과 인체의 결합 제의를 집행하는 사제임을 자임하고 나섰다.

소년이 자리에서 일어났지만 무기력하게 진압당하고 말았다. 누군가의 발에 짓밟혀, 숨조차 쉬기 어려웠다.

아이는 이미 극단의 모험에 유기되고 말았다. 녹색 작업모는 세심한 손놀림으로 아이의 두 다리에 자동차 엔진을 연상시키는 주물품을 붙이는 작업도 시도했다. 그 과정에서 적지 않은 쇳물이 흘러내렸고 결합이 불가할 것 같던 이종異種 소재가 어느 순간 융합되기에 이르렀다. 녀석의 부하들은 무표정하게 이 장면을 지켜봤고 방금 전까지만 해도 아이에게 젖을 물리던 엉덩이의 표정은 아이가 살아남을 수 있을지 염려할 뿐이었다. 순간 새끼손가락 크기의 베이컨 소시지를 단숨에 입 안으로 밀어 넣은 복배의 눈이 이글거렸다. 복배는 메두사와 관계를 지속하면서도 동시에 녹색 작업모 일당이 모여 있는 구석에서 튀어 오르는 용접 불꽃을 마냥 신기하게 쳐다보았다.

⊙

메두사는 작업모 집단의 소소한 소동에는 아무 관심도 없다는 듯 제 욕망의 분출에만 모든 에너지를 쏟아 부었다.

바닥에 드러누운 복배의 옆구리는 손에 잡힐 정도로 갈비뼈가 돌출된 상태였다. 일어설 기력조차 없어 보였지만 양물의 기세만큼은 여전했다. 아마 그마저도 시들었다면 지금쯤 복배는 해골 무덤의 일부가 되었을 것이다.

메두사는 그야말로 온 마음으로 몰입했다. 몰아에 빠진 그녀를 지켜본 키메라는 단단히 다짐한 듯 콧구멍을 벌름거렸다. 그와 함께 메두사 집단에서 제법 악명 높은 녀석의 허리춤에서 초대형 일본 장도를 뽑아 들었다. 녀석은 키메라가 자신의 애기愛器를 함부로 넘보는 작태에 놀라워했다. 그러나 키메라는 비장한 미소를 보여 녀석을 안심시키고 주위의 일원들과 일일이 눈을 맞추며 일본 장도를 힘 있게 뽑아 들었다. 믿기 어렵겠지만 이 순간 누구도 키메라의 도발을 억제하는 이가 없었다. 이러한 방관자 자세야말로 지옥의 황금 노른자 구역을 차지한 메두사 집단만의 생존 법칙이었다. 메두사 역시 과거 우두머리의 목을 베어버린 전력을 갖고 있다. 모반의 과정이 비겁하든 패륜적이든 아무 상관없다. 만약 키메라가 자신의 이복 언니 등에 일본 장도를 보란 듯이 찔러 넣어 황천길로 보낸다면 그때부터 키메라를 자신들의 우두머리로 추대할 각오를 해야 되기 때문이다. 반대로 키메라가 실패한다면? 그렇다면 그들은 뒤늦게나마 키메라의 역모를 강하게 저주할 것이다.

일촉즉발의 순간, 죽음보다 진한 행위에 몰두하던 메두사가 돌연 고개를 돌렸다. 그녀는 등에도 눈이 달려 있을 정도로 경계를 늦추지 않는 지옥에서 최고로 꼽히는 우두머리다. 키메라도 메두사를 보며 당황하지 않고 높이 치솟은 일본 장도의 기세를 꺾지 않았다. 그런 키메라를 보며 메두사가 이죽거렸다.

"오호라. 이 시건방진 년. 무릎 꿇고 싹싹 빌지 않고 뭐 하는 거지?"

"언니를 더 이상 따를 수 없어요. 그건 여기 모인 모든 사람들의 똑같은 생각이죠."

"웃기는군. 난 이곳의 우두머리야. 날 거역할 수 있는 건 아무것도 없어."

메두사는 주위에 모인 일원들을 잡아먹을 듯 노려봤다. 그들은 서로 눈치만 살피며 망설이는 우유부단함의 극치를 보여주었다. 메두사는 시건방진 이복동생의 도발을 단박에 제압할 필요성을 느꼈다. 복배로부터 벗어나려는 순간, 메두사의 하체가 움직여지지 않았다. 복배의 양물이 그녀에게서 빠져나가지 않았기 때문이다. 복배는 수없이 반복된 키메라의 요구사항을 머릿속에 입력한 다음 그 타이밍에 맞춰 사력을 다해 자신의 양물에 모든 힘을 집중시켰다. 워낙 거대한 그것이 최후의 건주정을 부리자 메두사의 몸이 복배로부터 벗어날 수 없는 웃지 못할 상황이 벌어지고 만 것이다. 메두사는 복배의 뺨을 매섭게 후려치며 소리쳤다.

"힘 빼! 이 무식한 자식아! 분위기 파악 못하고 뭐 하는 짓이야!"

아마도 메두사는 지금 복배가 아쉬움에 앙탈을 부리는 것쯤으로 생각한 모양이다. 감히 키메라의 반복학습에 길들여졌으리라곤 상상조차 할 수 없었다. 메두사가 복배의 몸에서 빠져나오지 못해 버둥거릴 바로 그때 키메라의 두 손에 쥐어진 일본 장도가 메두사의 등을 향해 그대로 돌진했다.

순식간에 벌어진 일이었다. 어찌나 힘을 주었는지 칼끝이 메두사를 마주보고 누운 복배의 눈앞까지 다가섰다. 키메라가 희열에 찬 미소를 지으며, 메두사에게 지금껏 참아왔던 한마디를 잊지 않았다.

"그래도 막판에 소원 성취했어. 언니는 원 없이 하다가 죽는 게 소원이라고 했잖아."

"고맙다. 하지만 이렇게 혼자 갈 순 없지."

몸의 중심에 칼이 꽂힌 상태에서조차 그녀의 마지막 기력은 결코 녹록하지 않았다. 그녀는 칼에서 손을 떼려는 키메라의 두 손을 한 손으로 붙잡아 비틀었고 다른 한 손으론 키메라의 머리를 움켜쥐었다. 메두사의 아귀 힘은 상상을 초월한 것이어서 키메라는 칼에서 손을 떼지도 못하고 엄청난 완력에 비명으로 저항할 수밖에 없었다.

그렇게 둘은 기묘한 종말을 맞이하게 되었다. 두 여자의 몸은 순식간에 피투성이가 되어버렸다.

이 모습을 지켜보던 메두사 집단 멤버들은 생각이 복잡해지기 시작했다. 키메라가 성공하든 메두사가 진압하든 이긴 쪽을 지지할 심사였는데 전혀 예상치 못한 공멸로 결판났기 때문이다. 이 마당에 과연 누구를 우두머리로 세워야 할지 서로의 눈만 멀뚱멀뚱 바라보고 있을 찰나 기둥 보 부근에서 웅성거리는 소리가 들려왔다. 한두 명이 아닌 집단의 소리였다. 그때 메두사를 밀쳐낸 복배가 자리에 일어섰다. 뼈만 남긴 했어도 귀골이 장대한 구척장신九尺長身에다가 핏물까지 뒤집어쓴 복배는 장렬한 승리를 맛본 지도자다운 면모로 이글거렸다. 정황이야 어찌 됐든 메두사를 잡은 모반謀叛의 주역이 아닌가. 비록 세 살 지능이고 한 거라고는 양물에 잔뜩 힘준 것밖에 없다손 치더라도 말이다.

◉

아이는 누가 보아도 강철 괴물이란 별명이 어울렸다. 녹색 작업모의 비윤리적 호기심이 잉태해낸 괴물로 재탄생한 것이다. 팔과 다리를 대신한 건 각종 쇠붙이와 주물, 강철 부속품 들의 조합이었다. 그 황당한 조합은 오히려 아이의 몸이 매달린 모습이었다. 아이는 이 잔혹한 결합이 빚어낸 고통에서조차 살아남았다. 잠시의 휴지기 동안 여지없이 강인한 생명력을 발휘하며 엉덩이의 젖을 빨았다.

휴식은 결코 오래가지 않았다. 소년은 울다가 지쳐 주저앉은 상태였고 녹색 작업모는 다시 고글을 눌러쓰고 자신만의 세계에 빠져들 채비를 갖추었다. 녹색 작업모의 두 손에 쥐어진 용접봉과 용접 집게는 녀석의 취미생활을 위한 최상의 도구였다. 소년은 눈물 콧물을 쏟아내며 사정하듯 물었다.

"다 끝난 거 아니었어요?"

"끝나긴. 이제 시작인데. 여기 있는 파고철을 모두 붙일 거야."

"아이가 불쌍하지도 않나요?"

"어차피 사람은 모두 죽게 되어 있어. 어차피 죽을 목숨, 이처럼 완벽한 메커니즘의 구현을 위해 희생하는 것도 의미 있지 않을까?"

"도대체 이게 무슨 메커니즘인 거죠?"

"생존의 세계, 오직 살아남기 위한 세계에서 오히려 가장 필요한 건 무언가에 열광할 수 있는 세계관이야. 이 아이를 자세히 봐. 저 지상에서 쓰레기처럼 떠밀려 내려온 온갖 고철의 산들, 그 잔해들끼리 들러붙는 이 황홀한 장엄을 보란 말이야."

녹색 작업모는 결국 자신이 미치광이임을 숨기지 않았다. 소년은 아이가 괴물이 되어 죽어가는 걸 지켜봐야만 하는 무력함에 치가 떨렸다. 동시에 저 먼 곳에서 멍청한 얼굴로 서 있는 복배에게 야속함을 넘어 절망감을 느꼈다. 세 살 지능의 녀석이 분노가 뭔지 복수가 뭔지 어떻게 알겠는가. 그래도 야속한 건 어쩔 수 없었다. 소년의 눈에선 어느새 복배와 자신의 무능력을 질타하는 눈물이 흘렀다.

녹색 작업모가 녹슨 감속기 모터를 결합하려고 용접봉을 갖다 대는 순간 믿을 수 없는 광경이 펼쳐졌다. 순식간에 녹색 작업모의 머리가 몸에서 분리되어버린 것이다. 정신을 차린 소년이 주위를 둘러봤을 때, 이미 칼부림의 아수라장이 진행 중이었다. 바닥에 주저앉은 소년은 가까스로 몸을 일으켜 자신의 피붙이를 선반에서 끌어내렸다. 수십 개의 쇠붙이들이 들러붙은 탓에 아이의 몸은 이동조차 힘들 정도로 무거웠다.

⊙

급작스런 사태의 주역은 외눈박이였다. 외눈박이는 녹색 작업모에게 당한 수치를 견딜 수 없었던지 남은 정예 요원을 이끌고 기습을 한 것이다.

소년은 아수라장 속에서 필사적으로 도망쳤다. 하지만 고철 괴물이 된 아이를 데리고 도망친다는 게 여간 힘든 게 아니었다. 외눈박이는 신명나게 칼을 휘두르다가 도망가려는 소년과 아이를 목격했다.

소년은 포기하지 않았다. 다시 강렬한 생존 욕구가 치솟았다. 이렇게까지 비굴해졌는데 여기서 죽는다면 이처럼 억울한 죽음이 또 어디 있겠느냐는 울분이 소년에게 초인적인 힘을 내게 했다. 소년은 필사적으로 복배가 서 있는 곳을 향해 기어서 몸을 옮겼다. 무슨 생각에선지 그런 소년의 뒤를 엉덩이가 따랐다. 아이는 그 와중에도 입을 벌리며 모유 수유를 갈망했다. 그리고 그 뒤를 따르던 외눈박이가 대어를 발견했다는 듯 흡족한 미소를 지었다. 이유인즉 자신과 마주하고 선 상대가 복배였기 때문이다. 복배와 외눈박이는 제풀에 지쳐 주저앉은 소년을 사이에 두고 대면했다. 외눈박이는 복배를 향해 외마디 비명을 내지르며 자신의 날선 분노를 마음껏 표출했다.

"이 더럽고 비겁한 자식! 남의 여자를 가로챈 것도 모자라 배신하기까지 하다니, 그러고도 네가 사람이냐!"

"그건 너도 마찬가지다. 외눈박이."

상황은 좀더 복잡한 국면으로 접어들었다. 오로지 외눈박이를 심판하려는 열정으로 단숨에 지하 1층까지 올라온 피셔 킹이 외눈박이를 향해 소리친 것이다. 외눈박이는 피셔 킹을 보자마자 인상을 구겼다.

피셔 킹은 외눈박이를 향한 흥분을 이기지 못하고 삿대질을 해대며 놈을 질타했다.

"내 그리 예뻐해줬건만 내 계집을 농락하고 다녀! 그러고도 나의 심판을 피할 수 있다고 생각했나."

"이봐. 여기까지 와서도 우두머리 행세를 하려는 거야? 여긴 당신 구역도 뭣도 아니야. 그냥 전쟁터라고. 알아들어?"

외눈박이의 말은 틀리지 않았다. 지하 1층은 격렬한 투쟁의 화염에 휘말린 곳이었다. 과연 적군과 아군이 누구일까 명확한 구분과 경계가 허물어진 상황에서 오직 분명한 건 피의 살육이 시작됐다는 사실이다.

메두사 집단의 새 우두머리로 등극한 복배의 일본 장도가 외눈박이를 향하자 그제야 전의를 되찾은 메두사 일당이 날뛰기 시작했고 끝내 외눈박이는 눈앞의 원수를 뒤로한 채 물러나야 했다. 그러자 피셔 킹은 여전히 섣부른 상황 판단으로 외눈박이를 잡기 위해 녹색 작업모 일당의 살육 현장으로 뛰어들었고 그 순간 우수한 실상력을 보유한 메두사 일당과 맞닥뜨려 어처구니없는 최후를 맞이하고 말았다.

혼란의 중심에서 복배와 소년이 다시 한 번 마주했다. 소년은 울부짖으며 복배에게 소리쳤다. "네 아들을 살려내라. 네 녀석이 책임지라고." 하지만 복배는 큰 눈만 깜빡거릴 뿐 아무런 반응도 보이지 않았다. 소년은 절망했고 고철 괴물이 된 아이는 본격적으로 시작된 통증에 목청 높여 울기 시작했다. 뇌가 비어버린 복배는 그저 신기하다는 듯 쇠붙이 난장亂場으로 변해버린 자신의 혈육을 관망만 할 뿐이었다.

이러한 복배의 무관심에 소년이 절망할 즈음 천장에서 소리가 들려왔다.

쿵. 쿵. 쿵. 뭔가 엄청난 압력이 수직 하강하는 소리를 가장 먼저 감지한 건 소년이었다. 하지만 얼마 되지 않아 지하 1층에 모인 모두가 그 소리를 두려움 속에서 듣게 되었다.

◉

천장에 구멍이 뚫리기 시작했다. 시멘트, 바스러진 석면 가루, 토막 난 철근 골조가 희뿌연 연기와 함께 지하 1층 바닥으로 쏟아졌고 난투를 벌이던 지옥의 무리들은 어이를 상실한 표정으로 지상 세계를 맞이했다.

빛이 드러나고 처음 나타난 건 지상 세계 관리자들이 피투성이가 되어 추락하는 장면이었다. 숙청의 희생양들이 하나둘 떨어지는 걸 보며 지옥의 일원들은 앞으로 어떤 세계가 펼쳐질지 그야말로 두려움 반 설렘 반의 심정이 되었다.

4부

주니어

Junior

⊙

격동의 순간을 보낸 폐신 집합소는 이제 '폐신 집합소'라는 명칭을 포기해야만 했다. 독재자의 허망한 최후와 함께 이루어진 전격 교체였다.

지하와 지상을 하나로 통합하는 데 혁혁한 공을 세운 F가 작명한 이곳의 새로운 이름은 생뚱맞게도 숫자 '15'였다.

쿠데타를 혁명으로 만든 주역임을 자부하는 땅굴은 F가 명명한 '15'에 심오한 의미가 담긴 것으로 믿었다. 그건 비단 땅굴만의 생각은 아니었다. 이 급격하고 거대한 변화만큼이나 그 상징성도 엄청날 것으로 믿어 의심치 않았다. 어째서 '15'인가.

하지만 막상 이유를 알고 보면 절로 한숨이 나온다.

독재자는 모호한 상징을 즐겼고 그 상징 뒤에 숨어 통치술을 발휘하는 데 천부적인 재능을 발휘했다. 꿈에 대한 지루한 옹호 역시 통치술의 일환이었다.

F는 독재자의 두루뭉술한 통치술을 혐오해왔다. 대신에 분명한 숫자로 시스템을 지배하겠다는 원칙을 고수했던 것이다. 그런 측면에서 볼 때 땅굴은 독재자의 통치술을 감당하기엔 턱없이 부족한

인물이었다. 단순무식 땅굴에게 섣불리 상징을 추구한다면 모든 이들의 웃음거리가 될 거라는 계산에 F는 차라리 모든 걸 수리 개념 속에 밀어 넣는 전략을 구상했고, 바로 '15'가 탄생한 것이다.

'15'의 결정적인 특징은 바로 노동의 붕괴였다.

이제 '15'는 폐신 집합소가 종교처럼 신봉하던 공산품 생산에서 해방된 기념비적 장소가 되었다. 또 하나의 변화는 지상의 노동자와 지하의 무리들이 함께 살게 되었다는 사실이다. 땅굴은 F가 구상한 지상과 지하의 결합이 몰고 올 엄청난 파장을 적잖이 부담스러워했다. 「폐신 집합소의 항구적 체제 존속을 위한 꿈의 거세에 대한 보고서」에 적힌 지상과 지하의 통합 시나리오를 전해들었을 때부터 우려했다. 그러나 땅굴은 어떤 측면에선 지옥의 쓰레기들을 지상으로 끌어올리지 않고 지상의 기득권 세력을 뒤흔들어 권력 재편을 도모하는 것은 불가능할 거라는 생각에 선뜻 F의 전략에 동의하고 말았다.

'15'는 지상의 노동자들에게는 노동에서의 해방이었고 하루의 생존을 걱정하는 지하의 일원들에겐 사막의 오아시스였다.

폐신 집합소 시절 독재자 뒤를 따르던 소위 보수주의자들 대부분을 혁명의 이름으로 학살한 뒤 F는 즉시 '15'의 통치 시스템을 단행했다. 그 시스템의 핵심 브레인 역할은 더 이상 사람이 아닌 수많은 케이블과 결합 장치의 인터페이스로 변신한 원배의 몫이었다. 물론 원배를 컨트롤할 수 있는 유일한 주인은 F지만 말이다.

F는 지상 노동자들과 지하 생존자들이 평등하다는 폭탄선언과 함께 이제 공산품 생산 따원 집어치울 거라고 발표했다. 동시에 지하,

지상의 구분을 파괴하고 1등급부터 15등급까지 등급별로 인종을 구분했다. 초超등급과 1등급으로 분류된 극소수 최고 통치 세력은 130층에서 135층을 사용했고, 2등급은 128층과 129층, 3등급은 127층 정도로 분류하여 마지막 15등급은 지하 세계에 눌러앉을 수밖에 없는 구조로 개편했다. F가 자기 멋대로 등급을 결정한 건 결코 아니다. 만약 그랬다면 15등급에 속한 자들이 불만을 품고 폭동을 일으킬지도 모를 일이다. F는 초등급과 1등급 멤버만 임의 선별했다. 1등급을 관리 요원으로 임명하고 그들로 하여금 등급별 순응 작업, 관리자 업무의 수행을 지시했다.

F가 고안한 시스템에 따르면 등급별 순응 작업은 자연적으로 질서가 유지되는 혁명적 방법론이었다. F는 공산품 생산을 중단한 대신 보증서라는 것을 만들었다. 1등급 관리 요원들이 일률적으로 건물 '15'의 모든 이들에게 보증서를 나눠주고 보증서를 받은 이들은 자신을 중심으로 피라미드 구조를 형성해 자신의 등급을 유지해줄 수 있는 계열의 보증서를 많이 확보한 이들에게 2등급에서부터 3, 4, 5등급…… 그렇게 순서별로 높은 등급을 부여했다.

물론 처음에 나눠주는 보증서는 한 사람당 하나다. 흥미로운 건 이 보증서를 보증하는 이른바 '보증서를 위한 보증서'는 소유자가 초등급 센터에 신청만 하면 발급되도록 시스템을 구축했다는 사실이다. 요컨대 A란 인물이 A라는 보증서를 확보한 후 자신 밑으로 들어올 B란 녀석에게 '보증서를 위한 보증서'를 받아 B에게 건네주는 것이다. 이 경우 분명한 건 두 번째 발급받은 보증서는 처음 받은 보증서에 비해 그 가치가 하향될 수밖에 없다. 두 번째 보증서의 특징은 그보다 가치가 더 떨어진 다른 보증서를 신청·발급받을 수 있다는 것이며, 그렇게 '보증서를 위한 보증서'가 많으면 많을수록 의식주의 질과 양이 달라졌다.

하지만 이 보증서는 하위 보증서를 발급받은 존재가 자신에게 보증서를 발급해준 이에 대한 의무를 파기할 경우 상위 보증서 소유자의 보증서는 무력화된다는 단서가 붙는다. 동시에 의무를 파기한 하위 보증서 소유자가 다른 라인의 보증서 소유자 밑이나 위로 들어간다면 이 보증서의 효력을 갱신해주었다. F는 의무 파기 기회를 15회로 한정했고, 특약 사항으로 15회가 초과되어도 보증서 확보율이 일정 수치를 초과하면 다시 보증서를 발급하는 조항을 공포했다. 시간이 흐를수록 이른바 보증서의 합종연횡은 예측 불가능한 방향으로 확산되었다.

처음 F가 보증서를 통한 등급 보장 방법론을 발표할 때까지만 해도 대부분의 인간들은 우왕좌왕했다. F도 초창기 혼란을 어느 정도 감안하고 혁명 세력이 가장 먼저 점령한 먹을거리 배급 창고를 통제했다. 처음 일주일 동안은 등급을 부여받을 때까지 그 어떤 생필품도 제공하지 않는 통치를 했다. 물론 배급 통제의 전면엔 땅굴이 있었지만 실상 땅굴을 조종한 건 F였다.

배급이 끊긴 지 3일 정도 지났을 때, 가장 먼저 기민한 움직임을 보인 건 두목을 중심으로 개 떼처럼 몰려다니던 지하 출신들이었다. 그들은 꽤 복잡해 보이는 등급 발급 제도의 최대 강점을 알았다. 바로 되도록 많은 상·하위의 보증서를 소유할수록 높은 등급을 차지하는 것이다. 우선 그들은 자기네 우두머리에게 보증서를 전부

밀어주고 그에게서 하위 보증서를 배급받음과 동시에 자신보다 서열이 낮은 이에겐 일괄 배급받은 하위 보증서를 교부해주는 방법으로 상위 등급 확보에 유리한 자리를 선점했다.

이 원리에 뒤늦게 눈뜬 지상 출신들 역시 처음에 가졌던 소극적인 생각을 과감히 포기하기 시작했다. 그들은 보증서 한 장으로 아무 일도 하지 않고 배는 채우겠다는 소박한 기대를 하고 있었다. 그러나 F가 고안한 시스템은 그렇게 만만하지 않았다. 요컨대 상위 가치를 인정받은 보증서라 해도 하위 보증서를 두 개만 확보하면 동일 가치로 인정받기에 하위 보증서를 세 장 갖고 있는 사람보다 등급 확보에서 밀릴 수밖에 없는 구조였다. 때문에 그룹에 참여하지 않으면 하위 보증서를 발급할 기회조차 없어지고 자신의 상위 보증서보다 무려 10단계나 아래의 보증서를 발급받은 이가 보증서를 10장 이상 갖고 있다면 자신을 앞서는 현상이 심심찮게 나타났다.

1년 정도 지나자 놀랍게도 '15' 스스로 체계를 갖추기 시작했다. 더욱 신기한 건 이러한 과정에서 별다른 폭동이나 소요가 일어나지 않았다는 사실이다.

등급별 확보자의 윤곽도 드러나기 시작했다. 역시 생존의 악다구니 속에서 힘겹게 버텨오던 지옥 출신들이 상위 등급 대부분을 차지했다. 이러한 현상을 못마땅하게 생각한 땅굴과는 다르게 F는 그들에게 등급에 맞는 대우를 해주었다. 그러면서 땅굴에게는 좀더 기다려보자고 했다. 조금만 더 지나면 상황은 알아서 정리될 것이라고 호언장담했다. 땅굴은 도무지 이해가 되지 않았다. 뭐가 어떻게 정리가 된단 말인가.

그럭저럭 5년 정도 지나자 등급 체계는 적절한 모양새를 갖췄다. 지상 출신 중 꽤 똑똑한 녀석들이 2등급을 차지했으며 지하 출신 중에서도 우두머리들이 그 뒤를 잇는 자발적 조절이 이루어졌다. 그런 일이 가능하게 된 원인 중 하나 바로 상위 보증서 파기권이었다. 자신의 하위 보증서를 발급해준 사람의 집단보다 좀더 규모가 큰 집단을 접한 이들은 여지없이 그 밑으로 들어가 보증서를 발급받기 시작했다. 그러한 변심은 항상 위험에 노출되었던 지옥 출신들에게서 더욱 두드러졌다. 그들은 영향력이 확실한 라인을 쫓아 승냥이처럼 돌아다녔다. 상위 라인 멤버들은 하위 보증서 소유자가 파기권을 발동하면 동시에 자신의 보증서의 효력 또한 상실되므로 다시 다른 라인을 찾아 떠돌게 되는 믿지 못할 몰락을 경험하기도 했다.

F는 보증서 발급 시스템이야말로 민주적으로 계급 전복이 가능한 유일한 제도라고 땅굴에게 설명했다. 배신과 야합의 뒤엉킴이 지속될수록 영원한 상위 등급 안주의 가능성은 그만큼 줄어들며, 대신 남는 건 불안감 속에 싹트는 긴장감뿐이라고 말했다. 하지만 혁명 주체 세력인 초등급과 관리자인 1등급들은 언제까지나 호의호식하며 살게 될 거란 점을 땅굴에게 강조하는 것도 잊지 않았다.

F는 2~15등급의 긴장 완화를 위한 회유책 단행도 과감하게 실천했다. 우선 등급별로 차등을 준 각종 혜택은 과거처럼 의식주 해결에만 집중시키지 않았다. F는 도덕적 문란과 성적 개방, 동시에 패션과 문화 소비를 촉진시키는 갖가지 쾌락의 방법론을 무제한으로 도입했다. 이를테면 이런 것이다. 등급이 높아질수록 이른바 건물

'15'의 관리센터는 먹을거리의 풍족함뿐아니라 작업복 대신 새로운 스타일의 옷과 액세서리를 소비하게 했고, 남자의 경우 등급이 높아질수록 많은 여자와 잠을 잘 수 있게 했다. 여성의 경우도 마찬가지였다. 또한 더 이상 쓸모없게 된 예전의 공산품으로 골프와 축구, 야구, 족구 등등의 스포츠를 등급별로 즐길 수 있도록 해주었다. 그러므로 상위 등급에서 이 모든 짜릿한 쾌락의 맛을 본 이들은 결코 등급이 하락되는 일이 없도록 안간힘을 쓰며 하부 조직 관리에 애썼고, 하부 조직이 붕괴될 조짐이 보일라치면 배신을 주도한 멤버와 그 멤버를 꼬드긴 다른 조직 우두머리와 죽음을 불사한 혈전도 마다하지 않았다.

F는 어느 정도 예상한 보증서 확보와 등급 유지에 대한 광적인 집착을 적절히 조율하기 위해 이른바 조정위원회란 것을 설립하고 그 위원회 의장으로 혁명 세력 중 혁혁한 공을 세운 칼잡이를 추대했다.

조정위원회의 업무는 단순했지만 막강했다. 우선 등급별 이동과 파기권 사용 제한 범주가 제대로 지켜지는지를 감시했고 이를 어기면 가지고 있는 보증서를 모두 압수했다. 동시에 파기권과 관련된 분쟁을 조정하기 위해 15회에 한해 상위 보증서 확보자에게도 다른 그룹 상위 보증서 확보자와 피의 격투를 치를 수 있도록 했다. 승부는 섬뜩했다. 일단 격투가 벌어지면 반드시 한 명은 죽어야 했고, 그로 인해 인구는 미세하긴 하지만 조금씩 줄어들었다.

이러한 신계급사회를 태동시킬 수 있었던 동력은 F의 아이디어만으로는 불가능했다. 단 5년 만에 건물 '15'에서 발급된 보증서 수만 해도 몇 백만 장에 육박했고 그 보증서들은 조금씩 가치의 차이가 있었다. 이 차이를 선별하고 등급을 부여할 수 있는 시스템은 보통 사람의 두뇌나 셈으로는 불가능한 법. 그렇다 해서 대충 눈대중으로 등급을 부여하면 틀림없이 구성원들의 반발에 직면하고 말 것이다. 바로 이 시점에서 F는 원배를 적극 활용했다. 수학 문제의 완벽한 해결을 자랑하는 수학 기계 원배는 엄청난 숫자와 문제 처리 능력을 선보이며 무려 수백만 장이 넘는 보증서들 사이의 미세한 수준 차이를 그래프로 구현했다. 분석 자료에 근거해서 등급을 부여했고 하루에도 수천 번씩 변경되는 보증서 확보자들의 가치 변동을 실측하여 건물 '15' 구성원들로 하여금 자신들의 현재 위치에 대해 아무런 불만도 제기할 수 없도록 과학적인 자료를 제시했다.

이쯤 되면 완벽하진 않아도 항구적 체제 존속만큼은 유력해 보였다. 그렇지만 잠재적 위협이 소위 혁명 주체의 가슴속에 저마다 다른 이유로 뿌리내리고 있었다. 어떤 이에게서는 서서히, 어떤 이에게서는 급격한 속도로 불안의 씨앗이 성장하기 시작했다. 그 대표적인 인물들이 F, 땅굴, 그리고 칼잡이였다.

◉

땅굴은 혁명 세력의 선봉에 선 인물이며, 누구보다 화려한 설레발을 과시했지만 F와 칼잡이는 그만큼 속 빈 강정도 없을 거라고 단정 내렸다. 왜냐하면 땅굴은 혁명이 일어나고 14년이 지나도록 이 건물 이름이 어째서 '15'인지에 대한 이해도 부족한 상태였기 때문이다. 이해 결핍의 여파는 심각했다. 더욱이 땅굴은 등급 분류가 어떤 기준으로 이뤄지는지에 대한 이해도 부족했다. 보증서를 다량 확보한 이가 상대적으로 높은 등급을 차지한다는 것 정도와 이제는 기계가 되어버린 원배가 그 등급 분류의 뒤치다꺼리를 한다는 게 고작이었다.

땅굴은 혁명 발생 14주년을 즈음해 치명적인 불만을 쏟기 시작했다. 물불 안 가리는 성질머리로 정평이 나 있는 땅굴이었기에 녀석의 반발은 지극히 당연한 수순으로 보이기도 했다.

놈의 불만 중 대부분은 무노동의 지루함이었다. 땅굴과 F는 물론 공통분모를 갖고 있었다. 꿈이라는 공상의 쾌락에 더 이상 폐신 집합소의 미래를 맡기지 않겠다는 단호한 결의가 그것이었다. 그 뜻이 맞아 의기투합해 결국 여기까지 온 것이다. 하지만 그 점을 제외하고는 땅굴과 F에게는 좁힐 수 없는 신념의 간격이 존재했다.

땅굴은 F와 천성부터 다르다. 믿기 어렵겠지만 F가 세 살 때부터 유아용 더블 정장을 갖춰 입고 노동과는 거리가 먼 인생을 살 때, 땅굴은 공산품의 혁신적 생산에 몰두하던 작업반장이었다. 땅굴이 불만을 품는 이유는 단 한 가지였다. 모두를 일을 하지 않고 빈둥거린다는 거였다. 하루도 거르지 않고 건물 '15'의 지하부터 지상 100층까지 시찰하는 땅굴에겐 견딜 수 없는 고역이었다. 차라리 7등급 이하 구성원들의 보증서 확보를 위한 열광적인 설레발은 땅굴의 눈에는 건전해 보이기도 했다. 그러나 7등급 이상 소위 자리 잡았다고 생각하는 녀석들의 작태는 그야말로 가관이었다. 물론 이건 땅굴 혼자만의 생각이다. F는 이들에게 주어진 자유는 제한된 체제 내에서의 자유일 뿐이라고 힘주어 강조했다. 그와 함께 이들의 자유를 통제·조율해서 완벽한 질서의 감옥 안으로 몰아넣는 권력이야말로 그 어떤 세력의 침범도 불가한 영원한 바벨탑이라고까지 자찬했다. 땅굴은 그러한 F의 주장에 대놓고 항의하지 못했다. 불만을 피력하기 위해서는 토론을 불사해야 하는데, 그럴 경우 입심도 밀리고 최소한의 이해도 결여된 자신이 초등급 구성원들 앞에서 개망신을 당할 게 불 보듯 훤했기에 그저 켜켜이 쌓이는 울분을 견뎌내야만 했다.

최근 땅굴을 위협하는 요소 중 하나는 칼잡이였다. 땅굴은 칼잡이가 F의 암묵적 승인 아래 혁명 요직을 두루 차지하는 꼴을 고스란히 지켜봐야만 했다. 쿠데타가 혁명으로 승화되기 위해서는 초기 대응이 무엇보다 중요했다. 동시에 쿠데타 초기의 혼란은 기존 비주류들에게는 중심으로 진입할 수 있는 천재일우의 기회이기도 했다. 처세의 달인이며, 끝 모를 잔인성까지 갖춘 칼잡이가 기회를 놓칠 리 만무했다. 녀석은 숙청 작업의 선두에 서서 자신의 잔인함과 혁명 세력에서의 자신의 위치가 어느 정도인지 화끈하게 과시했다. 그러면서도 칼잡이는 F가 제시한 시스템 메커니즘을 누구보다도 열심히 공부했다. 그리하여 졸지에 조정위원장이란 막강한 요직까지 차지하고야 만 것이다.

칼잡이의 급성장은 땅굴의 눈으로 볼 땐 위험천만한 시한폭탄이었다. 땅굴은 겉으로는 전혀 칼잡이에 대한 경계심을 보이지 않았다. 경계심을 보이는 것 자체가 칼잡이의 성장을 인정한 꼴이었기에 그건 땅굴의 자존심이 도저히 허락하지 않았다. 무엇보다 땅굴의 심기를 어지럽힌 건 자신의 아내 귀걸이를 숙청할 때 칼잡이가 보인 냉혹함 때문이다. 귀걸이가 아무리 문란하다 해도 분명 열정을 갖고 내연남 칼잡이를 대했을 것이다. 나름 순정을 바친 여자를 만인 앞에서 난도질한 칼잡이의 잔혹함을 떠올리면 등골이 서늘해졌다.

물론 땅굴에게도 혁명의 동지들이 아예 없지는 않다. 무엇보다 자신의 양 옆을 충실히 보좌하는 후세인과 백구두 역시 잔인함으로는 결코 칼잡이에 뒤지지 않는 독종들이다. 하지만 둘의 잔혹함은 칼잡이를 결코 모방하지 못한다는 것을 잘 알고 있었다.

비록 무식하긴 해도 땅굴이 건물 '15'에서 갖는 지도자의 위엄까지 깎아내리는 건 곤란하다. F가 제아무리 대놓고 무시하고 칼잡이가 잭나이프를 턱 밑까지 들이민다 해도 땅굴은 명실상부 건물 '15'의 통치자다. 그는 혁명을 성공시키고 '폐신 집합소 창립기념일'이 아닌 '땅굴님 혁명 성취일'을 기념일로 만든 권력의 상징이 된 것이다. 땅굴은 이러한 위치를 거저 쟁취한 게 아니다. 그런 자부심으로 땅굴은 혁명 14주년을 맞게 된 이 시점에 나름의 통치 전략을 구사하기 시작했다. 물론 F는 반대했다. 하지만 땅굴은 자신의 통치 전략을 2~15등급 구성원들에게 보급하기로 결심했다. 땅굴은 이러한 전략에 F가 큰 반응을 보이지 않는 것도 자신에 대한 존경의 표현이라고 해석했다. 물론 그건 사실이 아니다. 땅굴이 보급한 통치전략 중의 하나는 2~15등급 멤버들에게 다시 공산품 생산에 참여하거나 독재자 시절부터 구상했던 소위 기간산업 개발 프로그램을 재가동하는 것이었다. 이 프로그램을 가동하게 된 동기는 땅굴에겐 절박했지만 F에게는 비웃음을 사기에 충분했다.

"노동의 중단은 그 자체로 죄악이다. 노동의 신성함을 잃어선 안 된다. 이렇게 보증서 확보에만 핏대 올리며 세월을 보낸다면 우리의 몸과 마음은 황폐해질 것이다. 공산품 생산의 날들을 추억하라. 하루가 톱니바퀴처럼 잘도 굴러가지 않더냐. 그때를 그리워하며 몸과 마음을 다시금 신성한 노동의 제단 위에 올려놓도록 하자."

땅굴은 비장한 심정으로 후세인이 대신 작성한 연설문을 낭독하며 스스로 감격했지만 초기 반응은 비참할 정도로 무관심했다. 땅굴의 논리대로라면 2~15등급 구성원들은 반드시 노동에 참여해야만 한다. 땅굴은 몇 개 남지 않은 기계들을 기름칠해 재가동시켰고 기간산업 육성이라는 명분 아래 시멘트와 콘크리트 원료의 연구·생산을 위해 구성원들의 자발적 참여를 유도했다. 그러나 등급과 아무 상관도 없는 공산품 생산에 달려드는 이는 아무도 없었다.

땅굴은 도대체 보증서가 무엇이기에 이들이 이토록 무기력한지, 한낱 종이에 불과한 보증서의 위력에 무릎 꿇고 말았다. 그러나 그는 물러서지 않았다. 땅굴은 다시 초등급 회의를 소집하고 지도자의 권력을 악용해 무조건 일정 시간엔 생산과 관련된 일에 구성원들을 참여시키자는 주장을 펼쳤다. 모두들 내키지 않았지만, 혁명의 우두머리가 장장 14년 만에 열변을 토하는데 들어주지 않을 수 없는 분위기였다. 그 결과 회의 막바지에는 나름대로 엘리트라고 볼 수 있는 후세인이 작성한 '건물 '15'에서의 의무적 노동 참여 규정 법안'을 발의시키기에 이르렀다. 2~15등급 구성원들은 무조건 주 5일 하루 8시간 동안 의무적으로 생산 활동에 참여토록 하는 법안이었다. 그런데 F가 이 법안의 결정적 약점을 지적하자 다시금 땅굴의 말문이 막히고 말았다. 법안 발의를 거수로 결정하자는 땅굴의 발언을 듣다 못한 F가 한마디했다.

"다 좋습니다. 노동을 통해 몸과 마음의 황폐를 막는다는 발상, 굿이에요."

"잡설 거두고 찬성하면 손이나 들어."

"그런데 말이에요. 그걸 어떻게 처리할 겁니까?"

"뭘 말이야?"

"공산품 말이에요. 기계를 통해 매일 8시간씩 찍어낸다고 가정해봅시다. 매일 쌓이는 공산품을 어떻게 처리할 거냐고요?"

"그건 말이지."

"시멘트 원료 생산은 정말 말도 안 되는 기간산업 중 하나입니다. 도대체 이 건물에서 콘크리트 같은 원료를 만들어서 어디에다가 쓸 거냐고요."

순간 땅굴은 숨이 턱 막혀왔다. 땅굴은 이제껏 공산품 생산에만 목숨 걸었던 인물이다. 공산품의 유통 경로, 소비 주체에 대해서는 전혀 아는 바가 없었다. 할 말이 궁색해진 땅굴은 F에게 되묻고 말았다.

"그래도 시멘트 원료는 뭔가 의미 있지 않을까. 독재자 시절에도 그런 이야기가 있었잖아."

"그건 독재자 생각이죠. 그걸 어떻게 활용해야 할지는 생각해보셨습니까?"

"쩝."

"그리고 공산품 생산과 처리는 어떻게 하실 겁니까?"

"공산품 문제는……. 지금까지 네 녀석 같은 연구원들이 담당한 거 아니었나?"

"제가 폐신 집합소 시절에 한 일이라곤 원배 뒤치다꺼리가 전부였습니다. 심지어 전 공산품의 생김새도 몰라요."

"대체 어떻게 된 거지?"

"뭐가 어떻게 돼요. 공산품이 어떻게 팔려나갔고 그게 어떻게 먹을거리가 되어 돌아왔는지 아는 사람이 누가 있겠어요."

"말이 안 돼. 그럼 10년 동안 이 건물에 모여든 사람들을 어떻게 먹이고 입혔어? 이 인간들이 무슨 일을 한 것도 아니고 밤낮 박 터지게 한 거라곤 보증서 가지고 등급 올리는 게 전부였잖아."

"배급 창고 확인하셨으면 알 거 아니에요. 저 정도 먹을거리면 건물에 모인 이들이 향후 20년 정도는 배불리 먹을 수 있는 분량이에요."

"20년이 지나면? 그 후엔 어떻게 되는데?"

땅굴의 질문은 관리센터에 모인 모든 이들의 질문이기도 했다. 초등급 회의가 벌어진 예전 독재자의 펜트하우스 입구를 지키고 선 칼잡이 또한 예민하게 F의 답을 기다렸다. 실제로 이 문제에 대한 답은 F가 갖고 있을 수밖에 없었고 또 그래야만 했다. 쿠데타의 핵심 브레인은 F였기 때문이다. 모두가 초조하게 답을 기다리는 상황에서 F는 특유의 선문답으로 자신의 논리를 변호함과 동시에 땅굴의 어리석음에 못을 박아버렸다.

"그건 수많은 변동성을 고려하지 않은 표면적인 계산일 뿐이죠.

그보다 중요한 건 저를 포함해 여기 모인 초등급 여러분과 1등급 관리 요원들은 적어도 삼대까진 먹고 놀아도 사는 데 아무 지장이 없다는 사실입니다. 그럼 된 거 아닌가요?"

"……"

"그럼 다시 땅굴님의 무모한 발상을 비판하지 않을 수 없군요. 이런 상황도 모르면서 무조건 공산품을 생산하자면 뭘 어쩌자는 건지 의문입니다. 생각을 좀 하세요. 공산품 생산, 기간산업 연구 따위에 힘 쏟게 되면 그만큼 힘을 많이 쓸 테고 그럼 더 많은 먹을거리를 찾으려 들 거예요. 먹을거리 불만이 증폭되면 그건 폭동으로 이어지고요. 그러면 보증서 체제 유지도 어려워지고 결국 초등급 신변 유지도 장담 못한단 말입니다. 아시겠어요?"

F의 논리정연한 공격에 난처해진 건 오직 땅굴뿐이었다. 초등급의 혁명 주체들은 겉으로 표현하지는 않았지만 땅굴을 향해 눈을 부라리며 '어디서 저 따위 발상을 법안이라고' 하는 식의 무언의 비난을 쏟아 부었다. 칼잡이 역시 고개를 가로저으며 '땅굴은 이제 다 됐구나' 하는 생각을 품게 되었다. 아무리 봐도 이제 건물 '15'의 대세는 F가 아닐까 싶었다.

그러나 F는 혁명 주체들의 평면적 생각의 차원을 넘어서는 인물이다. 땅굴의 권위가 그야말로 곤두박질치게 될 찰나 F는 다시금 자신은 뒤로 빠지고 땅굴의 위신을 적당히 세워주는 새로운 수정법안을 발의했다.

"허나 땅굴님의 발상은 한편으론 건전하기도 하네요. 노동이 없으면 몸과 마음이 황폐해질 수 있어요. 그래서 말인데 이런 방법을 도입하는 건 어떨까요?"

"뭔데?"

"생산, 혹은 노동 가치는 남겨두면서 기존의 편견을 버린 생산 활동에 대한 새로운 프리미엄을 부과하는 건 어떨까요?"

"무슨 소리야? 좀 쉽게 말해봐."

"간단히 말해 원하시는 대로 기계 재가동하고 시멘트 원료 연구 사업도 시작하는 겁니다. 하긴 하되 몇 등급에 한해서만 제한 실시하는 거죠. 참여 자격도 보증서 확보율에 따라 제한하고 시간도 적절히 조절해서 노동에 참여시키는 겁니다. 초등급 보증서 특별 발급 권한을 이용해 적정 수준의 보증서 발급 제도를 도입하는 거지요."

"그럼 생산된 공산품은 어떻게 처리하지?"

"그건 다시 납작하게 만드는 거죠. 그렇게 해서 둥글게 만들었다 납작하게 했다가 또 둥글게 만들고. 그럼 동일 재화를 재활용하는 셈이니 처리 문제 고민은 덜 수 있습니다."

"시멘트 원료는?"

"그것도 마찬가지죠. 제작이 성공하면 깨진 벽 메울 때 사용하거나 지하 3층 밑에 구렁 메우는 데 사용하면 되겠죠."

이 시점에서 우두머리의 아둔함을 더욱 부각시키는 철없는 질문을 다른 이도 아닌 충복 백구두가 내뱉고 말았다.

"아니 도대체 그런 멍청한 짓을 왜 한단 말입니까? 아무짝에도 쓸모없는 삽질 아닙니까?"

그러자 F가 억울하다는 듯 백구두의 질문에 답했다.

"땅굴님이 지금 그러자고 법안을 발의하신 거 아닙니까? 전 단지 땅굴님의 의견을 최대한 반영하고 건물 '15' 체제 존속에 가장 타당한 의견을 제시한 것뿐입니다."

쥐구멍을 찾는 땅굴의 상태에도 아랑곳없이 F가 재구성해서 제안한 생산 활동 관련 수정법안은 초등급 혁명 주체들의 만장일치로 가결되었다. 민망한 분위기 속에서 회의는 끝났고 고개 숙인 땅굴이 퇴장할 때 F는 정말로 야속한 듯 땅굴의 뒷덜미에다 쌓아두었던 불만을 여과 없이 토해냈다.

"그러게 독재자는 왜 죽인 겁니까? 노학자는 또 왜 혁명 주체로 남겨두지 않았구요."

그날 이후 땅굴은 은밀하고도 황당한 명령을 후세인에게 하달했다. 그건 바로 14년 전 목숨이라도 살려주는 게 어디냐며 13~14등급으로 내몰았던 노학자를 데리고 오라는 것이었다. 그 엄명은 철저히 비밀리에 진행되었으며 후세인은 그 즉시 짐을 꾸려 13~14등급이 모여 있는 지하로 내려갔다.

⊙

칼잡이는 특유의 잔인함으로 자신을 따르는 이들을 혹독하게 단련하는 일에 열중했다. 땅굴이 135층, 본래 독재자의 펜트하우스에서 지도자 놀음으로 시간을 죽일 때, 칼잡이는 분주히 몸을 놀려 자신의 세력을 규합하는데 골몰했다. 물론 땅굴 역시 부지런하기로는 둘째가라면 서러웠다. 그 역시 하루를 꼬박 건물 '15' 시찰에 쏟아부었다. 그러나 땅굴의 수박 겉 핥기식 시찰과 칼잡이의 움직임은 차원이 달랐다. 칼잡이는 F의 시스템 원리를 간파한 인물이다. F는 초기 시스템 정착 시기에 용의주도하게 보증서 발급 캠페인을 펼치고 다니던 칼잡이에게 중책을 맡기지 않을 수 없었다. 칼잡이는 보증서 발급 시스템의 핵심이 양육강식 원리에 있음을 일찌감치 파악했다. 또한 칼잡이는 F가 이 시스템을 가동시키면서부터 건물 '15'의 인구 조절 필요성을 절감하고 있음을 간파했다. 다수의 혁명 주체는 사실 재화 공급의 유한성에 대해 거의 생각해보지 않은 소위 땅굴 마인드 소유자가 대부분이었다. 그러나 눈치 하나로 일개 노동자 신분에서 초등급 조정위원장 자리까지 승진한 칼잡이의 머릿속에 재화 공급의 한계가 입력되지 않았다면 그게 오히려 이상할 정도다. 칼잡이는 그런 맥락에서 F의 등급제 시스템이 눈에 띄지 않을 정도로 미세하나 분명히 인구 감소를 유도하는 방향으로 계획되었다는 사실을 간파했다. 그런 흔적은 곳곳에 포진되어 있었다. 대표적인 예를 하나 꼽자면 피임 문제를 거론할 수 있다. 보증서 가치 척도 데이터에서 남녀 사이에 아이를 갖게 되면 남녀가 보유한 보증서 가치를 무려 세 단계 하락하도록 고안된 것이다. 하지만 누구도 그 문제를 지적하는 이가 없었다. 칼잡이는 이들이 맹목적일 수 있는 이유를 잘 알고 있다. 지상의 노동자들은 아무 이유 없이 공산품만 죽어라 생산해왔다. 공산품 생산에 참여하지 않으면 끼니를 거를 수밖에 없었던지라 자유를 맛보았다는 기쁨 하나로 보증서 발급 시스템의 모순을 전혀 의식하지 못한 것이다. 그들은 머리 잘 굴려 5등급 이상 그룹에 편입되기만 하면 평생 먹고 놀 수 있다는 희망 때문에 아이 갖는 일 따위에는 애초부터 관심이 없었다. 1등급 관리요원들은 이들의 욕구에 맞추어 피임 기구를 무상 공급했으며, 어쩌다 덜컥 임신이라도 하게 된 커플은 한 달 내내 성교육을 받게 했다.

지하 야만인들 역시 크게 사정은 다르지 않았다. 오직 지상 세계의 찌꺼기만 받아먹던 그들에게는 지상 세계와의 통합 그 자체가 유토피아였다. 이처럼 은밀하게 인구가 줄어드는 현상에 대해 지상과 지하 인종 모두 별 반발 없이 최소한의 우려도 느끼지 못하는 것이었다.

그러나 칼잡이는 한 걸음 더 나아가 발전적인 방안을 궁리했다. F의 인구 감소론은 취지는 백번 공감하지만 그가 추구하는 방법의 뜨뜻미지근함이 영 맘에 들지 않았다. F는 자신의 보증서 발급 시스템으로 인한 건물 '15'의 체제 존속에 대한 믿음을 갖고 있었다. 칼잡이도 그 믿음만큼은 적극 지지했다. 그렇지만 재화의 유한성에 대한 견해는 F의 생각과 조금 달랐다. 물론 현재 상태가 온전히 지속만 된다면 식량 보급은 몇 년 동안 원만하게 이어질 것이다. 그렇지만 보증서 발급을 통한 상위 등급에의 욕구가 점차 1등급까지 넓혀진다는 사실과 그 욕구의 증폭이 가져올 파국을 F가 사소하게 치부한다는 사실이 칼잡이에겐 우려인 동시에 기회로 인지되었다.

F는 폐신 집합소 시절부터 공산품의 생김새조차 모른 채 성장해온 엘리트 출신이다. 그 출신들의 치명적 한계를 칼잡이는 잊지 않았다. 바로 하위 등급의 등급 상승 욕망을 쉽게 간과한다는 것이다.

현장을 돌아다니는 칼잡이는 실제로 2~15등급의 많은 이들과 교류하며 그들 중 등급 상승을 위해 광분하는 이들의 공통 목표가 바로 1등급 체제의 붕괴 혹은 1등급으로의 상승임을 알게 되었다. 초등급까지는 넘보지 않는 분위기였지만 특히 2, 3등급 구성원들은 자기네들도 1등급들이 하는 관리 업무 정도는 할 수 있다는 자신감을 보이면서 1등급도 보증서 발급 체제로 전환하면 안 되겠느냐는 요구를 한 적이 한두 번이 아니었다. 그때마다 칼잡이는 땅굴과 F에게 의견을 전달하겠노라는 말을 건넸고, 2, 3등급 멤버들은 약속이라도 한 듯 칼잡이를 국빈 모시듯 접대하기를 잊지 않았다. 그중에서도 칼잡이를 가장 만족스럽게 한 건 2등급 중에서도 단연 튀는 복배 그룹의 접대였다.

◉

이제는 죽고 없는 키메라의 지극정성으로 그럭저럭 처세에 눈떴다고는 해도 복배는 여전히 세 살 지능의 소년임이 틀림없다. 한데 그런 녀석이 어떻게 2등급 신분이 될 수 있었는지 그 경로를 역추적해보면 단순하면서도 강력한 힘이 존재함을 발견하게 되는데, 그건 바로 녀석의 지칠 줄 모르는 아랫도리였다.

타고난 음녀 메두사에게 해방된 복배는 보증서 발급 초창기와 때맞춰 빠른 속도로 자신의 체력을 회복했다. 그러던 중 복배의 남다른 매력을 탐하던 여인이 있었으니 그 이름은 마타하리였다.

마타하리는 초창기 혼란스러운 틈을 타 복배를 우두머리로 세웠고 얼추 기운을 회복한 복배와 동침하면서 녀석만이 가진 오묘한 양물 맛을 뭇 여성들에게 입소문 내기 시작했다. 그녀는 여성들이 복배 밑으로 들어오도록 유도했고 소위 복배 라인에 가입하면서 적잖은 보증서를 헌납하는 여인들에게 녀석의 맛을 무한정 볼 수 있게 해주는 혁신적 회유책을 남발했다. 마타하리는 그런 면에서 복배를 자신만의 것으로 만들고자 했던 메두사, 키메라 자매의 소유욕을 처음부터 거부해버린 영악한 팜므파탈이었다. 그녀는 복배를 활용하는 데 탁월한 능력을 보였으며, 자신 역시 녀석과 더불어 2등급으로 올라서는 데 별다른 무리가 없었다. 하지만 그녀의 욕망은 거기에 머무르지 않았다. 그녀는 은밀히 2, 3등급의 소위 우두머리급 종자들을 꼬드겨 조정위원장 칼잡이에게 1등급 상승의 기회를 허가하는 건물 '15'의 자치 내규 법안을 발의할 계획을 도모했다. 칼잡이도 여간내기가 아닌지라 마타하리가 무슨 계산으로 자신을 접대하는지 잘 알고 있었다. 그럼에도 그는 기꺼이 자신을 성 상납의 제단 위에 올려놓는 마타하리의 도발이 싫지 않았다. 어느 날 격렬한 정사를 나눈 후 칼잡이는 그녀에게 복배의 양물에 대해 물었다.

"복배란 녀석이 그렇게 대단해?"

하지만 마타하리는 진실을 곧이곧대로 말하는 멍청이가 아니었다.

"제법이에요. 하지만 전 당신의 것이 더 좋아요. 당신은 터프하고 능숙해요. 녀석에겐 그런 게 없어. 힘으로 밀어붙이기만 하고. 무드가 없어요."

"그냥 봐도 무식하게 생겼어. 어떻게 사람이 뇌가 빈 채로 살아갈 수 있지?"

"미스터리예요. 뇌가 없는 대신 기운이 죄다 거기에만 쏠렸나봐요. 엄청나긴 해요."

"하긴. 내가 알던 괴물 중에 뇌만 살아남은 녀석도 있었지. 지금은 아예 계산기가 됐지만."

원배를 두고 한 발언이지만 마타하리는 그것까지는 알지 못했다. 원배로 인해 유지, 존속되는 보증서 가치 차이와 등급 선정 기준은 그야말로 초등급만이 알고 있는 일급 비밀이었다.

"복배란 녀석. 언제까지 우두머리에 앉혀놓을 거야?"

"쓸모없어질 때까지요."

"그때가 언젠데?"

"당신이 도와줘서 1등급 계급 이동이 가능하게 되면 그땐 가차없이 내버릴 거예요."

매번 이런 식으로 칼잡이에게 등급의 붕괴를 요구하곤 했다. 그렇지만 칼잡이는 열병처럼 앓던 첫사랑이 좌절되었다는 이유만으로 소녀를 살해한 잔인한 종자다. 마타하리의 성 상납을 꾸준히 받으면서도 칼잡이는 한 번도 F에게 1등급 개방 관련 안건을 들먹이지 않았다. 대신 놈은 F에게 일종의 획기적 제안을 안건으로 올린 적이 있다. 그 안건의 제시는 은밀하게 이뤄졌다. F와 그를 보좌하는 펀드걸만 아는 정도의 비밀이었다.

하지만 그 안건은 F로부터 보기 좋게 거절당했다. 그때부터 칼잡이와 F, 칼잡이와 땅굴 사이에 미묘한 경계가 형성되었다. 칼잡이는 자신의 획기적인 제안이 건물 '15' 체제의 영구 존속을 가능케 한다고 확신했지만 F는 칼잡이의 안건 속에 내재된 등급 상승 의욕의 힘을 충분히 실감하지 못했다. F는 자신이 고안해낸 시스템만이 절대 진리라고 말했으며, 보증서를 통한 구성원들의 자치 질서 수립은 결코 파기될 수 없는 건물 '15'의 영원한 특성임을 다시 한 번 강조했다. F에게 보증서란 건물 '15'의 단 하나의 지배 이데올로기, 보이지 않는 손이었다. 이 보이지 않는 손의 통제를 받는 구성원들은 스스로 그 지배 아래에 있기를 갈망한다는 결론을 추호도 의심하지 않았다.

칼잡이는 F를 이상주의자로 규정지을 수밖에 없었다. 동시에 땅굴과의 관계도 소원해질 것을 각오해야 했다. 왜냐하면 밀약이 이뤄지던 날 땅굴의 심복 후세인이 땅굴에게 칼잡이가 F하고만 밀담을 나누었다는 사실을 고자질했기 때문이다. 이전부터 칼잡이의 초고속 승진을 견제해온 땅굴은 그때부터 거의 모든 과업에 칼잡이를 보이콧했는데, 그러나 칼잡이에겐 땅굴의 유치한 견제가 그다지 위협적으로 다가오지 않았다. 그만큼 칼잡이는 막중한 비중을 가진 존재로 성장한 것이다. 칼잡이는 이제 천천히, 하지만 분명한 변혁을 대비해야 했다. 그것이 위험천만한 2등급 주체들의 연대를 통해서일지 아니면 F의 생각을 변화시키는 방법을 통해서일지는 지켜봐야 할 문제였다. 중요한 건 칼잡이의 자신감이었다. 칼잡이는 두려울 게 없었다. '잭나이프 하나로 여기까지 올라왔다. 독재자의 목도 잡아 비튼 나다. 다 엎는다 한들 무엇이 두렵겠는가.' 이런 대담함으로 칼잡이는 오늘도 마타하리를 자신의 숙소로 불러들여 독한 사랑에 빠져들었다.

⊙

깊은 밤, F는 잠들지 않았다. 미래거세연구소라는 명칭을 버리지 않은 76층에 앉아 '15'의 메커니즘과 하나가 된 원배가 쏟아내는 보증서와 수많은 데이터를 지켜보는 중이었다.

그 모습을 흠모의 눈길로 바라보는 펀드걸은 비록 진한 스모키 화장에 천박한 차림이었지만 지고지순한 연모의 주인공이기도 했다.

새벽 4시. 전용 의자에 앉아 시름에 잠긴 F는 원배의 수리혼數理魂이 담긴 기계, 컴퓨터, 정체불명의 부속품 따위를 바라보며 시간을 보냈다. 견디다 못한 펀드걸이 F에게 다가와 말을 건넸다. 그녀는 주군에 대한 충복의 충심이 아닌 흠모의 대상을 향한 추파로 무장했다.

"이제 그만 주무셔요. 오늘도 밤을 지새우실 것 같습니다."

"잠이 오질 않아."

"뭐가 그렇게 불안하신 거죠?"

"불안한 건 아냐."

"그렇다면 뭐죠? 모든 게 F님 뜻대로 움직이고 있잖아요. 땅굴도 이젠 꼭두각시가 되었고요."

펀드걸의 말대로 F는 잠을 설칠 만한 이유는 없는 것처럼 보였다. 적어도 겉으론 그랬다. 그렇지만 혁명 14주년을 맞이한 이 시점에서 자신이 풀지 못하는 실타래가 존재한다는 사실에 F는 치욕을 느꼈다.

"노학자는 알았을까?"

"뭘 말이에요?"

"땅굴이 심복을 시켜 노학자를 다시 불러들일 거라는 소문이 있어."

"하지만 이미 반년 전에 그의 실체를 파악하신 상태잖아요."

펀드걸의 말대로 F는 이미 반년 전 지하를 배회하며 비렁뱅이나 다름없는 삶을 살아가는 노학자를 알현한 적이 있었다.

"그랬지. 하지만 정말 몰랐을까?"

"뭐가 말이죠?"

"노학자 말이야. 공산품의 메커니즘을 정말 몰랐던 건지 아님 알면서도 모른 체한 건지 알 수가 없어."

"하지만 그때 이미 노학자의 머릿속까지 죄다 게워냈습니다. 노학자는 속 빈 강정이었어요. 그건 F님도 확인하셨잖아요."

5년 전, 독재자의 급작스런 죽음을 아쉬워하며 살려둔 노학자에게 혹독한 고문을 가해 폐신 집합소의 결정적 정보를 얻어내고자 했던 F의 시도는 물거품이 되고 말았다. 노학자는 오래전 모든 기억까지 죄다 게워내며 아낌없이 고백했다. 그럼에도 노학자의 머릿속에는 공산품의 용도, 출처, 공산품과 재화의 상관관계에 대해서는 아무것도 없었다. 과연 그 비밀의 메커니즘은 독재자만 알고 있었단 말인가? 아니면 그 메커니즘의 중심에 정말로 꿈의 퍼즐 조각이 존재했단 말인가? F를 괴롭히는 건 바로 그런 가정들이 진실로 둔갑할지도 모른다는 불안이었다. F는 독백을 하듯, 펀드걸의 머리로는 이해하기 어려운 말들을 이어나갔다. 펀드걸은 전혀 F답지 않은 모습에 당혹감을 감추지 못했다. 말, 행동, 동작 하나하나에 완벽을 추구하던 F였다. 하지만 그녀는 이런 흔들리는 모습조차 사랑했다. 펀드걸은 할 수만 있다면 이 순간 F를 끌어안고 바닥을 뒹굴고만 싶었다. 충분히 그런 일을 벌여도 용납이 되는 혁명 세상이 도래했다.

칼잡이가 매일 밤마다 여자를 바꿔가며 자신의 세력 확장을 도모한다는 소문을 접할 때마다 펀드걸 역시 몸이 달아올라 견디기 어려웠던 적이 한두 번이 아니었다. 그렇지만 불행히도 F의 완벽주의엔 결벽증도 포함되어 있었다. 입맞춤조차 불결하다고 보는 F의 지독한 결벽증은 결국 스스로 벽을 쌓는 결과를 초래했다. 그나마 F와 가장 가까이 있는 펀드걸조차 항상 2미터 떨어진 위치에서 그를 대했다. F는 궤변을 늘어놓았다. 곳곳에 의미심장함이 비수처럼 파고드는 단어들의 잔치였다.

"지금에 와서 드는 생각인데, 어쩌면 독재자도 공산품에 대해 아는 바가 전혀 없었을 거란 생각이 들어."

"그럼 공산품은 도대체 어떤 의미였을까요?"

"그걸 설명해주는 게 꿈의 퍼즐이 아니었을까. 반대로 얘기하면 이런 거야. 우리는 모두 지금 꿈의 영역 안에 갇혀 있는 거지. 우리가 살고 있는 '15' 전체가 꿈이란 얘기야. 그렇다면 꿈을 지탱하는 현실이 존재할 텐데 그 현실을 우리는 꿈으로 알고 있고 동시에 꿈의 퍼즐 조각을 맞춘다는 그때가 뜻하는 바는 우리가 더 이상 꿈의 영역에 머무를 수 없게 된다고도 볼 수 있지 않겠어?"

"어떻게 그런 가정이 가능하죠?"

"공산품의 유입과 재화 유통을 설명할 수 있는 길이 그것밖에 없어서 그래. 그렇지 않고서야 공산품의 처리 경로에 대해 이처럼 무지할 수 있을까. 하지만 이곳이 꿈인지 현실인지는 전혀 중요하지 않아."

"진짜 중요한 건 뭐죠?"

"핵심은 우리가 어떤 영역에 속해 있든 만약 이 영역이 훼손, 혹은 해체되면 지금까지 내가 이룩한 체제 존속의 비전 또한 물거품이 된다는 사실이야."

"……."

"많은 사람들은 혁명을 기성 세계의 완벽한 전복으로 인식하는데 그건 착각이야. 진정한 혁명은 눈속임이야. 눈속임을 통해 권력이 유지되고 체제는 견고한 다리 위를 건널 수 있게 되는 거야. 비록 그 다리가 환각의 다리일지라도 그 다리를 완벽하다고 긍정하면 그 다리는 곧 난공불락이 되는 거야."

"……."

"희망은 바로 그 환각의 다리 위에서부터 시작되지. 그게 가장 완벽한 꿈이야."

"F님의 결론은 뭐죠? 다시금 노학자를 불러들여 꿈을 복원하기라도 하겠다는 건가요?"

"그 반대야."

"반대라면?"

"기억해? 노학자가 원배 머리에서 골수인지 뭔지 채취하던 기상천외한 해프닝을?"

"당연히 기억하죠."

"그렇다면 노학자가 그 골수를 익명의 노동자들 머리에 주입한 것도 알고 있어?"

"그렇게 알고 있어요. 노학자 말대로라면 골수를 이식받은 노동자들이 어느 순간에 꿈의 마지막 조각을 꾸게 된다는 거죠."

"난 말이지. 아무리 황당무계해도 사전에 철저히 대비해야 한다고 봐. 그런 맥락에서 지금이라도 원배의 골수를 이식받은 그 정체불명의 쓰레기들을 색출해서 씨를 말려야 꿈의 복원이라는 일말의 가능성도 사라진다고 보는데, 어떻게 생각해?"

"하나의 영역을 아예 틀어막겠다는 거군요."

"그렇지. 한 영역의 철저한 봉쇄를 통해서 지금의 내가 두 발 딛고 선 이곳이 현실이든 꿈이든 상관없이 영구 지속되는 거야. 그게 바로 유토피아야. 진보의 시간이 멈추고 질서가 자체적으로 유지되는 온전한 자기 보존의 상태 말이야. 완벽히 폐쇄된 하나의 소우주 같지 않아? 난 바로 이 우주를 만든 창조주야. 신의 자리에 오르는 거지. 원배는 그런 의미에서 신의 은총일 수밖에 없어. 한 치의 오차도 허용하지 않고 정확한 데이터와 그래프 모델을 실현하는 이상 더 완벽할 순 없어. 최상이야."

완전히 자신의 말에 도취된 F는 그야말로 황홀경의 구름 속을 거닐었다. 하지만 그런 고차원의 몽상도 잠시, F는 다시 본래 모습으로 돌아와 한숨을 내쉬었다.

"또 왜 그러세요. 지금이라도 틀어막으면 되잖아요."

"펀드걸."

"말씀하세요."

"자네도 칼잡이를 알고 있지?"

"물론이죠. 기분 나쁜 칼자국을 어떻게 모를 수 있어요."

"조사해봤는데 노학자가 원배의 골수를 주입시킨 노동자들을 관리하던 작업반장이 칼잡이라고 하더군."

"그렇다면…… 칼잡이는 노동자들의 정체를 알고 있겠네요."

"그런 셈이지."

"그럼 칼잡이에게 명령하세요. 뭘 망설이세요."

"그게 그렇게 간단하지가 않아."

"어째서요?"

F가 썩 난처한 표정으로 평소보다 느리게 말을 이었다. 펀드걸은 그제야 F가 불면의 시간을 보내야 했던 결정적인 원인을 알게 되었다.

"일전에 칼잡이와 비밀 회동을 할 때 녀석은 내가 몸이 달아 있다는 걸 알고 있더군."

"보기보다 교활한 놈이군요. 그래서요?"

"녀석이 내게 정보 교환을 빌미로 모종의 협상을 제시했었어. 나름대로 머리 굴리는 게 수준급이더군. 건물 '15'의 한계와 갱신 가능성을 분석하는 능력도 상당했어. 하지만……."

"하지만?"

"결코 내가 용납할 수 없는 협상 내용이었지."

"만약 그걸 용납하신다면 어떻게 되는데요?"

"그럼 내가 주도한 혁명의 청사진이 헝클어지는 건 시간문제야. 내 완벽한 혁명 플랜에 오점이 남는 걸 용납할 수 없었어. 그래서 일언지하에 거절했지. 하지만 그 후부터 쉽게 잠들 수 없게 되었어. 그 하나의 가능성 때문에 말이야."

F는 자신의 관자놀이를 지그시 짓누르며 눈을 감았다. 펀드걸은 더 이상 캐묻지 않았다. 단지 F에게 다가가 그의 머리터럭을 만지고

싶은 충동만 그윽할 뿐이었다. 그렇게 미래거세연구소의 불면의 밤은 지나갔다.

⊙

주로 12~15등급이 모여 사는 곳은 지상 2층에서 지하 3층 공간이었다. 혁명 후 지하 3층 아래의 모든 공간은 콘크리트나 코발트 원료로 죄다 틀어막혔고 이제 사용 가능한 공간은 지하 3층뿐이었다. 특별히 15등급은 지하 3층에 모여 살았다.

어떤 이들은 분명 이곳을 유토피아라고 생각할 테지만 12~15등급 구성원들에게는 이전 지옥과 크게 다르지 않았다. 물론 살벌한 죽음의 위협 따위가 상존하는 건 아니었다. 그렇다고 완벽하게 치안이 확립된 것도 아니었다. 12등급 이상 구성원들은 보증서 강탈, 협박, 폭력 등의 문제로 조화로운 평화가 무너지는 것을 원치 않았다. 그래서 그들은 자치적으로 치안대를 조직했고 룰을 벗어난 행동을 보이는 이들을 모두의 의견을 모아 보증서 몰수로 처벌했다. 1등급 관리센터에선 이러한 자치 질서 수립 의지를 높이 평가해 간식 박스를 특별히 더 얹어주는 등 나름의 인센티브를 베풀었다.

그런데 12등급 이하 구성원들은 자치 질서 수립 의지를 필요로 하지 않았다. 그들에게 이곳은 오직 11등급으로 올라서기 위한 막장 이외에는 다른 의미가 없기 때문이다. 온갖 폭력과 협박은 이곳의 일상의 언어가 되어버렸다. 또 한 가지 주목할 만한 현상은 14등급에서 성행하기 시작한 매음굴의 탄생이었다. 여성과 아이들은 힘과 야만의 연대만을 중시하는 건물 '15'의 대표적인 희생양들이었다. 연대의 틈바구니에서 가족, 혹은 남성의 소유로 선택 받지 못한 여성들은 어떤 동정도 없이 14등급 아래로 떠밀려 갔다. 무소속의 아이들이나 장애인, 늙고 힘없는 노인들 역시 14등급 이하로 밀려났다.

그 무법천지를 식민지로 만든 건 11등급 혹은 10등급이었고 녀석들은 건물 '15'의 이동의 자유를 십분 활용해 하루가 시작되면 14등급 구역인 지하로 찾아와 거의 바닥 수준의 가치를 가진 보증서 몇 장으로 여자들을 장사 밑천으로 만든 다음 매음굴을 열어 소위 포주 사업을 시작했다. 아이들이나 도태된 엑스트라들은 그런 여자들의 뒷수발 드는 일로 간신히 끼니를 해결했고 F의 매음 금지령 선포에도 불구하고 치안 무법 지대가 되어버린 12등급 이하 세계에선 고결한 금령은 아무 효력도 발휘하지 못했다.

하지만 12~15등급의 막장 인생들이 아예 등급 상승의 욕망을 꺾은 건 결코 아니었다. 물론 다수는 이미 체념한 듯 하루하루 목숨을 부지하며 살아갔지만 소수는 등급 욕망의 의지를 결코 굽히지 않았다. 비록 그들이 이루어낼 등급 상승 가능성이 다른 등급의 사례에 비하면 턱없이 부족했지만, 개천에서 용 나듯 그 뜻을 이뤄낸 이들이 분명 존재했다.

F와 혁명 주체들은 이들에게 기회를 제공하고자 지상 9층 구舊복리후생실에 학교를 설립했다. 교육은 F의 혁명 비전의 특기할 만한 프로그램 중 하나였다. 교육이라고 해서 뭐 대단한 걸 가르치는 것으로 생각하면 오산이다. 건물 '15'에서 가르치는 유일한 과목은 이른바 보증공학이었다. 보증서의 가치 체계와 확보, 파기권 등과 관

련된 효율적 테크닉, 등급 상승 이후에 필요한 각종 등급 유지 이론들을 가르치는 게 보증공학의 핵심 커리큘럼이었다. 건물 '15'에 학교는 총 3개가 설립되었다. 3~4등급 경계 공간에 한 개, 6~7등급에 또 한 개, 그리고 이곳 지상 9층에 한 개를 설립하여 원하는 이에게 보증공학을 이수케 했다.

하지만 교육이라는 프로그램을 도입하는 데 잡음이 아예 없을 순 없었다. 학교 설립의 취지는 대단한 호응을 얻었지만 문제는 보증공학을 가르칠 수 있는 선생이 턱없이 부족하다는 사실이었다. 그래도 명색이 학교인지라, 학교당 최소 스무 명 이상의 선생을 확보해야 하는 어려움이 무리와 억지를 낳았는데, 그건 곧 선생 선정의 투명성 또는 객관성의 결여로 이어졌다. 이를테면 보증공학에 대한 충분한 이해 없이 1등급 관리센터에서 일주일 정도 교육 받아 학생들을 가르치거나, 심지어 선생의 자질을 평가하는 면접관인 1등급 구성원들의 자질 또한 형편없었기에 교육이 주먹구구식으로 이뤄질 수밖에 없었다. 그래서인지 영재는 면접에서 탈락시키고 보증의 '보' 자도 이해하지 못하는 촌무지렁이를 합격시키는 혼란을 보이고 말았다. 이런 혼란을 가장 적절히 이용한 이가 있었으니 그가 바로 은자였다.

피셔 킹의 뒤를 따라 지하 1층의 소요 속에서 은밀히 몸을 숨긴 은자는 엄청난 혁명의 틈바구니에서 특유의 능글맞음으로 살아남았다. 그러던 중에 은자는 '보증공학 가르칠 선생 모집'이라는 구인 광고를 발견하고는 쾌재를 불렀다. 출신 성분 기준이 무용해진 상태에서 은자는 얼치기 지식인 이미지를 십분 활용해 어리뜩한 1등급 관리위원들 앞에서 어려운 용어 몇 개 나열한 것으로 선생 자격증을 받게 되었고, 그 길로 지상 9층의 복리후생실에 마련된 학교로 출근하게 되었다.

은자는 자신이 이곳에 돌아왔다는 사실에 눈시울을 붉혔다. 그와 함께 전의를 불태웠다. 은자의 혁명은 아직 시작되지 않았기 때문이다.

화장실 들어갈 때와 나올 때가 다르다고 했던가. 지옥의 끄트머리에서 극적으로 살아남아 선생 자격증까지 발급받게 된 상태에서도 은자는 다시 혁명을 욕망했던 것이다.

은자도 지금의 혁명이 의미가 있지 않느냐는 생각을 하기도 했다. 무엇보다 과거에 입이 마르고 닳도록 떠들어대던 노동의 종말이 실현됐고 적당히 머리만 굴려도 순식간에 5, 6등급까지 치고 오를 수 있는 기회가 가시화된 것도 혁명의 증거로 볼 수 있을 것이다. 하지만 은자는 그건 우매한 민중의 착각이라고 단언했다. 은자의 혁명은 이런 것이 아니었다. 소녀의 꿈은 체제의 항구 지속의 추구가 아니었던 것이다. 은자는 2~15등급 사이에서 벌어지는 보증서 확보를 위한 치열한 긴장이 가져오는 정신의 황폐를 누구보다 예리하게 포착했다. 동시에 소위 혁명 주체들은 등급의 이동과 무관한 초월적 지배 권력으로 영구 존속된다는 발상은 참된 혁명의 이치와는 거리가 멀다고 평가했다. 진정한 혁명의 완성은 톱니바퀴를 억지로 끼워맞추는 것이 아니라 톱니바퀴의 해체에 있다고 보았기에 지금 상황을 혁명 직전의 발악으로 이해했다.

얼핏 보면 혁명에 대한 은자의 욕망이 대단히 의로워 보이지만 실상 내면을 들여다보면 F의 욕망과 하등 다르지 않다는 것을 확인할 수 있다. 은자는 진짜 혁명이란 등급도, 보증서도 없는 평등 무질서의 실현이라고 생각하면서도 그 역시 최소한의 지배 세력은 존재해야 한다는 발상을 여전히 거두지 않았다. 그 세력의 중심에는 자신이 있어야 한다는 욕망을 품고 있었기 때문이다. 지배 세력의 중심에 서고자 하는 욕망은 F나 은자나 별반 차이가 없는 공통분모였다. F는 은자보다 더욱 세련된 권력지향주의자일 수 있다. F는 권력의 전위에 나선 존재가 오히려 가장 먼저 표적이 된다는 속성을 잘 알고 있었기에, 직접 나서기보다 한 걸음 물러서는 지략까지 보유했던 것이다.

은자가 무턱대고 혁명을 욕망하는 건 결코 아니다. 이른바 재혁명再革命의 결정적인 계기가 존재했다. 선생 신분으로 14년 가까이 버텨온, 10등급에 불과한 자신을 중심으로 혁명을 시도한다는 것 자체가 터무니없을지도 모른다. 실제로 학교에 선생으로 부임해온 14년 동안 은자 역시 별 기대 없이 시간만 죽였다고 볼 수 있다. 그는 정말 선생질이나 잘해 남은 여생을 이대로만 지내다가 죽는 것도 나쁘지 않겠다는 소박한 생각을 품기도 했다. 적어도 녀석을 만나기 전까진 말이다.

◉

녀석의 이름은 주니어라고 했다. 정확한 나이는 모르겠다. 생김새만 봐서는 어린아이였지만 두 팔과 다리를 대신한 엽기적인 형체를 감안하면 그 연령대를 추측하기가 곤란했다.

처음 주니어가 학교에 모습을 드러냈을 때, 그곳에 모인 학생들은 주니어의 모습에 경악을 금치 못했다. 주니어는 급우들의 반응을 수줍게 받아들였다. 은자가 주니어에게 몇 등급 소속이냐고 물었을 때도 주니어는 말꼬리를 흐리며 15등급이라고 답했었다. 은자는 팔과 다리를 한 번 움직여보라고 했다. 주니어는 그때 휠체어를 닮은 보조 기구를 타고 있었다. 정교하지 않은 기계에 몸을 실은 주니어는 두 팔은 어느 정도 움직일 수 있는데 다리는 아직 힘들다고 말했다. 하지만 조금만 더 노력하면 다리도 움직일 수 있으며, 신경이 다리의 파고철들 마디에 스며들면 아예 불가능한 건 아니라고 제법 똘똘하게 대답했던 것이다.

은자가 주니어를 보고 경악한 건 녀석의 팔다리의 기괴함 때문이 아니었다.

지금으로부터 14년 전 이른바 혁명 초기 주니어의 모습은 괴물의 형태에 가까웠지만 몸이 자라면서부터 나름 형체를 갖추기 시작했다. 하지만 성장 과정 내내 주니어의 몸과 뇌 속을 파고드는 고통은 가히 상상을 초월했다. 특이한 발육 속도로 그 지능지수 또한 월등히 성장했지만 고철의 집합체는 전혀 그 속도에 부응하지 못하는 형국이었다. 주니어는 끊임없이 자신을 괴롭히는 엄청난 통증을 치사량에 가까운 마약성 진통제를 투여 받으며 가까스로 이겨낸 것이다.

은자가 경악한 건 주니어의 눈물겨운 성장담 때문이 아니었다. 주니어의 이목구비가 과거 소녀의 얼굴과 너무나 흡사했기 때문이었다. 마치 소녀의 밀랍인형을 보는 듯한 착각을 불러일으킬 정도로 주니어의 얼굴은 소녀를 닮았다.

그렇지만 주니어를 여성으로 보는 것도 무리가 있었다. 파고철로 용접된 주니어의 생식기는 남녀 구분이 어려울 정도로 모호한 형태를 가졌으며, 호르몬 또한 남성, 여성의 특징이 혼재하는 양상이었다.

이런 주니어를 대하던 급우들의 초기 반응은 두려움이었다. 하지만 주니어는 소년의 성품을 닮았다. 소극적이며 용기라곤 좁쌀만큼도 없는 소년의 유약함을 닮은 것이다. 처음 주니어를 위협적인 존재로 생각했던 급우들도 녀석이 겁도 많고 별 볼일 없는 15등급 출신임을 확인하자 막 대하기 시작했다. 주니어의 공책을 빼앗아 찢기도 했으며, 이유 없이 녀석의 고철 의족을 걷어차는 등 학교에서 할 수 있는 온갖 악행을 저질렀다. 그럼에도 주니어는 단지 묵묵히 보증공학만 공부할 뿐이었다. 참다못한 은자가 어느 날 주니어에게 물었다.

"어째서 넌 학교에 나오는 거냐? 보아하니 아이들도 널 무시하고 매일 그 몸으로 학교에 오는 것도 쉬운 일이 아닐 텐데."

그러자 마냥 순하기만 하던 주니어도 소녀의 무표정 속에 담겨 있던 광기를 닮은 안광을 쏟아내며 답했다.

"언제까지 15등급으로 살 순 없잖아요. 인간답게 살아야 하지 않겠어요?"

아이답지 않게 조숙한 대답이었고 비장했다. 자신의 현실에 대한 절절한 분노의 기운이 묻어났던 것이다.

은자는 한 걸음 더 나아가기로 결심했다. 소위 가정방문을 단행한 것이다. 은자는 설마 하는 마음으로 주니어의 휠체어를 직접 끌어주며 지하 3층으로 내려갔다. 매음굴의 창녀들과 비렁뱅이들이 널브러져 있고, 빛바랜 보증서를 움켜쥔 채 숨이 끊어진 주검들이 함부로 유기된 공간으로 들어온 은자는 기어이 주니어의 할아버지를 알현하고 말았다. 주니어의 할아버지는 지하 3층 구석에 마련된 작은 텐트에서 주니어가 어머니라고 소개한 엉덩이란 여자와 함께 있었다. 놀랍게도 주니어의 할아버지는 소년이었다. 은자와 소년의 만남은 그렇게 다시 이루어졌다. 소년이라고 부르기도 민망한 자글자글한 주름을 면상에 담아놓은 녀석을 보며 은자는 기쁨을 감추지 못하고 소년을 와락 끌어안았다. 반대로 소년은 불쾌함 가득한 얼굴로 자신을 반가워하는 은자를 경계했다. 소년은 14년 전의 일들을 똑똑히 기억하고 있었다. 둘 사이의 악감정은 피차일반일 텐데 은자는 소년이 살려낸 주니어를 보며 감격스러운 전의戰意를 불태웠다. 이른바 혁명에 대한 전의 말이다.

◉

지하 3층, 15등급의 안식처는 암굴이었다. 15등급 구성원들은 몸을 팔아서 보증서 몇 장 얻어 챙기는 여성들의 치마폭에 기생하는 열외인종들의 집합소였다.

은자는 주니어를 따라 지하 3층으로 내려갔을 때, 주니어가 어째서 그토록 강렬하게 보증공학을 공부하고자 했는지 이해할 수 있었다. '세상에, 어떻게 이런 곳에 사람이…….' 상대적 박탈감 탓일까.

차라리 지하가 지옥으로 불릴 때는 모든 집단이 평등하다는 생각을 품을 수 있었다. 하지만 지금은 상황이 다르다. 적어도 11등급만 올라가도 하루 세 끼 걱정에서 벗어나고 잘만 하면 문화생활도 맛볼 수 있다. 그걸 학교에 다니는 주니어가 모를 리 없다.

소년과 마주하는 순간 은자는 불길한 생각을 내내 떨쳐버릴 수 없었다. 소년의 모습은 고된 세상살이에 찌든 모습이었다. 적어도 지옥의 세계에서는 그렇지 않았다. 기적처럼 살아남은 주니어를 붙잡고 오열할 때만 해도 삶에 대한 강한 집착이 번뜩였던 것이다. 하지만 지옥에서의 20년, 건물 '15'에서 15등급으로 살아온 14년, 무려 34년이란 세월이 소년을 완전히 지치게 만든 모양이다. 소년에겐 은자에 대한 원망도 남아 있지 않았다. 소년은 지쳤으며, 그가 원하는 건 저녁 먹을거리를 챙겨오는, 늙은 창녀가 된 엉덩이를 기다리는 일뿐이었다.

은자는 비좁은 텐트 안에서 소년을 붙잡고 일장 연설을 토했다. 은자는 소녀의 꿈들을 대부분 기억하고 있다고 했다. 그 꿈이 비록 공상의 이질적 조합이기에 한 편의 이야기로는 결코 설명될 수 없긴 하지만, 명백히 지금 주니어의 생존이 꿈을 통한 혁명이 불가능하지 않음을 입증해주고 있다고 힘주어 말했다. 하지만 은자가 확신하는 건 과거 소녀의 모습과 지금 주니어의 얼굴이 너무나 닮았다는 사실 하나였다.

"이건 도무지 피할 수 없는 소녀의 현현이야. 소녀의 못다 이룬 꿈에 대한 욕망이 우리 주니어를 통해서 실현된 거라고."

하지만 소년은 은자와는 반대의 의견을 피력했다. 소년은 주름진

이마를 보여주며 은자의 들뜬 기대를 조롱했다.

"난 매일 저 아이를 보는 게 끔찍할 따름이오. 나와 엉덩이가 왜 이 고생을 하는지 모르겠다니까. 당신도 알고 있을 거 아니오. 저 녀석이 계속 성장하려면 약값이 얼마나 소모되는지 말이오. 지 어미가 아무리 창녀 짓을 하면 뭐 해. 밤새도록 벌어와도 저 녀석 하루 진통제값도 감당이 안 되는데……. 그런데 뭘 어쩌자는 거야. 빌어먹을."

소년은 체념에 가까운 불만을 마음껏 터뜨렸다. 그러자 주니어도 분통을 터뜨렸다.

"그러게 날 아버지에게 보내달란 말이에요. 그럼 되잖아요!"

"이 철없는 놈아. 니 애비는 반편이야. 아무리 저 높은 곳에 살아도 그 사실은 변하지 않는단 말이야!"

주니어는 4년 전 자기 생부를 찾겠다며 이곳저곳을 헤맸던 적이 있다. 소년은 복배에게 마지막 희망을 걸어보기로 하고 녀석이 지내는 2등급들이 모여 사는 곳을 주니어에게 알려주었다. 아무리 뇌가 비어버린 인간이라 해도 제 혈육은 알아볼 거라는 기대와 함께 주니어가 다신 이곳으로 돌아오지 않기를 소년은 은근히 바랐다. 아비 품에서 성장하는 게 이곳에서 뭉그적거리는 것보다 훨씬 나았기 때문이다.

그러나 주니어는 열흘 만에 추악한 몰골이 되어 돌아왔다. 그런 주니어의 손에 쥐어진 건 별 볼일 없는 보증서 몇 장이 고작이었다. 우여곡절 끝에 복배를 찾은 주니어에게 돌아온 건 무반응으로 일관하는 어이없는 아비의 모습과 그런 아비를 조종하는 마타하리라는 악녀의 냉정함뿐이었다. 두 눈만 깜빡거리는 복배는 초점 없는 눈으로 제 친아들을 무정하게 바라볼 뿐이었고, 마타하리는 주니어의 앞가슴을 걷어차며 계속 치근덕거리면 아예 심장까지 고철로 만들어버리겠다는 섬뜩한 위협을 서슴없이 뇌까렸다.

그렇게 돌아온 후 주니어는 4년 동안 아비를 원망하며 시간을 흘려보냈다.

은자는 소년의 아버지가 누군지 궁금해지기는 했다. 그렇지만 지금 은자의 머릿속을 가득 채운 건 주니어의 잠재력에 대한 기대뿐이었다. 주니어가 이토록 소녀의 얼굴을 닮은 이유가 주니어를 통해 소녀가 꾸었던 꿈이 실현될 것이기 때문이라고밖에는 해석할 수가 없었다. 은자는 소년에게 주니어를 자신의 양자로 입적해달라는 제안을 단도직입적으로 들이밀었다.

그렇지만 소년은 그의 말을 단호히 짓뭉개며 은자를 향해 삿대질까지 해가며 그를 저주했다.

"천벌 받을 인간! 아직도 미련을 버리지 못하고 있는 거야."

"이것 봐. 잊은 모양인데 소녀를 임신시킨 건 바로 그대였어. 그대가 다 된 밥에 콧물을 빠뜨렸다고."

"어쨌든 저 아이는 건드리지 마. 주니어 너도 잘 들어."

"……"

"넌 아직 어리니까 지금 저 인간 말이 모두 달콤하게 들릴 거야."

"솔직히 말하면 그래요."

주니어는 자신의 감정에 솔직했다. 은자가 쏟아 부은 일장 연설은 현 등급 제도의 모순과 자신이 꿈의 혁명을 이루어내면 그땐 우리들이 건물 '15'의 혁명 주체가 된다는 가슴 벅찬 내용이었다. 주니어처럼 보증공학까지 배울 정도로 등급 욕망에 강한 의지가 있는 아이라면 매료될 수밖에 없는 은자의 말을 사탕발림쯤으로 깎아내린 소년이 계속 말을 이었다.

"오래전부터 저 인간은 뭐 대단한 예언자나 된 것처럼 혁명이니 꿈 같은 허황된 말들만 지껄여왔어. 하지만 혁명은 더 이상 없어. 헛된 기대 갖지 마."

"그건 그대만의 생각일 수 있어. 이번엔 진짜야. 우리 주니어의 얼굴을 봐. 완전히 소녀의 모습이야. 소녀의 신비가 고스란히 주니어의 얼굴에 복원되었단 말이지. 이건 계시야. 혁명의 계시. 이봐. 그렇게 생각하지 않아? 날 한 번 믿어봐. 밑져야 본전이잖아. 안 그래?"

"밑져야 본전?"

"그래. 어떻게 되든 지금보다 더 비참할 순 없을 거 아니야."

소년은 은자의 유혹에 넘어가지 않으려고 필사적이었다. 소년은 주니어에게 달려들어 녀석을 휠체어에서 넘어뜨렸다. 바닥에 쓰러진 주니어가 황당한 얼굴을 하고 소년에게 따지듯 말했다.

"왜 이래요? 할아버지. 미친 거예요?"

"더 이상 학교 같은 데 나가지 마라. 명령이다."

"나갈 거예요. 배울 거라고요! 이대로는 살 수 없어요. 획기적인 변화에 동참하지 않으면 앞으로 어떻게 살아갈 수 있겠어요. 전 제 식구들을 책임지고 싶단 말이에요."

"개소리 집어치워. 네 녀석이 우릴 부양하는 게 아니라 우리가 네

치료비와 약값을 대고 있다는 사실을 명심하란 말이야!"

"등급만 급상승하면 할아버지하고 엄마를 먹여 살릴 수 있단 말이에요!"

"닥치고 무조건 이 텐트에서 나갈 생각 마! 그렇지 않으면 진통제고 뭐고 없어. 알아들어?"

주니어를 향한 소년의 윽박지름은 가히 미치광이 수준이었다. 소년은 어느새 반백의 미치광이가 되어버린 것이다.

◉

은자는 별다른 소득 없이 주니어를 텐트 속에 버려둔 채 돌아와야만 했다. 그리고 다음 날, 또 다음 날, 은자의 우려는 현실이 되고말았다. 주니어가 더 이상 학교에 나오지 않은 것이다. 은자는 좀더부드럽게 소년을 설득하지 못한 자신의 성급함을 질타했다. 그렇지만 결코 포기할 수 없었다. 은자는 눈앞에 있는 혁명 비전을 좀처럼접을 수 없었다. 그 옛날, 꿈꾸는 소녀를 처음 만났을 때의 감격을은자는 지금도 잊지 못한다. 그런데 소녀의 부활체나 다름없는 주니어를 이대로 매음굴의 텐트 속에서 죽게 만들 수는 없었다.

열흘 정도 고뇌와 결단의 시간을 보낸 은자는 끝내 물리적인 방법으로라도 주니어의 잠재력을 이끌어내겠다고 결심했다. 그건 은자가 마지막으로 꺼낸 최후의 수단이었다. 누군가는 불행해질 수밖에 없는 단 하나의 방법. 하지만 은자는 이 모든 일의 사단은 자신을따르지 않은 소년에게 있다며 자신의 결의를 합리화했다. 은자는이제 '15'의 축을 흔들어버릴 엄청난 사건의 중심에 설 위험 인물이 되어가고 있었다.

◉

 텐트 한 구석에 웅크려 영원히 안고 가야 할 고통에 신음하는 주니어를 보며 소년은 이제 올 것이 왔다는 다짐을 굳혔다. 그 다짐은 14년 만에 은자의 모습을 다시 보았던 그때부터 시작되었다. 지옥보다 더한 고통을 견디며 이제까지 살아남아 두 눈을 총명하게 번뜩거리는 주니어를 보며 소년은 어쩌면 은자보다도 더 강렬하게 소녀의 현현을 실감하고 있는지도 몰랐다. 만성의 고통에 짓눌린 주니어의 눈빛 속에 담겨 있는 대상을 알 수 없는 원망과 애증의 흔적이 흡사 소녀의 망령을 보는 것 같았기 때문이다.

 소년은 어디서부터 잘못된 것인지 몰랐기에 불안했다. 과연 주니어가 이 몸으로 언제까지 생존할 수 있을지에 대한 두려움도 강했지만 무엇보다 미래에 대한 불안이 결정적이었다. 은자의 혁명 운운하는 발언은 소년의 불안의 화덕에 들입다 기름을 부은 격이었다.

'혁명이 일어났다. 혁명이 일어난다. 혁명이 일어날 것이다.'

 은자는 여전히 혁명을 낭만적으로 생각했지만 소년은 달랐다. 복배를 끌어안고 지옥으로 내몰렸을 때, 제 의지와 상관없이 어설픈 풋사랑의 씨앗을 두 토막 내야 했을 때, 매번 받게 될 처벌이 두려워 칼잡이에게 육체의 평안을 갈구했을 때, 아니 존립 자체가 의문인 폐신 집합소에서 용도 불명의 공산품을 하루 8시간씩 생산해야 했을 그때부터 혁명은 언젠가는 반드시 분출될 휴화산처럼 붕괴와 몰락의 상징으로 메워지고 말았다. 소년의 머릿속을 가득 메운 혁명은 그런 종류였다.

⊙

언제나 영원할 것으로 믿었던 F의 건물 '15'의 항구적 체제 존속조차도 어느 순간부터인가 균열의 징후를 맞게 되었다. 균열의 징후에 대한 해석을 두고 이른바 혁명 주체 3인으로 대표되는 F와 땅굴, 그리고 신흥 권력자 칼잡이는 이번에도 역시 판이한 견해를 보였다. 엄청난 의견 차이에도 불구하고 공통분모가 존재했으니 그건 바로 균열 징후에 대한 해결책이라는 게 죄다 비과학적이며 심지어 미신에 가깝다는 사실이었다.

F에게 다가온 위협은 심각한 수준이었다. 물론 그건 건물 '15'의 일반인의 눈에는 대수로운 일로밖에 보이지 않았다. 하지만 F의 눈에 비친 작금의 변화는 분명 심각했다. F는 서서히, 하지만 분명한 변화를 실감하면서 공포에 가까운 당혹감을 느꼈다.

변화의 용틀임을 보인 건 정교한 보증공학의 메카 원배였다. 원배는 F에게 자신의 모든 걸 내맡긴 헌물獻物이었다. 적어도 F에겐 그랬다. 따지고 보면 F가 건물 '15'의 체제를 수립할 수 있었던 것도 결정적으로 원배가 있었기에 가능하지 않았는가. 그런데 원배역시 세월의 흐름 앞엔 어쩔 수 없는 걸까. 기능 저하에 대한 우려를 사전에 불식하기 위해 원배를 고성능 계산기로 타락시키는 결단을 감행했음에도 사람의 특성은 변하지 않는 모양이었다. 유한성이라는 사람의 특성은 비록 진행 속도의 차이만 있을 뿐 퇴화의 늪 속에 빠지게 만드는 법이다. F가 그 불변의 진리를 망각한 건 어쩌면 의도적이었는지도 모른다. 원배는 언제까지라도 기계의 일부가 되어 건물 '15'의 항구적 체제 존속을 보증해줄 거라는 믿음, 그건 믿음이었고 그 믿음의 궁극엔 미신을 닮은 숭배 의지가 존재했다.

하지만 미신은 말 그대로 미신일 뿐이다. 원배는 서서히 내리막길을 걷기 시작했다. 보증서의 가치 등급과 우열 기준을 구분 짓는 프로그램의 처리 속도가 조금씩 느려지는 건 차라리 애교로 봐줄 만하다. 더 심각한 건 오차율 0.00000003퍼센트를 자랑하던 원배의 가치 등급 기준과 데이터 산정 오차율이 급격히 상승한다는 사실이었다. 물론 그러한 오차율 상승은 범인凡人의 눈으로 보면 아무 변화도 없는 것처럼 미미했다. 그러나 그건 어디까지나 보증서의 절대 효능을 믿어 의심치 않은 구성원들의 생각이다. 정작 보증서 발급, 관리 프로그램을 가동시키는 F 입장에서는 그야말로 똥줄 타는 변화가 아닐 수 없는 것이다. 오차율 증가는 곧바로 보증서 가치에 대한 형평성 문제와 직결된다. 만약 1이란 보증서보다 두 계단 가치가 낮은 3이란 보증서가 몇 번의 파기권과 다른 상위 보증서 체계로의 편입을 통한 경우 그 가치가 변화되었더라도 오차율이 0.00000003 퍼센트일 경우에는 보증서 1과 3의 정확한 가치 산술이 가능하지만 오차율이 높아지면 높아질수록 가치 산술의 정확도가 낮아지게 되고 그러한 오차가 쌓이면 끝내 보증서 1과 3의 가치가 역전되는 현상이 발생하게 될지도 모르는 것이다. 처음에 F는 원배의 두뇌 속에서 산출되는 이런 오류를 두고 우연의 일치거나 오랜 시간 혹사된 탓으로 생각하고 몇 시간 동안 보증서 발급 업무를 중단하는 조치를 취해봤지만 근본적인 해결책은 될 수 없었다.

초기에 이런 현상을 발견했을 때 F의 먹먹함이란 거의 패닉 수준에 가까웠다. 적어도 원배만큼은 영원한 수학 기계로 믿었기 때문이다.

F의 근심 걱정은 이게 전부가 아니었다. 퇴화의 발견이 당혹스럽긴 해도 여전히 원배의 계산 능력은 든든했다. 그러나 또 다른 사건들이 F를 근심케 했다. 바로 2~15등급 구성원들의 자치 질서가 조금씩 붕괴될 조짐을 보인다는 점이었다.

지나친 감이 없지는 않았다. 그 현상 또한 서서히 진행되는 것이니까. 하지만 F처럼 건물 '15'의 완벽한 자치 질서를 신봉하던 입장에서는 적잖은 충격인 것만은 틀림없었다.

F는 2~15등급 구성원들이 보증서의 공학적 데이터가 완벽하다는 사실에 동의한다면 자신들의 등급 상승 역시 합법적인 카테고리 내에서 추구할 것으로 생각했었다. 실제 지난 14년 동안은 그런 식으로 별 탈 없이 진행되어왔던 것이다.

공교롭게도 원배의 오차율이 상승하던 무렵 보증서를 소재로 삼은 이른바 범법행위들이 급증하기 시작했다.

범법행위란 이런 것들이다. 상대에게 자신의 보증서 가치를 속이고 하위 보증서를 발급해준다고 농간을 부려 상대의 보증서를 교묘히 빼돌리는 사기 사건이라든지, 아예 떼로 몰려들어 상대 혹은 상대 집단을 물리력으로 제압하고 강제로 보증서를 강탈한다든지 하는 사건들이 주로 6~11등급 사이에서 심심치 않게 발발했고, 그보다 더 심각한 경우로는 보증서 위조 사건이 있었다. 규모에 상관없이 어느 사회든 짝퉁의 발생은 피할 수 없는 법, 건물 '15'도 예외는 아니어서 매우 느린 속도로, 그러나 점점 더 대범하게 위조 보증서가 시중에 떠돌기 시작했다. 누군가 보증서 중에 위조가 섞여 있다고 양심선언하지 않았다면 위조가 원조의 7할을 육박했을지도 모른다는 사실은 F를 고뇌의 구렁 속으로 밀어 넣기에 충분했다. 그리고 그와 때를 같이하여 F의 미신에 근거한 불온한 거래의 불씨가 다시 불붙기 시작했다.

펀드걸과 '보증서 관련 범법행위 발본색원위원회'가 수사팀의 집요한 탐문수사로 두 명의 위조 보증서 제작, 배포자를 긴급 체포하자 F는 직접 둘을 심문하겠다며 되지도 않는 고문을 자행했다. F는 어느 시점부터인가 건물 '15' 구성원들의 판단 능력을 심각하게 의심하기 시작했다. F는 그들을 닭이나 양으로 보기 시작했다. 그렇지 않고서야 어떻게 이런 온갖 저급한 범법행위를 자행할 수 있느냐는게 F의 항변이었다.

두 명의 범법자를 고문하던 중 한 명은 실신을 두어 번 거듭하다 그대로 황천길로 가버렸고 나머지 한 명도 결코 오래 버티지 못했는데, 그 남은 한 명을 추궁해서 얻어낸 성과가 있다면 그들이 모두 폐신 집합소 시절 42층 노동자로 일한 적이 있다는 이력의 발견이었다.

과거 42층이라면 노학자에 의해 원배의 골수를 이식받은 노동자들이 몰려 있던 장소가 아니던가. 이 중대한 범법행위를 저지른 두 명이 14년 전 42층에서 한솥밥 먹던 동료였다는 사실이 F에게 주는 의미는 실로 컸다. 그 발견은 F의 미신적인 상상력을 부추기는 데 한몫했다. F는 이 모든 정황으로 미루어 볼 때 원배의 골수를 이식받은 42층 출신들의 집단 이상 징후라고 결론지었다. 물론 펀드걸은 평소 F답지 않다며 좀더 신중해지는 게 어떻겠냐고 충고했지만 출생 때부터 철벽 나르시시스트 F에게 펀드걸의 충언忠言이 귀에 들어올 리 만무했다. 심지어 그는 원배의 기능 퇴화 원인까지도 42층 골수 이식자들의 검은 음모라는 가당치도 않은 음모론을 기정사실화하는 오류까지 범하고 말았다.
 펀드걸은 '확실히 우리 F님이 오랫동안 잠을 못 자 명철한 판단 능력을 망실해버렸구나'는 확신을 거둘 수 없었기에 F를 향한 안타까움은 더해만 갔다. 그렇지만 어느 누가 F를 막을 수 있겠는가. F는 조속한 문제 해결을 위해 42층 노동자들의 신원을 정확히 알고 있는 칼잡이와의 밀담을 주선했다. 하지만 이런 F의 발상은 틀림없이 위험한 결과를 낳을 거라는 사실을 펀드걸은 감지하고 있었다. 사실 이 모든 일에 있어 황당무계한 음모론까지는 아니어도 누군가 분명 F의 동요를 불러일으키는 장치들을 곳곳에 매설해놓았으며, F는 바로 그 지뢰를 매설한 배후 인물에는 관심을 기울이지 않고 지뢰 폭파에만 정신을 팔아버리는 오류를 범하고 있는 것이다. 그 배후의 주범은 당연히 칼잡이였다.

⊙

칼잡이가 공급의 단절과 지속적인 수요의 증가로 건물 '15'의 운명이 끝내 보증서 더미 위에서 마감될지도 모른다는 생각을 한 건 F의 2~15등급 인구 조절 계획을 짐작했을 때부터였다. 그렇지만 칼잡이는 F의 접근법이 지나치게 온건하다는 사실에 불만을 품어왔었다. 그때까지 칼잡이는 F와 땅굴의 그늘 아래 초등급 권력을 향유하는 것에 만족했었다. F의 무한 사랑을 받는 원배가 치명적 퇴화를 시작했다는 사실을 인지하기 전까진 분명 그랬다.

일찍이 칼잡이는 마타하리를 비롯해 2등급의 똘똘한 지옥 출신들과 비밀스럽게 연대해 흥청망청하는 1등급 녀석들을 심판하려는 음모를 꾸미긴 했었다. 그런 음모의 저변엔 칼잡이의 외로움을 달래주던 마타하리의 엄청난 밤 생활이 한몫했다. 하지만 칼잡이가 마타하리를 온전히 자기 것으로 만들고 싶어도 그녀와 2등급 전체의 물을 흐려놓는 암초가 있었으니 바로 복배였다.

원배가 F의 무조건적 총애를 받는다면 복배는 마타하리를 비롯해 2~5등급 여성들의 절대적인 지지를 받았다. 그녀들에게 있어 복배는 거의 신이었다. 어떻게 그런 일이 가능하냐고 따져 물으면 마땅히 답할 수 없는 게 사실이지만 땅굴의 말처럼 아무 일도 않고, 아무 목표도 없는 건물 '15'의 무료한 일상을 여성들이 견뎌낼 수 있는 방법 중 가장 만만한 게 질펀한 쾌락의 추구였다. 그 분야에서 독보적인 존재인 복배는 그녀들의 따분하고 우울한 일상에 내리는 단비였다. 그렇지 않고서야 머리통이 텅 비어버린 저능아에게 보증서를 다발로 떠안기는 무모함을 어떻게 이해할 수 있겠는가.

그렇지만 그런 복배에게도 최근 미미하지만 분명한 변화가 나타났다는 풍문이 칼잡이의 귀에 들려왔다. 칼잡이는 절로 신이 났는데, 복배의 이상 징후에 맞춰 원배에게도 이상 징후가 나타났다는 사실 때문이었다.

칼잡이가 마타하리에게 흘리는 말로 복배의 근황을 물었는데, 그녀가 뜻밖의 대답을 해옴으로써 녀석의 이상 징후를 감지할 수 있었다.

"복배가 예전 같지 않아요."

"무슨 소리야?"

"뭐랄까. 딱히 설명하긴 힘들지만 뭐 그런 거 있잖아요."

"솔직히 있는 그대로 읊어봐. 어서."

"그냥 그래요. 예전처럼 강하지 않다는 거예요. 그런데 그게 나 혼자만의 느낌이 아닌 거 있죠."

"그렇다면?"

"계집들 아랫도리가 여간 예민한 게 아니잖아요. 아니나 다를까. 나만 그렇게 느낀 게 아니라 다른 계집들도 그런 느낌이었다고 했어요. 앙큼한 것들."

"그렇단 말이지……."

잠시 생각에 잠긴 칼잡이가 마타하리를 억세게 끌어안으며 물었다.

"지금부터 내가 묻는 질문에 솔직히 대답해."

"전 항상 솔직했어요. 말씀하세요."

"만약에 말이야. 복배란 녀석의 양물이 절인 무절임처럼 시든다면 말이야."

"……."

"만약 그러면 녀석을 어떻게 할 셈이지?"

"솔직하게 대답해야겠죠?"

"물론."

"보증서를 모두 갈취한 다음 쥐도 새도 모르게 묻어버릴 거예요."

"후훗. 당신다운 대답이야. 그렇다면 한 가지만 더 묻지."

"백 가지를 물어보셔도 괜찮아요."

"만약 내가 말이야. 일이 잘못되는 바람에 10등급 이하로 몰락하거나 어디 하나 불구가 되거나 하면 그땐 날 어떻게 대할 거지?"

"솔직해야 한다고 말씀하셨어요."

"솔직하지 않다고 느끼면 이 자리에서 죽여버릴 거니까 각오해."

"만약 칼잡이님이 그렇게 약해빠진 사람이라면 당신 또한 묻어버릴 거예요."

"역시 맘에 들어. 그럼 이렇게 따라 해봐."

"말씀하세요."

"그냥 좋아. 좋은 데 이유가 있어야 돼? 그런 법이라도 있어?"

"그냥 좋아. 좋은 데 이유가 있어야 돼? 그런 법이라도 있어?"

마타하리의 도발적인 대답에 칼잡이는 화를 내지 않았다. 오히려 대단히 만족해하며 마타하리의 가슴에 머리를 묻었다. 그러고는 지그시 눈을 감고 욕망의 실현을 위한 음모를 구상했다.

칼잡이의 음모는 원배의 보증서 발급 속도가 약간씩 느려진다는 사실과 아주 미미한 빈도이긴 해도 오류를 범한다는 사실을 발견함과 동시에 가속화되었다. 칼잡이는 오류의 원인을 원배라는 괴물 계산기의 기능 퇴화로 진단했다. 그러자 자신의 음모를 실행하는 데 더욱 탄력을 얻었다. 녀석이 목적하던 바의 핵심은 바로 F가 은밀히 추구해오던 인구 조절 계획의 규모를 획기적으로 증폭시키는 일이었다. 그 과업을 이루기 위해서는 F의 견고한 신념을 뒤흔드는 충격 요법이 필요하다고 판단했다. 칼잡이는 보증서를 소재로 한 범법행위를 도모했다. 과거 42층에서 원배의 골수를 이식받은 노동자들을 적극 활용했다. 그들에게 보증서 몇 장을 당근으로 제공하고 그들로 하여금 위조 보증서를 제작·배포하게 한 다음 의도적으로 F의 수사망에 걸려들게끔 유도했다. 그렇게 해서 칼잡이는 평소 42층 출신 노동자들을 비밀리에 찾아다니는 F의 계획과 자신의 인구 감소 조절 계획을 교환하면 언젠가는 몰락할 것이 분명한 보증공학 시스템 이후의 권력을 자신이 쟁취할 수 있을 것이라고 믿었다.

마침내 F에게 밀담 제의가 들어왔을 때 칼잡이는 만세삼창을 부르고 싶었다. 녀석은 불가능해 보이는 것들을 자신이 구상한 궤도 위에 올려놓을 수 있다는 벅찬 감격에 눈물 몇 방울 떨어뜨리는 추태를 보이기도 했다. 영문을 모르는 마타하리는 눈물을 흘리는 칼잡이를 끌어안고 녀석의 눈물을 혀로 닦아주었다.

⊙

F와 칼잡이의 치밀한 물밑 거래와는 달리 허망한 삽질 추구로 정평이 난 땅굴은 극도로 우매한 정책을 선보이며 모든 이의 빈축을 사는 데 앞장섰다.

땅굴이 후세인에게 특명을 내려 노학자를 데리고 오는 것까진 괜찮았다. 하지만 노학자는 이미 예전의 노학자가 아니었다. 5년 전에도 이미 노학자는 12등급 이하의 야만 생활에 적응을 못하고 고통스러워하다 끝내 알츠하이머 증세를 보였는데, 5년이 지난 노학자의 꼬락서니는 말도 아니었다.

그런 노학자에게서 알짜 정보를 알아내겠다며 설레발치는 땅굴의 의욕은 오히려 좋지 않은 결과만 낳고 말았다. 땅굴의 일갈을 듣고 노학자가 횡설수설로 일관했던 것이다.

그래도 인내심을 갖고 노학자를 설득해 최소한의 성과라도 얻길 바랐던 후세인은 끝내 땅굴의 무모함을 목도함과 동시에 결정적으로 그에게 실망한 나머지 자신의 주군을 배신하는 일을 저지르고 말았다. 백구두에 비해 사리분별에 있어서 그나마 나았던 후세인이 실망한 사건은, 노학자의 횡설수설을 견디다 못한 땅굴이 그만 부삽으로 노학자의 머리통을 내리찍은 일이었다.

한 시대를 풍미한 노학자의 허망한 죽음 앞에 후세인은 할 말을 잃었다. 그러나 단순무식 백구두는 기립 박수까지 치며 땅굴의 경거망동을 찬양했는데, 문제는 땅굴이 후세인보다 박수치며 자신의 혈기를 돋우는 백구두 편을 들어주었다는 것이다.

그나마 F와 칼잡이 세력을 견제하는 데 중요한 역할을 담당하던 후세인이 초등급의 허망함을 야유하는 짧고 명료한 시 한 수를 유언처럼 남기고 10등급 이하들이 사는 저 아래쪽으로 떠나버렸다. 땅굴은 오히려 잘된 일이라며 이젠 자기 멋대로 건물 '15'를 이끌어보겠노라는 무모한 의욕을 밝히며 황당무계한 생산 사업들을 정력적으로 추진하기 시작했는데, 그중에서 가장 무모한 일은 시멘트와 고강도 콘크리트 원료 제작 사업이었다.

도로, 다리, 건물 신축에 사용하는 기간 재료의 생산은 그야말로 엄청난 연구 인력과 시간, 생산력이 요구된다. 하지만 땅굴은 초등급, 1등급 위원들을 하루가 멀다 하고 회의에 참석시켜 이 사업이 건물 '15'의 혁신 미래 산업이라고 떠들어대며 그들의 동의를 구하기 위해 동분서주했다. 땅굴은 막대한 비용과 인력을 자신의 권한으로 보증서를 남발함으로써 충당하려 했고 지도자로서의 자신의 지분을 요구하는 통에 F를 비롯한 혁명 주체들과 쉼 없이 잡음을 일으켰다. 더 이상 F의 반박도 통하지 않았다. F는 도대체 다 지어올린 건물에 시멘트를 만들어 뭐에 쓰려는지 이해할 수 없다며 시종 난색을 표했지만 땅굴은 그렇게 따지면 보증서 역시 아무 쓸모없지 않느냐는 황당한 논리로 반박하며, 오직 이런 식의 거대 사업을 일으켜 뭔가 역동적으로 움직이고 직접 현장을 진두지휘하는 모습을 보여주는 것만이 지도자로서의 카리스마를 각인시키는 유일한 길임을 역설했다. 자신이 14년 전 F와 손잡지 않았다면 결코 혁명은 성공하지 못했을 거라며 과거까지 들먹이면서 F를 공격하고 협박했다.

안팎의 고민에 휘말리던 F는 끝내 땅굴의 철없는 생떼에 손을 들어주고 말았다. 땅굴은 우선 엘리베이터를 철거해버리고 그 공간을 각종 원료 운반 통로로 만들었다. 땅굴의 억지 사업 추진으로 엘리베이터 이동이 불가능해지자 2∼15등급 사람들은 분통을 터뜨렸고, 그럴수록 2등급 구성원들의 결집은 더욱 견고해졌다. 이유인즉 100층 이상은 초등급과 1등급의 차지였으며, 100층 이상의 엘리베이터는 정상 가동되었기 때문이다. 덕분에 F는 76층 연구소 건물을 135층으로 이동하는 번거로움까지 감수해야 했다.

이 전무후무한 규모의 사업이 결국 재앙을 몰고 올 것이라는 예견이 F와 칼잡이의 비밀 회담을 성사시키는 데 결정적인 역할을 했다. F는 무모한 사업 추진이 결국 건물 '15' 구성원들의 대대적인 원성을 살 것이라 예상했고, 칼잡이는 만약 자신의 계획을 F가 수용하지 않는다면 아예 이 고조된 여론을 폭동으로 연결시키겠다는 생각까지 했다. 오직 순진하고 무모한 희망에 사로잡힌 건 땅굴뿐이었다.

⊙

학교 수업을 마치고 힘겹게 지하 3층 텐트로 돌아가려는 주니어 앞에 예상치 못한 장벽이 가로놓였다. 하루아침에 사라져버린 엘리베이터가 그것이다.

땅굴의 사업 추진 발표는 단지 지상 구성원들에 한해서만 유용했다. 건물 '15'의 방송 시스템은 지상 1층까지만 설치되어 있었고 지하에는 전무했기에 15등급 인생 막장들은 도대체 무슨 이유로 갑자기 설치해놓은 엘리베이터를 철거하는지 영문을 모르겠다는 얼굴들이었다.

최악의 조건에도 불구하고 주니어는 평소보다 2시간이나 일찍 텐트를 나서 두 손의 감각만을 이용해 정시에 학교에 당도했다.

그런 주니어를 보며 은자는 더욱 몸이 달아 바로 오늘을 혁명의 초석을 놓는 디데이로 정했다. 주니어의 집념이라면 반드시 혁명의 시금석이 될 거라는 생각으로 전개된 실험은 극도로 야만스러웠고 그만큼 위험요소가 다분했다. 그러나 은자는 한번 굳힌 결심을 굽히지 않았다. 어차피 엎질러진 물, 얄팍한 혈육관계 하나만으로 녀석의 천재성을 짓뭉개버린 소년에게 더 이상 주니어를 맡길 수 없다는 분노가 사태를 수습이 어려운 지경으로 내몰았다.

비장한 심정으로 수업을 진행하던 은자는 땀을 훔치며 주니어의 상태를 한 번 살핀 후 학교 내에서 잔혹하며 시건방지기로 소문난 뿔테 안경과 그 똘마니들에게 의미심장한 눈빛을 보냈다. 뿔테 안경은 어젯밤 자신과 은밀한 거래를 맺은 은자의 행동 개시 사인을 받자마자 자리에서 일어났다. 뿔테 안경을 따라 열 명 남짓한 똘마니들도 자리에서 일어났다. 그러고는 위협적인 자세로 교실 이곳저곳을 어슬렁거리며 남은 학생들을 죄다 교실 밖으로 몰아냈다. 주니어는 그들의 위협에 잔뜩 겁을 먹었음에도 대피하지 못했다.

가뜩이나 겁 많은 주니어는 악명 높은 뿔테 안경의 위협에 아무 말도 못하고 자리만 지키고 앉아 있었다. 뿔테 안경은 아무 이유 없이 주니어를 걷어찼다. 주니어는 그대로 바닥을 뒹굴며 괴로워했다. 뿔테 안경은 이번엔 가래침을 뱉으며 엎드려 있는 주니어의 옆드린 얼굴을 구둣발로 짓밟았다. 하지만 주니어는 제대로 된 저항은커녕 비명조차 지르지 못했다. 무기력함의 극치를 보여줬는데, 은자는 이 모습을 한 걸음 물러나 자못 심각하게 지켜봤다.

곧이어 무자비한 구타가 시작되었다. 녀석들은 작심한 듯 이마의 땀을 훔치고 가쁜 숨을 몰아쉬며 10여 분간 주니어를 괴롭혔다. 그것만으로는 성이 차지 않았던지 뿔테 안경은 주니어의 가방에서 오래된 공책 하나를 꺼내 들었다. 얻어맞는 와중에도 자신의 가방에서 공책이 빠져나간 것을 확인한 주니어가 소리를 질렀다.

"안 돼! 그것만큼은 건드리지 마."

"이 고철 덩어리가!"

이번에는 주니어의 왼쪽 가슴을 있는 힘껏 짓이겼다. 주니어가 고통에 몸부림치며 눈물을 흘리기 시작했다. 뿔테 안경은 마치 흉측한 벌레를 보듯 주니어를 내려다보며 지껄였다.

"너 따위 괴물이 무슨 공부야. 그냥 지하에서 조용히 웅크리고 있다가 사라지는 게 모든 이들을 위한 길이라는 걸 모르는 건 아니겠지."

"대체 왜 이러는 거야? 갑자기 왜 이러냐고."

"갑자기는 아니지. 너란 녀석, 처음 봤을 때부터 역겨웠어. 감히 우리 같은 고결한 10등급과 15등급이 맞먹으려고. 너 따위 고철 덩어리를 봐야 되겠냐고!"

주니어의 심장도 슬슬 분노로 달아오르기 시작했다. 은자는 주니어의 모습을 주도면밀하게 관찰했다. 이러한 상황을 연출하기 위해 뿔테 안경에게 막대한 양의 보증서를 제공한 사실을 주니어는 전혀 모르고 있다. 은자가 의도한 것은 바로 이런 식의 졸렬한 자극을 통해 주니어의 분노를 이끌어내는 것이었다. 은자가 생각할 수 있는 수준은 겨우 그 정도였다. 꿈의 퍼즐 조각을 완성한다는 비전을 생각할 때마다 은자가 염두에 두었던 건 모두에게 내재된 분노의 파열뿐이었다. 다른 대안을 고려하기에는 거의 평생을 재야在野에서 뒹굴어온 은자의 능력으로는 역부족이었다. 그의 목표는 오직 공분의 무제한적 폭발을 통한 기존 체제의 해체였고, 최단기간의 해체를 위해서는 이러한 분노의 발현뿐이라는 결론을 내렸다.

1차적인 분노의 촉발은 뿔테 안경이 주니어의 집념의 산물인 공책을 갈기갈기 찢는 것에서부터 시작되었다. 주니어가 그토록 애원했건만 뿔테 안경은 주니어의 공책을 복원이 불가능할 정도로 찢어발겼고 심지어 입 속에 집어넣는 작태를 연출했다. 주니어는 그때 처음으로 뿔테 안경을 향한 분노의 감정을 토로했다.

"너…… 가만두지 않을 거야."

하지만 이 정도로는 약하다는 게 은자의 판단이었다. 아직까지도 주니어는 두 팔다리를 온전히 지배하지 못하는 자신의 한계에 괴로워할 뿐이었다. 은자는 결코 포기할 수 없었다. 일당들에게 제압당한 주니어의 꿈틀거리는 폼이 예사롭지 않았기 때문이다. 평생 휠체어 신세를 져야 했던 것으로 알고 있는 주니어의 두 발이 꿈틀거리는 모습을 은자는 목격하고 말았다. 그러자 은자의 혁명에 대한 기대와 흥분은 걷잡을 수 없는 수준으로까지 치솟았다. '이제 그만 할까요?' 라는 눈빛을 보내는 뿔테 안경에게 은자는 거세게 고개를 가로저으며 아예 뿔테 안경이 극단의 조치를 보여줄 것을 요구했다.

약간 지친 표정의 뿔테 안경은 이내 전의를 가다듬고 주니어의 머리채를 휘어잡고서 녀석을 계단 쪽으로 끌고 갔다. 그러자 도살장의 돼지처럼 끌려가는 주니어의 매서운 몸부림이 시작되었다. 워낙 무게가 상당해서일까, 주니어를 끌고 가면서도 뿔테 안경은 연방 땀을 흘려야 했다.

그러나 한 등급 이상 상승 가능한 보증서를 은자에게 약속받은 뿔테 안경은 어떤 식으로든 성과를 보이기 위해 안간힘을 썼다. 뿔테 안경과 그 똘마니들은 악다구니를 부리는 주니어를 맹렬히 구타함으로써 녀석을 15등급의 막장까지 끌어내리는 데 성공했다. 그때 휠체어에 앉아 고통을 호소하던 주니어의 몸이 꿈틀거리기 시작했다. 몸통보다 두 배는 더 큰 팔과 다리가 주니어의 의지대로 움직이기 시작했다는 사실이 은자를 흥분케 했다. 무엇보다 중요한 건 주니어의 표정 변화였다. 주니어의 얼굴은 그야말로 모든 감정이 날것으로 쏟아져 나올 기세였다. 울분과 분노, 끔찍한 고통과 심각한 모순에 대한 항변 의지, 그야말로 건물 '15'의 우울이 가지고 있는 모든 정서가 고스란히 담긴 얼굴이었다. 은자는 이쯤 되면 된 거 아니냐며 야속하게 자신을 돌아보는 뿔테 안경에게 아직도 멀었다는 채근의 신호를 되풀이했다.

한숨을 내쉰 뿔테 안경은 15등급 매음굴 중심에 주니어를 내동댕이쳤다. 15등급의 창녀들이 주니어의 난데없는 등장에 비명을 지르거나 짜증스러워했다. 뿔테 안경은 무법자의 위용을 여실히 드러내며 손님으로 찾아온 남자들을 일제히 쫓아냈고 포주의 입을 틀어막은 다음 주니어의 어미가 누구냐고 위협하듯 물었다. 물론 그곳에는 주니어의 어미인 엉덩이도 숨어 있었다. 엉덩이가 몸을 숨겼지만 주니어를 모를 리 없는 이 바닥 여자들의 눈짓으로 발각되고 말았다. 한편 뿔테 안경 똘마니들은 텐트 속에서 시간을 죽이던 소년의 목덜미를 붙잡아 주니어가 보는 앞에 무릎을 꿇렸다. 엉덩이와 소년을 매음굴 중심에 몰아넣은 뿔테 안경은 사전에 은자가 준비해 놓은 시나리오를 무시하고 곧바로 최종 단계에 돌입하기로 했다. 그제야 은자가 나서 뿔테 안경을 만류하려 했지만 워낙 순식간에 벌어진 일이라 손을 쓸 수가 없었다. 어서 빨리 일을 끝내고 진탕 환락에 빠질 기대에 들뜬 뿔테 안경은 은자가 가르쳐준 마지막 만행을 주니어가 보는 앞에서 그대로 저지르고 말았다. 똘마니들은 주니어를 풀어주는 대신 소년을 무력으로 제압했다. 주니어는 워낙 심하게 구타를 당해 그대로 내버려두어도 바닥을 기어 다니는 서툰 몸짓만 반복할 뿐이었다.

그렇게 주니어를 방치한 것을 후회하기까지 그리 오랜 시간이 걸리지 않았다. 그건 은자의 시나리오 중 분노의 임계점까지 끌어올리는 최후의 방법을 뿔테 안경이 너무나 수월하게 구체화시킨 탓인지도 모른다. 뿔테 안경은 자신 앞에서 제발 목숨만 살려달라고 애원하는 엉덩이의 사타구니 사이에 칼을 밀어 넣는 만행을 서슴지 않았다. 뿔테 안경의 눈빛엔 그 어떤 죄의식도 찾아볼 수 없었다. 아마도 건물 '15'에 정착한 구성원 대부분의 모습이 이럴지도 모른다. 등급이 높은 자가 낮은 자를 바라보는 시선 속에 담긴 경멸, 등급이 낮은 자가 높은 자를 바라볼 때의 비굴과 질투의 시선. 오직 그런 감정의 수직 교차만이 건물 '15' 구성원들을 지배할 뿐 그들에게서 동정심 따위는 결코 찾아볼 수는 없는 게 F가 성취한 혁명 14주년의 현실이다.

소년이 주저앉은 채 울부짖었고 엉덩이는 얼마 안 가 숨이 멎었다. 뿔테 안경은 보증서를 한 움큼 꺼내 바닥에 내던졌다. 보증서를 한 장이라도 더 줍기 위해 창녀들과 포주들이 몰려드는 통에 15등급 매음굴은 순식간에 아수라장이 되고 말았다. 이제 상황은 황당하고도 비현실적인 장면으로 메워지기 시작했다. 믿을 수 없는 장면을 지켜보고자 했던 은자에게는 축복이었으며, 소년에게는 그저 공포였고 뿔테 안경에겐 가혹한 저승사자의 출현 외에 다른 것일 수 없었다.

비현실적인 장면의 주인공은 다름 아닌 주니어였다. 녀석은 이제 인간이기를 포기해버렸다. 두 팔과 두 다리, 머리와 몸통의 형태는 여전히 갖추고 있었지만 더 이상 그 형태만으로 그를 인간으로 규정지을 수는 없었다.

주니어는 정신줄을 놓아버렸고 비어버린 이성의 빈자리를 채운 건 분노뿐이었다. 한계를 모르는 분노가 주니어에게 새로운 힘을 가져다주었다. 지금까지 주니어의 몸통이 녀석을 지배했다면 이제는 함부로 용접된 고철이 녀석을 지배했다. 고철이라는 화덕에 분노의 용암이 쏟아지자 몸 전체가 분노의 고로高爐가 되어버린 것이다.

첫 번째 보복 대상은 뿔테 안경이었다. 뿔테 안경은 톱니를 닮은 괴력의 손에 머리를 잡혀 순식간에 으깨어지고 말았다.

주니어의 잔혹 복수극은 뿔테 안경의 제거로만 충족되지 않았다.

어느새 못 말리는 헐크가 되어버린 주니어를 보자마자 사분오열 도주하는 똘마니들을 향해 녀석의 두 팔이 몇 갈래로 분산되어 정교하면서도 산발적인 움직임을 과시했고, 그로 인해 열 명이 넘던 똘마니들은 한 명의 예외도 없이 주니어의 손아귀에 박살 나는 최후를 맞아야 했다.

무슨 근거로 은자는 분노의 한계를 초월해버린 주니어와 연대할 수 있다는 믿음을 품었던 걸까. 은자는 당당하게 주니어를 향해 모습을 드러냈다. 그러고는 주니어를 향해 두 팔을 힘껏 벌리며 자신의 품에 들어올 것을 엄중히 요구했다.

"내 품으로 오너라. 주니어. 너는 소녀의 꿈, 그리고 우리의 영원한 꿈이다. 이제 시작이다. 냉정과 비정함으로 가득한 위정자들의 눈속임 쿠데타를 만천하에 까발리고 나와 함께, 나를 중심으로 참되고 자비로운 혁명 세력으로 거듭나는 거란 말이다. 이리 오너라! 오, 주니어! 주니어!"

은자는 확실히 제정신이 아니었다. 은자의 눈에 주니어는 자신의 억눌렸던 분노가 잉태한 또 다른 분신령分身靈으로 현현하기에 부족함이 없었다. 자신은 혁명의 브레인으로, 주니어는 혁명의 폭주 기관차로.

그러나 은자의 신앙은 결국 자신만의 이상에 불과했다. 거창한 야심과는 다르게 주니어는 결국 은자의 품에 안기지도 그의 뜻을 이해하지도 않았다. 다만 주니어는 두 팔을 있는 힘껏 벌린 은자의 머리통마저 억세게 붙잡아 어떤 궤변이나 해명의 말을 들어볼 틈도 주지 않고 그대로 은자를 제거했을 뿐이다.

이윽고 숙연하기까지 한 침묵이 매음굴 전체를 가득 메웠다. 이제 남은 건 주니어의 할아버지, 소년뿐이다. 소년은 분위기 파악 못하고 누가 만성천식 환자 아니랄까봐 요란하게 쿨럭거리며 두려움과 오한에 몸을 떨었다. 확실한 건 이제 주니어는 더 이상 혈육을 생각하던 정 많은 아이가 아니라는 사실이다.

그러나 주니어는 방금 전 보여주었던 난폭한 행동을 보이지 않았다. 흡사 활화산이 휴지기를 맞은 것 같은 고요를 제법 오랜 시간 보여주었다. 그제야 소년은 천천히 자리에서 일어나 절뚝거리며 주니어의 곁으로 슬며시 다가갔다.

◉

어떻게 보면 굴욕으로 비치겠지만 어떤 획기적인 전기를 마련하기 위한 F의 선택은 펀드걸의 가슴을 흥분케 했다. 하지만 F에게 칼잡이의 아방궁이 있는 곳으로의 이동은 굴욕 그 자체였다.

초등급 혁명 주체들의 숙소를 아방궁으로 부를 수 있는 근거는 바로 이들이 130층 이상부터 한 층 전체를 자신의 소유로 꾸며놓았다는 데 있다. 칼잡이도 예외는 아니었다. 본래 칼잡이는 혁명 초기 백구두보다도 못한 초등급의 턱걸이 멤버였다. 잭나이프 한 번 제대로 겨눈 것으로 초등급 자리에 거저 올랐다는 1등급 관리위원들의 따가운 눈총을 감내해야 했던 시절도 있었다. 하지만 그건 오직 과거형일 뿐이다. 처음 초등급 턱걸이로 아방궁을 배정받았을 때 칼잡이의 층수는 130층이었다. 하지만 칼잡이는 거기서부터 시작해 지금은 142층까지 올라서 있다. 땅굴이 버티고 있는 138층, 이동된 미래거세연구소가 위치한 135층보다도 높은 위치에 올라선 것이다. 지금 F는 깊은 새벽, 자신의 수족이나 다름없는 펀드걸을 대동하고 칼잡이를 찾았다.

찾아온 건 F였지만 이 밀담을 성사시키기 위해 치밀한 물밑 작업을 벌인 건 칼잡이였다. 칼잡이의 농간은 건물 '15' 전체를 은밀한 광란으로 몰아넣기 일보직전까지 세팅해놓았다. 보증서 약탈 사건이 도처에서 발발했으며, 심지어 보증서 가치가 한순간에 무력화된 구성원 중 한 명이 온몸에 시너를 뿌려 분신자살까지 감행하는 등 사고가 비일비재하게 벌어졌다. 이미 12등급 이하부터는 보증서에 기대기보다 차라리 예전 지옥의 아비규환으로 회귀하려는 움직임도 보였다.

이 모든 상황을 칼잡이가 유도했다고 보기는 어렵다. 물론 칼잡이와 은밀한 내통을 시작한 마타하리를 비롯해 2등급 지도자급 멤버들이 건물 '15'에 거대한 혼돈의 불씨를 심어놓은 점도 원인이었지만 어쩌면 이 혼돈은 자연적으로 발생한 불씨였을지도 모른다고 칼잡이는 생각했다. 그와 함께 지금 세 명의 여자들과 한데 뒤엉켜 침대 위에 누워 있는 자신을 향해 역겨운 표정으로 다가오는 F를 확인하고서 또 한 번 만족스러워했다. '이제는 에고티즘의 세계가 아니라 야만의 질서를 창조할 수 있는 산전수전 다 겪은 인물이 필요하다. 그게 바로 나야. 이 멍청아.'

F는 폭력적이며 문란한 칼잡이를 이해할 수 없었지만 밀담의 주제를 놓고 토론을 벌일 만큼 상황의 심각성을 제대로 인지하고 있었다. F의 목표는 단순했다. 과거 42층 출신 중 원배의 골수를 이식

324

받은 노동자들을 색출해 제거해달라는 요청이었는데, 칼잡이는 F의 제안을 자신이 원하는 한 가지 제안과 맞바꾸는 거래를 원했다. 칼잡이는 작금의 2~15등급 멤버들 사이에서 일어나는 보증서를 둘러싼 각종 잡음을 불식시키고 구성원들의 심장 속에 내재된 승부욕과 등급 상승을 충족시키는 전대미문의 이벤트를 개최하자는 제안을 했다. 하지만 F는 난색을 표했다. 칼잡이가 구상한 이벤트라는 게 F의 눈엔 워낙 저급하게 보였기 때문이다.

"그러니까 한마디로 사람을 미끼로 투전판을 벌이자는 거요?"

"투전판이란 표현, 너무나 상스럽군요. 이건 건물 '15'만이 벌일 수 있는 가장 짜릿하고 뒤끝 없는 베팅입니다. 또한 저등급 쓰레기들에게도 동기를 부여해주어 민주주의적 구색도 맞출 수 있구요."

칼잡이가 구상한 이벤트라는 건 결코 거창한 것이 못 되었다. 오히려 유치하며 끝없이 잔인한 게임이었다. 이 게임을 구상하게 된 건 아마도 조정위원장으로 오랫동안 활동해온 칼잡이의 경험 덕분이었는지도 모른다.

조정위원장이 하는 일은, 하위 보증서 확보자의 파기권을 용인할 수 없는 상위 보증서 확보자의 이의 신청을 받아들여 조정과 화해를 유도하고, 3회에 걸친 조정 기간에도 원만한 합의가 성사되지 않을 경우에는 최후 수단으로 둘 중 한 명이 죽어야만 결판이 나는 '합법적 격투'를 주선하는 일이었다. 이 제도는 직간접적 피임 제도와 함께 F가 재화의 유한성을 고려해서 펼치는 인구 조정 제도의 하나였지만 칼잡이에게 이 제도는 불만 그 자체였다. '합법적 격투' 자체의 효능에 불만이 있는 건 결코 아니었다. 칼잡이가 불만을 가진 건 이 훌륭하고 놀라운 제도가 성사되는 빈도가 턱없이 낮다는 데 있었다. 1년에 고작 스무 건 안팎이었다. 칼잡이는 F가 지나치게 온건하게 인구 조절 계획을 추진하는 것을 우회적으로 질타했다. 칼잡이는 이 '합법적 격투'를 획기적으로 확산시킬 수 있는 이벤트를 구상한 것이다. 바로 '등급 간 경쟁 촉발 대회'라는 이름으로 말이다.

⊙

F는 처음 이 대회 이름을 들었을 때 고개를 갸우뚱했다. 무슨 경쟁을 촉발한단 말인가. 칼잡이는 보다 상세하게 설명했다.

등급 간 경쟁 촉발 대회는 개인이 확보한 보증서의 7할 이상을 대회에 무조건 베팅하는 게 핵심 규칙이다. 베팅 대상은 한 등급에 50명 이상의 추천에 의해 선정된 인물이고 그렇게 한 등급에서 선정된 몇 사람이 토너먼트 매치로 격투 시합을 벌인다. 예를 들어 15등급에서 서른두 명의 격투 대표가 선정됐다면 32강 토너먼트를 통해 결승에 오른 두 명의 격투 대표가 탈락한 32강 대표들의 베팅된 보증서를 모조리 쓸어담는 방식이다. 15등급에서 살아남은 두 명의 격투 대표에게 바로 위 등급에서 벌어지는 동일한 규칙의 토너먼트에 참여할 수 있는 출전권이 주어진다. 이 경우 14등급 토너먼트는 두 개 조로 나누어 개최된다. 두 개 조 중 한 조에 15등급에서 올라온 두 명이 참가하고, 15등급에서는 또다시 선정된 격투 대표들의 토너먼트가 벌어진다. 그렇게 두 명의 격투 대표가 재차 간추려지면 아직 시작하지 않은 14등급의 다른 한 조에 참여시킨다.

이 경우 만약 14등급에서 베팅에 실패한 이의 가치가 15등급 구성원보다 낮아진다면 그 구성원은 15등급으로 강등되지만 중요한 건 이 대회가 계속 반복된다는 것이다. 14등급 토너먼트가 끝나고 또다시 살아남은 두 명의 대표가 13등급 토너먼트에 참여하고 동시에 14등급에서 또 다른 대표가 추천되고 대회가 벌어진다. 이런 순서로 격투 대회는 계단 구조를 갖고 쉼 없이 반복되는데 이런 식으로 계급 간 경쟁을 부추겨 얻는 결정적 효과는 바로 눈에 띄는 인구 감소였다.

칼잡이의 '합법적 격투'에서 희생자의 범위는 격투 대표 당사자에게만 해당되는 게 아니라 그 가족으로까지 확대되었다. 때문에 이 토너먼트 형식의 '합법적 격투'에서 패배한 격투 대표만 죽는 게 아니라 그 가족까지도 집단 학살당하는 것이다. 가족의 처단은 그 집단 구성원들이 자체적으로 집행하게 되며 베팅한 보증서는 이긴 쪽에게 헌납하지만 그 가족들이 보유하고 있던 보증서는 그들끼리 나눠 가질 수 있게 된다. 최소한 다시 베팅할 수 있는 판돈을 마련해 주는 매우 공평한 방법이라고 자찬했다. 반대로 승리했을 경우 가족들이 받게 되는 인센티브 역시 일반 베팅 참여자의 세 배가 되도록 보증서를 특별 발급할 것을 F에게 요구했다. 또한 보다 높은 배당을 원하는 이들에겐 '정신적 가족 참여 제도'라는 것을 마련해서 굳이 진짜 가족이 아니어도 선착순 열 명에 한해 가족으로 인정해 주고, 만약 승리하면 베팅된 보증서의 세 배에 해당하는 보증서를 발급받는 특전을 누리도록 제도적 장치를 마련한다는 계획이었다.

F는 자신이 베팅한 경기에서 격투 대표가 패배할 확률이 무려 5할

이 넘는데 '정신적 가족'에 참여할 얼간이가 어디 있겠냐며 면박을 줬지만, 칼잡이는 오히려 물정 모르는 소리 하지 말라며 F에게 2~15등급 구성원들의 등급 상승 욕망의 위력을 재차 강조했다.

F는 망설이긴 했지만 듣고 보니 만약 그 상태로 하루도 쉬지 않고 대회가 개최되어 패배 가족들과 '정신적 가족'들이 죽어나간다면 인구가 획기적으로 줄 수는 있을 거라 생각했다. F에게 있어서 공급의 한계는 사실 자신의 통치 전략에 큰 장애였기 때문에 지금 상태에서 인구의 절반 정도를 소위 '합법적'으로 제거한다면 건물 '15'의 항구적 체제 존속에 큰 힘이 될 거라는 기대도 없지 않았다. F의 마음이 흔들리는 것을 파악한 칼잡이는 거기에 덧붙여 대회의 장점을 신명나게 설명했다. 이 대회를 개최만 하면 하위 등급 구성원들에겐 비록 복권 당첨의 확률이지만 자신들도 순식간에 2등급까지도 오를 수 있다는 헛된 희망을 갖게 해주고, 반대로 상위 등급 구성원들에게는 등급마다 단계를 거쳐 격투를 벌이고 올라온 대표들에 비해 체력을 충분히 비축한 자신들의 대표가 훨씬 더 유리하며, 나아가 용병 제도를 도입해 하위 등급 쪽에서 쓸 만한 격투 선수를 영입해 자기네 대표로 추대할 수 있게 하는 룰 덕분에 매우 유리한 입장에서 승리를 쟁취할 수 있게 된다. 그렇게 되면 베팅을 통해 모여진 엄청난 양의 하위 보증서를 순식간에 손에 넣을 수 있는 기회가 되고 이 '합법적 격투'는 보증서 문제로 골머리를 앓는 건물 '15' 시스템에 획기적인 활력이 될 것임을 강조했다.

그러나 F는 다른 문제가 있다고 지적했다. 바로 땅굴의 존재였다.

지금 거대 기반사업에 매진하며 가뜩이나 인력들을 닥치는 대로 끌어 모으고 있는데 이런 대회를 과연 허락하겠느냐는 얘기였다. 하지만 칼잡이는 이미 그 문제에 대해서도 만반의 대비책을 마련해 놓았으니 아무 걱정 말라며 오류 덩어리 원배나 잘 챙기라는 당부의 말을 건넸다. 동시에 칼잡이는 F에게 과거 42층 원배 골수 이식자들을 미리 파악해 이 '합법적 결투'를 통해 우선 제거될 수 있도록 룰을 적당히 조절하겠노라고 약속했다.

⊙

칼잡이의 설명을 경청한 F는 자존심이 허락하는 범위 내에서 수긍했다. 이제 F가 해야 할 일은 건물 '15'의 실질적 집행위원으로서 등급 간 경쟁 촉발 대회의 개최 당위성과 함께 대회의 취지와 진행 방향을 건물 '15' 전체에 알리는 일이었다. F는 그다지 손해 보는 장사는 아니라고 판단했다. 원배 역시 최근에 와서 급격하게 기능 쇠퇴를 보이고 있고, 재화가 한정된 상태에서 아무리 피임을 권장한다 해도 의식주가 해결되는 2~15등급 구성원들의 인구가 좀처럼 줄어들 기미를 보이지 않기 때문이다. F는 한때 구성원들이 다른 생각을 아예 하지 못하도록 고역苦役의 수렁 속으로 떠미는 땅굴의 무모한 계획을 지지할까도 생각했지만 그러기 위해선 또다시 복잡한 체계의 보증서 제도를 도입해야 했는데, 원배의 현재 상태로서는 어려웠다.

그럭저럭 진퇴양난의 현실을 타개하기 위해 이벤트를 개최하고, 마음 한 켠을 짓누르던 42층 꿈의 악마들까지 죄다 청소할 수 있겠다는 생각에 F는 들뜨기까지 했다. 그는 칼잡이가 미리 작성해둔 약정서를 살펴봤다. 칼잡이는 지금 한 이야기 그대로 적혀 있는 거라며 빨리 사인할 것을 종용했는데, 약정서를 한참 읽어보던 F가 칼잡이에게 따져 물었다.

"아니, 1등급도 이 대회에 참가해야 되는 거요?"

"당연하죠."

칼잡이는 오히려 뭘 그런 걸 묻느냐는 식으로 퉁명스럽게 답했다.

"반발이 심할 텐데. 1등급 사람들은 관리위원들이오. 관리자는 있어야 하는 거 아니요?"

"대회 방식만 알려주면 결정하는 건 등급에 속한 녀석들이 알아서 할 일이죠. 자치 질서를 수립한다는 보이지 않는 손 원리는 F님 당신이 주장하신 진리 아닌가요?"

"그렇긴 하지만."

"무엇보다 1등급의 허섭스레기들은 별로 하는 일도 없어요. 이 대회를 통해 인구가 절반 가까이 줄어들면 관리 업무 따윈 초등급에서 해도 아무 지장 없을 겁니다. 혁명 주체는 우리 초등급 멤버들이지 1등급 쓰레기들이 아니잖아요."

"음."

"넓은 안목으로 보시기 바랍니다. 고작 1등급 몇 놈의 반발이 두려워 이 약정서에 사인하시지 않는다면 앞으로 F님은 엄청난 민중의 반발에 직면하게 될 겁니다. 이런 기회, 흔하다고 생각하세요?"

칼잡이가 다시 한 번 F에게 만년필을 쥐어주었다. 그런 칼잡이를 경계심 가득한 눈으로 흘겨보던 F는 마침내 약정서에 사인을 했다. 칼잡이는 꽤 까다롭게 굴었던 F를 우습다는 듯 바라봤다. F는 여러

가지 문제를 단번에 해결할 수 있다는 안도감에 마음이 한결 가벼워지면서도 칼잡이의 얼굴 절반을 차지한 칼자국을 보며 여전히 찜찜한 그 무언가를 떨쳐버리지 못했다.

◉

"전 이제 땅굴님처럼 작고 아담하며 속도도 빠르지만 언제나 신뢰할 수 있는 그것이 좋아요."

땅굴의 가슴 털에 뺨을 비비며 마타하리가 말했다. 칼잡이의 말대로 거대 사업을 무리하게 추진하느라 심신이 지쳐 있던 땅굴은 흡사 회춘이라도 한 듯 마타하리의 성 접대에 온전히 중독되었다.

마타하리가 땅굴에게 접근한 건 순전히 칼잡이의 아이디어였다. 그로 인해 향후 그녀가 얻게 되는 건 꿈에 그리던 1등급 상승의 기회였다. 야심한 밤, 느닷없이 자신을 호출한 칼잡이가 F에게 받은 약정서를 자신에게 보여주었을 때, 마타하리는 자신의 성 접대를 대견스럽게 생각했다.

땅굴의 거대 사업은 어느새 무식한 백구두의 손에서 마구 헝클어져 갔다. 땅굴의 치명적인 약점이라면 엄청난 추진력에 비해 마무리를 하는 능력이 부족하다는 점이다. 막대한 인력과 연구 비용을 들여 시멘트 원료의 배합과 운반, 타설이 가능한 시설 완비까지 일궈낸 땅굴은 어쩌면 가장 중요한 원료 활용 사업에 대한 전권을 자신의 심복 백구두에게 맡겨버린 것인데, 물정 모르는 백구두가 101층에 위치한 원료 생산 공장에 죽치고 앉아 하는 일이라고는 버럭 소리나 지르며 돌아다니는 게 고작이었다.

상황이 이 지경으로까지 몰린 데는 땅굴의 지나친 낙관주의도 한 몫했다. 전혀 검증받지 못한 1등급 의원들로 구성된 여론조사 기관에서 그저 상위 등급 100여 명을 대상으로 기간사업에 대한 의견을 묻는 설문조사를 실시했고, 그나마도 무자비하게 조작해서 '이번 땅굴님의 사업을 압도적으로 지지한다'는 여론이 90퍼센트에 육박한다는 조사 결과를 발표해버린 것이다.

모두들 코웃음을 터트린 그 결과에 매료당한 건 오직 땅굴 혼자였고 그러한 신빙성 제로의 어설픈 여론조사를 토대로 땅굴은 여전히 자신의 통치 기반이 든든하다는 착각에 빠져 가뜩이나 성적 외로움에 치를 떨던 자신을 위로해주고자 찾아온 마타하리에게 거의 모든 시간과 정력을 할애했다.

땅굴은 마타하리가 확실히 과거 귀걸이와는 다른 존재라고 믿었다. 땅굴은 자신의 비루한 성욕이 뭇 여성을 절정에 이끄는 데 턱없이 부족하다는 사실을 잘 알고 있었다. 그런 땅굴이 귀걸이를 가증스럽게 여긴 건 그녀가 자신의 함량 미달을 알고 있으면서도 절정에 이른 척 거짓 눈물까지 흘리며 발광했다는 데 있었다.

그러나 마타하리는 달랐다. 그녀는 참된 명기는 사내의 지도자다운 성품과 박력을 통해서도 충분히 흥분할 수 있다는 황당한 성담론을 들먹이며 땅굴이야말로 유일한 영웅이라는 칭송을 아끼지 않았다. 그녀는 채 10초를 견디지 못하는 땅굴의 사정에도 아랑곳 않고 꽤 오랫동안 즐거워하는 척 연기했다. 그러나 땅굴은 마타하리의 모습이 너무나 진지하게 느껴져 정신을 차릴 수 없었다.

자신의 품에서 완벽한 몸매를 과시하며 교태를 부리는 마타하리에게 땅굴이 넌지시 한마디 던졌다.

"정말 내 것이 그렇게 대단한가?"

"두말하면 잔소리죠. 한결같잖아요. 땅굴님의 강직함만큼이나요."

"당신네들 사이에 소문난 녀석이 있다면서. 나도 다 알고 있어."

"누구……? 복배 말인가요?"

"그래. 그 녀석을 따르는 계집들이 그렇게 많다면서?"

"그랬었죠."

"어째 과거형으로 들리는데."

"지금은 개털이에요. 아직도 미련을 가진 계집들이 남아 있긴 하지만."

"자네는 어느 쪽인가?"

"전 처음부터 지금까지 줄곧 땅굴님만을 흠모해왔는걸요."

"앙큼한 것. 감히 누구 앞에서 거짓을 말해."

"아니에요. 이 몸을 보세요. 몸은 거짓말을 못해요."

마타하리의 모든 말이 거짓인 것을 모르는 사람은 오직 땅굴밖에 없다. 그렇지만 그녀의 말 속에 단 하나의 진실이 있었으니 그건 바로 복배의 근황이었다.

복배는 여전히 건재함을 과시하는 듯 보이지만 마타하리의 눈에는 이미 내리막길을 치닫는 조로早老에 불과했다. 초인이 아닌 이상 언제까지 그 기세가 그대로 유지될 거라는 생각 자체가 환상에 불과하지 않겠는가. 마타하리 역시 이제 더 이상 복배의 가치가 예전보다 못하며 앞으로 그 실망감이 훨씬 더 커질 거란 생각에 차츰 복배의 중독에서 벗어나는 훈련을 하던 중이었다. 그럼에도 땅굴의 이 땅콩만 한 양물은 정말 해도 너무하다는 생각에 마타하리는 화풀이하듯 땅굴의 육중한 몸을 억세게 끌어안았다.

⊙

칼잡이가 주최한 등급 간 경쟁 촉발 대회는 대성황을 이루었다. 상하위 등급 가릴 것 없이 기다렸다는 듯 무리를 지어 대표를 추대했고, 그렇게 세운 우두머리에게 자신들이 보유한 보증서를 아낌없이 쏟아 부었다. 소유 보증서의 7할만 베팅할 수 있다는 조항만 없었다면 아마 이들은 자신이 가진 보증서 전부를 베팅하고도 남았을 것이다.

물론 하위와 상위 등급의 관점의 차이는 엄존했다. 광분은 온전히 하위 등급의 몫이었다. 하위 등급의 강렬한 등급 상승 욕망은 대회의 클라이맥스를 위해 자신들의 모든 것을 쏟아 부었다. 상위 등급 확보자들 역시 더욱 확실한 자리보전을 위해 물불을 가리지 않았다. 하위 등급에서 거칠게 자란 싸움꾼들을 포섭해 투자를 아끼지 않았으며 자신들의 격투 대표로 영입하는 데 주저하지 않았다.

F는 이러한 현상을 시시각각 변화하는 인구 감소 통계를 통해 보다 분명히 실감할 수 있었다. 건물 '15'의 인구는 등급 간 경쟁 촉발 대회의 광적인 성황과 비례해 급격히 감소하기 시작했다. 하루에 열 번이고 열두 번이고 집단들이 추대한 우두머리들의 피의 사투가 벌어졌다. 누군가는 승리의 축배를 들고 누군가는 집단 희생에 휘말렸기에 인구 감소의 폭발적 진행은 칼잡이의 예상대로 순조롭게 이루어졌다.

처음에 F는 대회를 엄격히 통제하지 않으면 대혼란을 빚을 것으로 예상했다. 그러나 F의 예상과는 달리 오히려 보이지 않는 손은 더욱 확실한 효력을 발휘했다. 그들은 스스로 알아서 격투를 개최했으며, 상대방의 숨통이 끊어질 때까지 진행되어야 했으므로 딱히 심판도 필요하지 않았다. 변칙과 야만이 난무했지만 이를 제지하는 이는 없었다. 패자들의 뒤처리 문제에서는 자치 질서가 빛을 발했다. 당연히 순순히 죽지 않으려는 희생자들을 살육하는 데 열심인 건 어느새 보증서의 노예가 되어버린 무리들이었다. 이들은 너무나 열정적으로 혹시라도 발발할 수 있는 폭동의 불씨를 스스로 잠재웠던 것이다.

이 대회에 거칠게 반발하는 등급은 오직 1등급뿐이었다. 그들은 대회가 절정에 이를 때까지 자신들이 2등급과 경쟁해야 하는 현실을 결코 수용하지 않았다. 그들은 칼잡이를 저주했고 무리한 대회 진행을 방조하는 F의 우유부단함 또한 지탄했다. 그러자 그들은 오직 자신들이 믿고 기댈 수 있는 이는 땅굴뿐이라고 생각하고 열심히 땅굴을 찾아다녔다. 따지고 보면 1등급 구성원 대부분은 혁명 초기에 땅굴이 거느리던 노동자며 작업반장 출신이었다. 그러나 그들이 아무리 땅굴의 아방궁 문 앞에서 방성대곡하고 각종 탄원서를 제출해도 땅굴은 묵묵부답이었다. 땅굴이 왜 위기에 처한 자신들을 구제해주지 않을까 하는 안타까움만 쌓여갔다. 땅굴은 시쳇말로 잠수를 타버린 상태였다. 그런 땅굴의 잠행을 도운 대상은 바로 마타하리였고 둘의 밀월 장소는 모두의 예상을 뛰어넘어 과거 노동자들의 단체 목욕탕으로 사용하던 70층이었다. 사람들이 거주하지 않는 그곳을 일곱 개나 넘는 자물쇠로 걸어 잠근 땅굴과 마타하리는 두 달 동안 그야말로 중독된 사랑을 과시했다. 땅굴은 자신의 품에 감겨오는 마타하리의 애무에 중독되어 완전히 뼈를 묻을 기세로 요부와의 섹스에 몰두했다. 물론 마타하리는 땅굴과 전혀 다른 생각이었다. 칼잡이의 지령대로 1등급 체계가 붕괴될 때까지만 땅굴을 잡아두라는 임무를 수행하기 위한 거였지만 결국 70층 텅 빈 목욕탕에서 질펀한 밀월을 보내는 건 동일했다.

그렇게 두 달이란 시간이 지나자 인구 감소의 효과는 놀라울 정도였다. 곳곳에 패배한 이들의 주검이 나뒹굴었고 건물 '15' 전체가 피비린내로 가득했지만 대회 열기는 좀처럼 식지 않았다.

⊙

모든 것이 칼잡이의 계획대로 순순히 흘러가는 것처럼 보이던 순간 초대형 암초가 등장했다. 물론 칼잡이는 어떤 변수든 슬기롭게 대처할 대비책을 준비해왔다. 그것이 F로 하여금 어떠한 볼멘소리도 나오지 않도록 만든 원인이었다. 그런데 어느 순간부터 10등급 이하에서 들려오기 시작한 괴소문이 칼잡이를 위협하기 시작했다. 칼잡이가 예상했던 경우의 수를 초월한 괴팍한 녀석이 등장했다는 소문이었다. 칼잡이는 대회가 개최된 후 50층 이하로 내려가본 적이 없었다. 혁명이 성공한 후 초등급 멤버들이 50층 밑으로 내려간 경우는 땅굴을 제외하면 거의 없을 것이다. 그런데 심상찮은 소문을 들은 칼잡이가 변장까지 하고 50층 아래로 내려갈 결심을 했다. 괴소문의 주역이 워낙 칼잡이의 호기심과 불안을 자극했기 때문이다.

15등급에서 괴물을 닮은 녀석이 등장하더니 대회를 싹쓸이하면서 등급이 급상승하고 있다는 소문이었다. 칼잡이도 그것까진 봐줄 만하다고 생각했다. 밑바닥 등급에서도 영웅 탄생이 필요한 법이니까. 문제는 그 괴물 같은 싸움꾼이 승리 후 당연히 차지해야 할 보증서를 취하지 않고 도리어 보증서를 모두에게 나눠준다는 것이었다. 상황이 이쯤 되자 처음에는 녀석을 제거하기 위해 경쟁자 집단끼리 패를 짜서 녀석과 일 대 오, 심하면 일 대 오십의 격투를 벌인 적도 있었지만 그때마다 속절없이 괴물이 승리했다고 했다. 결정적으로 칼잡이의 심기를 불편하게 한 건 패배한 대표나 가족들을 죽이지 않는다는 점이었다. 그건 분명 등급 간 경쟁촉발 대회의 기본 규칙을 심각하게 어긴 거였지만 처음부터 이 대회를 보이지 않는 손의 원리에 맡긴 탓에 쉽게 개입할 수 없는 실정이었다.

그런 방식으로 괴물은 순식간에 10등급 이상까지 밀고 올라왔다. 거기서부터 문제는 더 심각해지는데 구성원들이 오십 명에 한 명만 우두머리를 선출할 수 있다는 대회 규칙을 무시하거나 각종 편법을 사용해 괴물을 중심으로 거대 집단을 형성하기 시작했다는 점이었다. 보증서를 갈취하지도 가족을 죽이지도 않는 괴물을 구성원들은 맹목적으로 추종했고, 그럴수록 상위 등급 우두머리들은 피 말리는 긴장 속에서 괴물을 맞이해야 했다. 그들이 녀석을 상대하는 잔인함은 수위를 넘었지만 그럼에도 그들은 괴물의 상대가 되지 못했다.

그래서 결국 참다못한 칼잡이가 마스크까지 착용하고 한창 괴물의 격투가 벌어지는 48층으로 비밀 답사를 감행한 것이다. 일방적인 함성과 흥분에 휩싸인 채 벌어지는 괴물의 격투 장면을 목격한 칼잡이는 경악했다. 그 괴물 옆에 뚱한 표정으로 서성이는 속칭 괴물의 매니저 소년을 발견했기 때문이다.

◉

주니어는 결코 예전의 주니어가 아니었다. 괴기스러운 파고철의 의수, 의족으로 무장한 채 순박함과 일그러진 고통의 비운을 끌어안은 소심하고 겁 많던 주니어가 아닌 것이다. 주니어는 이목구비마저 형편없이 일그러진 채 단지 본능의 지배를 받는 반인반물半人半物처럼 아무 감정도 없어 보였다. 그 대신 주니어의 의수와 의족은 엄청난 진화를 거듭했다.

일찍이 녹색 작업모가 이런 식의 변화를 예견이라도 했단 말인가. 주니어의 팔과 다리를 구성한 고철 재료는 실로 다양했다. 거대한 스크루를 닮은 파편, 프로펠러 조각이나 냉동기 모터, 에어컨 컴프레서, 굴삭기 부속품 등등, 잡다한 고철들이 마구잡이로 용접된 모습이 주니어의 분노가 폭발한 시기와 때를 맞춰 한층 더 기괴한 변형을 일으키고 만 것이다. 어느새 주니어의 몸은 평소보다 세 배이상 거대해졌으며, 그나마 멀쩡하던 얼굴과 몸통마저 고철과 뒤엉켜버렸다.

주니어의 몸은 더 이상 인간의 몸이 아니었다. 손가락 마디마디가 수십 개의 강철 기구로 분화되었으며, 주니어의 몸에 철심처럼 박아놓았던 철근과 대형 볼트, 너트 들이 이해할 수 없는 형태로 성장해 주니어의 몸통 속까지 잔인하게 헤집고 들어왔다. 심장, 폐, 간 등등의 오장육부가 피부조직을 뚫고 튀어나온 것이다. 모세혈관과 동맥들로 에워싸여 꿈틀거리는 원추형 주머니 모양을 한 심장을 보자면 금방이라도 숨이 넘어갈 듯했지만 냉혈 기계가 되어버린 주니어의 노출된 장기들은 오히려 전과 비교할 수 없을 정도의 활력으로 들끓었다. 그 힘은 초점 잃은 주니어의 눈이 상징하듯 오직 원초적인 폭력을 위해서만 헌신되었다. 주니어의 폭력은 통제의 수준을 넘어 기물 파괴로까지 발전했는데, 이러한 난동의 불도가니는 차츰 건물 '15' 구성원들의 무의식 속에 내재된 폭동의 억제력까지 허물어뜨리기 시작했다. 그 대표적인 예가 바로 배급 창고 습격 사건이었다.

⊙

등급 간 원활한 물자 공급을 위해 일찍이 F는 120~123층에 집중된 주요 배급 창고 외에 10층에 한 개씩 배급 창고를 마련해놓고 필요 물자를 보증서 가치에 맞게 배급했다. 그 배급 창고를 주니어가 먼저 손을 사용해 사정없이 짜부라뜨리자 그에 자극 받은 구성원들이 너 나 할 것 없이 창고 안으로 들어가 식량과 각종 물자를 갈취하기에 이르렀다.

그야말로 폭동의 징후가 현실로 도래하게 된 계기는 물론 주니어였지만, 칼잡이의 결정적인 실수에서 비롯된 원인도 배제할 수 없었다. 배급 창고 감시와 관리는 이제까지 1등급 관리자의 몫이었다. 배급 창고 감시를 위해 그들은 특별히 전기톱을 위시해 강력한 방어용 무기로 활용 가능한 연장들을 확보하고서 만에 하나 있을지 모를 폭동으로부터 배급 창고를 지켜왔던 것이다. 그런데 1등급마저 예외적 특권이 박탈당하자 그들은 배급 창고를 지키는 일보다 자신들이 보유한 무기용 연장의 우월함으로 등급 유지에만 심혈을 기울였기에, 자연 배급 창고는 침입과 폭력에 무방비 상태일 수밖에 없었다.

이렇게 파죽지세로 치고 올라오는 주니어의 아성에 하위 등급 구성원들은 그야말로 광분했다. 자신들이 가진 모든 보증서를 주니어에게 바쳤지만 주니어는 오히려 보증서 따윈 무시하고 배급 창고 습격을 통해 닥치는 대로 물자와 끼니를 해결할 수 있는 길을 열어 보였으므로 아쉬울 게 없었다. 하지만 상위 등급 구성원들의 생각은 달랐다. 그래서인지 온갖 편법을 총동원해 주니어를 제압하기 위해 안간힘을 썼지만 녀석의 괴력 앞에서 무력하게 짓밟혔고 모든 상황이 주니어에게 유리하게 전개되자 상위 구성원 중에서도 결국 분노의 괴물 주니어를 자신들의 영웅으로 추대하는 결단도 심심찮게 발발했다.

어처구니없지만 분노의 화마火魔가 되어버린 한 명의 풍운아로 인해 인구 감소 효과는 고사하고 급기야 건물 '15'의 체제마저 위협받는 상황이 도래하자 가장 극심한 스트레스를 보인 건 F였다. F는 억장이 무너지는 상황을 모두 칼잡이의 위험천만한 등급 간 경쟁 촉발 대회의 결과로 규정하고 이제껏 자신이 쌓아온 야심이 물거품될지도 모른다는 생각에 견딜 수가 없었다. 오히려 칼잡이는 태연했다. 물론 등급 간 경쟁 촉발 대회가 이런 말도 안 되는 무질서의 난동으로 이어질 줄은 꿈에도 상상하지 못했었다. 용케도 살아남은 소년의 혈육이 틀림없는, 15등급의 오물통에서 기어올라온 고철 덩어리가 이 거대한 건물 '15'의 영원할 것만 같던 평화의 균형을 한순간에 뒤흔들 줄은 전혀 예상하지 못한 것이다.

하지만 칼잡이가 누구던가. 칼잡이 역시 잔인한 생존력 하나로 버텨온 인간이다. 칼잡이는 확실히 F와 달랐다. 칼잡이는 F의 사고로는 도저히 납득할 수 없는 막 나가는 특단의 대책을 염두에 두었고, 이미 그 대책을 구체화시킬 타이밍을 모색하기에 이르렀다. F는 칼잡이의 발상을 있을 수도 없고, 있어서도 안 되는 무모함이라고 지탄했다. 그렇지만 '분명한 대안이 있으면 어디 한 번 제시해보라'고 다그치는 칼잡이의 윽박지름 앞에 딱히 그럴듯한 대안을 찾지 못했다. 엘리트로 살아온 F에게 이런 종류의 혼돈은 도무지 수습이 불가능했다. 그것이 F의 한계였다.

칼잡이의 끔찍한 발상을 보고받은 직후 극심한 스트레스에 시달리던 F는 끝내 서서히 실어失語 증세를 보이기 시작했다. F는 자신의 오만방자한 자긍심에 치명타를 입은 그 순간부터 말을 잃기 시작했다. 칼잡이의 비합리적인 광기로 윤색된 발상 때문에 절망한 것은 아니었다. 그보다는 건물 '15'의 항구적 체제 존속, 보증서의 완벽한 유지 운용, 이 모든 것들을 지속 가능하게 해줄 자신의 분신과 같던 혁명 동지 원배의 퇴화가 자신이 품은 '미래 거세'라는 이상의 몰락과 궤를 같이한다는 사실이 F를 의욕 상실의 낭떠러지로 내몰았다.

미래거세연구소의 유일한 연구 목표는 현재를 위해 영속하는 지상낙원의 구현이었다. 미래 없이 오직 현재만이 압도하는 완전무결한 현상계에서 모든 구성원이 경쟁과 도태를 반복하다가 마침내 가장 우수한 종만 살아남아 신인류의 탄생으로 귀결되는 찬란한 고요의 경지. 그 상태의 지속을 F는 꿈꿔왔던 것이다. 꿈이 부정되는 꿈, 꿈을 거세하는 꿈 말이다.

그러나 F의 꿈은, 칼잡이의 말을 빌리자면 막장 인생들의 악몽을 경험해보지 못한 철딱서니 없는 왕자님의 궤변에 불과했다. F는 더이상 칼잡이를 막을 수 없다는 사실을 직감한 그날 135층 미래거세 연구소에 들어가 문을 잠그고 깊은 은둔의 고행길에 올랐다. 그러자 바늘 가는 데 실이 따라가야 하지 않겠냐며 펀드걸 역시 F를 따라 들어가 아예 문을 잠가버렸다. 혁명 주체로서는 혼자 남게 된 칼잡이는 이제야 자신이 원했던 등급 간 경쟁 촉발 대회의 대미를 제멋대로 장식할 수 있게 되었다며 벅찬 흥분을 감추지 않았다. 그와 함께 어느새 99층 2등급 영역까지 밀고 올라온 주니어와 그 무리들의 아우성을 들으며 최후 결단의 타이밍만을 집요하게 모색했다. 그리고 그 타이밍은 예외 없이 도래했다. 칼잡이에게 더 없이 적절하고 유리한 흐름으로 말이다.

⊙

칼잡이 따위의 인종만이 벌일 수 있는 악행의 끝자락에 공교롭게도 눈물겨운 부자 상봉이 있었다. 100층, 이른바 건물 '15'의 2~15등급 구성원들의 최후의 보루인 이곳을 넘어서면 그때부터는 초등급의 신세계가 펼쳐지며 지금까지와는 전혀 다른 도락의 아방궁이 그들을 기다리고 있다.

무리들은 건물 '15'의 구성원들이었으며, 그들은 괴물이 되어버린 주니어의 추종자이자 동시에 처음이자 마지막으로 느껴보는 자유를 위해 헌신한 폭도들이었다. 그들은 공산품 생산도, 보증서 확보도 아닌 억눌린 것의 해체를 요구하는 이들이었다. 그것도 모자라 건물 '15'에 소위 무정부주의를 세우려는 자들이 100층 광장에 죄다 모여든 것이다.

주니어의 광란의 축제를 막기 위한 마지막 주자는 공교롭게도 복배였다. 1등급 구성원 몇 명과 한때 복배의 양물을 흠모했던 2등급에서 여성 구성원들이 규합해 최후의 보루로 세워놓은 비장의 무기인 복배, 하지만 복배는 결코 주니어를 꺾을 수 없었다.

복배를 그처럼 아끼고 흠모하던 여성 추종자들은 죄다 어디로 사라진 걸까. 그러나 그런 궁금증은 힘을 잃어버린 복배의 양물의 현주소를 확인하면 우습게 해소되고 만다. 복배 역시 기능 저하를 겪은 쌍둥이 형제 원배와 마찬가지로 세월의 흐름 앞에 언제까지나 천하무적일 수 없었다. 그 진리를 몸으로 경험한 여인들은 먹을거리만을 탐하는 복배에게 더 이상 집착하지 않았고, 기왕 내다 버리는 김에 급기야 주니어의 호적수로 투쟁의 장場 위에 세운 것이다.

주니어와 대면했을 때도 복배는 영문을 모르는 표정이었다. 단지 녀석은 주니어를 보며 말없이 미소 지을 뿐이었다. 먹다 만 훈제 소시지와 초코파이 따위를 손에서 놓지 않던 녀석이 결국 주니어의 마지막 상대로 발탁된 것이다.

소년은 복배를 발견한 순간 다리에 힘이 풀려 그대로 주저앉아버렸다. 부자의 상봉이 이런 식으로 성사되리라곤 전혀 상상하지 못했던 것이다. 그러나 소년은 이미 전형적인 노인이었다. 아무리 악다구니 쳐도 이미 분노의 노예가 되어버린 주니어는 제어 기관이 붕괴된 폭주 기관차였기 때문이다.

그러나 예상치 못한 일이 벌어졌다. 주니어는 뇌가 비어버린 복배의 머리통을 움켜쥐고도 오랫동안 망설이는 모습을 보였다. 순간 구성원들은 약속이라도 한 듯 입을 다물었고 그 모습을 초조하게 지켜보던 소년이 복배에게 다음과 같이 말했다.

"네 아들 녀석이다. 알아먹든 못 알아먹든 그래도 말해줘야 하지 싶어서."

복배는 여전히 침을 흘리며 웃을 뿐이었다. 소년은 그런 복배를 보며 고개를 숙였다. 단지 놀라운 건 파죽지세로 밀고 올라온 분노를 잠시 멈춘 주니어의 눈빛이었다.

주니어의 초점을 잃은 눈빛이 차츰 회복되는 기미를 보였는데, 그건 복배가 자신의 혈육임을 확인한 순간부터 시작된 변화였다. 출생 직후, 그나마 먼발치에서 본 복배의 모습을 기억해낸 걸까. 소년은 그런 주니어에게 조심스럽게 말을 건넸다.

"네 아비다. 네놈도 뭘 느끼는 모양이구나."

"……"

"이쯤 했으면 됐다. 그만 멈추고 내려가자. 여긴 너무 어색하다. 지하가 편해. 그곳으로 내려가자. 응? 내려가자."

"……"

"이젠 된 거 아니냐? 보증서도 쓸모없게 되고 배급 창고도 열렸어. 날 보고 용기가 없다고 욕할지는 모르겠지만 말이야. 이쯤 하면 된 것 같아. 난 돌아가고 싶다. 그러고 싶어."

그렇게 말하면서 소년은 복배의 머리통을 감싸쥔 주니어의 고철 손가락 마디를 힘겹게 붙잡았다. 하지만 주니어는 여전히 부동의 자세 그대로다. 복배의 벌린 입에선 여전히 침이 흘러내렸고 이를 지켜보는 모든 이들은 초조하게 다음 상황을 기다렸다.

◉

감동적일 수도 있는 부자父子의 구도가 파괴된 건 제삼자의 개입 때문이었다. 잿빛의 끈적거리는 점성의 액체가 엄청난 압력으로 쏟아져 내렸는데, 그 점액의 표적은 바로 주니어였다. 주니어를 향해 파고든 점액의 엄청난 속도와 압력으로 순식간에 주니어는 복배에게서 떨어져 나와 그대로 99층 밑으로 곤두박질쳤다.

순식간에 벌어진 점액질 덩어리의 습격으로 주니어가 추락한 곳은 바로 건물 '15'의 밑바닥이었다. 건물 '15'의 썩어빠진 게으름을 뜯어고치겠다며 말도 안 되는 사업을 벌이던 땅굴의 과욕으로 지하까지 뚫린 원료 압송 통로, 그 밑바닥으로 떨어져버린 것이다.

이 상황에서 소년은 본능적으로 위층을 올려다봤다. 그렇게 시선을 들어 위층을 올려다본 건 소년만의 반응이 아니었다. 모인 무리들도 일제히 이 잿빛 점액질이 쏟아져 내리는 위쪽을 향해 고개를 들었다. 비극의 주인공 복배까지도.

하지만 그들이 정신을 차렸을 때는 이미 칼잡이의 엽기적인 만행의 희생양이 될 수밖에 없었다. 무식한 백구두의 손아귀에서 101층 원료 생산 공장을 빼앗은 칼잡이는 어느새 자신에게 충성을 맹세하는 초등급 혁명 주체들을 이끌고 백여 개의 플랜트 호스와 압송관으로 연결된 구멍을 통해, 땅굴이 벌인 기간산업의 총체인 고강도 콘크리트, 시멘트 원료를 절묘하게 배합한 생산 재료를 쏟아 부어 100층 이하의 공간을 깨끗이 메워버리기 시작했다. 백여 개 남짓한 압송관에서 분출되는 끈적끈적한 액체 줄기들이 엄청난 압력으로 쏟아져 나왔기에 100층 이하의 모든 이들에게는 엄청난 규모의 해일이 되어 그들의 터전을 순식간에 덮쳐버렸다.

F가 말을 잃어버릴 정도로 경악한 칼잡이의 계획이란 게 바로 이런 것이었다. 미치광이가 아니고서야 도저히 감행할 수 없는 만행. 그 만행을 선택한 칼잡이는 원료 생산 공장 중심에서 흥미롭게 이 광경을 지켜봤다.

소년이 올려다본 101층은 악마가 살고 있었다. 소년은 죄책감에 사로잡혔다. '내가 저 악마와 거래하지 않았더라면 과연 이런 일이 일어났을까.' 하는 후회가 밀려왔지만 소년이 지금 할 수 있는 건 엄청난 속도와 가공할 만한 규모로 쏟아져 내리는 고강도 콘크리트의 마수에서 벗어나기 위해 사력을 다하는 것 뿐이었다.

엄청난 규모만큼이나 원료들의 특징이라 할 수 있는 경화의 속도 또한 경이로웠다. 한순간 끈적거리던 액체가 그대로 굳어버리면서 시멘트의 파도에 휩쓸려버린 구성원들은 단 몇 분을 견디지 못하고 그대로 양생되어버렸다.

칼잡이는 원료의 방출을 전혀 아쉬워하지 않았다. 땅굴이 심혈을 기울여 일궈낸 원료 전체를 칼잡이는 단 두 시간 만에 거침없이 쏟아 부었던 것이다. 그로 인해 이제 100층 이하 세계는 그야말로 살아 있는 화석이 되어버린 것이다. 이제 건물 '15'는 100층 이상 공간만이 존재하는 세계로 거듭난 것이다. 칼잡이는 이 신세계의 도래를 찬란한 미래로 단정 지으며, 동시에 이러한 세계의 출현만이 F가 구상했던 소위 영원한 체제 존속을 가능케 할 수 있다는 자신의 신념에 무한한 자부심을 느꼈다.

그렇게 남김 없이 원료를 타설하자 초기에 소란스럽던 비명 소리도 차츰 잦아들기 시작했다. 칼잡이의 표현대로라면 강 같은 평화가 임한 것이다.

◉

격렬하기까지 한 재앙의 회색 비가 쏟아져 내리던 그 시각, 70층에 은둔해 있던 마타하리와 땅굴 역시 잿빛 폭우의 소용돌이에서 열외일 수 없었다. 마타하리는 깨어 있었고 땅굴은 깊은 잠에 빠진 채 회색 콘크리트 세례를 고스란히 받아야만 했다.

마타하리는 온몸 구석구석 끈적거리는 콘크리트 늪에 빠져드는 현실을 실감하고서야 자신이 무슨 생각으로 칼잡이에게 충성을 맹세했는지 후회를 했다. 만약 마타하리가 칼잡이의 이력을 보다 자세히 알았더라면 놈의 사탕발림에 결코 넘어가지 않았을 것이다. 자신을 진심으로 사랑했다고 말하던 귀걸이를 무참히 살해한 만행을 직접 목격했다면 결코 칼잡이의 호언장담을 믿지 않았을 거다.

칼잡이를 향한 저주를 쏟아내다 결국 벌린 입 속으로 한가득 시멘트 액체가 밀려듦과 동시에 죽음을 맞이한 마타하리와는 달리 땅굴은 너무나 순순히, 흡사 미라처럼 자연스럽게 죽음을 맞이했다. 한번 잠들면 천지가 개벽해도 일어나지 않을 정도인 땅굴은 마타하리에게 되지도 않는 정력을 소모하느라 지쳐 잠든 탓에 그대로 자신의 몸 위로 쏟아져 내리는 고강도 콘크리트 점질의 세례를 받아들이며 자연스럽게 숨이 끊어져 갔다. 마타하리는 마지막 순간 땅굴의 표정을 보곤 놀라지 않을 수 없었는데, 땅굴의 입가에 지긋한 미소가 번졌기 때문이다.

땅굴은 그 누군가가 숨죽여 열망하던 꿈을 꾸고 있던 것일까. 만일 꿈을 꾸고 있었다면 무슨 꿈을 그토록 재미있게 꾸었을까?

5부

부활

復活

⊙

　F 앞에 한 자루의 칼이 떨어졌다. 대리석 바닥과 충돌한 칼끝의 울림이 예사롭지 않다. 하지만 F는 무례하게 자신의 몸을 그림자로 덮어버린 한 녀석을 올려다보는 데 열중했다. 가장 먼저 얼굴 절반을 보기 좋게 수놓은 요란한 칼자국이 눈에 들어온다. F는 당연히 이 불청객을 칼잡이로 단정하지만 그 짐작은 이내 무너지고 만다. 조금만 자세히 보면 녀석은 칼잡이와는 전혀 다른 용모였기 때문이다. 그렇다면 녀석의 얼굴 절반을 장식한 저 요란한 칼자국은 뭐란 말이냐. 아닌 게 아니라 녀석의 칼자국은 진짜 칼잡이와는 비교도 할 수 없을 만큼 경박하고 화려했다. 닥치는 대로 자신의 얼굴을 난도질한 자해의 흔적이 역력한 녀석이 지금 바닥에 누워 있는 F의 몸을 가로막고 선 것이다. 그런 F의 옆에 펀드걸이 있었고, 그녀 주위로 녀석과 비슷한 차림새를 한 세 명이 서성거렸다.

　F가 썩 반듯한 자세로 대리석 바닥에 누운 모습 자체만 보면 결코 기괴하다고 말하지 못할 것이다. 하지만 F는 혈혈단신으로 누워 있는 게 아니었다. 그의 몸은 자의 반 타의 반 거대한 뇌에서 피아노 선처럼 발출되어 나온 수많은 신경세포들에 감싸 안겨 있었다. 가

만히 보면 F의 몸은 바닥에 밀착된 게 아니라 미세하게 공중에 떠 있는 형국이었다. 원배의 뇌는 수많은 IC 회로, CPU 반도체들과 조합된 채로 존재하며 여전히 쉬지 않고 복합기로 무언가를 출력하는 데 열중했다. 더욱 놀라운 건 온몸이 뇌 덩어리인 원배의 노예로 전락한 상태에서도 F는 여전히 먼지 한 톨 묻어 있지 않은 키톤 슈트 차림이란 사실이었다.

도대체 F가 무슨 이유로 결박을 당했는지에 대해 아는 사람은 아무도 없었다. 그건 시멘트 투하 사건에서 가까스로 살아남은 극소수 생존자들과 칼잡이를 중심으로 운집한 초등급 풍운아들은 좀처럼 깨달을 수 없는 고매한 행위가 분명했다. 물론 살아남은 이들은 그 일을 사건이 아닌 제3의 혁명이라는 거창한 이름으로 부르기를 스스로에게 강요했다.

또한 F를 지근거리에서 보좌하던 펀드걸마저도 말을 잃어버린 F가 자신의 몸을 원배의 뇌에서 발출해낸 신경 세포로 동여맨 행위에 대해 정확한 이유를 알지 못했다. 단지 자신의 우상이던 F의 행위엔 뭔가 숭고한 신념이 있을 거라는 근거 없는 신앙으로만 버텨왔던 것이다.

그러나 이젠 올 것이 왔다는 불안이 그녀를 엄습하고 있다. 시멘트 투척 사건 후 한 달이 지난 오늘, 무력과 강압으로 새로운 질서를 잡아낸 칼잡이 집단이 제3혁명 선포식이라는 명분으로 대대적인 '칼잡이 충성 대회'를 개최한다는 소문을 들었을 때부터 펀드걸은 긴장의 고삐를 늦추지 않았는데 끝내 지금 칼잡이의 사신이 등장한 것이다.

한 가지 특이한 점을 발견한 F가 자신을 가로막고 선 녀석을 올려다보며 물었다.

"너희들 얼굴이 왜 그러냐?"

경박한 칼자국으로 얼굴 절반을 망쳐놓은 건 비단 F 앞에 선 녀석만이 아니었다. 세 명의 경호원들 역시 얼굴 절반을 칼자국으로 난도질했다. 이들의 특징은 남들보다 더 자극적으로 칼자국을 선보이기 위해 안달이 나 있다는 점이었다. F에게 한 자루의 칼을 떨어뜨린 칼잡이의 사신이 사무적인 어투로 말을 이어나갔다.

"전 칼잡이님의 고귀한 어명을 당신께 전달하기 위해 이렇게 온 것입니다."

"웃기는군. 칼잡이님? 건물 '15'를 쑥대밭으로 만들어놓고 자신만의 왕국을 세우겠단 말이지. 이 무식한 새끼들. 너희들이 과연 1년이라도 제대로 버틸 수 있을 것 같아. 어림도 없는 소리야."

칼잡이의 사자는 아예 칼잡이의 소위 고견이 담긴 메모지를 꺼내들고 낭독하기에 이르렀다.

"어떤 소릴 지껄이든 상관 말라는 당부와 함께 당신은 이제 하나의 선택만 할 수 있다고 전하라 하셨습니다."

"무슨 선택?"

"이제 이곳은 더 이상 '15'로 불리지 않습니다. 이곳의 정식 명칭은 이제 '칼잡이'입니다."

"허."

"칼잡이님은 강력한 카리스마 앞에 자발적으로 무릎 꿇는 종들만 건물 '칼잡이'에 거주할 자격이 있다고 말씀하셨습니다. 또한."

"계속해. 어디까지 지껄이는지 한번 들어보자고."

"그 충성의 흔적으로 앞으로 칼잡이님의 가르침과 더불어 영원 복락을 누릴 최소한의 입교 예식을 치르도록 하셨습니다."

"입교 예식?"

F의 질문에 사자는 말없이 손가락으로 자신의 칼자국을 가리켰다. 모든 이들이 칼자국을 내야 한다는 법령에 F는 경악했다.

"이 무슨 황당한 소리야. 그럼 내 얼굴에 저런 끔찍한 칼자국을 내란 말이야?"

F의 반발을 예상이라도 한 듯 칼잡이의 사자는 단도직입적으로 흥정을 제안했다. 극단적인 칼잡이의 야비함과 절대악의 정교함이 돋보이는 전언傳言이다.

"하지만 칼잡이님께서는 혁명 주체로서 용케도 살아남은 F씨의 공적을 치하하시며 마지막 자비를 베푸셨습니다. 그건 바로."

갑자기 말을 멈춘 사자가 경호원들에게 눈짓을 해보이자 그들이 전광석화와 같은 속도로 펀드걸에게 달려들어 두 팔과 다리를 움켜쥐었다. 펀드걸이 자신의 우상을 향해 도움의 손길을 내밀었다. 그렇지만 이 상황에서 F가 해줄 수 있는 건 아무것도 없었다. 단지 F는 복권 당첨 확률에 가까운 원배의 부활만 학수고대할 뿐이었다. 그렇지만 F의 바람과는 다르게 원배의 퇴화는 이젠 아예 중증의 난독에 함몰되고 있었다. 복합기 프린터에서 1분이 멀다 하고 쏟아지는 종이 위 숫자들은 아무런 수리적 의미도, 가치도 없는 무의미한 기호들의 두서없는 나열이었다. 원배는 이제 최소한의 기능조차 상실한 폐기 직전의 박물博物이었다.

펀드걸의 결박을 확인한 사자가 여전히 성가시다는 말투로 F가 해야 할 최후의 선택을 보고했다.

"특별히 F씨에겐 펀드걸과 함께 둘 중 한 명만 입교 예식을 치러도 둘 모두 받아들이시겠다는 자비를 베푸셨습니다."

"빌어먹을. 그게 무슨 자비야. 다 집어치우라 그래."

"F님. 살려줘요. 너무 무서워요."

"1분 드리겠습니다. 1분 후에도 결론내지 않으면 제 임의대로 집행하라는 칼잡이님의 명을 따르도록 하겠습니다."

"F님 살려주세요! 제발요. 무섭단 말이에요."

펀드걸이 F에게 도움을 요청했지만 이미 원배의 신경세포들에게 온몸이 누에고치처럼 결박당한 F가 무엇을 할 수 있겠는가.

30초가 지나자 결국 F는 몇 마디 사탕발림으로 펀드걸을 안심시키기에 이르렀다. 다른 묘안이 떠오르지 않았던 탓이다.

"미안해. 펀드걸. 날 믿는 김에 조금만 더 믿어봐."

"뭘 믿으란 말이에요?"

"내가 나중에 반드시 보답해줄 거야. 원배가 제 기능만 회복하면 제3이 아니라 제4, 제5의 혁명도 얼마든지 일으킬 수 있어. 약속할게. 펀드걸. 그때 가선 네 얼굴의 상처를 무슨 수를 쓰든 치료해 주겠다고 말이야. 날 믿지. 응?"

"하지만 두려워요. 정말 두려워요."

"나 역시 두려워. 하지만 확신해. 이게 끝이 아니야. 나의 혁명이 불완전했듯 저 미치광이의 굿판 역시 불완전하긴 마찬가지야. 그 사실만 믿어. 그럼 살아남을 수 있어."

그렇게 30초가 지났고 펀드걸이 F의 사탕발림에 회유된 듯 힘없이 고개를 숙이자 칼잡이의 사자는 말없이 칼을 집어 들어 펀드걸에게로 향했다. 그러고는 정말 말도 안 되는 제의를 거침없이 집행했다. 펀드걸의 그악스런 비명 따윈 신경도 쓰지 않은 채 그녀의 왼쪽 볼에 칼자국을 냈다. F는 그 모습을 보다 못해 두 눈을 질끈 감고 입술을 깨물었다.

땅굴도 사망했다. 자신이 심혈을 기울여 일으킨, 100년 후를 내다본다는 기간산업으로 인해 죽임을 당한 것이다. F는 자발적인 감금으로 불량 계산기가 되어버린 원배와 한 몸이 되어 무기력한 은둔의 시간을 보냈다. 권력을 장악하기 위해 숱하게 동분서주하던 이들의 몸부림은 공허의 삽질로 마감되고 말았다.

그것이 이곳의 현실이었다. 칼잡이는 이제 자신의 이름을 그대로 옮겨놓은 건물의 유일무이한 황제, 독재자, 지도자, 선각자, 구루, 구세주로 등극했다. 누구의 추대를 받은 것도 아니요, 오직 자신의 의지로 황제의 자리에 오른 것이다. 피와 야만의 사다리에 힘입어 정상에 올라선 칼잡이는 그야말로 이곳을 사람이 살 수 없는 곳으로 내몰았다.

◉

속칭 시멘트 투하 사건을 계기로 칼잡이는 명실상부한 이곳의 메시아가 되었다. 누구도 그의 폭력과 광기를 따라올 수 없기에 녀석의 견제 세력은 있을 수 없었다. 자신을 대항할 가능성이 있던 땅굴의 부하들을 향한 인종 청소가 자행되었다. 그 일은 시멘트 대량 투하의 아수라장에서 가까스로 살아남은 이들의 몫이었다. 칼잡이는 자신의 핵심 충복 몇 명만 남기고는 살아남은 이들에게 결코 평화를 허락하지 않았다. 살아남은 이들과 친親땅굴 성향을 가진 이들과의 격투 대회를 벌여 오직 상대를 짓밟고 승리한 이들에게만 이곳에 남아 생을 연장할 수 있게 해주었다. 그와 함께 칼잡이는 132층 배급 창고 철문을 완전히 허물어버려 누구나 상관없이 생존자라면 그 안에 있는 먹을거리와 주류, 의복, 서적, 각종 문화 콘텐츠를 제한적으로 향유할 수 있도록 허락했다. 칼잡이는 이러한 상태가 참된 평화라고 자신에게 충성을 맹세한 이들에게 선언했다. 그 선언 앞에 흥분을 주체 못하던, 자신을 15등급 생존자라고 밝힌 10대의 어린 녀석이 잭나이프로 자신의 얼굴에 칼자국을 내기 시작한 게 입교 예식의 시작이다. 녀석이 자해의 고통을 두려워하지 않으며 얼굴 절반에 칼자국을 내면서 자신에 대한 절대 충성을 맹세하자 칼잡이는 기립 박수까지 치면서 녀석의 광기를 치하했고 그러자 누가 먼저랄 것도 없이 저마다 얼굴에 칼자국을 내기 시작했다. 칼잡이가 계속 박수를 치며 자신을 향한 그들의 경외심을 독려하지 않아도 그 예식은 앞으로도 계속될 것이 자명했다.

◉

먹을거리는 놀라운 속도로 감소했다. 보증서 한 장에 초코파이 한 박스 정도의 교환 경제를 운용하던 보증서 발급 시절과는 전혀 다른 양상이다. 그렇지만 칼잡이는 아무런 근심 걱정도 없이 과거 독재자가 즐겨 앉던 붉은색 융단이 깔린 대형 소파에 파묻혀 누룩과 환락의 늪에 빠져 시간의 무료를 격렬하게 실험했다. 모든 시간을 무의미의 도락 속에 휘발시켜버린 채 자신을 찬양하다 못해 자신의 평생 콤플렉스였던 칼자국마저 따라 하는 그들의 맹목적 신앙에 스스로 도취되었다. 그야말로 위대한 혁명은 사소한 콤플렉스에서 시작되는 것인가. 칼잡이는 원래 이 건물의 주인은 자신이었어야 하지 않느냐는 착각이 빚어낸 바벨탑을 구상하기 시작했다. 매일매일 짐승의 본능이 압도하는 쾌락의 파티를 벌였으며, 파티 장소는 시멘트 투하 사건의 기념비적 명소로 거듭난 101층에서 거행되었다. 그곳에서는 날마다 생사를 건 격투 대회가 벌어졌고 하루에도 수십 명이 죽임을 당했다. 높은 도수로 발효된 누룩과 피비린내에 취한 채 이성과 도덕이 거세된 성욕에 충실하다가 허기가 느껴지면 배급 창고에서 먹을거리를 박스째 뜯어 바닥에 널브러뜨린 다음 닥치는 대로 주워 먹게 했는데, 간혹 절제력을 잃고 너무 많은 양을 밀어 넣다 자신이 먹은 걸 죄다 게워내는 추태도 심심치 않게 벌어지곤 했다.

⊙

그리고 마침내 '칼잡이 혁명 지도자 추대의 날'이 도래했다. 그역시 칼잡이가 굳이 원한 날은 아니었다. 그를 추종하는 추종자들이 그들만의 주인인 칼잡이를 참된 지도자로 추대하기 위해 거행한행사였던 것이다. 이 날의 행사 역시 여느 때와 다르지 않게 피와 먹을거리의 난무일 수밖에 없었다. 그런데 여느 날과 다른 특성도 있었다. 그건 바로 아직까지 입교 예식을 받지 않은 소위 비전향자들의 피의 숙청이 함께 거행되는 날이었다.

이 날, 비전향자로 101층에 끌려나온 이들은 많지 않았다. 예전 땅굴의 심복 한두 명을 제외하고 어쩌다 칼잡이의 철권통치에 저항한 몇 명이 고작이었다. 그 외 다른 이유로 입교 예식을 받지 않고 지금까지 버틴 이가 한 명 있었으니 그 인물이 칼잡이의 흥미를 잡아끌었다. 바로 소년이다.

⊙

소년의 생명력은 그 천부적인 유약함과는 정반대로 막강했다. 엄청난 양의 시멘트와 고강도 콘크리트가 타설될 때 그 아수라장에서 첫 희생양이 된 건 주니어였고 복배 역시 대규모 양생의 흐름에서 예외가 될 수 없었지만 소년은 달랐다. 녀석은 주변이 어수선할수록 지옥에서의 경험을 십분 활용해 용케도 101층으로 올라서는 데 성공할 수 있었다. 하지만 소년의 생존력은 거기까지가 전부였다. 생존만으로는 결코 지독한 불운까지 해결할 수는 없는 법. 소년은 살아남은 자들의 진영에서도 쉽게 어울리지 못하고 주변인으로 서성거리다 단지 얼굴에 칼자국을 내는 고통이 두려워 입교 예식을 차일피일 미루게 되었고 그러다 결국 '칼잡이 혁명 지도자 추대의 날'까지 이르게 된 것이다. 칼잡이에 대한 거창한 분노가 남은 것도 아니며 그저 칼자국을 내는 것이 두려웠던 소년의 선택을 칼잡이는 다르게 해석했다. 칼잡이는 소년이 아직까지 용케 생존해 있다는 사실 자체를 놀라워했으며, 칼자국을 내지 않는 태도를 저항의 의지로 이해할 수밖에 없었던 것이다. 그래서일까. 심판의 순간을 앞두고 칼잡이가 한창 신나게 망나니 짓을 하던 숙청 요원의 칼부림을 제지시켰다. 다른 이들은 이미 형장의 이슬이 되어버렸고 101층 연회장은 피와 누룩 비린내가 진동하는 광염狂染의 도가니였다. 자리에서 일어선 칼잡이가 뒷짐을 지고 특유의 비열한 미소를 가득 머금은 채 천천히 소년에게 다가갔다. 순간 모든 이의 시선이 칼잡이와 소년에게 집중됐다. 칼잡이는 마치 희귀 동물을 보는 것처럼 소년을 내려다보았다.

소년은 너무나 늙어버렸다. 차림새 역시 영락없는 비렁뱅이였고 오랜 시간 씻지 못해 역한 냄새가 칼잡이의 후각을 자극했다. 칼잡이는 미간을 잔뜩 찌푸리며 소년에게 말했다.

"아직까지 살아 있는 걸 보니 네 녀석 명줄도 참 길다. 그렇지?"

"……."

"이게 얼마만이야. 거의 사반세기도 더 된 것 같은데."

"……."

"운명이란 참 얄궂은 거야. 한때 같이 일하고 간식도 함께 나눠 먹고 그랬잖아. 그렇지?"

"……."

그저 입만 반쯤 벌린 소년을 보며 칼잡이는 몸을 숙여 정면으로 눈을 마주쳤다.

"그런데 오직 소녀에게 사랑받았다는 죗값을 이런 식으로 치르다니 마음이 쓰리긴 하군. 지금 생각해보면 가슴도 절벽이고 못생기기까지 한 별 볼일 없는 계집 때문에 말이야. 그렇지?"

"……."

"아무튼 용케도 살아남은 걸 진심으로 축하한다. 네놈이 무슨 생각으로 아직까지 입교 예식을 치르지 않았는지 모르겠지만 마지막 기회를 주지. 살고 싶으면 선택해. 나도 약속은 지킬 테니까."

칼잡이는 진심으로 소년을 살려주고 싶었던지 자신의 뒤춤에 꽂아둔 잭나이프를 내던지며 소년의 결박을 풀어주게 했다. 결박에서 자유롭게 되어도 소년의 골골한 몸 상태로는 아무런 저항도 할 수 없었다. 소년은 다시 한 번 칼잡이를 올려다봤다. 칼잡이는 소년에게 두어 번 눈을 깜빡거리며 어서 빨리 집행하라는 신호를 보냈다. 소년이 한참을 망설이더니 조심스럽게 말문을 열었다.

"옛날 일 기억나?"

"무슨 일?"

"복리후생실에서 말이야. 은자가 했던 말들."

"그 얼치기가 뭐라고 했건 알 게 뭐야."

"나도 거의 기억나지 않아. 그런데 딱 한 가지 머릿속에서 지워지지 않는 말이 있어."

"그게 뭔데?"

"소녀가 꾸게 될 마지막 꿈에 대해 말했었지."

"……."

"소녀의 마지막 꿈은 고통, 고통이라고 했어."

"그따위 사이비가 하는 말을 아직도 믿다니. 어리석군."

"제일 불안한 건 아직 소녀의 꿈이 완성되지 않았을지도 모른다는 거야."

"……."

"완성된다면 어떤 형태가 될까? 누군가는 책임을 지겠지."

"무슨 책임?"

"너와 나. 우리 둘. 소녀에게 씻을 수 없는 죄를 지었잖아. 그 책임을 말하는 거야. 적어도 우린 공범이잖아."

"웃기는 소리 하지 마. 소녀를 죽인 건 바로 너야."

"뭐라고?"

칼잡이는 그 험악한 얼굴을 일그러뜨리며 소년에게 다가와 쌓였던 감정을 거침없이 폭발시켰다.

"처음부터 약속을 지키지 않은 건 너였어. 난 소녀를 죽일 생각 따위 하지도 않았다고. 네 녀석이 저지른 그 어설픈 불장난이 소녀를 죽이고 그 핏덩이를 죽이고 그 핏덩이의 핏덩이를 죽였어. 결국 더러운 씨를 뿌린 너란 녀석만 살아남아 이 더러운 꼴을 볼 수밖에 없게 된 거란 말이야!"

"……."

"어쩌자고 그랬던 거야. 이 멍청한 새끼야."

칼잡이의 온몸이 분노로 진동했다. 결코 기억하고 싶지 않은 순간이 공유되고 있었다. 칼잡이의 머릿속에선 온통 소녀의 '싫어' 한마디가 쏟아져 내렸고 그때 소년이 기침을 참지 못했고 쿨럭거렸다.

칼잡이를 한 발자국 물러나게 할 정도로 소년의 기침은 게걸스러웠고 절박했다. 손으로 입을 가리긴 했지만 가래침을 쏟아내는 통에 타액이 입을 타고 흘러 내려와 바닥에 떨어졌고 급기야 피가 섞인 고름까지 쏟아내기 시작했다. 그 모습을 씁쓸하게 지켜보던 칼잡이가 고개를 가로저으며 걸음을 옮겼다. 그와 함께 소년을 향해 다시금 숙청 요원이 날을 세웠다. 지도자의 의중을 파악한 이상 더이상 망설일 이유가 없었다. 어서 빨리 소년의 숨통을 끊어버리고 이곳을 축제의 장으로 이끌어야 할 사명감에 불타오르는 듯 숙청 요원은 소년을 향해 성큼 달려들었다.

그런데 소년을 향해 다가오던 숙청 요원이 순간 몸의 균형을 잃고 바닥에 쓰러졌다. 칼잡이 또한 바닥에 엉덩방아를 찧고 말았다. 신경질적으로 주위를 둘러보자 그렇게 바닥으로 쓰러진 게 한두 명이 아니었다. 앉아 있는 이들조차 의자와 함께 바닥에 쓰러지는 추태를 연출한 것이다.

'모두들 누룩에 취한 건가.'라고 생각했지만 바닥으로 무너지는 건 비단 사람들만이 아니었다. 테이블이나 의자 역시 하나같이 균형을 잃고 심하게 흔들리기 시작했다. 그와 함께 들려오는 소리. '쿵, 쿵, 쿵.'

바닥에서부터 격렬한 울림들이 처음엔 간헐적으로 시작되다가 이내 거칠게 증폭되었다.

⊙

100층 바닥을 완벽하게 메워버린 잿빛 콘크리트 표면에서 명백한 징후가 포착되었다. 금이 가기 시작한 것이다. 그때부터 남녀노소 가릴 것 없이 발작에 가까운 비명을 지르며 일대 소란을 일으켰다. 어떤 이들은 비상계단을 이용해 무조건 옥상으로 올라가려 몸부림쳤으며 재물에 관심을 쏟던 이들은 방향타 잃은 부표처럼 굴러다니는 먹을거리를 챙기기 위해 박스들과 함께 바닥에 엎어져 허우적거렸다.

급작스런 균열은 칼잡이가 있는 초대형 원형 식탁의 성찬을 한순간에 뒤엎었고 충성을 맹세하던 이들은 모두 입을 모아 칼잡이의 행방을 찾았다. 칼잡이에게 어떤 원인이나 해명의 말을 듣기 위해서였다.

그러나 칼잡이도 결국 노동자에 불과할 뿐이다. 놈이 제아무리 잔혹한 악마의 심장을 갖고 있어도 지금 건물 중심축을 뒤흔드는 정체불명의 힘에 대해 아무런 해명도 할 수 없는 것이다. 기둥 보가 무너지고 건물이 전체적으로 흔들리면서 창문과 창틀이 어긋난 뗏조각처럼 산산조각 나는 사태. 전등이 깜빡거리고 벽과 천장에서 마구잡이로 균열이 전개되는 혼란 속에서 군상들이 살아남기 위해 선택할 수 있는 것은 고작해야 열린 창문 너머, 100층 이상 높이에서 투신하는 게 전부인 이 황망한 현실. 이것은 마치 초자연적 힘의 개입이 아니고서는 설명할 길 없는 무조건적 사태였다. 그렇지만 위로부터의 일방적인 쏟아 부음은 결코 아니었다. 하늘에서 땅으로 내려오는 전능자의 폭거가 아니란 말이다. 지각변동을 일으키며 언제까지라도 부동의 물체로 존재하리라 믿었던 콘크리트 덩어리들이 한낮 태양열에 녹초가 된 양철 판처럼 일그러지는 형국은 바로 밑의 세계, 고통과 생존의 악다구니만이 창궐하던 그 어둠의 세계에서부터 치고 올라오는, 밑에서부터의 솟구침이었다.

거의 완벽하게 건물이 붕괴될 그 시점에 벽을 붙잡고서 가까스로 목숨을 부지하던 칼잡이와 소년은, 목격하고야 말았다. 그들의 어설픔과 잔인함, 근거를 상실한 분노와 해명할 수 없는 모순이 일궈낸 마지막 꿈의 한 조각을 말이다. 소녀의 눈빛을 흥분으로 진동케 했던 그 어느 때의 뚜렷한 충격, 바닥에서부터 밀고 올라오는 혼들이 토해낸 일그러진 영웅이 거대한 불가항력이 되어 지금 그들의 분노, 꿈, 자유를 짓밟고 유린한 모든 것에 대한 심판으로 정체를 드러내고 만 것이다.

칼잡이와 소년은 똑똑히 목격했다. 분노의 실체, 지하에서 시멘트와 콘크리트의 세례를 받았던 괴물 주니어가 이제는 잿빛 덩어리로 박제된 수많은 군상들과 함께 바닥을 뚫고 오를 때의 활력을. 주니어는 더 이상 사람도, 기계도 아니었다. 콘크리트 밑에서 무의미와 숭배의 박제가 되어버린 영혼과 한 몸으로 뒤엉켜 분노의 집합체가 되어 터져 오른 것이다. 그 순간 칼잡이와 소년 모두 변명하지 못했다. 생존에.대한 최소한의 집착도 품을 수 없었다. 다만 이 거대한 고통의 출현은 현존하는 어떤 힘으로도 제압될 수 없다는 깨달음만이 그들의 머릿속을 아득하게 만들 뿐이었다. 단지 그뿐이었다.

무력소년생존기 無力少年生存記

초판 1쇄 인쇄 2010년 6월 25일
초판 1쇄 발행 2010년 6월 30일

지은이 주원규
펴낸이 이기섭
편집주간 김수영
기획편집 박상준, 김윤정, 임윤희, 정회엽, 이길호
마케팅 조재성, 성기준, 한성진
관리 김미란, 장혜정
디자인 오필민디자인

펴낸곳 한겨레출판(주)
등록 2006년 1월 4일 제313-2006-00003호
주소 121-750 서울시 마포구 공덕동 116-25 한겨레신문사 4층
전화 영업관리 02)6383-1602~1604 기획편집 02)6383-1608
팩스 02)6383-1610
홈페이지 www.hanibook.co.kr
이메일 book@hanibook.co.kr

ISBN 978-89-8431-413-9 03810